国家出版基金资助项目

项目编号：2018~076

家国大漠

新疆是个好地方

申尊敬◎著

"一带一路"大型系列丛书

总策划　戴佩丽
主　编　孙春光　副主编　马庭英

中央民族大学出版社
China Minzu University Press

图书在版编目（CIP）数据

家国大漠 / 申尊敬著. —北京：中央民族大学出版社，2019. 2（2020. 4 重印）

（“一带一路”大型系列丛书 . 新疆是个好地方）

ISBN 978-7-5660-1596-9

Ⅰ. ①家… Ⅱ. ①申… Ⅲ. ①纪实文学—中国—当代 Ⅳ. ①I25

中国版本图书馆 CIP 数据核字（2018）第 290176 号

家国大漠

著　　者　申尊敬
责任编辑　戴佩丽
责任校对　肖俊俊
封面设计　舒刚卫
出 版 者　中央民族大学出版社
　　　　　北京市海淀区中关村南大街 27 号　邮编：100081
　　　　　电话：(010) 68472815（发行部）　传真：(010) 68932751（发行部）
　　　　　　　　(010) 68932218（总编室）　　　　(010) 68932447（办公室）
发 行 者　全国各地新华书店
印 刷 厂　北京君升印刷有限公司
开　　本　787×1092（毫米）　1/16　印张：21.5
字　　数　271 千字
版　　次　2019 年 2 月第 1 版　2020 年 4 月第 2 次印刷
书　　号　ISBN 978-7-5660-1596-9
定　　价　88.00 元

“一带一路”倡议中，新疆定位于丝绸之路经济带核心区，并以日益凸显的区位优势和辐射效应，与21世纪海上丝绸之路逐步衔接。

在第二次中央新疆工作座谈会上，习近平总书记强调，要在各族群众中牢固树立正确的祖国观、民族观，弘扬社会主义核心价值体系和社会主义核心价值观，增强各族群众对伟大祖国的认同、对中华民族的认同、对中华文化的认同、对中国特色社会主义道路的认同。近年来，在以习近平同志为核心的党中央坚强领导下，新疆文化事业得到长足发展，对经济社会发展的引领作用不断增强，特别是随着稳定红利持续释放，文化创新呈现快速增长。实践充分证明，以习近平同志为核心的党中央治疆方略高瞻远瞩、英明睿智，只要坚定不移地贯彻落实党中央治疆方略，新疆形势就能朝着全面稳定的方向发展、就能实现社会稳定和长治久安，新疆经济就一定能够贯彻好新发展理念、推动高质量的发展。

“一带一路”倡议的实施是新疆地区走向现代化、融入现代化潮流、发展现代文化的一次新机遇。在这一背景下，《一带一路大型文化系列丛书——新疆是个好地方》出版项目正式推出，其目的就是要围绕中心、服务大局，弘扬主旋律，传播正能量，为推进新疆稳定发展提供了强有力的文化支撑。

丛书坚持党性与人民性相统一，不断增强中国特色社会主义道路自信、理论自信、制度自信、文化自信；坚持正确文化导向，团结、稳定、

鼓劲，弘扬正能量；紧紧围绕社会稳定和长治久安总目标，使文学作品服务大局，形成文化艺术的强大合力。丛书作品内容注重创新意识、创新观念、创新内容、创新形式，切实提高文学作品的传播力、引导力、影响力和公信力；坚持“高举旗帜、引领导向、围绕中心、服务大局、团结人民、鼓舞士气，成风化人、凝心聚力、澄清谬误、明辨是非、联接中外、沟通世界”。

丛书的出版发行，将对发展新疆区域文化产生积极的正面效应。基于此，我们遴选了疆内的数十位知名作家，通过报告文学、散文、诗歌、小说等形式，从不同的角度反映新疆现代文化发展，展示各民族同胞践行社会主义核心价值观以及逐步形成的进步、文明、开放、包容、科学的理念，讴歌各民族同胞团结互助的精神风貌和浓厚氛围，进一步增强各民族同胞之间的认同感，更好地维护新疆地区的长久稳定和繁荣助一臂之力。丛书视角独特、文字量浩繁、信息量巨大，让新疆人民可以真正全面地知道自己，让疆外的读者可以全面地认知新疆，也让世界客观地了解新疆、了解中国。

丛书得到了中共中央宣传部新闻出版署、中共新疆维吾尔自治区党委宣传部审读处、国家出版基金的大力支持，使得这部丛书得以顺利出版。

编　者

序　一

震撼心灵的大漠放歌

我的好朋友、乡党、石油文联专职副主席路小路向我推荐了《家国大漠》这部描写塔里木石油勘探开发的长篇报告文学，这既有西部的标志，也很有象征的意义。记得2006年，在小路陪同下，我和雷抒雁、周明、西来兄一同去过塔里木油田，抒雁兄还写过一篇著名的散文《彩色的沙漠》，成为当年全国高考语文阅读题，影响极大。塔里木的胡杨林，极为壮观，吸引了许多作家、艺术家去描写、拍照，让人动心和敬佩。

小路推荐的东西，我不能够推脱，就很愉快地接受了这个任务，并认真地阅读了全文。尽管我此前对塔里木石油勘探开发已经有了一些了解，但这部作品依然让我振奋，让我高兴！因为书中的人物个个鲜活，故事个个动人。

塔里木盆地有50多万平方公里，被探险家称为“死亡之海”，是生命的禁区。石油职工用耐高温冰冻、抗风沙干旱等坚韧的胡杨精神，艰苦鏖战，创新开拓，硬是把那个“千山鸟飞绝，万径人踪灭”的蛮荒之地变成了希望之海，能源之海，也成为激情燃烧之海。

自20世纪80年代末期开始，来自全国各地的几万石油人，在

那个遥远而神秘的荒漠上已经会战了20多年，这场会战的成果有多大，外人往往不甚了了。我们也只是通过媒体的报道，依稀记得这里是北京、上海等城乡4亿多人受益的“西气东输”的主力气源地。而在新疆昆仑山和天山脚下的塔里木盆地，塔里木石油人在超乎想象的恶劣环境里为了找油找气付出的艰辛，他们的故事，他们的情怀，外人更是知之甚少。

申尊敬的《家国大漠》，显然是一部用激情和深情精心铸成的大书，它生动而鲜活地回答了我们对塔里木石油人的种种想象和猜想。他用大漠石油人的激情故事演绎中华民族精神，写得令人激奋又感人至深，我在阅读书稿时忍不住多次流下感动的泪水。

这部作品来自大漠深处，更源于生活深处，所以格外感人。《家国大漠》的感染力首先来自作者扎扎实实的田野调查式接地气的采访。申尊敬赞赏“报告文学是用脚走出来的”，也积极地将这一理念化为自觉的实践。20多年来，关于塔里木会战的新闻和文学作品几乎汗牛充栋，他也可以像一些“聪明”的作家那样，象征性地采访几次，然后“攒”出一本书来，但他自虐式地坚持“不吃别人嚼过的馍”，用的全是笨功夫。在采写本书的漫长时日里，他不仅在严寒和酷暑里反反复复地身入，更有与石油人促膝长谈的心入，在采访中读事读人又读心。他不是走马观花，而是下马赏花，更是用心探花。他说：“我要听原汁原味的故事，要见故事里的人，要亲眼看他们工作或生活的环境，更要在现场感悟‘典型环境中的典型人物’。”

塔里木石油人散布于56万平方公里的沙漠和山地中，他无数次奔波于油田基地库尔勒市和“死亡之海”里的油气勘探前线之间。“无论路途有多远，环境有多苦，吃住条件有多差，我一直坚持走进大漠，走进石油人群中，走进他们的心灵里，再苦再累也要去。”而且每到一处，他都和石油人同吃同住。有了这样的身入和心入，他

披沙淘金，奉献给读者的必定是最生动最感人的故事，从中提炼出来的精神肯定能激荡人心。他用双脚掘出了石油人在大漠上的拼搏美和奉献美，也用动人的文字描述，在浩瀚的沙漠给石油人留下了清晰和深刻的脚印。

在20世纪50年代末进行的大庆会战中，石油人在东北荒原上创造了和平年代的英雄主义精神——“大庆精神”“铁人精神”，从此以后，英雄主义几乎成了石油队伍的一种标志性形象。改革开放后，国人的人生观和价值观发生了很多变化，物质主义盛行，私我意识膨胀，英雄主义精神正在让人忧心地式微。在会战塔里木的石油队伍中，还能不能找到具有英雄色彩的人物和故事？申尊敬不但为我们找到了，而且有很多。在全书的每一个章节，我们都能闻到塔里木石油人满怀英雄色彩的气息，这是一种在当今社会因难以寻觅而弥足珍贵的精神气息。“再战‘世界级难题’”“‘死亡之海上的三国演义’”“‘锦绣中华’的炮声”这三章，还有《库玛拉克河上的裸男们》等，淋漓尽致地展示了石油人不畏难不避险，千方百计闯难关的英雄主义精神，读来让人神魂激荡，也令人深深感佩。可以说，改革开放后的塔里木石油人，堪称“大庆精神”的当代传人。

英雄主义和浪漫主义常常是一对孪生兄妹，塔里木石油人在大漠上的勘探开发事业是艰苦的，也是浪漫的，他们的浪漫情怀浪漫事，一样情调热烈，色彩瑰丽。在《绝密探亲》中，汪英专程从四川跑到西北山地为丈夫李湘平庆生日的故事，浪漫得出人意料，动人得催人泪下。这故事发生在拥有“山地铁军”称号的川庆山地勘探五队，很浪漫也很有戏剧性。李湘平和他的队友们曾经无数次在塔里木盆地周边的山地上挑战人类工作和生存的极限，但这位在极其艰苦的环境和危难险重的工作中无所畏惧的四川汉子，接到爱人千里迢迢从老家专门来给自己庆生的电话，第一反应居然是吓坏了，只怕“影响工作”，于是赶紧想办法对外保密，可见工作在他心中的

分量有多重。小两口在公路边飞驰的汽车旁挥泪相别的场景，夫妻俩在寒风中拉着哭腔挥舞双手互道“再见”的情节，把这一段浪漫而凄美的故事推向了高潮。这个真实的故事，浪漫得似乎有些离奇，但它却是真真的事实。相信读到这个故事的人都会被深深地感动。

工业题材的报告文学因为专业性太强，往往容易陷入技术的藩篱，不易生动，尤其是难以感人，许多作家轻易不愿涉足，怕的是出力不讨好。申尊敬却凭着一股罕见的韧劲和冲劲，一头扎进了塔里木盆地，“混迹”于几万个“穿红衣服”的石油人之中，花了两年时间，为我们捧出了这样一本沉甸甸的长篇报告文学。这样的创作态度令人钦佩！

《家国大漠》其所以如此动人心魄，一个重要原因是作者满怀深情写大漠。1989年春，塔里木会战一开始，作为新华社记者的申尊敬，就成为报道这场大会战的主要记者之一，会战指挥部在他调离新疆后，依然授予他荣誉职工称号。后来虽然工作的地方离塔里木越来越远，但他对这片大漠的感情不是因时间和距离的推移变淡了，却是变浓了，他自称是“半个塔里木人”。20多年后，他重回塔里木，旧地重游，再识塔里木，自然会有新视角、新认识、新思考。他写塔里木人，用情很专也很深，不仅是用笔在写，更是带着深厚的感情，用心在写，所以能写得如此真实质朴，满怀激情，酣畅淋漓，动人心魄，感人至深。

值得一提的是，《家国大漠》的语言极有特色，它不同于我们以往常见的那些报告文学语言，时常显得有些干硬、概念、老套。作者显然对通讯、散文、杂文甚至诗歌等语言的特色都比较有训练而且熟悉，运用得也比较娴熟，写作时做到了“需要什么上什么”，语言的节奏和色彩随着情节和情感跌宕起伏。书中的叙述、描写、议论、抒情甚至夹叙夹议等写作手法，往往融于一体，难分彼此，也各显其美。这似乎是一种我们尚未见过的语言和写法，既厚重，又

灵动，既富有张力，又韵味绵长，极有特色，令人耳目一新，也使人赏心悦目。这些特色，在序章“荒漠华章动地来”和“大漠女儿香”中，还有全书的许多章节里，都有使人目不暇接的展示。

申尊敬在大学里学的是文学，毕业后在新华社干了几十年新闻，退居二线后写了《品悟毛泽东》和《善变的中国人》，退休后转身就把几乎全部精力投入了这本报告文学的采访和写作。这种转变让人看着似乎有点炫目，在他却是从容自如。新闻和文学本来是姻亲，我国许多优秀作家都曾是记者。写一部篇幅如此浩大的报告文学，申尊敬这个老记者是“大姑娘上轿头一回”，但他凭着深厚的调研功底和多年积淀的文学素养，把塔里木石油这个让许多人望而生畏的硬骨头啃下来了，而且写得有声有色，荡气回肠，实在让人感佩。

阅读这部长篇报告文学，可以满足我们的多种阅读欲，当今社会的理想主义者，英雄主义者，现实主义者，浪漫主义者，乐观主义者，都可以在书中找到志趣相合者，更多的读者可以见贤思齐，受到感染。正如作者在“卷首语”中所说：“如果你渴望正能量，如果你呼唤英雄气，如果你腹中怨念多，请听一听塔里木石油人浸满油香的传奇故事，看一看大漠胡杨林中史诗般雄壮的活剧，那里每日每夜回荡着中华民族嘹亮动人的歌吟。”

《家国大漠》是申尊敬同志的呕心沥血之作，也是一本不可多得的优秀作品，我真诚地希望更多的读者喜爱这本来自大漠深处的文学报告。

李炳银

2018年5月28日

李炳银：中国报告文学研究会常务副会长，曾多次出任鲁迅文学奖评委。

序　二

大荒漠里的家国情怀

申尊敬的长篇报告文学《家国大漠》，极为生动地叙写了塔里木石油人的家国情怀，读来动人魂魄，冲击心灵，亮人眼目。作者以其对石油人心灵世界深刻的理解、独到的体悟，用鲜活而富有诗意的文字，记叙了他们在大漠深处鲜为人知的奋斗生活，使这部工业题材的作品别于一般，非常亮眼。

在《家国大漠》里，我们从一个又一个感人至深的人物故事里，强烈地感受到塔里木石油人目标高远的理想主义，壮怀激烈的英雄主义，求真不倦的现实主义，不畏艰险的乐观主义和热烈奔放的浪漫主义精神，而这一切必定会引起大漠内外读者的共鸣，拨动人们的心弦。作品展现和弘扬的家国情怀正能量，就是中国精神、中国魂魄，是实现中华复兴，推动现代化建设的精神能源。大荒漠里不只蕴藏丰厚的石油天然气，也生长不寻常的家国情怀。作者落笔的聚视点是表现石油人的家国情怀，作品思想含量厚重，饱含冲击心灵的力量。

在这部报告文学中，我们看到了一群穿着“红衣服”的石油人怎样在荒荒大漠上呕心沥血，攻坚克难：他们的考卷上堆满世界级

地质难题，考题是普通人看了头大如斗的油气勘探与开发；横在他们面前的，是塔里木地下面目的神秘诡异，扑朔迷离，他们遭遇的是千难万险，付出的是千辛万苦；他们说“找油就像找真理”，他们每天都在“比打仗还紧张的日子”里攻克诸多“世界级难题”，他们“成功的秘密在黑夜”。

我们看到了散布戈壁、沙漠和山前台地的一个又一个采油采气作业区：作业区员工的青春与荒凉相守，更与事业相守，在没有一根草、不长一棵树的生命禁区里，他们创造绿色，建设家园，把荒漠里“孤岛”般的作业区建造成永不消逝的海市蜃楼；作业区是油田的窗口，也是石油人心灵的窗口，他们日日夜夜监护每一口油气井的平稳运行，是为油田“守江山”，为国家“守江山”，每个员工心中都有一种神圣感。

我们还看到了荒漠里许多感人至深的“巾帼女儿香”：有的牺牲太多的家亲私情，在辛劳的甘苦中殚精竭虑，为一线工人创造“满意的餐桌”；有的貌似娇弱，却有惊人的能量、超凡的耐力，是破解地质难题的骁将；有的与沙漠相伴20多年，痴心探索适宜沙漠环境的植物种类，是绿化沙漠公路和荒漠作业区的“绿色女神”；有的追随物探地震队的测线，由“打工炊姐”嬗变成山地钻探的行家里手，还成了“男人国”的领导，也圆了自己的致富梦。她们看似弱女子，实为女强人，钻井、管井、油建、运输等战线都有她们的身影。荒漠里有她们，荒凉也芬芳。

还有天山、昆仑山的险峰深沟里，山地队艰苦卓绝工作的场景和人物：他们放炮地震的作业区总是一处又一处断崖沟壑，断崖高处的炮点常常是一踩就滚落风化石渣的山脊，那里山羊攀不上，老鹰飞不过，是野生动物生存的禁区。他们每年大半年甚至11个月时间，与断崖深壑朝夕相伴，他们活在人间，却与世隔绝，他们鲜为人知的故事，上帝听了也掉泪；他们十之八九是打工民工，测量、

打钻、放线、放炮，技术活儿样样拿手，一丝不苟；来到塔里木，他们从“修理地球的人”变成了“勘探地球的人”，就是石油大军中的一员，无论多苦多难，他们想的只是“把活干好，把钱挣到”。

《家国大漠》向人们展示的是石油队伍在大漠上的壮阔生活，真实鲜活，激动人心。书稿完成的时候，申尊敬曾经透露：“写这部书，我当初有个目标，就是要讲好塔里木故事，写出塔里木精神，让油田的人看了过瘾，外面的人看了感动。”阅读这部作品，的确有这样的效果，塔里木故事讲得精彩，塔里木精神撼人心魄，作品里那些让人看了过瘾、感动的人、事、情，传奇却真实，充溢震撼力。

这部作品站在“家国”的高度，以“家国”的内蕴，包含塔里木石油事业的风貌和石油队伍的故事，不是企业宣传式的文本，而是中华精神、国家大情的文学性的书写与弘扬。习近平总书记在文艺工作座谈会指出：“要把爱国主义作为文艺创作的主旋律，引导人民树立和坚持正确的历史观、民族观、国家观、文化观，增强做中国人的骨气和底气。”践行习总书记指示的精神，就是要坚持爱国主义这一中华民族文艺创作的永恒主题，全身心书写中华民族伟大复兴的中国梦，弘扬中国精神，凝聚中国力量。《家国大漠》鲜明地体现了习总书记的这一要求。

报告文学是走出来的。《家国大漠》之所以读来撼人心魄，有一个根本原因，作者是靠原汁原味的第一手材料而不是“攒稿子”写出来的。作者在前期采访和撰写过程中，一趟又一趟跑山地队、钻井队、作业区，跑基层，访一线“指挥官”，与职工和民工等各类普通人在各种环境里倾心深谈，所以他采获的人和事、景和情，丰富饱满，鲜活多彩。他的采访、写作，还伴随着对一个个人物、一桩桩事件，以及油田精神文化的研究。正如书中所写：“一支在极其艰苦的环境里长期共同拼搏的队伍，必定有共同的人生观和价值观，这是维系他们的精神纽带。没有共同的理念和追求，很难在塔里木

这样的环境里长期并肩奋战。”他“终于发现，在那一身身火红的工服里，藏着一套被许多当代人丢失了的可贵的人生观和价值观，这是他们的精神之根，也是我们的民族之魂。”

创作塔里木石油题材长篇报告文学之难，首先在于采访的耗时、费力，因为耗时、费力，也就格外“费人”。塔里木油气勘探区地处广袤的新疆塔里木盆地，石油队伍散布在56万平方公里的大戈壁、大沙漠和天山、昆仑山山地，自然环境极为恶劣。以地质研究、地震勘探、深井钻探、高科技开发、远距离输送为主线的大系列勘探开发，涉及技术领域数百，各种作业队伍众多。如此规模宏大、地域广阔的油田，用一部长篇作品真实、准确地表现它的全貌，有很大的难度，也令许多作家、记者望而生畏，甚或知难而退。就文学表达而言，这一题材被广为关注，20多年来表现这一题材的中长篇小说、中长篇报告文学，以及影视剧作品、舞台作品等并不算少，但影响较大、受到赞誉的不多，采访费时费力费人，了解难以全面，体验不易深入，是一个根本性的因素。事实是，除一些经得起检验的优秀的或立得住的作品之外，有的作品不乏作家的睿智，但往往源自几个时日的走马观花，内容不免浮泛，又多见借助现成资料变而成文的新瓶旧酒；有的局限于创作者的概念或构思，并非塔里木石油生活本真鲜活的反映，有的甚至耗费巨资，却得不到石油人的认可；有的作品夹杂某些并非艺术真实的所谓“合理想象”，或者有显而易见的编造，令人遗憾；有的名为报告文学，却缘于上级思路的任务安排，组合书籍、网络和事迹材料中的相关内容，违背文学创作的规律，是剪贴而成的复制文本；有些作品根本脱离生活、明显背离常识，是未能审验通过的半成品创作。一些较大篇幅或大部头的塔里木石油题材作品，之所以存在种种失却，多种状况的多种原因之中，不能不说在宏观驾驭和艺术真实性把握上确有难度。

申尊敬是新华社资深高级记者，早年在新华社新疆分社当记者，

调离新疆后，曾任新华社甘肃分社副社长和宁夏、吉林分社社长。塔里木石油会战初期，他是新华社新疆分社报道会战的主力记者，采写了许多很有分量、很有影响的会战新型管理体制的长篇报道，还有多篇文字以内参形式发布。对于“塔里木石油”这样的宏大题材，他从整体上准确把握，驾驭得当，是《家国大漠》创作成功的重要原因。他是塔里木石油人十分看重的记者，是塔里木石油人亲切的新闻朋友。1994年4月，会战指挥部以红头文件形式，把塔里木油田第一个荣誉职工的称号授给了他。他在新华社当记者几十年，具有以“国家视角”把握大题材的素养能力。对塔里木石油事业，他从会战初创到发展壮大，都有深入的了解和独特的感受，对石油队伍的主流精神，怀有非同常人的深切体验。因此，创作这部《家国大漠》，宏观反映塔里木石油事业，他就很具优势。

会战初期，申尊敬深入塔克拉玛干沙漠采访物探地震队以后，在一篇文章中写道：“采访时令我感动的这些人物和故事，写作时使我重新感动。”那时候，“记者们共同的难题是，塔里木的地域太大，会战大军太分散，新体制把会战大军分为甲乙两方，更使记者难以摸清情况，难以在塔里木的报道上站得更高”。他记述在《人民日报》《瞭望》等先后发表的石油会战新型体制长篇通讯和消息的经历中说：“当了十几年记者，从来没有为一组报道吃过这么多苦，受过这么大罪。不过，倒也有一个意外的收获：真正尝到了呕心沥血的滋味。那是一种难与人言的痛苦，那是不敬业者无法得到的享受，那是懒汉们永远不会拥有的资本。”他这样记叙当时“情未了、愿未了”的心情和心愿：“常常是睡也塔里木，醒也塔里木，如痴如醉有3年。”“我瞄上塔里木，在塔里木上上下下广交朋友，千方百计搜集各种故事，不仅仅是为了新闻报道，我有一个志愿是要写一部关于塔里木大会战的报告文学。……我暗下决心，无论今后有多忙，也要把几年前立下的这个志愿变成现实。”（引语摘自《塔里木石油

采访散记》，载《新疆石油工业史料选辑》）缘于对塔里木石油和石油人的了解熟悉、真挚情感和深切体验，加上新华社记者新闻触角和新闻采写的立场高度、素质素养，以及新华社分社社长把握重大题材的判断能力和工作经验，申尊敬就有了宏观把握、准确反映塔里木石油的优势和思想功底，这是他成功创作这部《家国大漠》的最重要的基础。熟悉，情感，境界，能力，是他逾越难度，宏观驾驭和真切表达塔里木石油的笔力所在。

塔里木石油勘探开发自20多年前的大会战开始以来，20多个油气田的建成和继续扩大勘探的持续挺进，已经积淀了许许多多值得记载的宏大事件和可歌可泣的英模事迹。如果用史笔全面记录展现，那将是非常浩大的文字工程。而这部作品表现的主体内容是当前的普通人物和日常工作，涉及相应历史，则顺带在当前人物和事件的表现之中。从当前切入，以今带史，是作者写作构思的特点之一。作品中，塔里木地质情况的复杂、地质研究的起伏历程、攻克世界级难题中的发现，以及库车探区、塔北探区的钻探历史，都是在相关章节的人物故事中，自然地带出来。这样的构思避开了那种单纯平铺直叙，缺少形象的干巴巴的情况交代，将历史与地质的介绍自然融入相关章节的人物、故事，更显作品结构精干，内容厚实丰满。

苏联文学巨匠高尔基曾经说过：“文学就是人学。”《家国大漠》最动人的部分都在写人，最出彩的是小人物的大情怀。书中出现的近百个人，绝大多数是小人物，但他们的故事，都折射出石油人的中华精神、家国情怀，这一点殊为可贵。各个章节都是从写人入手，以人带事，见人见事见精神，把塔里木石油人特有的情怀和精神展现得淋漓尽致。

阅读这部作品，比照20多年来反映塔里木石油的已有作品，我们看到这部作品所呈现的人物事件，并不是昨天故事的重复或翻版，展现在读者面前的文本，确是写出一种豁人眼目的“新”。《好一朵

"石油花"》一节，写的是油田研究院碳酸盐岩中心副主任、塔北项目部副经理张丽娟，这位弱女子曾经破解多项地质难题，为油气的发现立下了功劳。作品通过写她，带起的是塔里木油田攻克世界公认的碳酸盐岩研究的艰难、百万吨级哈拉哈塘油田的发现和建成、国内外最具创新意义的碳酸盐岩模型的成功雕刻（电脑制作）这些重大事件。作品同时也把她的拼搏、甘苦，比如，长年累月趴电脑、看图纸，年纪轻轻，原本正常的视力急剧下降，被头疼、颈椎病屡屡折磨；实在撑不住了，瞒着同事悄悄住进医院；出差途中，机场里、飞机上还在整材料、做课件；遇到大汇报，还常熬通宵；醉心于地质研究，顾不上生孩子等工作狂的形象展现出来。"在永不消逝的海市蜃楼里"写转业军人马旭带领员工打造绿色家园，把沙漠里的40井区建成鸟语花香，能够种植西瓜、葡萄、向日葵的"沙海绿岛"。还有山地队的传奇故事、后勤队伍的动人风采、女性员工和女性民工的感人情怀，都是以人带事，读者看到的既是人物的心灵精神之美，又是他们所在集体的整体风貌。作品各章的每一节文字，作者都按照以人带事的艺术策略，有的是一个人物的故事展现，有的是多个人物、不同故事的并列叠连。即使是写一个集体、一次攻坚战，也是用人物牵带起事件情节，透过人物、事件、情节，感染读者去领悟其中蕴含的精神和情感。

《家国大漠》的许多章节，融叙事、评价、感怀于一体，作品结构精干，内容丰满。"大漠女儿香"一章开头的引语这么写："塔里木的荒漠上，凡有胡杨处，必有红柳生。红柳是大漠里的女人树，红柳花是大漠里的女儿花。如果说男人是雄强的胡杨，女人就是娇美的红柳，她们染绿了广袤的沙海，调剂了大漠的荒蛮。……她们的故事里有坚强，也有温柔；有执着，也有彷徨；有欢笑，也有泪水；有欣慰，也有无奈。藏在这些故事里的一根红线，是她们对塔里木油气勘探开发事业深深的爱。"这类融叙事、评价、感怀于一体

的语言，作品里处处可见。这种风格的语言，是生活事实、内中情感与作者感想熔于一炉，再经冶炼之后的体悟升华，是叙事、评价、感怀化合而成的结晶，显现了作者语言的独特性。作品以今带史，以人带事，贴着人物写，贴着事件写，内里是贴着人物的心灵写，贴着事件的内涵写，因而写出了普通人身上的伟岸，也写出了一种文学性的精到。

《家国大漠》轻捷明快、灵动丰润的语言，为作品增加了一重生活化的色彩，为读者带来阅读的兴味与快感。作品的语言有个性，有味道，有温度，有表现力，有感染力，是作者从采访中得来，从体悟中生发的切近生活的平实语、滋润语。一位来自四川的山地队工人回答“这里干活累不累”时说：“说不累是假话，苦惯了也无所谓。就是想家，想娃儿。这里山太大了，手机信号太差，想给家里打个电话太难了。”石油人远离社会、家庭，常年在戈壁沙漠里工作生活，作者评说他们：“刚才谈工作时还神采飞扬，一提起家人家事，脸色立刻就‘晴转多云’了。家人和家事成了塔里木石油人共同的情感软肋，不能触碰，碰一下就锥心刺骨地痛。”“‘我们这些人，回家像出差。’轮南综合公寓经理聂观涛一句朴实的话，表述无数塔里木石油人与家的关系可谓准确无比。”为了把测线引过河，隔着湍流急浪，绑在石头上的线头一甩就滑脱，工人们想出一个“天才的笨办法”，把石头装进袜子，绑在线头再往那边扔。35 个人的 70 只袜子用完了，34 条内裤用完了，最后一个“光腚男”把内裤包了石头甩过去，终于被对岸的人用杆子挑住了——作者描述这一情节时这样写：“突击队员们纷纷站起来，脱下身上仅有的那条内裤。没有一个人感到害羞，这些大男人此时也顾不上害羞，只想着怎样尽快让电缆和排列线跨过面前这条河。一群赤条条的男子汉，每个人都变成了一个又长又大的惊叹号。”这些来自生活的语言携带着浓厚的感情成分，莫不打动人心。在《绝密探亲》一节里，作者写道：

“思念的力量有多大？没人能估量。一位妻子思念丈夫的力量，穿越巴山蜀水与西北山野的千山万水，演绎出一曲凄美而浪漫的当代绝唱。”汪英千里迢迢，从南充来到拜城给李湘平过生日。李湘平在队上忙得四脚朝天，让汪英在拜城县城自己找个旅馆先住下，他干完白天的活，晚上天黑透时开车50多公里，才赶到县城旅馆见汪英，第二天一大早又赶回队上去上班。只住了两个夜晚，李湘平就催着汪英打道回府。汪英乘坐的班车路过李湘平队上的戈壁帐篷营地时，李湘平开车跑到公路边为汪英送别。作者写道：“忽然，李湘平看见一只手伸出车窗，向他使劲挥动……车子再近些的时候，李湘平看见挥动的一只胳膊变成了两只胳膊。他也扬起双臂，使劲挥舞。……奔驰的班车经过李湘平身边的时候，他重重地按响了车里的喇叭，深情地为妻子送行。‘汽笛一声肠已断，从此天涯孤旅。’‘更哪堪凄然相向’。李湘平突然想起了伟人毛泽东描写夫妻相别时那锥心撼魂的诗句，一直噙着的两行热泪突然从眼眶里奔涌而出，流向脸庞，滑入脖颈。车窗里的汪英，泪水随着汽车飞，飘飘洒洒。两行泪眼他望着她，她望着他，难舍也难分。汪英半个身子伸出车窗，疯狂地向丈夫挥舞着胳膊，带着哭腔喊道：‘湘平——再见——’巴山蜀水与新疆大漠，‘相见时难别亦难’。”这样写实的文字，场景逼真形象，充溢情感浓度，渗透着浓浓的人情味，寓含着石油人割舍亲情，以国家为先的痛与爱。

这些传奇式的“塔里木人塔里木事”，塔里木石油人献身油气的情怀和精神，是当代中华民族精神的一个缩影。在党中央铁拳反腐的形势下，这部表现石油队伍情怀情操的长篇报告文学能够适时创作出版，应该说具有特别的意义。

报告文学是一种特别强调弘扬时代精神的文学体裁。著名报告文学评论家李炳银说：“用‘善于发现美的眼睛’去发现普通事物中的闪光点，再文学地捕捉闪光点、艺术地报告闪光点，让报告文

学的写实魅力，在浓烈的审美鉴赏中凸显出精神震撼力。”（李炳银：《天机云锦用在我》）《家国大漠》提炼、着笔的正是当下多元生活中引领社会主流的“中国脊梁”的魂魄和精神，作品在主题、人物、事件的摄取上，注重真实性、时代性、思想性和文学性的把握，叙说人物、事件和事件中的故事，笔墨的聚焦点正是当代中国的时代精神，是实现中华民族伟大复兴的中国精神。

《家国大漠》卷首语说：“如果你渴望正能量，如果你呼唤英雄气，如果你腹中怨念多，请听一听塔里木石油人沁满油香的传奇故事，看一看大漠里断崖上那史诗般雄壮的活剧，那里每日每夜回荡着中华民族嘹亮动人的歌吟。”作品导语中又写：“大漠上的塔里木人塔里木事，汇成了一曲塔里木版的新时代民族壮歌。这支歌千回百转，荡气回肠，回响渺无人烟的大漠群山，唤醒了沉睡亿万年的地下油气，感动了数不尽的男男女女。”作者讲述的这些故事和人物的社会背景，是经济建设为中心被一些人解读为发家致富是梦想，种种负面现实成为人们热议的话题。在这些社会潮流的冲击和荡涤中的塔里木人塔里木事，体现了中华民族深层的精神追求和精神标识，弘扬的是实现伟大中国梦的正能量，传递给人们的是“荒漠华章动地来”的浩然正气与强烈震撼，让我们尤其感动和振奋。

郝贵平

郝贵平：中国作家协会资深会员，多次获全国散文大奖和“铁人奖”。

目 录

卷首语

如果你渴望正能量，如果你呼唤英雄气，如果你腹中怨念多，请听一听塔里木石油人浸满油香的传奇故事，看一看大漠里断崖上那史诗般雄壮的活剧，那里每日每夜回荡着中华民族嘹亮动人的歌吟。

序章　荒漠华章动地来

焦渴的荒漠上胡杨挺立，奇寒的冰山下雪莲盛开。壁立的断崖上勇士竞攀，苍茫的塔里木英雄辈出。

塔里木如此多娇！

认识塔里木的各色英雄之前，我们不妨鸟瞰一下英雄儿女们挥斥方遒的舞台。

中国地形图上的塔里木盆地，偏居西北角上，形状椭圆而颜色泛黄，酷似一个金灿灿的橄榄球，辽阔而神秘，又像个巨大的谜语，问天也问人。

这个53万平方公里的中国第一大盆地在全球名头甚高，位列世界九大盆地之第四。它北依天山、南靠昆仑山、东临阿尔金山，像卧在三座大山怀抱里的一个巨大的金元宝，著名的喀什、和田、阿克苏等5个地区和少数民族自治州，环列于盆地周围，如同镶嵌在一个巨型花环上的明珠，极具魅力又神秘莫测。发源于天山和昆仑山的塔里木河，全长2179公里，仅次于苏联的伏尔加河、乌拉尔河等3条内陆河，为世界第五大内陆河，是我国最长的内陆河。塔里木河最后一次流入盆地东部的罗布泊是 1921 年，从此以后罗布泊便徒有“泊”名了。1952 年后，这条河的水量大减，只能流入盆地东北部若羌县境内的台特马湖。

塔里木河灌溉着 133 万公顷农田，养育了 800 多万人口，南疆各族人民誉其为“母亲河”。著名的维吾尔族歌唱家克里木在他的经典老歌《塔里木河》中深情唱道：“塔里木河呀，故乡的河，你用乳汁把我养育。无论我在什么地方，都要向你倾诉心中的歌。当我穿过炽热的沙漠，你又流进我的心窝窝。”

这个大盆地也是一个浩瀚的舞台，我们的先祖们没有辜负这个大舞台，几千年来在这里上演了一幕又一幕荡气回肠又对后世影响巨大而深远的历史活剧。古代连通东西方世界的丝绸之路，就从塔里木盆地的南北两边穿过。

在遥远的当年，汉武帝派张骞出使西域，欲与大月氏结为战略联盟，共击匈奴。却歪打正着地“凿通西域”，开通了联结东西方文明的丝绸之路。从此以后，班超父子和唐僧玄奘等政治家、中外使者和高僧们肩负重大使命，在塔里木两旁沙尘飞扬的土路上熙熙攘攘，“相望于道”，煞是热闹，那是欧亚之间最繁忙的一条交通大道，汉唐政府都曾在这里设衙开府，派兵屯垦戍边。

塔里木盆地是丝绸之路最漫长最艰难的一段，唐僧玄奘当年西行经塔里木时，在路上屡见森森白骨，那多是被风魔沙害夺去性命的中外商贾的遗骨。漫漫古道，悠悠驼铃，奔波在这条古道最多的是来自中原和欧洲中亚的商贾驼队，无论寒暑，不绝于道。中西方不同肤色、不同文化的商贾们翻越帕米尔高原，沿塔里木盆地两侧进入中原，或走向西亚，直达欧洲，唱响了中西文明交流融通的千年壮歌。

丝绸之路是中国最古老的开放之路。这条东西方交通的商贸古道繁盛了千余年，是流金淌银的财富之路，也是文化交流的友谊之路。美丽的丝绸、精美的陶瓷，飘香的茶叶等中国特产，通过丝绸之路络绎不绝地运往欧亚各国，欧洲和中亚西亚的果蔬等特产，又经过丝绸之路落户

中原各地。古时候的中原人把河西走廊以西的广大地区统称为西域，将来自西域的高鼻梁深眼窝的异族人统统称为胡人，如今我们天天可见的西瓜、西红柿和胡椒、胡萝卜等凡“西”字和“胡”字头的瓜果蔬菜，还有葡萄、石榴、菠菜、黄瓜和核桃等，都是丝绸之路馈赠给我们的厚礼。创立于印度的佛教东汉时期经丝绸之路传入中原后，为中华文明的血脉里注入了一种清新而温良的基因。佛教对中国人心灵的影响，两千多年来绵绵不绝。

塔里木盆地中央，便是那个千古以来人们闻之色变、望之绝望的世界第二大流动沙漠塔克拉玛干，维吾尔人说这里是“进去出不来”的地方，瑞典探险家斯文·赫定称其为“死亡之海”。这里是沙的海洋，有 33.7 万平方公里的面积，相当于江苏、浙江和安徽三省的总和，却无一人居住，因为这里除了连天接地的黄沙还是黄沙，兔子不拉屎，鸟儿不下蛋，曾经的楼兰人、尼雅人，终究被风沙赶出了塔克拉玛干。丝绸之路因为这个超大沙漠作梗，在塔里木盆地两侧分为南北二道，到昆仑山下的喀什才合二为一。提起这个大沙漠，丝绸之路上的中外商旅们满肚子都是愁肠。千余年前，唐代著名的边塞诗人岑参登上位于库尔勒市北郊的铁门关楼，极目向大漠，惆怅满心怀，怆然吟道：“试登西楼望，一望头欲白”。

古人们有所不知，让他们饱受折磨的黄沙和戈壁滩下，埋藏着储量巨大的石油天然气。这地表荒凉贫瘠的塔里木盆地，其实是老天爷赐给中国人的一个超大的“金娃娃”。地理学家眼中的塔里木，是我国最大的内陆盆地。地质学家眼中的它，是我国最大的含油气盆地。如今，在北京、上海等城镇居民那里，它是每天做饭洗澡不可缺少的天然气主力气源地；在南疆各族人民那里，它是脱贫致富奔小康的“好福气”；在我国的石油天然气工业中，它是排名第四的大油气田，是犹如早上八九点钟的太阳活力四射前途无量的明星油气田。

塔里木已经成了中国石油人改革开放以来的精神圣地。二十世纪五

六十年代，大庆石油人在东北荒原上“天当房子地当床，趴冰卧雪大会战”，“铁人”王进喜“宁肯少活20年，拼命也要拿下大油田”的豪迈精神，激励了一代中国人。塔里木会战以来的20多年，塔里木人在群山上大漠里降油龙、伏气虎的气概和精神，成了当代石油人的精神高地，也令全国石油界无数人满怀敬意。物质的塔里木可以用每年的石油天然气产量标记，精神的塔里木的能量谁也无法用数字计量。

2015年5月初，某大型网站上一篇题为《石油行业的铁人精神去哪儿了》的长文，引起了人们的高度关注和热议。尽管十八大以来，全国所有行业和层级都出过贪官，但在涌现过“铁人”王进喜和大庆精神的石油队伍里，中高层有若干害群之马倒在了中央反腐的利剑之下，铁人精神和大庆精神的故乡大庆油田也出了大贪巨腐，人们有此一问，并不足怪。

如果来到塔里木，这里的沙漠和戈壁、胡杨和红柳、天山和昆仑山都会告诉你，铁人精神在这儿呢！

4万多塔里木石油人可以拍着胸脯大声说：我们就是铁人精神的当代传人！

走进这片大漠，走近这个群体，久违了的英雄气息扑面而来，海浪一样撞击着每一寸肌肤，春风一般温暖着每一个细胞，洗礼了心魄，净化了灵魂，给人注满了正能量。每个来访者都深切地感到，这里寸绿难生，却是英雄成长的沃土。

这里没有林立的高楼，没有漂亮的公园，没有花前月下的浪漫，没有卿卿我我的甜腻，满眼都是苍茫的沙海，冰冷的雪山，狰狞的断崖，粗犷的戈壁，狂虐的风沙……

这是和平年代的金戈铁马，不见战火，不闻硝烟，但每个人的意志、勇气和牺牲精神，依然每日每时都受到严峻的考验。只要穿上这身红色工装，走进这片神秘而诡异的大漠，没有人能回避这些拷问。

几万名身穿国旗色工装的石油人，像一簇簇天火，在与世隔绝的高

山大漠上闪烁跃动。浩渺的瀚海上，呛眼的风沙里，他们日夜奔忙，散如满天星，聚如一团火。虽然环境极其恶劣，工作异常繁重，但极少听到有人怨天怨地发牢骚。而欢快的笑声，却如同天籁，不时从大漠的某个角落骤然飞起。

一位京城来的大干部在塔克拉玛干沙漠腹地的塔中作业区住了几天，体验了“死亡之海”环境的严酷和寂寞，临走时对作业区的员工说，你们只要守在这里，就是贡献。这里的员工却从来没有满足于“守”在沙漠腹地，他们千方百计“增储上产”，一年四季都在“创先争优”，唯恐蹉跎了岁月，愧对了青春。

拼搏与奉献，在这里不仅是挂在墙上的标语，也不仅是喊在嘴上的口号，而是大漠上每日每时处处可见但无人导演的“现场直播”，是作家记者们俯拾即得的动人素材，来访者无人不感动，归途中无人不感慨。

塔里木人在大荒漠上写华章，他们的业绩很骄人，故事很感人，精神很可贵。在极其艰苦的环境里，他们笑傲大漠。面对世界级难题，他们愈挫愈奋。公事与家事发生矛盾时，他们往往先公后私。长期与亲人分离，他们常常用“多干活”隐忍对亲人的思念之情……

新时代的理想主义、英雄主义、现实主义、浪漫主义和乐观主义精神五面大旗，在塔里木的大荒漠上猎猎飘扬，令人如闻鼙鼓，如沐春风。

4万多塔里木人多如繁星、催人泪下、令人感奋的故事，闪烁着中国精神的光华。那是时代精神的结晶，照亮了世人迷乱的心房，也激励着数不尽的后来人。从他们的故事和精神里，可以看到中国的希望和未来。

塔里木人为什么？

职工们说，我们是“国家队”的队员，为国家效力、多贡献责无旁贷。

民工们说，我不多多干好好干，就圆不了致富梦。

其实，他们殊途同归，无论各自的出发点是哪里，落脚点都在同一处：为国家增油添气。民工们确实是为挣钱而来，但他们挣得坦坦荡荡。

在为这个目标共同奋斗的艰苦卓绝的历程中，在这满目苍凉的大漠里，职工与民工在共闯难关的日子里朝夕相处，每个群体都展示了自己的美好神采，无数人的灵魂受到了洗礼，精神得到了升华。

塔里木人活得很充实，但也有困惑。

“六上塔里木”的石油大会战，在 1989 年 4 月库尔勒梨花飘香的时候拉开帷幕。这场起始于改革开放年代的会战，物质条件远比当年大庆会战好得多。塔里木人享受着这个时代之福，也承受着这个时代之痛。

从大漠回到都市的塔里木油田职工，常常陷入莫名的失落和迷茫。日新月异的都市，变幻莫测的时尚，他们似乎熟悉，却又陌生，陌生得让他们屡屡发蒙。

有一年，几位在塔克拉玛干与风沙为伴几个月的年轻物探队员回到库尔勒市后，每人提了几瓶啤酒，坐在马路牙子上，一边慢悠悠地喝啤酒，一边傻兮兮又很贪婪地看大街上的大小车辆和俊男靓女来来往往。他们的目的只有两个字：看人。

他们远离繁华的都市已经很久很久，每天在沙漠里见到的就是那点人，已经熟悉得如同自己的家人，实在是看腻了。现在，他们只想看看外面那些不认识的人，看看雨后春笋般拔地而起的一栋栋高楼大厦，尽情地感受都市的气息，呼吸都市的空气，倾听都市嘈杂的噪音，美美地过一把都市瘾。在沙漠里，他们见惯了沙山，受够了寂寞，现在突然置身繁华和喧闹中，总觉得眼睛不够用了，就像刘姥姥初进大观园。

看着这座曾经熟悉，今又陌生的城市，他们感到兴奋，又有些失落，觉得自己成了城市生活的弃儿。巨大的环境反差，产生了巨大的心理落差，让他们纠结了很久。

有一年的春节前，《中国石油报》驻塔里木油田记者站的余海回北京探亲时，特意穿上了油田那套国旗色的工作服，他的自我感觉好极了，觉得自己就是天下第一帅哥，每个细胞里都洋溢着自豪感，就像歌里唱的那样："我当个石油工人多荣耀"。在前线采访时，他经常被石油工人在艰苦环境里的拼搏精神感动。

没想到，在乌鲁木齐机场排队过安检和登机时，他听到有人在背后语带讥诮地对他的同伴说："瞧，这人真傻！穿成这样还挺得意。"余海在心里狠狠地回了那人一句："你才傻呢！"到了首都机场，他实实在在感到受打击了。他爱人来接他时，一见他这身打扮，立刻就把脸拉下来了，严肃地教导余海："下回你再穿成这样，我就不来接你了！"余海暗自感叹，"我当个石油工人多荣耀"的时代已经过去了。

余海至今也没想明白：城市里的每个人每一天都离不开石油天然气，怎么对石油人就不尊重呢？你喜欢吃美味佳肴，却瞧不起做饭的厨师，这是什么道理？

探访塔里木的八方来客，感动过后是迷茫。

回到气象万千如花似锦的都市里，总有些从净土落入尘嚣的穿越感，一时不知该欣喜，还是该郁闷。眼前的一切都绚烂而庸常，马路上车流如水，街两边人流如织，早市上买卖两方在热烈认真地讨价还价，"中国大妈"在公园里翩翩起舞，"中国大叔"在长椅上茫然发呆，徒步健身的老少摩肩接踵，树荫下打牌下棋的闲人其乐融融，大街上遛狗的女郎优哉游哉……而来自大漠的阳刚气，奉献身，依然天风海涛般在心胸间鼓荡，影子般在脑海中久久徘徊。

时空变换了，不一样的场景，不一样的氛围，哪一个都真真切切，只是反差太大了，恍如隔世。英雄气与世俗味，大漠与都市，荒凉与繁华，悠闲与拼搏，矛盾着，对立着，似乎又统一着，在心海上剧烈碰撞。过了很久很久，依然难以适应这物欲横流的花花世界里浮躁喧嚣的氛围。

到过塔里木的人，倾诉欲都很强，总想对人讲述大漠石油人，说说他们的故事，讲讲自己的感慨。可是，在这个“以经济建设为中心”已经被许多人解读成“发家致富是最大梦想”的时代，在鄙视理想与奉献的人群中，在许多人为“老人跌倒后扶不扶”而纠结的都市里，在“笑贫不笑娼”的口头舆论场里，在网上微博和手机微信的朋友圈里，在“人心跟着网络走”的舆论环境里，人们高度关注又热议的话题是拜金与暴富、贪官与土豪、投资与理财、明星与绯闻、养生与长寿、健身与健康，甚至吃货与美食，拼搏与奉献的人物故事，在主流媒体上也成了偶尔才可一见的点缀，谁有闲工夫有兴趣坐下来倾听这些来自遥远而苍凉的地方的正统故事？但憋着不说，如鲠在喉，又难受得慌。

20多年来，每一个塔里木油田的探访者都走过这样的心路历程，都有过这种巨大的心理反差，遇到过这样的无奈和尴尬，他们无限纠结，也感慨万端。

塔里木石油人也是现实中人，他们也有凡心俗念，七情六欲一样都不少，他们的思想也会受到各种社会潮流的冲击荡涤，面对大漠外的花花世界，他们有困惑也有迷茫，有纠结甚至有痛苦。但是，他们有自己的追求和坚守，“一切围着油气转，尽快找到大油气田”，是他们心中的“定海神针”，所以他们能“咬定青山不放松”“任尔东西南北风”。

一旦回到塔里木的大漠里山地上，穿上那套红色工装，踏上软绵绵的黄沙，走进闹哄哄的工地，他们便如战士来到疆场，似蛟龙跃入江海，立即抛下尘世间的万千烦恼丝，精神抖擞地进入自己的角色，该干啥干啥，绝不含糊。

这里的故事这里的人，吸引了无数作家和记者，也感动了无数作家和记者，他们被塔里木石油人的精神感染了。

被著名作家贾平凹誉为“大漠歌者”的塔里木油田作家郝贵平，经常深入大漠前线采访，写过《沙海壮举》《大漠铁驼》等颇有影响的

报告文学和散文。多年后谈起燃情岁月里那些感人肺腑的人和事，他依然十分激动，他在一篇作品的题叙中写道："睡梦里想起塔里木，热泪涟涟落枕边。"

20世纪90年代以来，著名作家艺术家们纷纷到塔里木来采风。

第一个走进塔里木的是著名作家魏巍。1990年9月，年逾古稀的老作家来到正在大会战的塔里木。在会战前线的轮南探区，在塔克拉玛干沙漠腹地的塔中，老作家看到了许多"宁愿吃尽千辛万苦，拼死拼活，也要为祖国找出油来"的参战将士，他越走越看越感动。在会战指挥部召开的轮南整体解剖第一战役总结表彰大会上，老人家发表了热情洋溢的讲话。临别时，这位曾经写过《谁是最可爱的人》的老作家激动不已。他对会战指挥部的领导说，塔里木石油人就是新时代最可爱的人，光荣属于创造历史的人们！

进入90年代中期后，刘白羽、李若冰、雷抒雁、何建明、贾平凹、田歌，等等，还有一批又一批中央和地方媒体的记者先后来到大漠深处采访。这些见多识广的人走进大漠深处，深入勘探开发前线，看了听了后，无一人不感动，无一人不感慨。

"太感人了！"这是作家记者们采访塔里木的共同感受。有些记者含着热泪采访，淌着眼泪写稿，后来又噙着泪水到处讲述塔里木石油人的故事。一位作家写塔里木故事时，滚滚热泪屡屡把稿纸打湿……

著名的军旅作家刘白羽从北京来塔里木时，已经是80岁高龄的耄耋老人了。老作家拄着拐杖，来到位于沙漠腹地的塔中作业区后，看过现代化的油气集输联合站，参观了塔中油田的"五朵金花"，激动地说："我来这里，看到了石油壮士的热血汇成了汹涌澎湃的大潮，真是了不起啊！"

临别时，这位老军人登上联合站南面的一座沙丘，俯瞰沙海里的"石油城"，动情地说："我要向昆仑山的太阳高呼，向新时期最可爱的人石油人拜谢、敬礼！"

说罢，老作家毅然放下手中的拐杖，举起右手，双脚并拢，向塔中油田敬了一个标准的军礼。

著名诗人雷抒雁深入塔里木采风后激动不已，满怀深情地写下了《彩色的荒漠》，记述了石油人在荒漠上的拼搏与贡献，把他对石油人的敬慕之情化成了滚烫的文字。此文后来被列为全国中学语文阅读素材，塔里木石油人的功业和精神，像涓涓春水，悄然浸入无数中学生的心田。

2012年，北京作家李迪感动于塔里木沙漠公路边一对四川民工夫妇在水井房的故事，从北京三进塔克拉玛干沙漠，写出了报告文学《004号水井房》。作品先后在《北京日报》和《人民日报》发表后，被网易和凤凰网等多家网站全文转发，感动了首都和国内外无数读者，编辑部、塔里木油田和作者收到各界读者的电话、短信和邮件，纷纷谈感想，表敬意。

其实，李迪报道的这一对夫妇的故事，只是几万名塔里木石油大军感人故事的冰山一角。作家记者们纵然蘸尽沧海水，也写不尽塔里木石油人的感人故事。

塔里木石油人的故事和故事里的精神，就这样通过一篇篇报道，一首首诗词，传遍了长城内外，大江南北。北大、清华和许多大学的毕业生，就是通过媒体和其他渠道，了解塔里木，向往塔里木，满怀在大漠里实现人生价值的热切愿望，登上西去的列车，加入了勘探开发塔里木油气的队伍。

如同太阳也有黑子，塔里木石油人中也会有败类，虽然只是极个别人，但也伤害了这个伟大群体的形象。谈起这种人，一位常年工作在大漠里的年轻人痛心又气愤地说，他们不代表我们，他们对不起那么多常年在前线的风沙里苦干的员工！

在这个4万多人的群体里，“最可爱的人”比例最高。他们是民族的脊梁，一群大写的人。他们的精神，是这个时代最灿烂的华彩乐章之

一。为他们唱一支赞歌，是这个社会的良心，也是对民族精神的礼敬。

生活在繁华和安逸中的人们，对那些在沙海里和断崖上拼搏奉献的石油人，应该心存敬意。在这个许多人视理想为尘埃的时代，他们依然不离不弃地坚持着自己的职业理想。他们的家国情怀，博大而温馨。他们千辛万苦从大漠里发掘的宝藏，照亮了我们的生活。他们用汗水和智慧创造物质财富，也为我们贡献被许多人正在或已经丢失的精神财富，那是我们这个伟大民族永远不能丢失的宝贵财富，也是我们中华民族屹立于世界民族之林最重要的资本。

塔里木人在创造历史，也在大漠上演奏这个时代最绚烂的华彩乐章。4 万多塔里木人，每个人都是一个跃动的音符，4 万多音符奏响的华彩乐章，雄浑、悲壮、昂扬，振奋人心如春雷，动地也感天。

大荒漠上的塔里木人塔里木事，汇成了一曲塔里木版的新时代奋发图强的民族精神壮歌。这支歌千回百转，时而如春江浩荡，波涛汹涌；时而似小溪山泉，潺潺汩汩；时而像细雨绵绵，润泽万物。这支歌荡气回肠，响彻了杳无人烟的大漠群山，唤醒了在地下沉睡了亿万年的石油天然气，感动了数不尽的八方来客。

如果我是诗人，我要写一部史诗赞美塔里木石油人，赞美他们在瀚海上创造的人间奇迹。

如果我是歌唱家，我要唱一支赞歌颂扬塔里木石油人，赞颂他们在大漠里铸造的历史丰碑。

可惜我不是诗人，没有澎湃的诗情。我也不是歌唱家，没有银铃般的嗓子。

我只能用这些朴实的文字，写出塔里木石油人动人的故事和故事里的精神。

我愿这些文字化为一支赞歌，把他们动人的故事和故事里的精神到处传唱。

第一章　再战世界级难题

这里是一个 53 万平方公里的大考场，这里有一张 53 万平方公里的大考卷，考卷里堆满了稀奇古怪的世界级难题，考题是普通人看了头大如斗的塔里木盆地油气勘探开发。

1952 年，这场大考开卷后，前来赶考的石油人一代又一代，“考生”们虽然都特别能吃苦、特别会思考、特别能战斗、特别能攻关、特别能奉献，但他们呕心沥血，倾尽才情，青丝变白发，至今无人考满分，只有几度兴奋，几度困惑，还有的就是兴奋加困惑。不是考生们不努力，也不是大家没能力，确实是“敌人太狡猾”了。

他们面对的是世界级系列化难题，攻克了这道难题，下一堆难题又鬼打墙似的兀然出现在眼前，就像爬山，千辛万苦翻过了这座峰，还没来得及坐下来喘口气，举目一望，发现还有一群更大更难攀登的险峰在远方。老地质学家王秋明感慨道，在这个考场上，只有做一个《红色娘子军》中的“打不死的吴清华”，才能笑到最后。

60 多年来，石油人与塔里木大战六轮，小战无数，史称“六上塔里木”。1989 年 4 月，第六次会战塔里木时，时任中国石油天然气总公

司总经理的王涛决绝地说："这一次上来，就不下去了！"尽管对勘探开发塔里木的困难有足够的思想准备，但谁也没想到，要面对的难题居然无穷多。

石油勘探开发动用的是千军万马，付出的是千辛万苦，遭遇的是千难万险，就为了找到油气，拿出油气，让它们造福人类。在塔里木这样极端恶劣的环境里找油找气，是一场世界级恶战，其环境之恶劣，情况之复杂，过程之曲折，攻关之艰难，远远超出了人们的想象力，没有亲身经历的人，无法想象其中的酸甜苦辣。

塔里木是一个大型叠合复合盆地，地质构造的复杂程度超乎想象，中国独有，世界罕见，在全球 960 个 1000 平方公里以上的盆地中是一个怪胎。这个盆地的面积有 53 万平方公里之大，在世界九大盆地中排名第四，昆仑山、天山和阿尔金山从西、南、北三面夹持着这个巨型盆地。盆地的地表上覆盖着广袤的戈壁和浮土，盆地中央的塔克拉玛干沙漠被称为"死亡之海"，维吾尔语意为"进去出不来"。33 万多平方公里的大沙漠，像一个巨大超厚的黄被子，遮蔽了地下信息，这里也成了天底下最难猜的谜语。

"塔里木的地下地上两重天，地表地下两张脸，地上的塔里木盆地是沙漠和戈壁，地下的塔里木则是另一副面孔。石油天然气藏在地下 4000 至 7000 多米甚至 8000 多米的地方，油气层上面有一黑一白两个巨厚的大被子，盆地南部有一个湖相膏泥岩的黑被子，北部有一个石膏层的白被子，这两个被子的面积都很大，而且都很厚，单是昆仑山下那张黑被子，就有 28 万平方公里大。在盆地北部的古潜山残丘，又有大型缝洞集合体。我们得在地下几千米的这三种地方找油气，难度是世界之最。"塔里木油田原总地质师王招明这样描绘塔里木盆地的地质情况和勘探难度。

王招明是个"塔里木迷"，也称得上一个"塔里木通"。他自 1988 年来到塔里木后，除了出差开会，几乎一天也没有离开塔里木，自称

"关心地下比关心地上要多，对地下情况比地上情况熟悉。"他对这个盆地的了解，像一个老中医对人体的熟悉程度。

塔里木盆地的地下面貌神秘诡异，扑朔迷离，其地质构造的复杂多变，地层结构的复杂多样，只能用一个"乱"字来形容，而且乱得一塌糊涂。6亿多年来，塔里木曾经四度为海，这里的沉积既有海相湖相，又有陆相，又经历过多次剧烈的构造运动，冲断挤压严重。沿库车河的中新生界碎屑岩系，地层倾角变陡，甚至直立倒转，又有叠瓦冲断带、雁列皱褶带等。在沙雅西北，地层出现正反转、负反转构造和滑脱现象。自早震旦世到晚震旦世，塔里木盆地的气候由大陆、冰川寒冷气候逐渐转暖，又出现半深海深水浊积岩沉积。

塔里木的油气为什么这么难找？油田总地质师江同文说："塔里木的地质历史很活跃，沉积历史很丰富，什么油藏它都有，有油，有气，原油有稀有稠，也有重有轻，这里的重油比沥青还稠。教科书里有的，这儿都有，教科书里没有的，这里也有。"

这是为什么？江同文说："几亿年来，处在几大地质板块之间的塔里木盆地，发生过几次大的构造活动，大大小小的地震持续不断，藏在地下的油气破坏得很厉害。地壳一活动，有的油气就跑了。20多年前，我们在塔中4井发现了一段100多米富含原油的岩心，大家以为会在这里发现一个大油田，但试油时却出了水。当时大家搞不清是怎么回事，现在看来，是打到一个含油构造的断尾巴梢上了，藏在这里的原油早已不知在什么时候跑掉了。这就使我们找油找气，像枪手在打一个活动靶，大方向知道，但目标不清楚，更不清楚靶心在哪里，很难看得清、瞄得准，这就大大地增加了寻找和发现油气的难度。"

江同文是一位博士出身的地质学家，读研和读博期间，曾经在四川盆地和松辽盆地的油田实习过，到塔里木后又查阅了国内外含油气盆地的大量资料，深知脚下这个盆地的地质情况之复杂难解，属于全球之冠，也知道攻克这个世界级难题有多难。

在这个地上环境异常恶劣、地下复杂多变的盆地勘探开发石油天然气，老天爷真是给中国的石油人出了个天大的难题。

60 多年来，面对塔里木油气勘探开发这个世界级系列化难题，中外专家们忽而兴奋，忽而困惑，忽而兴奋加困惑，如同坐在过山车上。

塔里木的老地质学家梁狄刚说："在我们这些搞地质的人看来，在塔里木搞油，最恼火的倒不是地上环境有多苦，条件有多差，真正让人上火闹心的是，这里的油气是忽有忽无，产量是忽高忽低，人也被折腾得忽而欢喜，忽而困惑。一个难题解决了，新难题又像个江洋大盗，不知会在什么时间什么地方忽然就从斜刺里杀出来了，真是煎熬人哪！"

天下第一难

政治家治国理政，先要摸清国情，而要弄清国情，就得调查研究。地质学家认清了"地情"，才能确定油藏在哪里，井打在哪里，否则就是盲人骑瞎马式的瞎折腾。

认清塔里木"地情"这道世界级难题的难度，远远超出了一般地质学家的想象力。地质学家认识"地情"的主要手段，就是地球物理勘探，俗称物探。物探通过地震波的反射获取地下的地质资料，人们说物探是给地球做 CT，就像医生给病人做 CT，找到了病灶，才能对症下药，因此石油界有一句名言：石油勘探是"成也物探，败也物探"。无论中国还是外国，这方面成功的经验和失败的教训多得罄竹难书，不是成果巨大，就是代价昂贵。

油田原总地质师王招明说："我们在塔里木面对的难题很多，但最大的难题是地质认识，第一道难关在地震。一旦攻破了地震这道难关，能够得到准确的地质资料，塔里木就会迎来更多更大的发现。只要能找到油气构造，我们就有办法把它拿出来。"

塔里木盆地的中心是特大沙漠塔克拉玛干。几亿年来，这里曾经几度为海，最终变成现在这副模样。这个中国最大的沙漠，过去给人的印象只有神秘和恐惧，它有个令人闻之色变的外号叫“死亡之海”。

亿万年来，这里只有沙气，没有人气，天上无飞鸟，地上不长草，风吹沙子跑，谁看见这一片沙海都会感到绝望，世世代代居住在沙漠周边的人们，谁也不知道那厚厚的黄沙下面藏着什么秘密。

塔克拉玛干沙漠是塔里木盆地的盆子底，按照“盆地生油气”的规律，许多地质学家坚定地认为，这个大沙漠的地下深处，埋藏着丰富的石油天然气。

1983 年，物探三处 3 个武装到牙齿的沙漠地震队带着各种现代化设备，闯进了这个风沙的王国，用各种现代技术手段寻找藏在沙海底下的石油天然气。人们惊讶地发现，海涛般的沙山下，果然有巨大的油气构造，仅一个塔中隆起 1 号构造，就有 8.2 万平方公里。

从此以后，石油人的梦里就有了塔克拉玛干。

在塔克拉玛干沙漠发现并建成一个大油田，是塔里木石油人的一个大梦。

塔中寻梦的路上，有惊喜，也有困惑，困境多于顺境。石油人多少次欲罢不能，欲进无路，艰难曲折程度超乎常人的想象。

1989 年 5 月 5 日，位于塔克拉玛干沙漠腹地的塔中 1 井，在众人殷殷期盼的目光中开钻了。

这是人类第一次在这个沙漠里竖起高高的井架。

开钻那天，塔里木会战指挥部和新疆巴音郭楞蒙古自治州的领导专程前来剪彩。井场上彩旗猎猎，气氛热烈得发烫。望着矗立在沙海中央的 7000 米钻机，每个人的心里都充满希望之光。

1989 年 10 月 19 日，塔中 1 井破天荒地喷出高产油气流。

塔里木人欣喜若狂，报喜的锣鼓喧天震地，深夜里从物探三处的大院敲到了 20 多公里外的指挥部大院。报喜的电波，也从沙漠中心飞进

中南海。

可惜，这个塔中 1 井的油气只是昙花一现，后来就既不出油，也不出气了。

1992 年 4 月，塔中 4 井一声长啸，塔里木的第一个沙漠油田横空出世。

1995 年 9 月 30 日那一天，“死亡之海”双喜临门，时任中共中央政治局委员、国务院副总理的邹家华，从北京来到塔里木，出席了沙漠公路的通车仪式后，专程前往塔中，亲自为塔中油田联合站开工奠基。

塔中油田 1996 年投产，年产量最高的 1999 年，产量达到 202 万吨，占了当年塔里木油田原油总产量的近一半。开发塔中油田，塔里木用了当时全世界最先进的设备和技术，把塔中油田建成了全国第一个大规模自动化开发的油田。

塔中油田不仅是塔里木油田的骄傲，也是中国的骄傲。

2005 年，塔中 82 井喷出高产油气，地质学家惊喜地发现，这个 2 万多平方公里的塔中 1 号坡折带，是一个储量 3 亿吨的奥陶系礁滩型凝析油气田。

塔里木石油人在大沙漠里苦苦追寻了十几年的“大场面”，终于露出了灿烂的笑脸。

2013 年 7 月，中深 1 井在 6800 米的下寒武统白云岩发现了高产天然气，井下压力 49 兆帕，用 6 毫米油嘴测试，日产天然气 22 万立方米。地质学家认为，下寒武季白云岩在塔克拉玛干沙漠里大面积分布。

这是一个意外之喜，也是一块大“肥肉”。

塔里木盆地北部的库车古称龟兹，西域 36 古国的大国之一，汉唐中央政府的西域、安西都护府，就设在库车境内。盛唐时期，龟兹是丝绸之路上的明星城市，中外僧侣，欧亚商贾，常常云集龟兹。龟兹乐舞风韵独具，精美绝伦，令人痴狂，被誉为“天宫飞来的歌舞”，在首都长安是宫廷大乐，皇亲国戚们喜欢得近乎痴狂。龟兹乐舞向东辐射日

本、朝鲜，向南传播到越南和缅甸，向西传至东欧国家，可见影响之大。汉唐时期，库车是西域佛教的一大胜地，曾有僧侣近万人。世人皆知敦煌壁画上的飞天美，但去过库车的人说，那里千佛洞壁画上的飞天，比敦煌的飞天还漂亮。

库车、拜城之下有个被地质学家称为库车凹陷的地质构造，这个库车凹陷如今在石油勘探界几乎无人不知，石油人都知道这是个特别难啃的硬骨头。

地质学家预测，这个2.8万平方公里的地质凹陷下面，蕴藏着3.06万亿立方米天然气，6.09亿吨石油。

这是地质学家根据地震资料的判断，但库车凹陷那么大，地表情况那么复杂，石油天然气到底藏在什么地方，却是一个天大的谜。

在库车找到大油气田，是几代石油人的梦。追梦库车的路上，写满了石油人的汗水与泪水，艰辛与彷徨，希望与失望。

20世纪50年代初起，一代又一代石油人，一次又一次进军库车凹陷，费了多少劲，吃了多少苦，流了多少汗，谁也说不清，有些人年纪轻轻就丢了性命，埋骨库车。1959年，收获了一个小小的依奇克里克油田。此后30多年，再无斩获。1989年春的大会战开始后，几次三番鏖兵库车，直到1997年，才在大宛齐发现了一个浅层小油田。

石油人千呼万唤，眼珠子都快盼绿了，藏在地层深处的那个大气田，就是不肯露脸。

老天爷似乎有意给中国人出了一个美丽的难题，给你财富，但绝不让你轻易得到。

几十年后，人们才知道，库车的油气主要埋藏在7000米左右的地层深处。这个层位，过去不仅没人碰，大家连想都没想过。当时，也没那个工程和技术条件。那时的钻井队，拎着三四千米的钻机在库车山前打钻，根本不可能找到油气。

回首备尝艰辛却收获甚微的库车勘探史，曾经担任塔里木会战指挥

部副指挥兼总地质师的中国科学院院士贾承造说："一是钻探以地质构造为主，地质规律认识不清，勘探方向不明确；二是地震勘探难度大，没有能够反映深层构造的山地数字地震，深浅层构造不符合，勘探目标找不准；三是钻井难度大，受当时钻井工程技术条件限制，无法钻达目的层。"

1998 年 8 月 5 日，惊雷一声震天响。库车凹陷上的克拉 2 井喷出高产工业气流，中国最大的天然气田横空出世。克拉 2 气田的探明储量有 2800 多亿立方米，是一个超大型气田。造福 4 亿多人的西气东输工程，依托的主要就是这个克拉 2 气田的天然气。

沉寂了 40 年的库车凹陷，在世纪之交给中国石油工业和老百姓一个巨大的惊喜，交了一份漂亮的答卷，也在塔里木的油气勘探史上树起了一座丰碑。

2010 年，在库车山前的克深和大北，塔里木石油人又发现了几个上千亿立方米的特大气田，人们惊喜交加地发现，这里的天然气埋深都在地下 7000 米左右。

传统的油气成因理论认为，我国中东部地区的 3500 米以下，西部地区的 4500 米以下，是"油气死亡线"。所谓"油气死亡线"，就是在这么深的地层里，由于温度太高，原来储藏的石油会变成气，天然气就在高温中蒸发了。这理论像一个紧箍咒，束缚了许多地质勘探人员的手脚，禁锢了人们的思想，大家长期把 4500 米以下的地层视为禁区。打井打到这个深度，如果不见油气，就封井撤钻。

塔里木石油人在克深和大北的这些重大发现，突破了传统的勘探禁区，大大地解放了人们的思想，也为油田冲刺新的战略目标，提供了充足的资源基础。

2013 年，这里云集着近万人的队伍。20 台 8000 米钻机，10 台 9000 米钻机，像一个个巨人，骄傲地矗立在库车山前的蓝天白云间。7000 米这样在中东部油田极难见到的大型钻机，在这里只能算是小弟

弟了。

8000 米钻机全世界都没有装备，在中国也只有塔里木才有这样的钻机。这是塔里木油田根据库车勘探的需要，特意让国内厂家生产的。过去我们只有 9000 米和 7000 米钻机，就像军队有师和团而没有旅，是一个缺憾，有了 8000 米钻机，就像军队有了旅的建制，钻机的种类就完整了。

我国石油钻机的装备，在 20 世纪 90 年代前，基本是 1000 米、3000 米、4000 米钻机，大庆油田的钻机，几乎都是 1000 米的钻机。6000 米钻机和 7000 米钻机，在各油田是凤毛麟角，只用于打科学探井。塔里木会战后，7000 米钻机才成了主力钻机。在库车凹陷钻探，8000 米和 9000 米钻机成了主力装备。钻机小了，打不到目的层。

浩瀚的大漠上，一座座钻机的巨型塔架刺破苍穹，五星红旗在钻塔顶上猎猎飘扬，“中国石油” 4 个大字格外耀眼。入夜，被灯光照得玲珑剔透的钻塔下，库车山前的大地在钻机的轰鸣声中微微颤抖。

20 多年前上库车勘探时，布了一口南喀 1 井，打井时就经常卡钻，套管下去后，常常会被挤扁。一口 5000 多米的井，就这样打打停停，总共打了近 900 天，创造了钻井史上的慢记录。

人们开玩笑说，都怪这口井的名字没起好，“南喀南喀，又难又卡”。南喀 1 井打得这么慢，就因为遇到了盐层，可当时谁也不认识盐层这个新东西。

美国人在北海和墨西哥湾打井遇到纯盐层时，常常一耽误就是几十天。

库车山前的井，比那个南喀 1 井还要深 2000 米左右，地下情况也更复杂，不仅超深超高温超高压，砂泥岩、膏泥岩和膏盐还搅和在一起，盐层中又有高压水。鹅卵石和石英砂往往混在一起，可钻性非常差，不是打不动，就是出现井漏、溢流或卡钻。在克深和大北，因为井漏和卡钻，一口井平均有 60 天白干活了。由于地层高陡倾斜而坚硬，

钻头下去，常常是一打就斜了。更麻烦的是，同一区块的盐层，有浅也有深，深度差异很大，从1200多米到5000多米不等。地下的情况则是一口井一个样，没有规律可循，技术模式不可复制，只能“一井一策”。

我们的技术不行，那就请世界著名的美国的斯伦贝谢、贝克休斯和德国的一家公司来联合攻关。这些跑遍全球的洋专家，到了塔里木也有些懵，他们也没见过这么难啃的骨头。外国专家带来的垂直钻井系统设备和技术，打斜井是拿手好戏，到了塔里木，却常是英雄无用武之地。

全世界也没有这么复杂的地层，没有人见过这么难打的井。

一道又一道难题，像一个又一个拦路虎，横在鏖战库车的石油人面前。

大家都明白，如果不能攻克这些难关，库车凹陷的勘探开发进程就会大大滞后，没有第三种可能。

石油界有句老话：石油勘探，物探先行。物探资料，是地质学家的眼睛。欲知塔里木的地下情况，物探资料要准确。

物探人的责任大，压力更大。

年近半百的地质学家柴桂林望着塔里木盆地的地质图，突然感到自己的脑子不够用了。

柴桂林是发现华北油田的功臣之一，来到新疆时，已是全国地质学界卓有名望的人物了。从华北到新疆，他和地质图打了几十年交道，可眼前的这幅地质图，却让他有些看不懂，就像初中生面对一道高等数学题。

1978年春，柴桂林率领石油部物探局的10个地震队，从河北转战新疆，在苍茫的塔西南地区纵横驰骋3年多。这是石油人“五上塔里木”了。

近千名职工们挖坑放炮，人拉肩扛，吃尽了苦头。原本就瘦的柴桂林，累得已经“走相”了。如今，地质图搞出来了，自己却看不懂了。

他苦笑着摇了摇头，陷入了深深的困惑。

1985年，来自全国的近百名石油专家汇聚乌鲁木齐，对塔里木的油气资源进行评价，柴桂林就是这个大队的副队长。1年后，专家们共同认为，塔里木盆地的油气资源总量为101亿吨，其中天然气为8万亿立方米。有人形象地说，塔里木是满盆含气半盆油。

塔里木盆地的地下情况神秘难知，这么多的石油天然气藏在哪里？专家们只能根据少得可怜的地质资料做一些初步判断。

20世纪50年代以来，我国的石油大军在勘探开发克拉玛依、大庆、胜利、辽河和四川等地的油气资源时，积累了非常丰富的经验，但石油地质、钻井等类专家在其他盆地和油田的经验，到了塔里木就基本不管用了，许多专家都有“老革命遇到了新问题”的感叹。

翻一翻塔里木曲折得有些离奇的勘探史，也许就理解了柴桂林的困惑。

1952年2月初，共和国的第一个中外合资石油企业中苏石油股份公司在新疆成立后，苏联专家和中国石油工人从南疆名城喀什市郊的浩罕庄出发，拉开了人类勘探开发塔里木石油资源的帷幕。

这个中苏合资的石油公司的背景非同小可。1950年，开国领袖毛泽东第一次出访苏联时，与斯大林签署了苏联援助中国的156个大型建设项目协定，中苏合作开发新疆石油的协定即是其中一项。毛泽东和斯大林这两位历史巨人，出席了隆重的签字仪式，中苏石油股份公司就是这个协定的产物。

那时的中苏关系好得像一对亲兄弟，苏联人也是真心诚意帮咱们，苏方派来的都是精兵强将。

苏联专家的勘探思路是：“围着周边转，山前找‘鸡蛋’，找到构造就上钻，碰到油苗就打钻。”这些苏联专家大多来自著名的巴库油田，他们认为，塔里木盆地北缘天山山脉的山前凹陷，与巴库油田的地质构造很相似，有大面积的海相白垩系地层，与苏联的费尔干纳盆地和

塔吉克盆地类似，塔里木盆地中、新生代与古阿莱依海峡相通。费尔干纳盆地和塔吉克盆地都被证实是油气富集区，费尔干纳盆地曾经钻出日产万吨的油气井。喀什凹陷的地表上又有很多油苗，应该是最有利的储油地带。

苏联专家雄心勃勃，要帮我们在南疆找一个费尔干纳盆地那样的大油气田。可是，他们低估了塔里木的复杂性。从 1952 年到 1954 年，苏联专家带领中国石油工人苦干了 3 年时间，在塔里木盆地西南部的阿图什、喀什和拜城地区打了 7 口井，结果全是干窟窿，没见一滴油，没冒一丝气。

1954 年 9 月，满怀惆怅的苏联专家黯然撤离塔里木。总地质师杜阿也夫是个经历非凡的老红军战士，打过仗，搞过勘探，几乎从未失手，没想到如今会折戟中国西北的塔里木。

杜阿也夫抓起一把石子，狠狠地扔向远处，沮丧地叹道："这里没有油！"

苏联专家留下的勘探结论让人绝望：塔里木地质条件复杂，埋藏深，难度大，环境恶劣，短期内不可能获得大突破。

中国石油人不甘心，这么大的一个盆地，盆地西南部的大地上有那么多油苗，库车一带的山里还有那么多地质露头，怎么会没有油呢？

1958 年 9 月，中国人在盆地北部的库车境内发现了依奇克里克油田。这个依奇克里克虽然规模不大，却是塔里木盆地上的第一个油田，也是一支报春花，向人们预示了塔里木盆地蕴含油气的好前景。

新疆石油局调兵遣将，乘胜追击，想从这片"红被子"覆盖的构造附近，为年轻的共和国再抱出一个"金娃娃"。

石油人千寻万找，不知吃了多少苦，受了多少累，也不知流了多少汗，可将近 20 年的时间过去了，只收获了一群干窟窿。

1977 年 5 月 17 日，在叶城县境内的塔西南凹陷构造上，柯克亚 1 号井突然发生强烈井喷。强大的油气流从地下 3783 米处呼啸而出，喷

出的油气柱高达 130 多米，日喷原油 1300 立方米、天然气 260 万立方米。

柯克亚喷油的巨大轰鸣声，像滚滚春雷，迅速传遍全国，南疆各族百姓更是兴奋得奔走相告。

柯克亚被称为塔里木找油史上的“第二个里程碑”。可是，从依奇克里克到柯克亚，隔了漫漫 18 个寒暑。

按照历史的经验，一口井喷出高产油气流，就意味着发现了一个大油田。柯克亚 1 号井喷出的油气之多，在新疆乃至全国皆极为罕见，几乎所有人都信心十足地认为，又一个大庆油田在大西北的荒漠上诞生了。大庆是让中国人扬眉吐气的特大油田，中国人多么盼望再出现一个甚至更多的大庆啊！

石油部迅速从全国调集 14800 人的大军，由一位副部长挂帅，以柯克亚为重点，在塔里木盆地展开轰轰烈烈的“马蹄形”大会战。来自全国各地的石油人摩拳擦掌，要把柯克亚变成第二个大庆。然而，会战大军在柯克亚附近的 68 个构造上，打了上百口井，却了无收获。几年后，轰动一时的“五上塔里木”也黯然下马。

人们百思不得其解：难道柯克亚是个“独生子”？

33 年后的 2010 年 4 月 18 日，在柯克亚 1 号井东北 40 多公里的普沙构造带上，柯东 1 井喷油了，日喷原油 65 立方米、天然气 12 万立方米。

当年在这一带洒过汗水的老石油们从网上看到消息后，激动得聚在一起，晃动着白发苍苍的脑袋，满怀欣喜地热烈议论道：柯克亚这个“独生子”终于有个“小弟弟”了，今后再也不孤独了。

地质学家们却陷入深深的困惑：在同一个构造上，相距那么近，两口井出油的时间为什么隔了 33 年！它们之间的神秘关系到底是什么？

1984 年 9 月 22 日凌晨，地矿部西北石油局在塔里木盆地北部钻探的沙参 2 井，突然发生井喷，日产原油 1000 立方米、天然气 200 万立

方米。

沙参2井的出油喷气，是塔里木石油勘探的又一个里程碑，中国石油界倍感振奋。

1988年11月18日，中石油南勘公司钻探的轮南2井，在打到5221米的井深处时开阀放喷，油气混合着泥浆发出咆哮般的吼声。有人把点燃的火把扔向放喷口，围在旁边的人们刚听到“轰”的一声巨响，便见眼前腾起一条30多米长的火龙，在大漠上撒着欢腾跳闪耀。

“喷油了，喷油了!”井场上一片欢腾。

激动人心的欢呼声，从轮南的电台传到200多公里外的南勘公司值班室，守候在电台旁的经理钟树德和沙漠顾问组组长王炳诚，激动得声音都发颤了：“天大的喜讯啊，30多年了，我们终于在塔里木找到高产油气了!”

轮南2井完井后，共获5层高产油气层，合计日产原油1500立方米，日产天然气20万立方米。

这是中石油的队伍首次在塔里木盆地台盆区的重大发现。

轮南2井的发现，引发了1989年的石油大会战。轮南2井后来被称为塔里木油田的“功勋井”。

轮台县南部的这一片荒漠，成了塔里木会战的第一个主战场。1990年，会战指挥部踌躇满志，在轮南2井附近布下40口井，有的是生产井，有的是探井，有的是评价井。来自全国的会战大军要“整体解剖轮南”，准备在这里搞出一个大油田。

那时的轮南，满眼都是井架，纵看成排，横看成行，场面十分壮观。这年的年底，钻完了30口井，却只有20口井获得工业油气流，有的井是先出油，后出水。原来指望的轮南大面积含油的场面，没有如期出现。

1989年10月19日，位于塔克拉玛干沙漠腹地的塔中1井爆出惊天大喜讯。这个“死亡之海”里的第一口井钻至3582米时中途测试，强

大的油气流从地下呼啸而出。

当油气化为火龙，在沙海上翻滚腾跃时，井场沸腾了，在场的干部工人无论老少，全都兴奋激动得连跳带叫，有人忘情地抓起一把黑乎乎的原油，抹在了脸上。

塔克拉玛干沙漠以“死亡之海”之名闻名世界。自从盘古开天地，中国人第一次在这个过去无人居住的沙漠里打出了油，谁的心情不激动？

塔中1井的油层厚度117米，中途测试，获日产原油576立方米、天然气36万立方米。

塔中1井出油，在我国石油史上是一个标志性事件，被称为“沙漠春雷”。这一声“春雷”，传遍了全国，也传进了中南海，党中央和国务院领导深感欣慰，欣喜地称这是“雪中送炭”。

此前的几年里，石油部物探局与美国GSI公司合作，在塔里木完成了19条纵贯盆地的大剖面，找到了3个大隆起区。按照历史的经验，大隆起上一般都有大油田。地质学家兴奋地说，这个塔中1号构造有8200平方公里之大。

这太像一个科学的判断和预测了，人们纷纷开始畅想塔中油田未来的美好前景：如果这个构造是一个整装连片的油气田，那该是多么大的一个“金娃娃”啊！善于畅想的人甚至憧憬着要在塔克拉玛干沙漠里建一个“塔中市”。

会战指挥部在塔中1井附近布了7口井，完井后一测试，可惜都是干窟窿。

面对这有些残酷的现实，各路专家坠入五里雾中。这种现象，教科书上没有，其他油田也没有出现过，谁也说不清楚这是怎么回事。

现实很残酷，理论很苍白，但石油人在塔克拉玛干沙漠腹地找油的步伐没歇没停，他们坚信这个大沙漠的底下埋藏着丰富的石油天然气。

会战指挥部在塔中1井西部的塔中4号构造布了1口井，这是塔中

1号构造上的一个小构造。1992年4月，在距塔中1井几十公里的沙漠里，塔中4井出油了，而且是石炭系东河砂岩油藏，日产原油280多立方米、天然气5万立方米。

这是一个令人欢欣鼓舞的好消息，大家都以为抓到了一个“金娃娃”。但是，这个喜中也有忧。从塔中4井取出的含油砂岩长达100多米，含油状态很饱满。塔克拉玛干沙漠的油层竟有这么厚啊！捧着砂岩的专家们兴奋得心也发颤，手也发抖。可是，后来的测试结果却让专家们无限纳闷。原来这100多米含油砂岩，只有上部的20多米出油，下面的80多米竟然全是水。专家们怎么也想不到，这么厚的油层，居然试不出油。从塔里木到北京城，老、中、青地质学家们把这一段岩心研究了又研究，没有一个人能解释这个见所未见的怪现象。

这就是塔里木，像一个反复无常的古怪美人，忽而热辣似火，忽而冷若冰霜，忽而高深莫测，追求者们“真个是冷来时冷得冰凌上卧，热来时热得蒸笼里坐”，常常被折磨得神魂颠倒，又无可奈何。

认识塔里木的地质地层难如上九天揽月，在塔里木打井钻探，其难度也堪比下五洋捉鳖。

1993年2月，会战指挥部决定上钻东秋5井，决意在库车凹陷前陆冲断带寻找大场面。地质学家预测，在库车凹陷最终可探明天然气储量2万亿至4万亿立方米天然气。这个前景，实在太诱人了。

但是，东秋5井所在的秋里塔格山，看一眼就让人脊背发凉腿打战。山上全是龇牙咧嘴的片石和风化石，黄羊都上不去，多年来一直被列为“勘探禁区”。过去也曾有钻井队在这里打过井，但打到2200米就打不下去了，因为遇到盐层和盐膏层后，井眼严重缩径，钻具阻卡。

东秋5井的地质设计是打入侏罗系，争取打穿侏罗系，打入石炭系。开钻后的钻进过程，艰难得超乎想象，常常是钻进20多厘米，就得退回来，再慢慢划井眼，还出现了两次恶性卡钻，这等于是走一步，退两步。会战指挥部总工程师俞新永亲自坐镇指挥，还是被许多工程难

题折磨得经常抓耳挠腮。

东秋 5 井打了两年多，进尺 5314 米，进入第二目标地层后，从地下冒出来的全是水，只好提前完钻。在这里寻找大气田的计划，也只好暂时搁置。

钻探这个东秋 5 井，总共花了一个多亿，在那个年代，这是个天文数字。有人算了一笔账，如果用这些钱买当时一个一万元的日本产“画王”电视机，可以从井底一直摞到井口。

其实，钻探东秋 5 井，收获的不仅有忧，也有喜。虽然没有在这里打出油气，但钻头成功穿过了盐层和盐膏层，这是塔里木钻井工程技术上的一个重大突破，为后来发现的克拉气田的钻井工程储备了技术和经验。后来成为塔里木会战指挥部副指挥的俞新永回忆这件事，颇为自豪地称这是他在塔里木工作几十年间的“三大快事”之一。

在塔里木这样的盆地搞地球物理勘探，难度更是天下第一。仅仅是物探设备和队员怎样进沙漠、上断崖这类初级问题，中外专家们便绞尽脑汁，屡次论证，反复试验，折腾了很长时间，才有了应对之策。

石油界有句行话：成也物探，败也物探。意思是地质学家能不能定准井位，钻井队能不能打出油，首先取决于物探部门提供的地质资料质量好不好。东方物探公司是中石油的“御林军”，自然处在风口浪尖上。多年来，东方公司的领导和职工，因为在塔里木的地震资料的质量问题，经常受到上上下下的批评和奚落。东方物探公司的前身是石油部物探局，20 世纪 80 年代初，物探局在西南凹陷的第四系和上第三系做地震勘探，从莎车到巴楚的数百公里是一个大斜坡，像个大面板，连一个圈闭构造的包包都没有。石油部的一位领导看了很不满意，嘲讽物探局是“面板局”，戏称其局长是“面板局长”。挨了领导批评的“面板局长”，一肚子苦水没法说，东西南北中，他的队伍没见过这么难干的地方。

物探队在塔里木付出的代价，有汗水和泪水，更有宝贵的生命。从

1978 年到 1993 年，仅一个东方地球物理勘探公司 3 处，就有 42 人献出了生命，把英魂永远留在了茫茫沙海。

地质、物探和钻探这三只“拦路虎”，横在塔里木石油人的面前，赶不走这三只“大老虎”，塔里木的油气勘探开发要跨上一个大台阶，几乎没有可能。

勘探开发塔里木，真是天下第一难！塔里木石油人别无选择，只有挺身迎战。

找油就像找真理

2008 年 12 月，塔里木油田的油气当量跃上了 2000 万吨大关，成为中石油的第三大油田，已经探明原油储量 6.2 亿吨、天然气储量 1.03 亿立方米。这是塔里木会战 20 年的成果，也是 1952 年以来几代石油人奋斗的结果。

再过几个月，塔里木油田就要庆祝会战 20 周年。在这个承前启后的历史关口，油田公司领导班子踌躇满志，开始为塔里木勾画新蓝图，制定新目标。

这是一个令人兴奋的话题，也是一个十分沉重的课题。塔里木从会战当年的年产 3 万多吨原油，到年产油气当量 2000 多万吨，用了 20 年时间，从 2000 万吨到 3000 万吨的时间应该更少，但资源必须有保障。如果资源没有保障，再好的设想也是空想。

石油人寻找石油天然气，就像思想家寻找真理，不可能不走弯路，也不可能一帆风顺。他们要找的这个真理埋藏在几千米的地下，看不见，摸不着，寻找的历程注定会艰难曲折。

塔里木的面积有 53 万平方公里，沉积最厚的地方有 18000 米，在这个面积超大、沉积巨厚的盆地上寻找石油天然气，难度甚至超过思想

家寻找真理。

塔里木的地面环境异常恶劣，地下情况极为复杂，油气藏得深沉，藏得怪异，怪不得超出了中外石油地质学家们的认知范围。

人类认识和改造世界，需要发现规律，遵循规律，最终才能驾驭规律，不能发现规律，实践中就步履艰难，地质学家也不例外。而这个塔里木，油气在地下的生成运移几乎没有规律可循，在这样的地方寻找油气，难度可想而知。

塔里木要建成一个更大的油田，必须有足够的资源。浩茫的塔里木，新的油气资源在哪里？

其实，塔里木的油气资源既藏在地下，又藏在地质学家的大脑里。这个看似唯心实则唯物的观点，却是一个真理，它出自美国一位大地质学家，他叫华莱士·E·普拉特。

1952 年，67 岁的美国著名地质学家华莱士·E·普拉特发表了《找油的哲学》一文。这篇只有几千字的文章，在全球地质学界引发的“头脑风暴”，不亚于一场 8 级地震，其影响至今犹在。

普拉特大学毕业后，曾在美国许多石油公司和油区工作过，活到了 96 岁。他一生的阅历很丰富，不仅熟悉美国许多油田的发展过程，也熟悉世界其他国家不少油区的发展过程，几乎所有勘探新技术的出现和应用，他都曾亲自经历，美国人称他为“历尽沧桑的老人”。他的这篇文章最初发表在美国石油地质学家协会杂志上，1982 年为纪念这位地质学家，该刊又发表了这篇文章。

《找油的哲学》是一篇为地质学家解放思想的好文章。“找到石油的地方在人们的头脑里”，普拉特文章中的这个观点成了石油界传诵至今的名言。

普拉特说：“要卓有成效地发现石油，有许多使人可怕的障碍，这并不是说缺乏什么精湛的勘探技术方法，而是那些很有素养的科学家和工程师思想上的极端保守，在认识上对未知世界的重大意义并不觉察或

者根本没有洞察能力，事业心不强，这些都是世界石油勘探事业取得成功的极大的障碍。”

在《找油的哲学》中，普拉特讲了发现科威特特大油田的故事。在科威特特大油田 1937 年被发现之前的 15 年中，世界上许多大石油公司，包括三家最大的英国、荷兰和美国石油公司，都对这里看不上眼，认为不值得理睬，没有一家公司愿意勘探。但是一经勘探，便立刻发现了一个大油田，而且是比以往发现的任何油田都大的特大油田。在全球广泛研究地壳石油分布，蓬勃开展全球石油勘探 90 年之后，找油事业的最有才智的能手，都没有认识到这个特大油田的存在，他们错误地认定那里一点石油也没有！有个石油公司的总地质师甚至公开说：“如果阿拉伯产油，我就全部把油喝光！”

这个令人难以置信的错误，不是由于不熟悉这个地区的石油分布情况而引起的。几百年来，中东因油苗很多而闻名于世，科威特人就因油苗丰富而沾沾自喜，邻国伊朗一批大油田已经产油 20 多年了。正是那一家断然否定科威特有勘探价值的大公司，开发掌管着伊朗的油田，另外两家公司多年以来开发着科威特彼岸的伊拉克的大油田。

这些公司比任何人都更了解中东的石油，一批世界上最优秀的地质学家掌握在他们手中。他们完成了专门的研究，长期对中东石油分布做着艰苦的地质调查。他们阻拦开发科威特的石油，不是因为感到自己对那里的石油分布的知识不足，难以正确判断卷入的风险有多大。而恰恰相反，正是因为他们具有在中东长期积累的经验和广泛调查的资料，使他们断然相信，在科威特找油不可能成功。他们固执地认为“阿拉伯没有石油”。

这三家世界上名望最大的石油公司先入为主，自以为对中东的石油资源了如指掌，错过了勘探科威特石油的机会。但是，没有过几个年头，就在科威特发现了特大的油田。当时另一家不起眼的小公司对中东石油的情况知之甚少，却主动要求在科威特得到石油勘探的特许权。说

来有些让人难以置信，这个小小的公司敢于到科威特去钻探石油，正是因为它并不知道还有一番“阿拉伯没有石油”的道理。结果，这家像个冒失鬼的小公司却在这个地区获得了巨大的成功。

10年后，那个敢于在科威特承担勘探的小公司，竟然成了世界石油生产的巨头之一，这就是海湾石油公司。在同一时期，海湾石油公司还在波斯湾境内邻近的巴林岛上迅速钻探，1932年又发现了大油田。

历史是无情的，世界石油公司三巨头之中，那个前几年还唾弃科威特勘探特许权的公司，1934年又悄悄地挤进了这个大油田，与海湾石油公司携起手来分享了科威特勘探特许权的一半。

普拉特认为：富于想象力，这是一个成功的找油者不可缺少的东西。莱沃森曾经说过：井完钻之前，未发现的油气田充其量也只是作为一种思想存在于地质学家的脑海里，如果说新油田的形成，首先是在地质学家或找油者的脑海里，那么它的发现当然必须有待于我们智慧的形象化，即我们的想象力。

“归根到底，首先找到石油的地方是在人们的脑海里。未发现的石油仅是作为一种想法存在于某些找油者的脑海里。如果没有人相信有更多的石油有待去寻找，将不会有更多的油田被发现。但只要有一个找油者保持还有新油田有待发现的想象，有勘探自由，并受到勘探的鼓励，新油田就有可能继续被发现。”

在塔里木，每当勘探陷入困惑期时，《找油的哲学》就会像一首经典老歌，穿越时空，在地质学家的头脑中一次次响起，也给地质学家们以无穷的力量。

1992年的前8个月，塔里木探区一连打了15口空井，7个钻井队停机待命，刚刚进行了3年半的大会战出现了低潮，会战队伍中刮起一股“下马风”。为了稳定军心，鼓舞士气，会战指挥部总地质师梁狄刚在干部大会上分析会战形势时，引用了普拉特的这个著名观点，他进一步发挥说：“不敢想大油田，也就找不到大油田。”“既拥有信息，又具

有想象力的地质学家，就能找到油气田。”

1995年，塔里木的油气勘探进入一个重要关口。地质学家贾承造和指挥部研究大队的专家根据多年的野外考察和分析，认为在库车山前克拉苏构造带具有形成大油气的条件。物探局派几个地震队在这一地区做了一条测线，发现了克拉2构造带。

1996年9月，中石油物探局和指挥部研究大队的专家们主张在克拉苏构造上打3口井，但石油勘探是个高风险行业，谁也不敢拍胸脯说这几口井打下去就能出油出气。

论证会开了一轮又一轮，主张上钻者和质疑者争论不休，双方各自陈述，都已经说得口干舌燥了。

9月中旬的一次论证会上，几十双期待的目光投向了坐在会议室中央的邱中建。

邱中建已年过六旬，是中国石油天然气总公司副总经理兼塔里木会战指挥部指挥。平日里慈眉善目常带笑的邱总，此刻双眉紧蹙，一脸严肃。

这位老地质学家1953年毕业于重庆大学，进入石油系统后南征北战几十年，是当年发现大庆油田井松基3井的地质师，1982年获国家自然科学奖一等奖，后来任中石油勘探局局长。1989年到塔里木后，作为会战的最高指挥官，他已经和这个中国最大最复杂的盆地打了七八年交道，深知破解塔里木这个世界级难题有多难，也知道在这里的新区上钻打井的代价有多高。

一年多前，会战指挥部在库车凹陷打的东秋5井、克参1井和克拉1井，花了几个亿的投资，却都相继落空了，会战大军上下都很迷茫。现在要在克拉苏这个新构造上打井，胜算到底有多少？谁也不敢打包票。

邱中建承受的压力有多大，别人难以想象。这些日子里，他白天茶饭不香，夜晚辗转反侧。如果出油出气了，自然是皆大欢喜，万一再打

出几个干窟窿，上下内外都没法交代。

他每天认真听取各方意见，也在独立思考，真是“才下眉梢，却上心头”，茶也不香了，饭也不香了。他知道，此事久拖不决，会贻误战机，现在该拍板定案了。

从石油部勘探局局长到塔里木会战指挥部指挥，这位老石油几十年来做过无数次决定，这一次，可能是他一生中最艰难的一次拍板。

这次会议决定，上钻克拉2、克拉3和依南2三口井。

邱中建后来说，一口气上钻3口井，虽然已经做过精细勘探，有过反复论证，还是有担心，但在那种时候，我们没有后路，必须有点“舍得一身剐，敢把皇帝拉下马”的精神，只能冒着风险，背水一战。

一年多后，克拉2井喷出了日产80万立方米天然气，这是我国日产量最高的一口天然气井。

那是中秋时节的一个下午，燃烧的天然气像一条“火凤凰”，欢快地腾空飞舞，在夕阳照耀下格外壮美。沐浴着灿烂的“火凤凰”和夕阳之光，望着呼啸声中当空舞的“火凤凰”，专程从库尔勒驱车赶来的邱中建，心中漾起近几年来少有的成就感，为了这一天，他和会战将士们付出的太多太多。这位已65岁的老石油怎么也抑制不住澎湃的心潮，很少作诗的邱总，慨然赋诗一首：

彩虹呼啸映长空，克拉飞舞耀苍穹。
弹指十年无觅处，西气东送迎春风。

横空出世的克拉2气田，促成了西气东输工程的建设，参加会战的甲乙方员工欢欣鼓舞。

克拉气田的发现，是塔里木石油人攻克世界级难题的一个重大收获，为人们认识塔里木油气资源打开了一扇新的希望之门，他们在寻找真理的征途上又向前走了一大步。

2008年的塔里木油田地质人员，放眼53万平方公里的大盆地，在

脑海里搜寻新的油气资源，发现富含油气的新区域，新领域。

这一回，他们来了个逆向思维。俗话说，好马不吃回头草，勘探开发研究院院长杨海军说，我们是好马也吃回头草。

杨海军 1992 年大学一毕业就来到了塔里木，已经跟这个世界级难题较量了 20 多年，可算是身经百战。他说，在塔里木这样的地方找油找气，往往不能按常规出牌。塔里木这地方怪，我们的思路也得怪，以怪对怪，也许方能制胜。

勘探开发研究院是油田领导的“参谋部”，杨海军他们建议，在克拉苏构造杀一个“回马枪”，在“克拉底下找克拉”。克拉 2 气田发现于 1998 年，这时候的克拉地区，已经建起了我国最大的天然气田，成为西气东输工程的主力气源地。

这是一个大胆的设想，却不是无端的臆想。杨海军和研究院的专家们重新梳理克拉苏地区的地震资料时发现，克拉 2 的底下很可能还有个大家伙。

油田领导采纳了研究院的这个建议，请物探队伍在克拉地区做了宽线大组合地震，研究院利用地震成像技术建造新的构造模型，结果发现，在克拉苏深部可能有一个构造，但埋深竟有 7000 多米。

这是一个从来没有遇到的现象。在我国东部，地下 4500 米是油气储层的死亡线，西部的 6000 米是油气储层死亡线。当年打克拉 2 井，打到 3000 多米处，就发现了克拉气田。现在，克深区块的埋深很可能会超过了 7000 米，已经大大超越了死亡线。打一口这么深的井，要花很多钱，万一打出一个干窟窿，怎么给上下内外交代？敢不敢整？一个尖锐的问题摆在了油田领导和研究院的专家面前。

经过慎重考虑，油田在克拉 2 气田的发现井附近布了一口井。他们给这口井起了一个意味深长的名字叫克深 2 井，意思是在克拉构造的深部再找一个克拉 2 气田。

这是一口风险探井，也是一次风险投资。杨海军他们做好了失败的

准备，也准备挨批评做检讨。杨海军有一个著名观点：在塔里木搞勘探，失败和成功都有必然性。不冒这个风险，天下照样太平，但也可能丧失发现一个大气田的机会。油田领导决意放手一搏。

在克深，地质学家定井位冒风险，钻井队打井则是啃硬骨头。

2007年6月17日，克深2井开钻了。这口井，也是中石油当年的1号工程。

2008年6月21日，克深2井完钻，完钻井深6780米，酸化后，8毫米油嘴求产，获得日产天然气46.64万立方米。克深2井将这一超深地层连成了一片富饶的“宝藏”，一个万亿方级的特大型气田展现在人们面前。后来，经过艰苦的两轮评价勘探，基本探明3000亿立方米的克深2气田。

2011年，克深区块又有了新突破。在克深和大北之间的构造带上，发现了一个长200公里、宽5至20公里的大油气田，储量规模为2万亿立方米。

2012年12月，塔里木在克深区块拿到了1542亿立方米天然气的储量。2012年12月底，塔里木油田勘探开发研究院的20多名科研人员风尘仆仆赶到北京，向国家储量委员会交克深区块的储量。

面对塔里木的报告，国家储委的专家们很感慨，这么多年来，他们是第一次审查埋深7000米左右的储量报告。1月3日，国家储委的专家经过严格审查，通过了塔里木提交的克深2区块储量报告。

“陪老虎散步”

库车、拜城是令人发思古之幽情的好地方。这一带北倚天山，南临沙漠，汉唐时期属龟兹国。这龟兹乃西域36古国中的一个大国，当年在丝绸之路上名震欧亚。千年的风烟过后，龟兹的文化遗存依然散发着

醉人的魅力。库车库木土拉石窟壁画上载歌载舞的伎乐天服饰华丽，精美绝伦，拜城克孜尔千佛洞中壁画上的裸体“菩萨”风情万种，堪称古代人体艺术的经典。

今天的这一地区，被地质学家称为库车凹陷，钻井专家们称其为库车山前。1998年，塔里木的地质学家在这个凹陷的克拉苏构造上发现了特大的克拉2气田，促成了西气东输工程，北京、上海等地的4亿多人用上了天然气这个清洁能源，告别了并不清洁的煤气灶。

地质学家认为，库车凹陷里蕴藏着几万亿立方米天然气和石油，是塔里木找油找气的主战场。发现了克拉气田后，地质学家决意“在克拉底下找克拉”，2007年终于在克拉气田的深部发现了一个更大的气田，他们将其命名为“克深气田”。

克深气田的发现，解放了地质学家的思想，也给钻井工程技术人员出了一个空前的难题，这里的油气埋藏在地下七八千米的地方，远远超过了油气死亡线的深度。

地质学家的眼睛能看见藏在地层深处的石油天然气，但打出油气靠钻井，“钻头不到，油气不冒”，这是石油界无人不知的行话。地质学家和钻井工程专家的关系，如同设计师与工程师，两者相辅相成，谁也离不开谁。地质学家看到的东西，如果钻井专家不能把它从地下拿出来，一切等于零。

在库车的克深地区，钻井专家遇到的“敌人”不仅藏得深，而且脾气怪，特别难对付。这里的油气埋藏在超高温、超高密度、超高含盐的六七千米地下，俗称“三高”。地下的最高温度超过了180摄氏度，最高压力有175兆帕。更古怪的是，这里的地层深处上亿年来经过多次地壳运动，形成了坚硬而不规律的高陡构造，打井时钻头下去，常常一打就斜，不是打跑了，就是打偏了，很难钻到目的层。厚达800至4000甚至5000多米的盐膏层，在库车山前广泛分布。盐膏层让人既爱又恨，它是古盐湖地质变动后高压压制形成的地层，可以很好地将油气封闭在

地下，但它由纯石膏和纯盐、泥岩、砂岩等几种岩性不同的物质构成，结构非常复杂，打井时遇到纯盐就蠕变缩径，遇到泥岩就垮塌掉块，遇到砂岩往往产生井漏，不是上吐下泻，就是井壁塌陷，钻进时还经常遭遇异常高压盐水层。

塔里木油田科技处处长肖又军说："在库车山前打井，想得到和想不到的难题都会遇到。打博孜1井时，要穿过几千米的砾石层，在这么深的地层打井，打起来地下就乱动，井眼就不规则，还打得特别慢。我们采用了四川油田的空气钻井技术，这是一项新技术，但空气钻怕水，这里的地层偏偏就有水，遇到水层，就会卡钻，我们又得研究怎样用新的技术进行配套。美国的斯伦贝谢等公司的技术全球领先，但他们的专家到了塔里木，也常有束手无策的时候。"

如此复杂诡异的地质状况，全球罕见。我国中东部油田在钻井时不会发生这种怪事，新疆准噶尔盆地和吐哈盆地也没有这样的地质构造，因此这些油田成功的钻井经验无法借鉴。美国和俄罗斯、中东阿拉伯，全世界其他地区的油气田，也没有这样的地层，他们的钻井经验也无从参照借鉴。四顾茫然无所凭的塔里木钻井专家，必须依靠科技的力量在这个未知世界里杀出一条血路。

全世界最难打的井在塔里木，塔里木最难打的井在库车凹陷。钻井界有人感慨道："在库车打井，就好像与狼共舞，陪老虎散步，步步惊心。"

"陪老虎散步"，看起来玩的是知识和技术，更需要超强的勇气，非凡的意志，还得有足够的智慧。智勇不全者，难以取胜。

塔里木石油人抖擞起精神，拿起现代科技的武器，气昂昂迎难而上。

距克拉作业区5公里多的一片台地上，坐落着一群木板房，这里是库车勘探开发项目经理部的会战指挥部，俗称库车前指。前指会议室和餐厅外的房顶上有一行醒目的大字：始终勇担责任，始终坚持创新，始终充满激情。库车项目经理部书记徐周平说，这三句话是我们的座右

铭，大家每次吃饭时都能看到这三句话，在院子里散步时也能看到这几句话。我们用这三句话激励大家的责任意识、创新意识和攻坚意识。

每天早饭后，库车前指的几十名地质和工程技术专家便兵分几路，急匆匆驱车奔向山前戈壁的几十个井场，去迎战一道道世界级难题。

这一场科技攻坚战，不闻厮杀声，却惊心动魄，艰苦卓绝。这一场不见硝烟的持久战，考验石油人的智慧和勇气、毅力和耐力。敢闯敢试，方有胜算。畏缩不前，只会成为倒在世界级难题脚下的懦夫。“无限风光在险峰”，胜利属于勇者和智者。

塔里木人千难万难都不怕，世界级难题压不垮塔里木的专家们。南天山的库车山前戈壁上，巍峨的井架下，轰鸣的钻机声中，无论冬天有多冷，夏天有多热，总可见有人匆匆奔忙，有人激烈争论，有人苦思冥想，有人彻夜难眠，那是被一道道世界级钻井难题煎熬折腾得时而痛苦万状，时而兴奋异常的钻井技术专家们。

在库车前指，年近半百的副总工程师贾国玉带着章景城和李建、李磊几个年轻人，常年奔波于正在钻井的几十个井队里，他们是一个小而强、智而勇的攻关组。

贾国玉自称是死过一次的人，所以他无所畏惧，也把几乎全部的心思都投入到了库车山前的钻井攻关战。

贾国玉 1991 年毕业于大庆石油学院，当年怀着一腔热血自愿来到塔里木，立志要成为一名国际钻井监督。2002 年，他被查出了淋巴癌，那一年，他才 30 岁出头。这晴天霹雳给一个胸怀大志的年轻人带来的精神打击和折磨，几乎是毁灭性的。

当时更急迫而现实的问题是高额的治疗费用从哪里来。治疗癌症是个砸钱的事，也像在用钱赌命，弄不好就会倾家荡产而且人财两空。就在贾国玉和爱人李春玲为巨额治疗费愁肠百结、焦急万分的时候，一位油田领导到协和医院探望他时对随行的有关干部发了话：“不管花多少钱，必须给他治病。”

北京协和医院是贾国玉的炼狱，在那里治疗的一年多时间中，贾国玉经过了五六次化疗，吃尽了苦头。原本黑亮黑亮的头发，全都掉光了。从北京回新疆时，他的病情虽然有所好转，但身体已虚弱至极，只能坐着轮椅上飞机。

贾国玉知道，他现在的这条命是塔里木油田给的，没有油田领导的关心照顾，自己的生命很可能早已被癌魔夺去。他常常对家人和朋友说："没有塔里木，就没有我了。"他觉得自己回报塔里木的唯一形式，就是拼命工作。好几家民营企业的老板知道贾国玉的钻井技术水平高，以年薪百万元左右聘请他，他都一一谢绝了。"士为知己者死"，他决意把自己后半生的全部精力交给塔里木的勘探事业，他要把生病住院这几年损失的时间补回来，他要报塔里木油田再造自己生命的大恩大德，这感情既朴素，又理智。

一年多的治疗和病魔的折磨，给他治了大病，留下小病。他的脊椎一度变了形，至今闭上双眼还站不住，一到冬天下肢就麻木，但他忍着这一切。

这个意志坚强如钢铁的东北汉子到了库车前指后，每天和年轻人一样跑井，指导年轻专家和钻井队的员工打井。每年的两百五六十天时间里，他都在井上跑。

贾国玉说，井上一有事，我就有兴奋感。每次井上遇到难题，井队干部总会第一个把电话打给贾国玉。每一次接到这样的电话，即便是半夜三更，贾国玉也会像战士听到命令，立即驱车赶往井场，和专家们共同研究解决方案。在井上，忙到凌晨四五点钟是常事，第二天他照样正常出工。

几年来，这样的情况有过多少次，贾国玉已经记不清楚了。2012年和2013年，克深地区井队最多的时候，有近50部钻机，这家没事那家有。凡是找到他这里来的问题，个个都是世界级难题，贾国玉既要动脑，又要动手，经常忙得晚上只能睡三四个小时，第二天照样跑井。

库车山前的隆冬，最低气温常常会降到零下 30 多度，冷得和他的家乡东北一样。没有林海雪原的库车山前戈壁，干冷干冷，寒风刮来，人很快就被冻透了。工作之余，贾国玉有时会一个人站在钻台上，痴痴地看天上的星星，想远在东北的父母，念库尔勒家里的妻儿。这种时候，一种强烈的凄凉感常常会悄然涌上心头。

想起肩负的使命，想起自己在攻克世界级难题中的价值和意义，想起自己当初主动要求来塔里木的初衷，自豪感又涌上心头。贾国玉独自悄然一笑，转过头又乐呵呵和同事们研究如何解决钻进中的大难题。

库车山前最难打的克深 7、克深 13、大北 3 和克深 902、克深 903、克深 904 井这些超深高难井，贾国玉都曾在现场指导。

走进库车山前的这几年，贾国玉就这样玩命干。妻子李春玲半是抱怨半是调侃地说他："你现在是真傻了，还是假傻了！"

贾国玉说："比起在北京治疗癌症期间吃的苦，这里的苦实在不算啥，这种苦里有快乐。攻下一个难题，带来的快乐没法形容。"

章景城和李建这几个年轻人，在贾国玉的带领下，也在前线玩命干，年轻人说，我们也快成了贾总一样的人："工作就是生活，生活就是工作。"

2014 年，克深 904 井打到 7400 米时，还没到目的层，却遭遇了高压盐水层。遇到这种情况，过去惯常的做法是提前下套管封井，封井之后，这口井基本就报废了。

贾国玉不忍心让这口井在自己手里报废。一口打了 7000 多米的井，已经花了近 2 亿多元，如果让它报废，国家的损失就太大了。

贾国玉创新了一套控压钻井技术。这种钻井技术是国外的一种新技术，但只在打碳酸盐岩的溶洞地形时用过，在塔克拉玛干沙漠里的塔中地区用过，但在库车的"三高"地层中从未用过。贾国玉借鉴这种技术，根据库车山前的地质情况，在井下开了一个高压窗口，控制好井下压力，既不让它大出，又不让它大漏，在微漏微出的情况下打井。采用

这种打法，成功穿过了高压盐水层，救活了一口超深井。

这项新技术，后来在钻探克深903、克深13、克深508等井时大显神威，为库车山前的钻井闯出了一条新路子。

2014年，克深8和克深9井又遇到了高压盐水层。依照塔中的钻井经验，应该用孕镶钻头+涡轮提速技术往下打，但在克深这么深的井段，从来没有用这种技术这么干过。在这种7000米左右的超深井，用这种技术干，必须反复起下钻杆。在这么深的井起下钻杆一次，把钻杆提上来又放下去，折腾一轮，一周时间就没了，钻井的时效会变得很差。

千思百想后，贾国玉找到了一个创新的法子，确保既高效又安全地往下钻。他在涡轮旁边开了一个口，加了一个可以开关的旁通阀，钻杆穿过高压盐水层时，需要堵漏时就打开阀门，停钻堵漏，堵漏结束后就把阀门关上。这样，打井时就可以自如地控制钻井和堵漏的矛盾，大大节约了起下钻的时间。

贾国玉感到无比欣慰的是，他和同事们的辛苦已经有了报偿。近几年，库车山前成了新纪录诞生的摇篮，甲乙方的钻井工程技术人员一道，在库车山前创造了一系列世界级的钻井新纪录。

贾国玉和他的同事们，采用当代最先进的垂直钻井技术、涡轮+孕镶钻头技术、井下钻柱减震增压技术和双筒取芯等技术，在克深901井仅用107天，顺利钻至三开的7360米，比设计提前94天。在克深904井月进尺3881米，创造了库车山前最高月进尺指标。2010年开钻的克深7井打到8023米，用了800多天才打成。2014年开钻的克深902井打了8038米，只用400多天就打成了。在库车山前，钻井日数每减少1天，至少可以节约二三十万元投资。

经过近3年的技术研发攻关，2014年，国产化射孔技术在“超深、超高压、超高压盐水”这“三超”井全面推广，在库车山前应用覆盖率达96%。175兆帕超高温高压射孔器材已经升级换代至200兆帕，这

一技术将全面推广到克深9区块，打破了国外服务公司在这一高端领域的技术垄断和封锁。

几年来，贾国玉年年受表彰。2012年，他被评为新疆维吾尔自治区“三大阵地战”劳动竞赛功勋个人。2013年，他获得“建设新疆劳动奖章”。2015年，他又成为中石油劳动模范。

荣誉满身的贾国玉，追求的是活得踏实，活得有价值。他说，看到一口井在自己手里从开钻到完钻，就像看到自己的孩子从出生到成长的全过程，心里很踏实。看到油气呼啸着从井下往出喷，觉得付出的一切都值得。

贾国玉手下有个小伙叫李磊，瘦得像麻秆，高得像篮球运动员，这位高而瘦弱的年轻人，却能独挑大梁。

李磊30岁出头，是个泥浆工程师，由于搞泥浆专业的技术人员在油田少之又少，只有不到10人，他自称是“弱势群体”。其实，泥浆是钻井的血液，也是钻井工程的三大系统之一，要保证钻井过程中不喷不漏，就得有正常的泥浆循环。

库车山前钻井面临的一个严峻考验就是泥浆。2014年，钻探克深9、克深13和克深903井时，遇到了异常高压盐水层，有一口井已经卡钻了，必须配制2.59克/平方厘米的泥浆，才能保证正常钻进。

李磊在井场反复做试验，终于配制出了符合要求的压井泥浆液，保证了克深13和克深903井的正常钻进。他一鼓作气，又配制出了2.85克/平方厘米的泥浆。这个泥浆的密度，相当于岩石的密度。岩石的密度是2.8~3.0克/平方厘米，李磊配制的这个密度的泥浆，已经达到了岩石的密度，具有国际先进水平，全世界也没几个人能配制如此密度的泥浆。

李磊给这种泥浆起了个名字，叫“流动的岩石”或“液体岩石”。让液体岩石在几千米的井下流动，难度之高，可想而知，李磊居然做到了。这种超高密度泥浆，将来会成为库车山前钻井的一个秘密武器。

李磊喜欢泥浆这个极具挑战性的工作，虽然千难万难，但成功的时刻，还是让他感受到自己的价值。

12 月的库车山前，气温降到了零下 20 多度，克深 5 井的井场上滴水成冰，呵一口气立刻就变成了一股白烟。

在这个冷得出奇的戈壁井场上，有 3 个人的脸上布满了焦虑之色，他们是库车勘探开发项目经理部的总工程师尹达、专家廖光裕，另一个就是这位李磊。这口探井已经打到了 6772 米，距目的层只有 100 多米了，井下温度 152 摄氏度，却出现了泥浆流动性差，抗污染能力差的问题，井队只能停工待命。

泥浆这个钻井的血液不能正常循环，钻机就不能正常钻进。李磊的职责是配制泥浆，然而这太难了，但再难也得闯过这一关。

李磊 2004 年毕业于西南石油大学，虽然刚刚工作 5 年多，在库车前线的实战经验并不少，可这么难啃的骨头，还是头一次碰到。

他们必须在泥浆的湿水性和流动性上找到平衡点，才能使泥浆在这种地下环境中正常循环，这就像走钢丝，技术难度高极了。

李磊和两位年长的专家动用了所有的知识和经验，绞尽脑汁，挖空心思，设计了 20 多种泥浆配制方案，在井场上反复试验，他们要从中优化出一种方案，解决这道难题。

每个方案的试验都要过 2 个多小时才能完成。严寒中，他们一边讨论，一边试验。随着试验的深入和时间的推移，他们的讨论也渐渐地由热烈转入沉寂，嗓子已经喊哑了，要说的话几乎已经全都说过了。平时爱说爱笑的李磊，这阵儿已经没话可说了，也笑不起来了。熬到后来，困意潮水般涌向他们，但试验不能停，他们还得打起精神，盯着试验中的反应和结果。

当井队的工程师向尹达和李磊他们报告泥浆循环已经正常，钻机正向目的层钻进的消息时，李磊第一个激动得差点跳起来。

几天来，为了这个结果，他承受了太多的压力，每时每刻都能感受

到众人的目光盯着自己时那种山一样沉重的压力。

在欢庆胜利的时候，李磊也清醒地意识到，传统的水基泥浆技术在塔里木克深地区复杂山地已经走到了顶点，必须引进西方国家先进的油基泥浆，才有可能攻克库车山前的钻井难题。

第二年，塔里木油田公司决定引进油基泥浆技术。

全世界最难认识的盆地是塔里木，全世界最难打的井在库车凹陷。

攻克库车凹陷的钻井难题，是塔里木各路专家的梦，也是一场不流血的“白刃战”。

回首不见硝烟的“战地”，塔里木的钻井专家们看到了值得欣喜的战果，他们心里也明白，已知和未知的难题还有很多，他们的心情并不轻松。

贾国玉的助手李建递上一份材料，名曰《库车山前钻完井技术瓶颈》，所谓“技术瓶颈”，其实就是目前还无法破解的难题。那材料上面赫然列举了“三高”条件下水基泥浆技术瓶颈、油基泥浆技术瓶颈、异常高压盐水层导致的泥浆技术瓶颈、盐上巨厚砾石层提速技术瓶颈、井底漏层有效封堵等共 12 大难题。

这些新的世界级难题，看起来数量不多，但都是硬骨头中的硬骨头，攻克的难度非常高。

贾国玉不无乐观地说，当然，我们也不怕它们。这些年来，我们的同志在攻克老难题中已经得到了锻炼，积累了经验，增长了才干，个个都是身经百战的专家。我们过去能打败老“敌人”，将来也能战胜新“敌人”。

成功的秘密在黑夜

研究院的办公楼坐落在孔雀河畔，一年四季，每天晚上，这座办公

楼的灯光总是亮堂堂，灯光映波光，河面如彩虹。研究院的灯光，成了塔里木油田大院的一道风景。

这是一个功能特殊的油田研究院，既管生产，又管科研，在全国十几个油田的研究院中独一无二。一般的油田研究院主要做项目和基础研究，塔里木油田研究院几乎是个全能研究院，诸如定井位、搞设计、对重要的油气井进行全生命周期管理、攻克勘探开发中的一系列地质和工程难题等，这个研究院都要负责。

加班加班再加班，在研究院不是哪个领导的行政命令，是每个科研人员的自觉行动，也成了研究院几代人的一种基因。人们已经习惯了下班后和节假日加班的生存状态，反而不知道不加班的日子怎么过。

不是谁有“加班瘾”，责任和使命，驱使着科研人员们不分白天黑夜，不计节假日地在加班。一位研究室主任说：“我们研究院的大多数人都可以评劳模。”

研究院的每个人都知道，我们是油田的“参谋部”，领导等着我们出井位，井队等着我们出设计，还有那么多难题等着我们去攻克，我们不能像其他人那样按部就班地上下班，必须抓紧抓紧再抓紧。党委书记韩易龙说，知识分子就是这种“臭脾气”，你不让他加班，他还不乐意呢！院长杨海军说：“井位部署量翻番了，我们的人员却没有增加。解决的办法只有一个，那就是加班。”

在研究院人的眼中，两种情况不正常：晚上办公楼的灯光不亮不正常，节假日不加班不正常。

2013 年 7 月的一天，几位年轻人下班时，有一个小伙子在电梯里感慨：压力太大了，不能再大了，再大我就垮掉了！嘴上这么说，现实中该加班照样去加班。大有生命不息，加班不止的架势。

请看研究院一位研究室负责人每天的基本日程表：早 8：40 起床，9：10 离家，9：30 到办公室（新疆的正常上班时间是北京时间 10 点钟）。如果无会，干自己手里的活，如井位设计、修改汇报材料，或审

改其他人员传来的多媒体材料等。如果院里有会或油田安排工作，回来后组织大家开会，安排工作，进行专题研究。中午，简单地在食堂或家里吃饭。下午 4 点到办公室，然后到工作站看资料，再回办公室干事，有时向油田或院领导汇报。晚上，80%的时间在办公室加班，12 点多钟以后回家。如果有大汇报，熬通宵是正常现象。

在研究院，这是绝大多数人每天的基本状态，绝不是个别现象。副总工程师马玉杰说："在塔里木的研究院工作，就要耐得住寂寞，经得住折磨。虽然经常加班，但没人喊苦喊累，也没人发牢骚说怪话，大家都觉得这是很自然也应该做的事。"

常年加班，经常加班，研究院有人悟出了一套"加班哲学"。经常加班的天然气所资深工程师肖香姣说："每天努力可能没有成果，但不努力肯定没有成果。日子是一天一天堆积起来的，让每天都充实起来最重要，让每天都没有虚度很重要。实在太累了，找几个朋友，找一个地方聚一聚，放松一下，也很必要。"

副院长朱忠谦经常问自己：我的时间去哪儿了？

22 年了，他把自己的时间都贡献给塔里木了，用在塔里木的勘探开发上了。工作和生活的界限，在他的日子里经常变得模糊不清。

这些年来，朱忠谦更是一年四季，天天像打仗。"天天面对挑战，天天更新观念"。白天的忙和累，早已成了常态，晚上开会到 12 点多甚至更晚，也是家常便饭了。

他每年去十几趟北京城，但十多年没去过天安门，不是不想去，实在是没有时间去。问他天安门广场有啥变化，他只会不好意思地摇头。每次去北京，不是忙着开会，就是忙着给上级汇报，根本没时间游山玩水逛风景。多年来，他唯一的娱乐活动就是看"新闻联播"。

2013 年 7 月，朱忠谦和他的同事们已经为 2014 年准备井位了。

朱忠谦和电脑打了多少年交道，自以为算个高手，但最近他突然有些愤怒地发现，儿子用电脑上网和玩游戏的水平，居然比他高多了。他

调侃自己："活了大半辈子，在这些方面还不如儿子，说起来丢人球的！"

让朱忠谦和研究院的科研人员白天晚上放不下的，是勘探开发中遇到的各种难题。塔里木与其他盆地的不同在于，这里有三超：超深井。一般油田的油井最深不超过 3000 多米，中东国家的油井深度一般只有 1000 米左右，大庆油田的井深也是 1000 米左右，塔里木的井深通常都在 4000~8000 多米。超高温。一般油田的井下温度为摄氏 110 度，这里的温度起码 130 度，在这种温度条件下，会出现许多意外情况。超高压。这里的地层压力特别大，钻进过程中井下发生溢流的概率极高。塔里木的这"三超"，再加之地层的极度复杂性，在这里打井钻探就像闯关，几乎是一步一个坎。

破解这些难题，国内没有成熟的经验可以借鉴，国外也没有成熟的技术可以"拿来"。贝克休斯、斯伦贝谢和哈里伯顿等公司，都是全球顶尖的大公司，但面对塔里木盆地出现的地质和工程难题，照样一筹莫展，只能和塔里木石油人一起攻关。

测井在石油行业是一个知名度并不太高的专业，但它贯穿油气藏发现的全过程，是油气发现的眼睛，是增储上产的臂膀，是钻完井工程技术支撑的伙伴。在塔里木油气勘探开发中测井，成了这个世界级难题的大系列中的一个小系列。

24 年了，测井中心主任肖承文还没休过一次年假。有一年春节，他从新疆回到老家湖北，只在家里待了一个晚上，给老人留了点钱，第二天又急匆匆往新疆库尔勒赶。

1990 年从江汉石油学院毕业的肖承文说，在研究院工作确实太累了。我原来的头发很厚，现在掉了很多，头顶上的头发更是越来越少，要"地方支援中央"了。

2002 年秋，肖承文想离开塔里木，再也不想在这里吃苦受累了。以他在测井专业的能力和知名度，跳出塔里木，完全可以到北京或其他

条件好的油田找一份好工作。

那天在油田的乌鲁木齐办事处，他在饭桌上向时任油田研究院院长的王招明提出要求："我不想再签用人合同了，要签也最多签 1 年。"

"你别走，你不能走!"王院长一听急了眼。这么优秀的人才，怎么也要留住他。王院长不善言辞，情急之下，他找来一只能盛三两半酒的杯子，让服务员给倒满后，端起杯子一仰脖，把那一大杯白酒一饮而尽。

肖承文一看傻眼了，"士为知己者死"那句古话突然涌上脑子，他说，王院长那一口酒喝下去后，我的合同期就从 1 年变成了 8 年，后来又签了长期合同。

肖承文每次上前线路过沙漠公路 288 公路处时，都要让司机把车子在这里停下来，站在"只有荒凉的沙漠，没有荒凉的人生"这幅巨型标语下沉思许久，回首往事，展望未来。

这句话是几万名塔里木石油人共同的心声，更是无数塔里木石油人的人生写照。

这句不是豪言壮语，胜似豪言壮语的话，诞生于肖承文大学毕业来塔里木的那年春天，曾经给无数塔里木人以力量。

肖承文知道，塔里木会战 20 多年来，数不清的人在这片大漠上卓然成才，从荒凉的沙漠走进北京，走向中东和非洲，成为中国石油界在国内、国际石油勘探开发市场上叱咤风云的人物。他们都曾经从这句话中受到启示，得到力量。

20 多年来，每当遇到不顺心的事，肖承文也会想起这句话，这句话总能驱除他心中的迷雾，让他心智澄明。

弹指一挥间，那个风华正茂、敢打敢拼的年轻人，已经变成一个成熟、稳重，富有强烈事业心和责任感、使命感的中年人。肖承文如今带领着一个 61 人的专业团队，破解了许多技术难题。他的目标是让塔里木的测井技术走在全国前列，走向世界舞台。

他为测井中心写了一副对联：飞沙酷暑寒冬日理万机求真求实解释成果，荒漠戈壁山地昼夜兼程取全取准测井资料。横批：心系塔里木。

肖承文有些不好意思地笑着说，对联的水平不高，不过确实表达了我们测井人的心志和追求。塔里木勘探开发的难度太大了，也许实现我的目标会比较遥远，但我为这个目标奋斗过，至少会感到欣慰。

经常加班的肖承文，常常听到女儿的抱怨："你也不陪我，我的学习你也不管。"有一回，肖承文半是愧疚地回答女儿："我卖给国家了！"

肖承文这20多年的心血和汗水，都抛洒在攻克塔里木测井这个世界难题的路上了。

捕捉塔里木井下的油气信息困难多，肖承文他们采用的都是当代最先进的测井技术。20世纪90年代初中期，其他油田用数字化仪器测井，肖承文他们用数控仪器测井。1999年后的几年里，他们用阵列和成像技术测井。2001年后，他们用核磁共振技术和随钻技术测井，技术级别都比其他油田高。用了这些先进技术，碳酸盐岩地层的测井符合率由69%提高到了85%以上，储层的符合率提高到了93%。但肖承文对这个成绩不满意，他要的是快速发现油气层，准确解释油气层，准确评价油气层，为高效开采油气提供数据和参考意见。

但在塔里木，这几乎难如登天。塔里木的油气资源形成太古老，又是多期成藏，且埋藏极深，油、气、水的关系往往又模糊不清。在这种超深超高温的地层深处，测井仪就没有信号，成了聋子的耳朵。有一年的大年三十晚上，测井仪就被卡在了井底下，肖承文的除夕夜自然没得安宁。

库车凹陷是塔里木勘探开发的主要贡献区，油田领导2012年在这里把传统的水基泥浆改为油基泥浆，提高了钻井速度，杜绝了测井仪被卡在井下的事情。但新问题接踵而至，油基泥浆常常把岩心糊住了，导致常规电成像测井识别不了砂岩裂缝，影响储层与流体评价，大不利于发现油气层。

2012年12月，肖承文和油田勘探开发部副主任郭清滨等4人来到深圳，考察中海油与贝克休斯公司在这里的合资公司，他们在这里看到了油基泥浆成像测井仪，这是当今全世界最先进的测井仪。

2013年5月起，贝克休斯的油基泥浆成像测井仪先后在库车凹陷的克深501和迪北102等井进行实验。这种最先进的测井仪，依然缺陷多多，不能满足塔里木的要求。肖承文给贝克休斯公司的专家出了新题目，要求他们改进技术，提高成像精度，更清晰地识别裂缝，并能进行井旁构造评价。现在，新的油基泥浆成像仪基本可以在油基泥浆条件下进行裂缝识别和井旁构造评价了。肖承文又引进组合的贝克休斯超声波成像与泥浆成像设备，进一步破解油基泥浆条件下的裂缝识别难题。

测井容易影响钻井提速提效，随钻测井技术可以使钻井与测井同步进行，提高钻井的速度和效益。贝克休斯公司拥有全世界最好的随钻测井技术，但只能适应浅井和低温井，不能适应塔里木的超深超高温井。肖承文引进贝克休斯的随钻测井技术，要求这家公司研发能够适应塔里木油气井的技术。目前，贝克休斯公司正在按照肖承文提出的要求搞研发。

在攻克塔里木的测井难关中，肖承文和他的团队拿到了5个发明专利授权，15个软件著作权，9个实用新型专利，1个全国行业规范。塔里木的测井技术，在若干领域已经走在了全国前列。肖承文和他的团队为此耗了多少心血，熬了多少夜晚，他说不清。

肖承文感到自豪，也感到渺小。他知道，塔里木的测井难题不是几个，而是一堆，他们只解决了小小的一部分。塔北有塔北的难题，塔中有塔中的难题，库车有库车的难题，这些难题各有特色，各有难度，解决难题的办法还不能复制。仅仅是水淹油气层测井评价这个领域，就有4大难题尚未攻克。

塔里木有近40万平方公里的碳酸盐岩，是塔里木油气勘探开发的重点贡献区。四川和华北油田也是碳酸盐岩，但塔里木的地质构造更复

杂，更特殊，四川和华北油田勘探开发碳酸盐岩的技术和经验，塔里木基本无法借鉴。如何在塔里木的大斜度井、水平井和易喷易漏井取全取准测井资料，肖承文和他的团队碰到一系列难题。他知道，这些都是塔里木的“短板”，不补上这些“短板”，塔里木勘探开发的进程就难以加快。

肖承文是一个有“英雄情结”的专家。他说，我虽然当不了英雄，但我要尽最大的努力向英雄靠拢。拿到驾照的那一年，他开着车，一天时间跑了1400多公里，从库尔勒跑到库车，跑到塔北，又跑到塔中，再跑到轮南，真如风驰电掣。他在井上看岩心，看测井资料，给驻井的地质师交底。

在塔里木的测井领域，肖承文像一个艰难的探路者，不分白天黑夜地寻找新方法，研究新技术，真正做到了千思百想，千辛万苦，千方百计。他说：“沉重的责任感，强烈的使命感，让我们不用扬鞭自奋蹄，能不能早日实现油田的目标，就靠我们拼命啦！”

“比打仗还紧张的日子”

一个电话改变了李勇后来十几天的生活。

后来李勇说：“那是一段比打仗还紧张的日子。”

那一天是2012年12月24日。

上午12时，勘探所所长李勇桌上的电话铃声骤然响起，研究院的领导在电话里通知：明年1月3日，到北京给国家储量委员会交克深2区块的油气储量。

克深2区块位于库车凹陷，是塔里木油田2012年的一个重要收获，也是再战塔里木这个世界级难题的一个重大成果。在埋深7000多米的地下找到了大气田，探明天然气储量1500多亿立方米，是在“克拉底

下找克拉”收获的一个“金娃娃”，在全国也是个大家伙。

放下电话，李勇掐指一算，交储量的日子只有 10 天时间了。

在一个油田，交储量是一件天大的事。给国家储委交储量，就是给国家交答卷，接受国家检阅，这任务庄严而神圣。

油田地质、钻探人员千辛万苦探明的地质储量，只有通过了国家储委的验收，才能算数。国家储委的专家一旦验收通过了油田提交的储量报告，就等于国家认可了油田的勘探成果，这些储量就入了国库，成了国家可动用的资源。

我国是一个人口大国，却不是资源大国。若论石油天然气的探明储量，远不如美国，近不如俄罗斯。若论储量的人均拥有量，更是让人唏嘘。油田给国家多交一些储量，国家的家底就会变得殷实起来。

2005 年，塔里木油田向国家储委交过大北油气田 500 亿立方米的储量，此后几年来，再也没有交过储量。

李勇在电话里问领导：“元月 3 号不是放假的时间吗?”领导告诉他，国家储委的专家分布在全国各地，平时特别忙，只有 3 号那天有时间审验我们的储量报告。

向国家储委交克深 2 储量的时间，原来定在 2013 年 2 月的春节后，他和同事们一直按照这个时间表在安排工作。

李勇是这个项目的牵头人，现在交答卷的时间突然提前了，他立即进入紧急状态。

交储量涉及研究院的天然气所、物探中心和测井中心等几个部门，有关联的中石油杭州研究院的专家因为年终总结和元旦放假，前两天刚刚回到杭州。

李勇操起电话，立即给杭州院和本院的几个部门领导打特急电话，要求他们不讲困难，倒排时间，在 29 日前准备好有关资料，一个数据都不能错。

李勇急忙寻找库车项目组的唐雁刚和能源，却被一阵歌声引得不由

自主地放慢了脚步。

耳畔响起的歌，
是关于我们的故事。
那激情的旋律，
回荡在山和水之间。
漫天的风沙，
吹响了前进的号角。
苍凉的戈壁，
通向那梦想的山岗。
多少次迎着朝阳，
追逐青春的理想。
多少次披着晚霞，
捧起满天的星光。
看看我还在这里，
青春挥洒在布满坎坷的路上。

耳畔响起的歌，
是关于勘探的故事。
那悠扬的旋律，
奔向那胡杨的家乡。
机房忙碌的你，
寻找着深埋的希望。
用七彩的剖面，
勾画出气藏的模样。
多少次迎着朝阳，
唱出澎湃的歌谣。
多少次披着晚霞，

聆听大地的心跳。

相信我依然坚定，

生命飞扬着去迎接辉煌。

原来这两个小家伙正和院里的年轻人在彩排元旦晚会的节目。这是一个他们自编自演并且自制道具的节目，名叫《追梦》。

《追梦》的编导就是唐雁刚和能源，前者是北京大学地质学系毕业的硕士研究生，后者是一位博士后。

一个多月前，这两位既有诗人气质，又有音乐细胞的年轻人作词作曲，创作了一首《追梦——库车勘探之歌》。

这支充满激情旋律优美的歌，唱出了库车项目组研究人员的心声，也唱出了油田研究院科研人员共同的心声，很快就成了研究院的院歌。每天，全院几百人做工间操时，楼道里就回荡着这激情澎湃的歌声。

现在，他们就以这首歌为中心，排演了一个配着诗朗诵《库车梦》的节目，准备代表库车项目组参加研究院的元旦晚会。他们要在这个节目里，表现他们在库车凹陷上攻克勘探难题时的艰难与惶惶，欢笑与泪水，探索与感悟。几年来，在库车凹陷上，他们为克深2区块天然气田的发现，付出的太多太多。

参加演出的人，都是库车项目组的科研人员，虽然表演很不专业，但自己人演自己的事，自己来抒自己的情，看着让人很感动。

李勇很喜欢这个节目，他倚在门框上，笑嘻嘻地看着他们的彩排，眼前浮现出无数往事，这节目里也有自己的酸甜苦辣咸啊！

他实在不忍心打断这些年轻人充满激情的排练，可是，现在必须让他们停下在舞台上“追梦”的脚步。

李勇抽了个空子，把小唐和能源叫过来说：“彩排立刻停下来，全力以赴准备交储量。”

管地质资料的小姑娘赵越接到李勇的通知，在电话里急得快哭了。她从中国石油大学毕业才1年多，已经为交储量的事连续加班一个多

月，有时整夜都在干活，累得眼圈都发青了。

小姑娘赵越对李勇说："你给我半个月时间，完成任务没问题，现在压缩到两天时间，实在不行啊！"

赵越是李勇特别喜欢的一个年轻人，这姑娘专业基础扎实，工作认真，假以时日，是个前途无量的好苗子。他知道赵越最近累得够呛，但现在只能硬起心肠布置任务，他对赵越说："你别怕，我给你配几个人，让他们都听你指挥，但必须在两天时间内完成任务。"

平日里对部下们疼爱有加的李勇，这时成了黑脸包公，无论谁诉苦都不听，谁讲条件也不答应。

接下来的日子像打仗，赶"报告"、做图表、做多媒体……研究院的有关人员白天连着晚上干。

张春莲的孩子小，爱人赵小东是克拉作业区的总工程师，远在几百公里外，没法回来带孩子，她把只有3岁的女儿交给同事，天天和大家一起加班。

中午和晚上回家吃饭时间太长，李勇派人到大院里的接待公寓订盒饭给大家吃，弄得楼道里全是饭菜味，大家就在浓浓的饭味中闷头干。

李勇给院里的主管领导打电话："这几天检查卫生，就别到我们这儿来了。这里肯定乱糟糟的，别因为这个扣我们勘探所的环境考核分啊！"

李勇每天干到凌晨两三点钟，年轻人干到凌晨四五点钟才回宿舍。

29日，所有的资料都齐了。李勇仔细检查，心里乐开了花：同志们干得很漂亮！

30日一早，李勇带着研究院的20多个人，从油田大院往库尔勒机场赶。

登上大轿车，李勇清点人数时，望着一张张年轻的脸孔，心中陡然升起一种自豪感，这一支年轻的知识分子队伍，没有一点骄娇之气。连日来，他们不分昼夜地连续加班，从来没人喊苦喊累。此刻，他们的脸

上虽然还带着倦意，却掩饰不住浑身的青春气息往外冒，个个都像拉满弓的弦上箭。

李勇不知道到了北京会遇到什么困难，但他相信，有这样一支活力四射的队伍，无论什么困难都可以踩在脚下。

去机场的路上，大轿车里不闻人声，只能听见汽车马达在嗡嗡作响，所有的人都低着头在车里检查资料。

走到半路上，大轿车突然坏了。

李勇认识前面一个轿车的司机，也是油田的同志。他把那位司机叫过来，让他拿着大家的身份证，先去机场办登机手续。

他说："这个我有经验，让人先把我们的登机手续办了，我们有 20 多个人，我们不到，飞机总不好意思飞吧。"

到了库尔勒机场，才知道飞机晚点了。大家继续在候机室里轮流给报告材料纠错。

到了乌鲁木齐机场，飞机又晚点。

李勇对大家说："这里我的官最大，奖金最多，我请你们吃牛肉面。吃完牛肉面，大家利用这个'大好时机'，认真轮流检查材料里的错误。"

乌鲁木齐机场没有电源插头，笔记本电脑用不上，这个李勇早就料到了。出来前，他就复印了几套材料，让大家每人用一种颜色的笔在材料上找错误，哪怕是一个错别字都不要放过，找出来后做上标记。

于是，偌大的乌鲁木齐机场候机室里，出现了 20 多个奇怪的旅客，全都抱着复印的材料，时而勾勾画画，时而交头接耳，时而埋头默读。

飞往北京的飞机上，李勇他们继续在座位上审材料。

住进油田的北京办事处时，已经过了饭口。

李勇把大家领到对面的一个小饭馆，说："北京的大饭店我请不起，这小馆子的饭大家随便吃，我请客！"

从乌鲁木齐到北京，李勇请大家吃了两顿饭，花掉了自己的 600 多

元钱。

吃完饭，有人对李勇说："李所长，你连着请我们吃了两顿饭，我们不加班不好意思啊！"

李勇哈哈一笑："好啊！我是搞管理的，每分钱都要有效益。那就干活吧！"

赵福元跑到办事处附近的超市里，买了几箱方便面，抱进了办事处的会议室。李勇又让他买了许多咸菜、牛奶等，放在会议室里，供大家晚上吃。

从现在起，他们从早到晚就泡在了这个会议室。京城的繁华与喧闹，和他们毫无关系。

油田领导知道大家在北京的辛苦，让办事处每天晚上 12 点钟给他们做牛肉面。李勇他们发现，牛肉面比方便面好吃多了。

修改过的材料那么多，怎么打印？

李勇给他的朋友，油田在北京的一家战略联盟单位领导打电话："光友，我到北京了，有点事请你帮个忙。你给我准备两箱打印纸，一箱 A3 的，一箱 A4 的，再准备 3 台打印机，要一个黑白的，2 个彩色的。"

那边回话："放心吧，没有一点问题！"

李勇的朋友真够朋友，打印机和复印纸，以最快的速度送到了办事处。人家给他们送来的复印纸不是 2 箱，而是 3 箱。

李勇后来说："那几天，我们把人家的那几台彩打机直接给打废了。打印的东西太多了，到我们交完储量，3 箱纸用得干干净净。"

领导点名要李勇向国家储委汇报，他感到了山一样的压力。

克深 2 区块是塔里木油田近几年交的第一个气田储量，这里的天然气埋深 7000 多米，产量又很高，在全国是独一份。国家储委从来没有审验过埋藏这么深的气田，李勇他们也没有交过这么大的储量，汇报中会遇到什么问题，完全不知道。

晚上10点多钟，李勇在会议室给大家开会。他说："我只给大家提一个要求，如果你的事情干完了，请别走，就在这个会议室里检查材料，你哪怕发现一个错别字，都是最大的贡献。"

北京大学地质系毕业的唐雁刚每天晚上只睡两个多小时，这位四川小伙子长得瘦瘦高高，精力却充沛得惊人。

凌晨两点多钟，李勇还在兴致勃勃地干，同志们不干了。"我们可以多干，你不行，你必须保证汇报好，否则我们都白忙活了。"

李勇说："好。我干到两点多，你们干到四点半，第二天正常上班。你们必须保证吃上早饭，吃饱饭才有力气干活嘛！"

回到房间，躺在床上的李勇怎么也睡不着，满脑子都是数据和储委专家的提问，一会儿清醒，一会儿糊涂。

他知道自己肩上这副担子的分量，挑着这么重的担子，他怎么能睡得着呢？

李勇知道，在北京，他代表的是塔里木油田，国家储委的专家代表的是国家，他必须确保向专家们做一个天衣无缝的汇报，交一份漂亮的答卷，至少要让专家们通过油田的储量报告，把油田甲乙方几年来历尽艰辛探明的储量，顺利地交给国家。

第二天早晨6点多，李勇爬起来到会议室一看，一多半的人还在那里干活。显然，他们一夜没睡啊！

望着这些忘我工作的同事，李勇的眼睛湿润了。在这个许多人唯利是图的年代，到哪里去找这么纯粹的一群痴人呢！

2012年12月31日晚上快12点时，李勇在会议室里看了一下表，新年就要到了，新年的钟声就要响起来了。他说："新年马上到了，咱们在这里一干就是两年。现在不干活了，咱们聊会儿天，聊他10分钟，随便聊聊天，吹吹牛，说什么都行。"

于是大家停下手里的活，开始和李勇聊天。三说两说，说到了吃。有人说，干完活，你得请我们吃饭。

李勇说："没问题，你们说吃什么，我来请。"

大家七嘴八舌说得挺热闹，却没有一个人说得出新年第一顿饭想吃啥。

李勇后来感叹道："我们这些科研人员就是这么单纯，单纯得有些幼稚。干工作不要命，你问他们想要什么犒劳，却说不出个所以然来。"

10 分钟后，大家接着干活。

2013 年 1 月 1 日，20 多个人都熬了整整一个通宵。

北京城的人们不知道，当他们在假日的夜里悠然酣睡时，这些来自新疆塔里木油田的地质人员，却在京城北沙滩的一个大楼里熬了个通宵。

2 日早凌晨 3 点多，文字报告梳理出来了，成型了。

再过几个小时，就要给国家储委的专家汇报了。李勇要唱大戏，大家把他赶回去睡觉了。

留下来的人不放心，于是决定交叉检查，地质的看物探的，物探的看测井的，交叉看，互相挑毛病。

这一看，就看到了六点半。

六点半钟，李勇回到会议室一看，小姑娘李悦的脸煞青煞青。唐雁刚正在低着头做多媒体，脸色也不对了。其他人差不多都熬成了"熊猫眼"。

李勇心里痛惜，却硬着心肠说："小唐，对不起，你还得坚持一上午，坚持到给专家汇报。其他人统统回去睡觉。"

陈元勇等 4 个人被李勇派出去打印改好的《报告》。他们印完《报告》往回返时，却打不上出租车。情急之下，几个人拦了辆黑车，还是个小小的奥拓。4 个人挤在空间狭小的奥拓里，赶快往回跑。他们回到办事处，抱着《报告》气喘吁吁地来到会议室时，李勇用手摸了摸，印好的《报告》还热乎乎的。

中午，李勇他们用 10 分钟时间吃了一顿自助餐，回到会议室接着干。

此时的会议室里，出现了一幕奇景，一边是李勇带来的人在做多媒体，一边是国家储委的专家们在看材料。

13 点 20 分，李勇对大家说，你们都回去睡觉吧，我一个人在这里看，再看一遍。

40 分钟后，李勇看完了《报告》，这是他在大考前的最后一次备战。

下午 2 点钟，开始汇报。

评审组组长是原国土资源部油气评审中心主任陈永武，评委们来自中海油、中石化和中石油勘探研究院和各大油田，都是中国石油地质界的顶尖人物，他们代表国家验收塔里木探明的克深 2 区块天然气资源。

李勇口若悬河，一口气讲了两个小时，数据准确，逻辑严密。

李勇汇报时底气很足，他觉得，塔里木的 4 万多甲乙方员工都在背后给自己撑腰鼓劲。

当李勇结束了汇报，向国家储委的专家深深一鞠躬时，热烈的掌声在会议室里持续了很久。

3 日上午 11 点钟，评审组通知李勇等人到会议室，向他们指出了 20 条问题。

李勇一听乐了。专家们指出的这些问题，全是他们报告里的小错误。他最担心的数据和参数，专家们一个都没有改，甚至没有质疑。看来，通过专家的验收没有大问题。

李勇后来感叹，这些小错误，平时自己检查，肯定能发现，但在那种状态下，人的脑子都木了，就是发现不了。

李勇向大家传达专家们的意见时，听到的是一片欢呼声。

一说没有大问题，中午谁都不吃饭了，都回去睡觉了。

李勇吃完中午饭，决定睡觉，他要把这些日子没睡的觉都补上。

他原打算要吃晚饭，特意定了闹钟，结果根本没听见闹钟的声音，一觉睡到了第二天早上8点。

唐雁刚听到李勇传达的专家意见后，知道大局已定，就说了一句话："过程曲折，结果愉悦。"

唐雁刚说完这句话，就去睡觉了。一直睡到了第二天下午，整整睡了一天半时间。

树上的鸟儿不要叫，路上的车子莫鸣笛，让这些年轻的石油人好好睡个大长觉吧！

在这些追梦的日子里，他们付出的太多太多，超越了人的生理极限，让他们睡到自然醒吧！

1月4日中午12点整，国家储委油气评审组组长陈永武向李勇和油田参会人员郑重宣布：国家储委评审委员会同意通过对塔里木克深2区块1540亿立方米天然气储量的验收。

一场大战结束了，李勇和他的团队胜利了！

我们的国库里又多了一个千亿立方米级的大气田！

据说，塔里木油田这次向国家交储量，是有史以来交得最顺利的一次，也是专家疑问最少的一次。

1月6日，参加北京交储量的研究院人员，全部回到了塔里木。

再过两天，研究院的"春晚"就要开演了。

李勇告诉大家，这几天我们啥工作也不干了，全力以赴排练《追梦》，咱们继续追梦！

第二章　上帝看了也落泪

他们活在人间，却与世隔绝了。山羊攀不上去的断崖，老鹰飞不过去的高山，是他们工作的地方。在这些本无人烟的地区，唯一能与外界联络的手机没法充电，变成了废物……

他们是现代人，用当今最先进的仪器设备干活，却过着原始部落人的生活，吃住常在帐篷里。山地队的员工们吃在断崖上，睡在雪山里，许多帐篷里没有电视，没有广播，没有取暖设备。盛夏时节，许多人在雪山里穿着棉裤棉袄干活，晚上睡觉还得穿着棉裤棉袄再盖上几床厚被子。

一位山地勘探队长打趣地说："我们干的是高科技加重体力高危险的活儿，我们也是一群现代野人。"

他们与"8小时工作制"无缘，每天在大山里工作十几个小时是常事，他们自己觉得很正常，却有人把他们当成了讽刺讥笑的对象。

天山脚下，夕阳烧红了半边天。川庆山地队的员工正在一条测线上忙碌，几名武警押着几十个已经收工的劳改犯走在回监狱的路上。一个犯人喊道："你们这些油鬼子咋混的，我们都收工了，你们还干活啊？

我们一天劳动改造就8小时，你们这些石油工人，还不如我们这些劳改犯嘛!”

犯人队伍中立即响起一片赞同的笑声。这些犯人自然受到武警战士的厉声呵斥。山地队员们抬眼瞅了瞅这些罪犯，懒得跟这些人渣讲道理，依旧在工地上忙碌。

他们和我们是同时代的人，也许还是你我他的亲戚朋友，他们中的有些人是名牌大学毕业的本科生、研究生。

纵然是铁打石铸的心肠，看到这年头有这样一群人，还在这样的环境里，为了我们一天也离不开的石油天然气，这样工作，这样活着，感动的泪水就止不住簌簌流。

北京的一位摄影记者在断崖上和石油工人待了3个多小时，就感动得照相时哭，下山时哭，下山后哭，至今提起他们还想哭。在北京，在新疆，在全国许多地方，他到处对朋友说，石油人找油找气太不容易了，我们每天享用的每一滴石油、每一缕天然气，都是石油工人拿命换来的啊!

他们的故事，上帝听了也会掉眼泪。

活在断崖上

有人说，塔里木石油勘探是怯懦者的禁区，是勇敢者的乐园。没有超凡的胆气，看一眼塔里木陡峭险峻的刀片山，就把人吓倒了。

听说跟着山地石油勘探队干活每月能挣六七千元钱，管吃管住，还发衣服和鞋子，云贵川和秦岭山区长大的中青年民工们乐坏了，以为发现了挣钱的天堂。

这些农民山里生，山里长，大山是他们的老朋友，爬山是他们的拿手戏，在他们看来，再大的山也不在话下。

民工们兴冲冲地从几千里外赶到新疆塔里木，来到山地队施工的山区一看，个个惊得目瞪口呆。他们发现，家乡的大山比起这里的山，简直是“小巫见大巫”。这里的每一座山都面目狰狞，个个都是“鬼见愁”。这些在青山绿水中长大的民工感到不可思议的是，这里的山上不仅不长树，连草都不长，个个都是“秃子山”，居然能从山顶上一直秃到山脚下。

有些人倒吸了几口凉气，摇着头走了，胆子大些的干了几天，也叹着气走了，临走撂下一句话：“这地方确实能挣钱，这活儿不是人干的，这是拿命换钱，怕的是有命挣，没命花啊！”

20年前，四川石油物探山地队第一次勘探库车凹陷的东秋里塔格、依奇克里克构造时，美国一家公司负责生产勘探设备的副总裁曾来到这里。他像端详一群巨大的怪物一样把这些狰狞可怖的大山看了又看，最后耸耸肩又摇摇头，摊开两手说：“噢，这样的大山，在我们那儿，给再多的钱，也没人愿意上。”

你不来，他不来，你嫌苦，他嫌苦，藏在大山底下的石油天然气谁来找，它们会自动跑出来为人民服务吗！

东方物探公司和川庆公司山地分公司的十几支山地队和追随它们的民工，扛起了塔里木山地勘探的重担。

山地队的主战场，在南天山的秋里塔格山和托木尔峰下，还有昆仑山区。山地队员们和来自云贵川和陕西、甘肃、青海的许多民工，已经在这些鬼都不来的大山里“晃悠”了20多年。

只能用断崖林立、冲沟密布、鸡爪子山、寸草不生、一日之内要经历春夏秋冬四个季节这些其实很苍白的词汇，来描述这些大山的狰狞嘴脸。这里的每一座山都是魔鬼的杰作，山形稀奇古怪，山势陡峭壁立，山色五彩斑斓，刀片状的山石锯齿狼牙般交错咬合……山上不长一棵草，更无一棵树，不见鸟儿飞，没有山羊跑，光秃秃的像被扒光了衣服的巨大干尸群。无数巨大的怪石魔鬼般龇牙咧嘴，神秘诡异，凌空而

立，似乎随时都会呼啸着从山顶上滚落下来，望一眼就让人心惊肉跳。

富有探险精神的游客，久居大城市的游客，看到如此奇险的大山和峡谷，都会大呼“过瘾”，他们在别处看不到这样的奇景。他们争先恐后地与这险山奇谷合影留念，待发现身处险境后，又争先恐后逃离这危险之地。回到繁华的都市和温馨的家里后，回味在这里看到的一切，仍然余悸未消，惊魂难散。

这些大山是人类甚至是野生动物生存的禁区，欧美国家的专家早就把这些地区划为勘探禁区，这里却是塔里木石油物探人的作业区。在最近的 20 多年中，山地队的近万名员工和民工们，每年有大半年甚至 11 个月时间，与这挑战人类生命和体能极限的断崖山地朝夕相伴。

山地队员们在断崖山区勘探油气的历程艰苦卓绝，他们在这里的“断崖人生”，足以鬼泣神歌，却一直鲜有人知。

2009 年初秋，中国石油报记者余海决意用镜头记录山地队员的“断崖人生”。在川庆物探山地公司的刘选元和肖旭东，还有公司前指书记龚斌陪同下，余海来到库车县城北侧的秋里塔格山，进入大山深处，探访川庆地球物理勘探公司山地分公司的石油工人。

出发前，余海的脑子里装着川庆山地队和秋里塔格山的无数故事。

这是一支来自四川的英雄队伍，队员几乎全是四川人，塔里木油田誉之为“山地铁军”。1994 年进疆以来，在塔里木盆地周边的天山和昆仑山区纵横驰骋，先后在秋里塔格山周围发现了多个油气田。山地队为西气东输的主力气田克拉和迪那气田的发现，立下了汗马功劳。

莽莽苍苍的秋里塔格山，东西绵延 360 余公里，是库车凹陷上的几座大山之一。秋里塔格山以库车县的盐水沟为界，分为东西两段，一称东秋，一称西秋，东秋险，西秋更险。地质学家眼中的库车凹陷，是塔里木盆地油气资源的富集区，预测油气储量 120 亿吨。地质学家描述秋里塔格山时，常用的词汇是基底断裂、逆冲断层、挠曲褶皱带、箱状背斜带和褶皱冲断带等专业术语，普通人虽然似懂非懂，但也可以从这些

术语中感受这里山体形貌的诡奇怪异。

勘探秋里塔格山，是世界级难题。这里的大地倾角 40～60 度，最大垂直高差 800 多米，陡峭的山崖，刀片状的山体，触目皆是。当地的维吾尔族牧羊人说，那是黄羊和雄鹰都难以到达的地方。

川庆山地队初到秋里塔格山时，曾请新疆登山队的教练为职工培训登山技巧，几位教练只登了一半，就摇头叹气地退了下来。教练极其无奈又很尴尬地说，没见过这么难爬的山。“我们就是为了登山而登山，说是探险，其实就是锻炼，就是玩儿，能上去就爬上去，爬不上去就打道回府了，所以只带一点登山用的必需品，负重很少。你们山地队的人要带那么多东西爬这些悬崖峭壁，爬上去还要干活。这样以施工为目的的负重爬山，而且爬上去的目的是工作，我们实在教不了。”

有一年，库尔勒市最大的一家户外用品店派出他们最棒的攀岩高手，带着登山器具，来到山地勘探队搞推销。“攀岩高手”演示时，被卡在了西秋里塔格的半山腰，上不去也下不来。山地队长轻轻一笑，转身问后面的队员：“谁上去把他弄下来？”话音刚落，一个身材瘦小的四川籍队员应了一声，徒手攀岩而上，只用了十几分钟，就把那位“攀岩高手”从绝壁上救下来了。

余海一行四人从一个山下供应点出发，顺着没有路的山坡，一步一滑地往山上走，越走山越陡，越走路越险。平原上长大的余海，走三步，喘两喘。他们只能紧紧地拽着保险绳往上爬，山势越陡，用力越大。3 个多小时后，余海的手火辣辣地疼，疼得已经攥不住绳子了。

这保险绳是山地队员登山的交通工具，攀登高陡的山崖，必须借助保险绳，如果攀登七八十度的陡崖，就得用双保险绳，腰里绑一根，手里抓一根，几乎是一寸一寸往上爬。

山地队员们攀爬断崖时只能以绳为路，抓着保险绳登陡崖时，每人都要背一包 20 公斤左右的油料或炸药，或帐篷被褥，那既是他们的“办公用品”，又是生活用具。

脚蹬着悬崖，背负着几十公斤的东西，他们只能抓着保险绳，像蜘蛛一样慢慢向上蠕动，远看就像一串串挂在悬崖上的糖葫芦，有些山地队员自称是悬崖上的“蜘蛛人”。

爬到一个山顶后，余海定睛一看，脚下的山尖只有一脚多宽，左边是200多米深的陡崖，右边也是200多米深的陡崖，他不由自主地浑身冒冷汗，全身的每一个细胞都充满了恐惧感。

余海问龚斌，这儿离工区还有多远？龚斌告诉他，还得翻一座大陡山才能到。

余海绝望地想，今天我死定了，见不着我女儿了！他的女儿余点那年15岁，是他的最爱。

余海的肚子饿得慌，实在没力气再往前走了。龚斌见他走几步就龇牙咧嘴，知道他爬不上去了，便通过电台，喊来了山上的6个民工，用保险绳把他们拽到了大陡山的顶上。

这是一个倒V字形的断崖，立陡陡的，余海用脚在地上轻轻一踩，无数的小石头就哗哗地往山下滚，那声音听着让人毛骨悚然。

山上有七八个来自四川凉山的彝族民工，正在一条100多米长、3米多宽的山地上打钻。

余海从来没见过这样的工地，他觉得，这哪里是干活儿，分明是在玩命么！

龚斌告诉他，这算比较好的了，在刀片山上打钻那才叫险哪！架设一部打炮眼的钻机，至少需要2平方米的平地，但在秋里塔格的刀片山区，经常找不到架设一部钻机的小平地，工人们只好在坚硬如铁的山石上打进钢钎，拴上拉绳，拉正钻机，才能打井。这种时候，人几乎是悬在空中操作钻机，必须在腰里绑上绳索，还要把绳索拴在打进岩石里的钢钎上，才能确保安全。

余海听得目瞪口呆，只觉得有一股凉气从后背往上蹿。

钻机轰鸣，尘土乱飞，断崖震颤，余海觉得自己的神经也在瑟瑟

发抖。

山风不知刮了多久，民工们浑身上下全是土，原本黑黝黝的脸，已经与山色混为一色，个个都像出土文物，红衣服也快变成黄土衣服了，只有一对对黑眼睛忽闪忽闪发着亮光。

望着这些“我为祖国献石油”的彝族民工，余海的鼻子发酸，两眼潮热。

中午饭送到了，是白菜炖粉条加米饭，一人一份，没有余海他们几个人的饭。他们知道，这饭是按工地的人头送的，外人吃掉一份，就有一个民工得饿肚子。他们其实已经很饿了，却都推说这阵儿肚子不饿，硬扛着不吃。

送饭的师傅忘了带筷子。这山上没有一根草，没有一棵树，人们连折草棍、树棍代替筷子这种最原始的办法也没法用。

怎样才能把饭吃到肚子里呢？余海想不出好办法，只能暗暗替民工们着急。没想到，民工们自有智慧，只见有人掏出钥匙，用钥匙代替筷子扒饭吃，有人干脆用沾满灰土的手刨饭吃。

从小到大，从城市到乡村，身为记者的余海也算见过一点世面，却从来没见过人这样吃饭。

余海举起相机，要为正在吃饭的民工照相。民工们一见他举相机，纷纷羞涩地转过身，用背对着他。

举着相机的余海，泪眼模糊。他一边使劲按快门，一边悄悄地啜泣。

此刻，他觉得眼前的民工，每个人都是一座巍峨的山！

他后来说，我当了十多年记者，全国油田最艰苦的地方都去过，以前拍照时从来没有过这种感觉，这是有生以来头一回。

流着眼泪拍照片，也是余海记者生涯中的第一次。

民工们吃完饭后，龚斌把他的手机给了民工，让他们给远在四川凉山的家人报个平安。

这几位彝族民工已经在这个断崖区待了一个多月，却连一个报平安的电话都没给家里人打过。不是不想打，而是没法打。他们都有手机，但山上没有电源，用电全靠柴油机发电，首先得确保钻机用电。没法给手机充电，手机也就成了废物。

活在断崖上的石油工人，是一群与世隔绝的现代人。这断崖林立的山区没有电视，没有广播，没有人烟，唯一与外界联系的通信工具，是只能和队部联络的对讲机。夜里，他们只能伴着山风入梦乡，亲人唯有梦中会。吃饭、睡觉、干活，是他们生活的全部内容，日复一日，天天如此。

地质学家在断崖区划出一道道测线，山地队员们就在测线上打眼、埋炸药、放炮。他们三天两头要搬家，干完了这段测线，再搬到下一个工区的另几条测线上干。一部近 200 公斤的钻机，要分拆成几大块，两人一组抬着，在立陡陡的断崖区绕来绕去走，一走就是大半天，随时都有掉到山沟底下的危险。一双崭新的胶鞋，一星期后就穿烂了，只好再换新鞋。

余海听说这些情况后，赶忙把自己的手机给民工，让他们和家里的亲人多说说话。

采访结束后，该下山了，余海这个秀才犯了难。俗话说，上山容易下山难。上山时攀爬断崖的经历让余海心惊肉跳，平原上长大的他，实在不知道怎样从那一个又一个陡直的断崖上往下走。

龚斌想出一个办法，用保险绳把余海他们拴住，慢慢地从断崖上往山下放，这样又快又保险，也免去了他们下山的危险和痛苦。

龚斌找来 5 个彝族民工，在前面牵着余海他们的手，一寸一寸地把余海他们从断崖陡坡上往下放。

回到山下的安全地区后，惊魂初定的刘选元，吓得瘫坐在地上，呜呜地哭起来了。

余海他们互相开玩笑说，我们都像狗一样被民工从山上牵下来了。

过去在公园里和大街上见过遛狗的，从来没见过把人像狗一样从山上牵下来，我们都变成这样的狗了。

下山后已是傍晚，龚斌书记领着余海他们在山下的供应点吃饭。面对一桌饭菜，余海的脑子里却尽是断崖上那几位彝族民工的身影，他根本没心思吃饭。想着想着，这位身高一米八几的大男人突然哭起来了，哭得稀里哗啦。刘选元和肖旭东在旁边劝，余海却越哭越厉害了，谁也劝不住，怎么也劝不住。

返回库车前指的路上，余海走了一路，哭了一路，谁劝也没用。

余海不是哭自己，他是为山地队石油工人在山上受的苦失声痛哭。

有生以来，他没见过工作和生活苦成这样的人。

从库车回到库尔勒后的一天下午，余海给乌鲁木齐的新华社新疆分社记者王伯瑜打电话："老兄，四川山地队的那帮人太苦了！"刚说了这一句，他就抱着话筒像个孩子一样哇哇地哭起来了。

这次只有 3 个多小时的断崖采访，让余海刻骨铭心，他的灵魂也受到了一次洗礼。

从此以后，不管走到哪里，只要说起塔里木，说起石油人，余海就要说山地勘探，说山地队的民工，说他在山地队的这一段经历。他像祥林嫂一样，到处对朋友说，石油人找油找气太不容易了，我们用的每一滴石油，每一缕天然气，都是石油工人用心血和汗水，甚至冒着生命危险换来的啊！

每个山地队都由职工和民工组成，民工们可以自由来去，正式职工只能与山地队共存亡。他们是这支队伍的核心力量，他们的工作岗位在山地，欢乐和荣誉来自山地，已经习惯了塔里木的山地生活，也以山地为家。

在东方物探公司和川庆公司山地队，有些老职工已经在塔里木的绝壁断崖上干了 20 多年。

在塔里木盆地内外的高山和大漠上，他们都经历过人生中永远难忘

的第一次——第一次天当被子地当床，第一次被冰雹砸得无处躲藏，第一次饿得满山遍野找草籽吃，第一次在远离亲人的地方思念亲人……他们把一生中最美好的年华献给了塔里木的刀片山和鸡爪子山，他们的作品是一条条测线，一个个炮井，一张张图纸，最后变成一个个井位，一口口油气井。每一条测线，每一个炮井，每一张图纸，每一个井位，每一口油井，都浸满了他们的汗水和泪水，还有心血。

曾俊从四川来塔里木那一年，还不满 28 岁，结婚才 3 天。当时他在四川石油局位于成都市的一个单位搞内部核算，工作舒适而轻松。

1994 年 3 月，四川石油局组建山地队，有位领导看上了机灵又肯吃苦的曾俊，点名要他参加山地队。

新婚燕儿的曾俊被“大家”与“小家”夹在了中间，小伙子一时不知如何是好。那个年代，虽然人们的思想已经很开放，但在石油系统，大家还是以“服从组织安排”为准则，经过激烈的思想斗争，曾俊选择了个人服从组织。于是，还没休满婚假的曾俊，告别了新婚的妻子，从山清水秀的四川来到了满目荒凉的塔里木，成为四川石油山地 4 队的第一批职工。

曾俊没想到，他这辈子和塔里木山地勘探的缘分会这么深，自从那年到如今，20 多年来，他每年在塔里木干活的时间，少则 8 个多月，多则 11 个月。这里的断崖山地，也成了他的第二个家。现在回到成都，他反倒不适应了，觉得天府之国的气候太潮湿，不如塔里木干爽。

20 多年来，曾俊跑遍了塔里木盆地外围所有的大山，秋里塔格、托木尔峰、昆仑山前的所有断崖山地，都留下了他的足迹。在他的记忆里，“都是恼火的工区，一年比一年恼火，没有轻松活儿。”

曾俊像许多四川人一样个子不高，长得慈眉善目，见了人未曾开言先带笑，却是山地队公认的爬山高手，人称“山地黄羊”，现在是测量组组长。测量组是山地队的先锋班，吃苦受累的活儿他们干在全队的最前头。挨饿、受冻、历险，在曾俊的断崖人生中已经成了家常便饭。

那一年，在乌什县境内的大山深处，曾俊和7个人干活。他们头顶着蓝天白云，腰缠着天山雪线。在外人看来，在这样如诗如画的场景干活，多么浪漫又惬意啊！

当曾俊他们完成了当天的工作量，准备撤回十几公里外的营地时，却发现被困在了一个陡崖上，上也上不去，下也下不来。

天已黄昏，他们唯一的选择是在断崖上过夜。

这陡崖在海拔4100多米的雪山上，昼夜温差甚大。他们原本没打算在山上过夜，出来时也没有带睡袋，现在只能天当被子地当床。虽然时值盛夏，但在4100多米的雪山上，夜越深，天越冷。7条汉子被冻成了7根冰棍，他们只好挤成一团，靠彼此的体温互相取暖。

身旁的雪水潺潺流淌，像山歌一样优美动听，这场景很有些诗情画意。可是，他们又困又乏，而且既饿且冷，谁也没心思欣赏音乐般的潺潺流水。

夜深人静，困意袭人，谁都想睡觉，但谁也睡不着，只好数天上的星星，想远方的亲人，眼睁睁熬到天色亮，期盼队上派人来救援。

过了些日子，曾俊带了3个人，又来到了一片海拔4320米的断崖区，这一次，他们要把兄弟队没干完的12公里测线补上。

曾俊他们背着设备和炸药，一步一喘地爬到工区，举目环视，人人胆寒。身旁是城墙一样高的冰山，脚下是几尺厚的积雪，眼前尽是刺眼的冰雪。曾俊不是诗人，也没有诗兴，但此刻他想起了伟人毛泽东的两句诗词：“山舞银蛇，原驰蜡象，欲与天公试比高。”可惜，这美景虽然无比壮观，但看过几分钟，眼睛就又胀又疼。

身为组长的曾俊，还要为大家的安全负责，他最担心的是在这样的高危工区，施工时如果人掉到冰窟窿里怎么办。

晚上，他们就睡在几尺厚的雪地上。钻进睡袋，却怎么也睡不着。这地方真怪，明明听见水在哗哗地流，流水声还响个不停，可就是找不见水在哪里流。曾俊他们在雪地上的睡袋里翻过来翻过去，硬是一夜没

睡觉。

曾俊掏出手机，发现这里的信号居然很满，这让他很有些惊喜。

要不要往家里打个电话？这个念头刚刚冒出来，他就犹豫起来了。平常，他每天都要给在成都的女儿通个电话，可此时此刻打电话，如果女儿问爸爸在哪里，干什么呢？他该怎么说？说自己这阵儿正躺在海拔4000多米的雪山上想女儿，肯定会把女儿吓得一夜睡不了觉。编个假话骗女儿？他至今还没学会说假话，更不能骗心爱的女儿。

假话不会说，真话不能说，曾俊闷闷不乐地钻进了睡袋里。

第二天，曾俊等三人从冰山上返回营地后，个个都有一种从地狱回到人间的沧桑感。

见到黄柳生时，他正懒洋洋地躺在山地5队队部营地里的一张简易床上。这个四川人中少见的大个子，曾经在西藏当过兵。从拉萨的部队转业时，他以为在青藏高原上把这辈子该吃的苦都吃尽了。成为石油工人后，他才发现在青藏高原上当兵的那几年，简直就是天天在享福。

来到川庆山地公司5队后，他8年没睡过床，现在无论走到哪里，见到床就想往上躺。

在塔里木搞山地勘探，黄柳生每天在山上干十几个小时，晚上都是在"鸭儿篷"里打地铺睡觉。所谓"鸭儿篷"，就是把三根小木棍撑起来，用薄薄的彩条布围起来做的"帐篷"，像鸭子的篷舍，人就睡在地上。睡在"鸭儿篷"里，夏天热得受不了，冬天冻得受不了。他说，这比当兵的时候苦多了。部队的苦和这儿没法比，部队再苦再累，晚上睡觉有床铺，白天可以吃上热饭热菜，还有热汤喝，哪儿像这里的条件这么差！

山地队员们睡地铺、住"鸭儿篷"的日子，从1994年持续到2006年。那些年，山地队员们最大的梦想，就是白天能吃上热饭，晚上能睡在床上。2006年后，上级下决心改善山地队的条件，他们才陆续告别了吃不上热饭和睡不上床板的苦日子。

黄柳生他们现在住的还是帐篷，夏天虽然没有空调，但冬天有暖气了，基本可以吃上热饭了。外面来的人都觉得他们的生活条件太差，他们已经很满足了，“比起过去，这已经很好了。”

在秋里塔格和依奇克里克的断崖区，黄柳生无数次挨过饿，还曾经在断崖上无数次吃过臭肉。

臭肉当然难以下咽，但为了能在断崖上继续干活，即使有拉肚子的危险，黄柳生他们还是强忍着恶心的感觉把它吃下去了。他说：“肉臭了，捏着鼻子也得吃下去。在山地上干活，劳动强度大，不吃肉，干活就没力气啊！”

有一年隆冬，在西秋里塔格山下的戈壁上，黄柳生和几个人背着爆炸机去测线上抢进度。晚上，突然下起了大雪，手冻僵了，鞋冻硬了，人也冻透了。

雪越下越大，他们依然在雪地里放炮。实在冻得受不住了，他们才在地上揪些麻黄草，浇上汽油烤火，稍微暖和点，又接着干。

第二天早上，技术队长来接他们时，几个人的清鼻涕都冻得结了冰。见了队长，他们很想给队长一个笑脸，可是脸也不会笑了，嘴也没法说话了，费了好大的劲，才把嘴咧开，露出两排牙齿，算是表达了谢意。

黄柳生曾经暗暗地发誓赌咒：明年再也不到这鬼地方来了！

第二年，他还是从四川来到了塔里木，来到了山地队，来到了断崖区，一年又一年，直到现在。

黄柳生知道，不是山地队离不开他，是自己已经离不开山地队了。他的青春，他的梦想，他的欢乐，这辈子都和塔里木的断崖山地融为一体了，如果隔一段时间不见队友，就想得慌。许多难忘的经历，成了珍贵的记忆。

他说，干山地勘探确实很苦很累，还很危险，但是，再苦再累再危险，这活总得有人干啊！我当过兵，当初既然选择了这个行业，再苦也

得坚持干下去，咱不能当逃兵。好在我们是一个团结互助的集体，遇到啥事都是集体扛，人多力量大，再苦再难都不怕。

那一年初秋，在西秋里塔格，黄柳生曾经在山上度过了终生难忘的6天6夜。

黄柳生带了两组人上山去放炮。上山的路险峻异常，把他们折腾得差点半途折返。

他们一行8人，每人都背着爆炸机、对讲机、电池和睡袋、馕饼、大葱、豆瓣酱等几十斤东西，从主营地往山上爬。本来应该是3人一组，但因为沿途的山路太陡太险，队上给每个组多配了一名民工，让他们背生活用品。

通往工地的路有陡崖，有冲沟，冲沟里的积水足有1.5米深，陡崖是七八十度的绝壁。遇到陡崖，他们只好把鞋和裤子脱下来，扒着保险绳往上爬。最高的陡崖，是好几层楼高的悬空的绝壁陡坎。一根105毫米粗的保险绳，要从山顶垂到山脚。同去的一个民工见到这阵候，吓得中途跑掉了，工钱也不要了，另一个则总喊肚子痛，不知是被吓的，还是在装病。

上山的路，黄柳生一行磕磕绊绊走了6个多小时。到工地后，7个人都累得浑身瘫软。

这是一段难度最大的超5类工区，所有的炮眼都在断崖上。

每天天刚亮，他们就起来了，抬着爆炸机，在测线上放炮，天麻黑了才收工，煮一点稀饭吃吃，就睡觉了。

每天从早到晚的16个小时里，他们大部分时间奔走在断崖上。

山上没有营地，晚上该睡觉了，困乏至极的黄柳生他们抱着睡袋，在山上到处找可以安身之处。找来找去，只有几处山洞可以容身。所谓山洞，只是断崖凹进去的一小块崖腔，一个崖腔仅仅能容一人勉强躺卧。

黄柳生他们已经顾不了那么多，忙了累了一天，特别乏也特别困，

特别想睡觉，只要能给疲累之身找个可躺可卧的地方，他们就视为天堂。

躺在崖腔里，他们身下是坚硬的砾石，硌得脊背和屁股一阵接一阵地疼，特别想睡却睡不着，只能似睡非睡地熬到天亮。

秋季是秋里塔格山的雨季，半夜里，他们常常被突如其来的秋雨打醒。那雨先是小下，后是大下，常常是越下越大。

冰冷的雨滴，伴着冷凉的山风滴滴答答争先恐后扑打着睡袋，打湿了睡袋打湿了脸。雨水灌进石缝，又从石缝里往下渗流，流到崖腔里，把崖腔的地面泡得又湿又冷。躺在山风山雨里的崖腔中，如同躺在冰窖里。

他们好不容易迷迷糊糊睡着了，后半夜又被冻醒了。黄柳生后来说，人困得要死，睡在那种崖腔里，风也躲不过，雨也躲不过，啥办法也想不出来，呼天喊地都不灵，只能任凭风吹雨打了。

山上没有手机信号，他们无法与家人联系。与山外联系的唯一渠道，就是通过电台和队部沟通生产信息。

6 天后，完成了放炮任务，黄柳生他们才从山上撤回主营地。

几年后，在托木尔峰下的营地里，黄柳生笑谈当年这一段糟心事："这比坐牢还难受，那也得忍着，山上就这条件，有啥子办法！咱的命硬，啥苦都能吃，吃苦就像喝凉水。"

2013 年夏天，曾俊和黄柳生随 4 队和 5 队组成的库车凹陷阿瓦特三维地震勘探项目部，来到托木尔峰下的温宿县博孜敦乡。5 月时，位于博孜敦乡的阿瓦 3 井出了高产油气，塔里木油田决定详查这里的地质情况。

托木尔峰是天山第一高峰，海拔 7435.3 米，一年四季白雪皑皑，云雾缭绕，看上去美得像仙境。

项目部机关设在雪山下的一个破烂不堪的养鸡场遗址里，上百个小营地散布在雪山下的陡山和谷地上。

在这种地方搞地震勘探，危险时刻与他们相伴，死神随时会向他们扑来。

最难干的工区在川庆公司和东方公司219队相接的区域，这里的大山陡而险，许多断崖高达400多米，一捆400米的保险绳还放不到沟底。站在断崖上，曾俊这个“山地黄羊”也会两腿发抖，两边全是陡斜七八十度、深几百米的陡崖，掉下去，就“光荣”了。

曾俊他们每天早晨8点多出发，背着仪器，抬着设备，在断崖边上绕来绕去走，常常是翻山越岭走了四五个小时，才能赶到炮点和测量点上，来回路上就耗去近10个小时，到了测量点，干两三个小时就得往回走，有时一天也干不了一个点。

嫌苦怕危险的民工们跑了一拨又一拨，他们这些山地队的职工却必须坚守。

托木尔峰地区夏天雨水多，有些日子一天能下四五场雨。只要看见远处的天上有一片黑云往过飘，他们就得赶紧收拾工具找地方躲起来。乌云过来，不是暴雨，就是冰雹。

在断崖上，曾俊他们的衣服，经常穿干了被淋湿，淋湿了再穿干。中午，他们只能吃自己背上山的冷米饭、冷榨菜、冷香肠、喝凉水。天快黑时，才拖着疲惫不堪的身躯回营地。

揣着梦想闯天山

告别了豪言壮语满天飞的时代，每个人都在脚踏实地追梦，追逐心中那个最美的梦。

山地勘探队员追梦的路崎岖坎坷，步步惊心，但他们无怨无悔。

2013年4月，东方物探公司李来春在新疆吹响了219队的“追梦集结号”，来自五湖四海近2000人的队伍急匆匆赶往塔里木。

河北人李来春原来是 219 队的指导员，2012 年当上一队之长后，他的心就变野了，“一朝权在手，便把大梦做”，总想带着这个山地队干一个大项目。

今年 40 多岁的李来春，在塔里木搞地震勘探已经 20 多年，把这辈子最美好的年华都献给了这个第二故乡。他的汗水和泪水，洒遍了塔里木的大沙漠和浮土区、盆地外围和浅山地带。从队员到队长，他的人生理想，个人价值，也在塔里木的勘探事业中一步步成为现实。

李来春 2007 年到这个山地队当副队长、指导员后，一直在新疆喀什、和田的昆仑山区干，可谓吃尽了干山地勘探的苦。有一年，他和队友们从春到冬，连续在山里干了 11 个月。为了抢在年底前干完一条测线，他们在鹅毛大雪中踩着没膝的积雪干，累得实在走不动了，就爬着往前拱。

虽然苦，但这些难忘的经历，都成了他珍贵的记忆，自豪的资本。

可是，他总觉得在这些小项目里小打小闹不过瘾，缺乏成就感，自己的塔里木勘探生涯显得不圆满，将来在儿孙面前也没面子。

当了 219 队的队长后，李来春就想带队伍到大山地的断崖区去显身手。就像一个部队的指挥员，喜欢带着自己的队伍打大仗硬仗。

塔里木是个大舞台，他要在这大舞台上唱大戏。

李来春多次向领导表示，不怕苦，不怕难，就想干一个大项目。

2013 年春，机会来了。李来春领到了神木阿瓦特三维地震的任务，测线密度 200×400 米，施工面积 1000 多平方公里，甲方要求 5 月开工，年底干完。这真是他从来没干过的大项目。领导告诉他，为了确保优质高效地完成这个项目，东方公司将租用飞机，支持这次山地勘探。

李来春乐坏了，他的梦想成真了。

他急忙喊来指导员岳宏和队里的几个骨干，带着高清卫片，驱车到工区踏勘。

巍峨的天山第二高峰托木尔峰终年积雪，阿瓦特三维地震测线五分

之一的工区在海拔 3700 米的雪山上，那里不仅高寒缺氧，还没有人烟，也没有吃的喝的，队员们在那种鬼都不去的地方搞勘探，一切生产生活用品都得靠飞机往上送。海拔低些的地方，断崖林立，冲沟密布。更要命的是，许多断崖山地上居然光秃秃的不长一棵草，爬山时人没抓没挠，那些鸡爪子山上的石头都是酥酥的风化石，脚一踩就哗哗地往下滚落。大山有波谷浪峰，断崖的坡度有大有小，测线却必须是直的。队员们要把这些测线干下来，得付出多少艰辛？

李来春在塔里木摸爬滚打几十年，也算经过风雨，见过世面了，这么难干的工区，还真是头一次见到，施工难度远远超过了他的想象。

他知道，这将是自己 20 多年塔里木勘探生涯中最大的一场恶仗。

把这个项目漂漂亮亮干下来，成了李来春 2013 年最大的愿望，也圆了他在塔里木的一个梦。

钻井组组长王涛接到队长李来春的电话，兴高采烈地从河北徐水赶到了新疆库尔勒。

李来春对他说："你先回趟家，给咱找 80 多套山地钻的司钻和民工。"

王涛立马启程，赶回河北。

这王涛虽然只是个没品没级的钻井组长，在全国"山地司钻界"却是个呼风唤雨的大名人，全中国共有 300 多个高水平的山地司钻，其中 160 多人都是和他称兄道弟的好哥们儿，乐意听他调遣。

王涛回到河北徐水的家，立刻开始给四川广元、重庆内江、陕西汉中、甘肃庆阳、宁夏吴忠和湖南、青海、新疆等地熟悉的司钻们打电话。

一支山地队，若干个机组，每个机组七八个人，核心人物就是司钻。山地队的地震资料质量高不高，最关键的环节就看司钻打的炮井好不好了。

全国 300 多个山地钻探的高手们，基本被东方物探和川庆两家公司

的山地队包圆了。这些人几乎以山地钻为生，平时潜伏在中西部偏僻山区的农村里或在别处打工，等待山地队的召唤。

王涛的手机24小时开机，不断地打电话、接电话，一个又一个，嗓子都快喊哑了。

有一天晚上，他媳妇实在忍不住了，吼着骂他道："让不让人睡觉了？能不能把手机关一会儿！你比国务院总理还忙啊？"

王涛赶忙向媳妇做检讨："对不起，可是没办法。招不够司钻，没法给队长交代啊！"

王涛原来也是司钻，司钻们在断崖上干活有多苦多危险，他知道；司钻的质量对山地勘探有多重要，他也知道。

少年王涛的梦想是当兵，后来他真就如愿以偿了。从部队复员后，他又如愿当上了石油工人，起初他很自豪，但到了塔里木，才知道干山地勘探比当兵苦多了。

2000年4月，王涛来到地震勘探队后，在库车凹陷的克拉地区搞山地勘探。克拉地区为雅丹地貌，雅丹地貌属风蚀地形，俗称魔鬼城，地形酷似广西桂林，只是没有桂林的青山秀水，这里滴水不见，寸草不生，一丝绿色都看不到。数不清的小山千姿百态，兀立在赭红色的砂砾上，游客们看着很奇很美，山地队的人看到就头疼。雅丹地貌经过千万年风蚀，地面坚硬如铁，打钻时震得人两手发麻。

每天，王涛和队友们早早就起了床，太阳出山，他们出工；太阳落山，他们收工。城市里的许多干部职工上下班是"朝九晚五"，他们在山地上却是"朝七晚十"，每天要在断崖上、冲沟里干十五六个小时。吃不上饱饭，喝不上热水，是经常发生的事。在山上，电话打不出去，写封信还是寄不出去，想家里的亲人时急得没抓没挠，只能干熬着。他曾经连续4个月没有理发，头发和胡子长得像野人。不是不想理发，是没法理，营地离县城太远了。队长凌国璋看他可怜，也影响石油人的形象，"奖"给他200元钱，让他到上百公里外的库车县城去理发。

从小到大，王涛的精神和肉体从来没有受过这样的煎熬。他说：“用太苦这个词都不够，但我找不到更恰当的词来形容山地勘探有多苦。”2012年，他在家里待了一个月，2011年，他在家里待了17天。他和爱人结婚10年了，两人在一起的时间加起来不到2年。有一年，当教师的爱人利用“五一”长假的时间，带着女儿不远万里从河北徐水到塔里木来看他，住了10天，他只陪了2天。2011年底，他给媳妇买了一辆别克车。他说，没办法，咱常年在外顾不上家，这算是对人家的一点补偿吧！

王涛多次想甩手不干了。他曾经在河北徐水的家里用一个多月的时间，认真思考该不该继续当石油地质勘探队员这个问题。

思来想去，他渐渐明白，山地勘探的日子虽然苦，但是很充实，是一份稳定的工作，有不错的收入，可以圆了过上好日子的梦。在塔里木搞地震勘探，虽然自己的工作很具体，总是能为国家找石油、天然气做一点贡献，也圆了一个石油人的梦。塔里木这个大盆地，正是圆梦的好地方。

想明白了人生的方向和道路问题，王涛再也不喊苦，再也不嫌累。最近十几年，他随几个地震队在塔里木盆地边缘的昆仑山和天山山区干山地勘探，吃了数不尽的苦，受过说不完的罪，但他没有说过半句牢骚怪话。

如今，队长让王涛找司钻，他尽心竭力。他知道，招不到好司钻，今年队里的工程就泡汤了。队长说了，今年这个工区断崖套断崖，特别难干，必须招技术好、肯吃苦的民工。

但是，现在形势变了，民工们外出打工有了更多的选择，已经不像前些年那么好招了，要价还挺高。民工们都很自信，“此处不用我，自有用我处”。

2005年前，勘探队招民工就像部队招兵，称得上是百里挑一。负责招民工的人可神气了，他们把报名的民工集合在一起，先目测，把五

官不端正的先刷下去一批，然后命令剩下的人跑步，再让他们抱着头蹲下又起立，看腿脚好不好使，那些腿脚不利索的就会被刷下去。

2007年后，民工们都牛起来了，越来越难招，已经不是“你挑他”，而是“他挑你”，跟你讲价钱，谈收入，谈劳保，一点也不含糊。王涛和许多司钻是朋友，司钻们一般都给面子，但跟着司钻干的民工和王涛没交情，都很现实，工钱给不到位，人家就不肯来，司钻也奈何不了人家。

以前，有些民工们为了进勘探队，千方百计找关系挖门子，逢年过节还会给勘探队管事的人“意思意思”。现在倒过来了，逢年过节时，勘探队的有关人甚至队领导都得拎着东西登门拜访民工的头儿。近几年，川庆山地队的领导过节时，经常得从成都驱车到重庆去看望民工头。

王涛小心“伺候”着这些司钻和民工们。早晨6点刚过，有的司钻就把电话打来了，那时他睡得正香，困意正浓，还得笑呵呵和人家说话。

5月份，700多名司钻和抬工陆续到了天山脚下的工区，随司钻来的民工，多数是啥也不会的生手。来一拨民工，王涛负责培训48小时，教他们怎样在断崖区干活，怎样才能确保安全。

清晨，王涛在营地督促民工们带齐带全上山施工的所有东西，他知道，哪怕少带一个螺丝钉，在山上就没法干活。

王涛每天在营地送一拨又一拨司钻和民工进山，让他们去圆致富梦。帮助民工圆了致富梦，也能圆了自己的职业梦，利人又利己，他感到心里美滋滋的。

民工们进山后，王涛的心就悬起来了，他守着电台不停地呼叫，叮嘱这个，交代那个，嗓子都快喊哑了。219队在山里干活的有上千人，其中一多半是钻井组的人。他这个钻井组长肩上的责任重，既要管进度，又要管质量，还要管安全，甚至要督促山上的民工别把施工和生活

垃圾丢在山上。如果安全出了问题，就把一切都毁了。施工进度上不去，大家的利益就要受损失。他一根扁担挑着两筐鸡蛋，必须确保哪个都不能碰烂了。

常年这样操心受累，王涛养成了晚睡早起的习惯，尤其是刚到一个新工区，晚上 1 点前睡不了觉，1 点后睡下了谁也叫不醒。

任志强前几天差点把命丢在 2721 测线的一个断崖上。

2013 年 8 月 12 日，他背着卫星测量仪，在一个 70 度的断崖上踩着一块石头，正要测点定井位，突然脚下一滑，那块石头呼啦啦往山下滚去。他闪电般死死地抓住断崖上的草皮，才没有随脚下的石头滚到山底下。

那是一个 30 多米的断崖，任志强一旦滚下去，非死即残。

任志强的左脸、额头和鼻子血肉模糊，人们赶紧把他送到了 14 公里外的主营地医务室。

今年 34 岁的任志强，来自黄土高原上的甘肃省泾川县，个头不高，长得敦敦实实。他中学毕业后就揣着致富梦来新疆打工了。在乌鲁木齐，他干过搬运工，还当过歌厅的小经理，可惜都挣钱不多。经一位中学同学介绍，他 5 月初来到 219 队，当上了测量工。

像任志强这样的民工，已经成了 219 队和各地震队的主力军。219 队有正式职工 350 人，民工却有近 1800 人，在一线干活的几乎全是民工。他们主要来自云贵川渝和陕南秦岭山区，他们的家乡山大沟深，他们山里生，山里长，最适宜干山地勘探。

塔里木的山地勘探，吸引了中西部地区的上万名农民工，他们纷纷告别家乡，西出阳关，来到这片大漠打工挣钱。在这支大军中，有些是夫妻，有些是兄弟，有些是父子，有些是叔侄。山地队的人们开玩笑称之为“夫妻党”“兄弟党”“父子党”“叔侄党”。

民工是塔里木石油勘探开发的功臣。在地震队和钻井队，在作业区

和施工点，在塔里木的所有工地上，到处都有民工的身影。他们干的是最苦最累最危险的活儿，有些人靠一技之长，有些人就吃青春饭，全凭年轻力壮身体好。

没有这支浩浩荡荡的民工大军，塔里木石油勘探的步伐不可能像现在这样快。

这些民工到山地队来的目的很明确，也很单纯，就是为了挣钱，为了多多地挣钱，他们也不隐瞒自己来这里打工的目的。

山地队的民工收入确实比较高，一个司钻，一个月能挣 12000 元，抬工可以挣六七千元，没有多少技术含量的工人一个月也能挣近 5000 元。

改革开放唤醒了中国人的财富意识，城里人想发财致富，农民也想发财致富。许多城里人通过投资股票和房产圆财富梦，农民们没有这种资本，他们最大的资本是强健的体力和惊人的吃苦精神，他们追逐财富的最佳路径大约就是进城打工，选择到塔里木油田打工，也许是他们走向富裕的一条快车道。

任志强说："在农村种地，累死累活，种不出几个钱，没法致富。没有钱，我们农民永远是穷人。我们到这里来，不怕吃苦，不怕受累，也不怕危险，就是为了多挣些钱，塔里木是个能让我们多挣钱的地方。不是为了多挣钱，谁愿意跑到这鬼都不来的地方遭这么大的罪？"

任志强上有老，下有小，他的梦想是趁自己现在年轻，多挣些钱，在村里盖一座楼房，让母亲和媳妇孩子们过上体面的日子，也显得自己有本事，成为村里人羡慕的对象。他说，再苦再累都不算啥，只要能多挣钱就行。

任志强他们这些民工不计名位，只计报酬。为了多挣钱，为了早圆致富梦，他们什么苦都肯吃，什么委屈都能忍，什么怪话都不说。中国农民勤劳和坚韧的特性，在塔里木油田尤其是山地队的民工身上，表现得淋漓尽致。

任志强选择到219队，就是觉得在这里挣钱多，劳保好，还不欠工钱。他过去在乌鲁木齐打工时，挣钱没有这里多，饭钱要自己掏，房子得自己租，老板还经常欠工钱。他有些神秘地笑着说，还有一条，在这里挣得多，还能攒得下。这地方黄羊都不来，远离城镇，远离市场，严禁喝酒，有钱也没地方花。挣多少，就能攒多少。

莫怪民工们向钱看吧！在这个"没有钱寸步难行"的经济社会里，农民们不出来挣钱行吗？在这个无数城市里的雅人们都放下身段，争先恐后甚至不择手段向钱看的时代，农民工向钱看是再正常不过的事了。

市场经济把农民从土地上解放出来，农民才可以到城市里打工挣钱。世世代代靠在黄土地里刨食的农民，终于可以挣工资了，这是中国社会的一个巨大进步，既利于国家大发展，又利于农民奔小康。

但高收益和高风险往往是孪生兄弟，山地队的钱并不好挣。

任志强在山地队虽然挣钱多，危险也与他时时相伴。前几年，山地队就有几个民工从断崖上跌下来摔死了。听过这些悲惨的故事，任志强干活时格外小心谨慎。

任志强说，从远处看这里的断崖，和别处的秃山陡崖没啥两样，其实山的表面是一层很薄的风化石，脚踩上去软酥酥的，脚一滑就有危险，每一步都得走好。背着几十公斤重的仪器在山上走，更要胆大心细，如果一脚踩空，摔下去，轻了受伤，重了丢命啊！

山地队的民工们每天早上6点半起床，7点吃饭，7点半开晨会，8点出发，在断崖区干一天活，回到营地，经常已是夜里11点多了。

任志强最头疼的是几十上百米高的断崖，遇到这样的断崖，就得绕着走，绕一个来回就得几个小时。那不是在柏油马路上绕行，是在陡峭的风化石山区绕着走，每一步都走得很艰难。他曾经背着仪器在断崖区走了一天，但就是找不到测点。

在托木尔峰山区勘探，民工们最怕下雨，但这里七八月时的雨水偏偏特别多，有时一天能下三四场雨。在野外遇到下雨，他们没处躲，也

没处藏，只能听任雨打风袭。身上的衣服常常湿了干，干了湿。

虽然苦，但想到苦干几个月，回家时可以带几万元现金，在追梦的路上又进了一大步，任志强的心里就很快乐。收工早点的时候，他会在营地外的戈壁滩上吼几句秦腔，抒发心中的快意。

天上有飞机支持，地上有现代化的勘探装备，指挥 2000 多人在上千平方公里的山地上纵横驰骋，威风得像个将军，这是许多山地队长的梦想。现在，享受这“待遇”的李来春感到压力如山大。

李来春常常满脸焦虑地在温宿县台兰河畔那铺满戈壁石的主营地独自转悠。他抬起头，忽而望着远处白皑皑的雪山，忽而望着附近的红山，自言自语道：这活儿太难干了。

他愁得经常连续十几天不洗脸，不是没时间洗脸，是没心思洗脸。

李来春最盼望老天爷天天给笑脸。只要天晴着，施工进度就有保证。

可是，天不遂人心意。6 月后的托木尔峰地区偏偏雨天多，一天下几场雨是寻常事。

一场大雨后，推土机推好的简易路被冲得面目全非，又得重新推路，既增加成本，又耽误施工进度。

山脚下大雨，山上就会下大雪。

在海拔 3700 多米的山上，219 队有近千人在干活，一下大雪，这些人就只能停工待晴，全队一天要损失 30 多万元。他心疼，又无奈。

从营地到雪山没有路，雪山上近千名队员施工用的器具，吃的米面油菜，哪怕是一根葱，一头蒜，都要靠飞机往上送。

在雪山上干活的基本都是云贵川三省来的彝族民工，李来春知道，这些民工从山清水秀的家乡来到塔里木的断崖陡山上干活，不仅辛苦，还危险，难免会有饥寒交迫的时候，他要为这些农民兄弟提供良好的物质保障。

彝族民工吃不惯面条，说是吃了面条干活就没劲。他们天天要吃米

饭，面条在海拔3000多米的雪山上是一煮就断。开工时，李来春为他们配备了100多个高压锅。

8月的托木尔峰地区，山上山下两重天，山下的人穿着短袖衫还浑身冒汗，山上的工人晚上都穿的是棉衣棉裤，在帐篷里睡觉盖两床被子还觉得冷，李来春时刻担心雪山上的民工兄弟的安危。

李来春没想到，8月16日上午9点多，219队租用的飞机出故障了。

满脸胡子的加拿大驾驶员琼斯跳下飞机，对副队长熊建华说，飞机尾翼有异常状况，不能再飞。说罢，就回到营房车里休息去了。

按照合同，他只负责驾驶飞机给山上的队员们运送设备和给养，飞机出了故障，所有的问题都由219队与航空公司协商解决。

219队使用的这架直升机，从位于湖北荆州市的同城航空公司租来。要换零件，得从6000多公里外倒几个机场，才能运到托木尔峰下的219队机场，最快也得24小时后才能再飞。

李来春和副队长熊建华万分焦急，他们最怕出这种事。在雪山里作业的民工，对飞机已经有了依赖性，现在飞机停飞，山上的人心就难以稳定。他们不断地催同城公司的总经理，催他尽快把飞机修好。

真是怕啥来啥。11点多钟，熊建华的对讲机突然响起了万分焦急的呼喊声："钻井组有个民工突然肚子疼得不行了，请飞机立即上来接人下山。"

熊建华找同城公司总经理商量，希望派飞机上山接人，总经理无奈地表示，飞机已有故障，不敢冒险飞行。

熊建华赶紧带人驱车奔向钻井组的山脚下，又手脚并用地爬了5公里山路，把钻井组的那位突然得病的民工抬回了营地。

第二天下午6点多钟，隆隆的机声终于在机场响起来了，李来春和熊建华悬着的心才放下了。

有人说，山地队长是全天下操心最多的领导。

山地勘探从生活到生产，难题似乎比牛毛还要多，个个都要从李来春的手里过。

每天晚饭后，全队班组长以上领导出席的“晚会”雷打不动，常常从9点钟开到12点多才能散。

会议的气氛有时严肃得让人透不过气。

那天的“晚会”上，讨论到一块被称为“三角地”的协作勘探时，会议卡了壳。钻井组、推土机组和几个班组长发生了争执，各讲各的困难，谁也说不出良方妙计。

李来春说：“明天到现场看看再研究吧。”

什么样的“三角地”，让这些身经百战的“老山地”如此为难？

到实地一看才知道，那是一片约20平方公里的大断崖，坡度足有80多度，猴子和山羊上去也站不住，推土机和钻机更无法立足。

断崖下，两条不知名的河一左一右夹持着这片三角地，河水哗啦啦流。看着断崖，听着涛声，谁都会毛骨悚然。这里完全没有施工条件，但他们必须在这里打2600多个炮井，放3000多炮，做一片有纵有横的几百条方格形测线。

这无疑是塔里木勘探史上最难干的一片三维地震工区。

站在断崖对面的山头上，李来春和几个班组长商量了很长时间，最后决定动用“飞虎队”。

219队干山地以来，储备了一批善于攻坚啃硬的飞虎队员，专攻断崖区。他们多数是来自甘肃和云南的彝族民工，胆大心细技术好，年龄在二十多岁到四十五六岁，具有5年以上的山地施工经验。

8月15日，一支150人的飞虎队成立了，副队长宫维平担任飞虎队长。

9月10日，攻战三角地的战斗打响了。

上百名身穿红色工服的山地队员，从山下和空中分头向三角地

进发。

21 套山地钻机和机组人员，分 168 次被吊运到三角地的断崖上；测量组、采集组和炊事班等人员，从山下没有路的地方往上攀爬。

30 名飞虎队员，负责在三角地放线、放炮、采集、收线……

隆隆的机声，喧嚣的人声，哗哗的水声，在三角地的山谷中交响回荡。

断崖太陡，钻机无法固定，队员们就把钢钎打进山地，用大绳固定钻机，让钻机悬空打井。

队员们在山上住的帐篷，吃的米面油菜，用飞机往上送。做饭没有燃料，就往山上送天然气罐。

上百名好汉吃在三角地，睡在三角地，干在三角地，汗水洒遍三角地。

两个多月后，塔里木有了第一批高质量的三角地三维地震剖面资料，这一片山地的地质秘密，在地质学家的眼中将不再神秘，甲方代表的脸上浮起了满意的笑容。

12 月 1 日，219 队“收线”了。告别托木尔峰时，李来春眺望着远处的皑皑雪山，无限感慨地说：“今年这个项目，肯定是我终生最难忘的一个。”

民工们个个揣着几万元工钱，喜滋滋地回家了。

李来春说，塔里木的石油勘探开发，为农民兄弟们奔小康创造了好机遇。这些年，许多跟着我们山地队干的民工，已经在家乡盖起了几层高的楼房，日子过得很体面。

在 219 队的职工和民工们看来，托木尔峰脚下的这片山地断崖，就是他们的“梦工场”，让他们离自己的梦想近了一大步。人人都干得很苦，但大家都觉得值。

“结党”千里找油气

山地队里有一种令人初闻甚感惊诧的现象叫“党派林立”，目前计有“父子党”“夫妻党”“兄弟党”“叔侄党”“郎舅党”“师徒党”“哥们党”“父女党”，等等，还有浪漫的“恋爱党”，可算是应有尽有了。

其实所谓的这“党”那“党”，专指父子、夫妻、兄弟等结伴在山地队干活的民工们，大家这样说，只是工余饭后的一种调侃，毫无政治色彩。

这几年，民工已然成了山地队的主力军，占了山地队人数的十之七八，在山地断崖上测量、打钻、放线、放炮的人，基本都是民工。东方物探和川庆山地勘探各队领导在会议上动员或部署工作时，常常挂在嘴上的词，也与时俱进地由“职工同志们”改为“职民工同志们”了。

是改革开放的春风，把他们从五湖四海吹到了塔里木的山地队。他们是中国大地上汹涌澎湃的民工潮里的一滴又一滴水，千万滴水汇成打工潮，这股浪潮就变得更加汹涌。

从土地上解放出来的农民们，不再是一年四季只能从土地里刨食的人，他们回乡是农民，离乡是工人，来到塔里木，就成了石油勘探开发大军中的一员，从“修理地球的人”变成了“勘探地球的人”。

他们在塔里木受的苦，让人看着也心痛。2013 年夏天，一位自称“红衣散人”的四川作家来到塔里木，他目睹了也感受了四川油建队伍里的民工和职工之苦，被深深感动了。他在一篇文章里写道：“他们有着超凡的承受力和忍耐力，承受超负荷的劳动，忍耐繁杂规章制度的约束；他们重视别人忽略自己却从不觉得憋屈；他们清楚付出与回报的逻辑，从不奢求超额收益；他们本能地期望自己能干出漂亮的活儿，不为

名利，只为被人看得起；他们屡受挫败却锲而不舍，他们带着相同的目的做着不同的活计。他们感觉不到酷暑和严寒，摄氏 50 度也好，零下 20 摄氏度也罢，他们总能出现在自己该出现的地方，淡定地做着自己该做的事情。他们用体力换钱；用技术换钱；用忍受严寒酷暑换钱；用失去天伦之乐换钱；用寂寞换钱；用压抑基本人性需求换钱……把享乐的权力彻底放弃。”

在东方物探 247 队队长董刚的眼里，这些民工是最卑微的一群人，也是最智慧的一群人，还是最快乐的一群人，他们还有自己独特的文化。

董刚说，这个群体后浪推前浪，90 年代，我们用的民工都是“50 后”“60 后”的人，这几年我们用的全是“70 后”“80 后”。山地队的民工主要是两种人，一种是以司钻为核心的钻井机组，一种是查线工。一个钻井机组 7 个人，基本都是一个小家族。老公打钻，媳妇做饭，其他人不是儿子就是兄弟侄子之类的亲戚，关系最差的也是从小一块长大的好哥们儿。

山地钻井这活儿一般人干不了，干这活的必须是山里长大的人，一般都是四川德阳、绵阳、遂宁等地和陕南秦岭山区的人。这些地方的人生在大石山区里，长在崇山峻岭中，对断崖山地熟悉得像自己的发肤。新疆的山地和他们家乡的区别是光秃秃的，没有植被，加上保险绳这种手段，他们很快就能适应。

搬家是山地钻井组最危险的事。山地队施工的刀片山、牛背山都很陡，一般人空手爬都爬不上去，何况抬着东西在这种山上行走。民工们把 200 多公斤的钻机拆分成七大件，在这种山上抬着走，其难其险可想而知。他们有科学严密的分工，有人修路，有人修钻机平台。7 个人的配合必须十分默契，不能有任何闪失。一旦有个啥闪失，不仅挣不上钱，还会把命丢了。

他们抬钻机上山时，都有固定模式，前面 3 个人，后面 4 个人，每

个人的腰里都系着保险绳，前面的 3 个人在上面拽，后面的 4 个人抬着往上走。这种“前三后四”的模式，是“50 后”“60 后”那一代民工创造的一种模式，这样大家都能使上劲，很科学，所以一直沿用至今。7 个人抬钻机时必须配合默契，上面的人一松手，下面的人必死无疑，下面的任何一个人出了问题，其他人也必死无疑。那真是把自己的生命交给了对方的一种劳动，所以必须互相了解，互相信任，配合默契。儿子和老子互相心疼，儿子肯定不会让老子死，老子更不能让儿子把命丢了，所以他们的配合特别默契。

董刚很欣赏甚至很佩服这些民工的智慧。他说，这些民工有自己独特的一套，我称其为“山地机组文化”。他们每年从家里出来时，把要用的东西都备好了，吃什么，用什么，怎么干，怎么住，他们都有自己的一套。我们会给他们配一些生产生活用品，但这不能满足他们的特殊需要，他们会按自己的需求和习惯，在老家配好了东西带过来。

他们吃饭很有讲究，我们食堂的早餐都是馒头稀饭，他们每个机组单独开伙，每天的早餐都吃炒菜米饭加麻花。他们不吃焖米饭，都吃蒸米饭，焖米饭就没有汤，蒸米饭的汤可以装在瓶子里带上山，既解渴，又解饿，味道比矿泉水好得多，一举两得，一点也不浪费。南方人本来不爱吃面食，但麻花携带方便，不容易坏，在山上就可以当干粮。

董刚说，我们给他们送饭送水配的是铁桶，上面放菜饭，下面放汤。他们不用这个，自己带背篓来。背篓这东西的好处是既轻便又结实，还特别能装东西，秦始皇修长城的时候民工就用背篓背土，南方山区的老百姓也用了几千年，很符合人体工程学，在山地队非常好使。今年，我们在西秋里塔格山施工时，山太高太陡，我让人从云南给他们买了一批背篓，一人发一个，他们特别高兴。我们给他们配的抬杠是钢铁钻杆，他们嫌那东西太重，自己从家乡带来了很有韧性还轻便的木杠，减少了上山抬钻机时的负担。

董刚对查线工的智慧极为赞赏。他们就像部队的侦察兵，单兵作战

能力特别强，特别能吃苦，特别会干活，而且都是多面手，不仅会查线，还会修线，会放炮，一个人在地形极其复杂又危机四伏的山地干活，什么都能对付，还安全高效。北方来的查线工背着大线上断崖，笨手笨脚效率低，四川来的女民工就很聪明，她们爬山时，头上缠个布带，把大线绷在头上，这样就解放了手和脚，爬山干活时她们手脚并用，灵活得像猴子，许多女人比男人还能干。

董刚感慨道，真是“卑贱者最聪明”，毛主席这话说得太对了。这些没有多少文化的民工们来自实践的智慧，非常科学，十分管用，再聪明的工程师坐在办公室里，也想不出这么高明的办法。

董刚看到，民工们在山地干活虽然特别苦，特别累，但没有愁眉苦脸的民工，他们都很乐观，也很阳光。云南来的彝族都是白彝和花彝，这些大山里出来的少数民族最快乐。每天收工回营地后，他们吃过饭，都会点一堆篝火，围着火堆唱一唱，跳一跳，自己快乐，也给大家带来许多快乐。女人们就坐在帐篷里绣花，说说笑笑拉家常。晚饭后，四川人会聚在一起，摆一摆“龙门阵”，荤的素的，啥故事都讲，啥玩笑都开，然后再回到帐篷，钻进被窝睡大觉。

民工们走到哪里，就干在哪里，乐在哪里。无论环境多恶劣，工作有多累，他们都会把这种乐观精神带到那个地方。

要过中秋节了，川庆山地 2 队的民工们回不了家，就在拜城县克孜河边的帐篷营地里办起了“中秋篝火晚会”。没有乐器，他们就把施工用的塑料桶变成了鼓，把食堂里的大水盆变成了锣，锅盖变成了镲，大家围成一圈，尽情尽兴地唱着跳着，其兴也勃勃，其乐也融融。

“结党”而来的四川人在山地队特别多。四川民工是山地队的主力军，是甘肃、青海和云南民工干活和生活的导师，也是山地勘探文化的首创者。

王云和王洪元来自四川江油，他们是一对堂兄弟，哥哥王云曾经在广东打工多年，他说：“广东虽好挣钱少。”2003 年，他开始在塔里木

干山地，堂弟王洪元2008年追随哥哥到新疆。

2014年，他们随川庆山地5队干东秋里塔格8号构造二维宽线地震采集。王云带来了老婆儿子，王洪元也把儿子带来了，几乎是举族而来。王云的媳妇给大家做饭，其余几人都在放线班。按照山地队的说法，他们可称是“兄弟夫妻父子党”。

王洪元虽然比堂哥来得晚，但已经当上了放线班长，王云说“他有手段，把放线班的人搞得好。”

王洪元说：“秋里塔格是最难干的山地，在这里施工，遇到危险的时候很多，而且危险常常不可预知，真是处处有危险，时时有危险。前两天，我们在203线收线，下雨了，山上的土变松了。我正站在山下监督安全，突然看见山上掉下一个鸡蛋大的石头，我赶紧对山上收线的一个人喊，石头来了，石头来了！叫他让开。他还算反应快，马上就往崖腔里躲，石头才没砸着他。要是反应慢一点，脑袋就没了。”

王云他们每天早饭后，从大营地带两根香肠一壶水，上山去放线，晚上天黑了才能回到营地。如果带去的水喝光了，就只能喝盐碱水，喝得肚子痛，还要拉肚子。

王云在川庆公司的几个山地队都干过，在西秋里塔格山上放炮时，他曾经在断崖上睡过7天。睡觉时，要在睡袋两边打上4个钢钎。他说：“不打钎，睡觉时一翻身，就会掉到悬崖下面去，那个悬崖有几百米深，滚下去就没命了。虽然睡觉有钢钎护着，还是睡不踏实，那也没得法哦!”

在断崖上干活特别累，王云他们4个人为了保存体力，每天到了晚上七八点钟就睡觉了。躺在几根钢钎保护着的睡袋里，很想家，想和家里人说说话，但山上没有信号，只能摆摆“龙门阵”。

王洪元他们在山地队这样冒着危险干，一个月能挣5000多元钱，他堂嫂靠做饭每个月也能挣四五千元，比在农村老家种地的收入当然高多了。他说：“这里挣钱还可以，但是你看这环境太差了，我们的想法

是在这里谋生活，回四川过日子。”

在东方物探和川庆山地队，最常见的是“夫妻党”，每个队每年都有几十对夫妻来干活。2014 年，川庆 5 队就来了 20 多对夫妻。他们多是中老年，几乎都来自四川和陕西秦岭山区农村。这些中老年民工不怕苦，不畏难，干活时也不拈轻怕重，无论多苦多累，他们想的只是把活干好，把钱挣到。

家在四川绵阳平武县的李明在塔里木的山地队已经干了十几年，他的妻子张正凤来这里也有 8 年了。张正凤刚来时，心酸得哭了好几天。她生在丘陵区，哪里见过这么大这么吓人的山？家乡一年四季满眼都是绿色，这里的山上秃得连一棵草都见不着。跟着丈夫爬到断崖上打钻，更让她感到悲苦。

李明是山地 5 队的司钻，曾经“三上西秋”。西秋是西秋里塔格山的简称，在西秋打钻，是把脑袋别在裤腰带上干活，这里的断崖之险，全国数第一。

在西秋，打钻难，搬家也难。有一年，李明带着 6 个人在西秋住了 20 天，每天要搬四五次家。机组搬一次家，就像打一次突击战。一般人在断崖区徒步行走，都会眼发晕，腿发软，李明他们要抬着几百公斤的钻机在断崖上行走，真是步步踩在鬼门关上。尽管已是老山地了，李明打钻时，脚踩在崖边上，还是不由自主地腿发抖。钻机高速转动时，地下的渣土呼呼地往上飞，李明他们也就变成了“出土文物”。

张正凤干的是半个男人的活，她负责给炮眼下药，也和男人们一起抬钻杆。2014 年初冬，在东秋里塔格山上施工时，山上刮起了大风，沙土随着大风舞，她的嘴里耳朵里都灌满了沙子，照样和男人们在山上干活。

唯一能让李明夫妇感到高兴的是，在山地队可以多挣些钱，山地队还不拖欠工钱。干一个项目，吃几个月苦，至少可以挣到几万元钱。

58 岁的唐德安带着她 48 岁的妻子何益菊，从重庆渝北区到塔里木

干山地已经3年了。何益菊原来在重庆的一家小饭馆当洗碗工，3年前他动员妻子到了塔里木山地队。

他们在最难干的依奇克里克和秋里塔格山上都干过，这一对乐观爽朗的夫妻说起在这两座山上干活的艰难，句句话中都带着笑："说不苦是假的，说难也不难。"

唐德安和何益菊在山里生，山里长，他们的老家一山更比一山陡。小时候在家乡上山挖药材，遇到陡崖，就抓着麻绳往上爬，练就了在陡崖上干活儿的童子功。

在川庆山地队，这两口子都在搬家班干活，每天的任务是在测线上摆收检波器。何益菊虽然已年近五十，却能背着一捆30多斤的检波器，抓着保险绳爬上绝壁。她没有坐过飞机，但她认为，在保险绳上悬空往上爬的时候那种飘飘荡荡的感觉就像坐飞机。如果队上哪一天休息，她还要和其他女民工跑到附近的山上耍一耍，在她们看来，这就是娱乐活动了。

他们每天要工作16个小时，早上8点钟出工，在山地陡崖上干到晚上12点钟才能回到营地。虽然很累，但有乐观开朗的媳妇陪着在山地干活，唐德安感觉很好。他说："在这里干活很热闹，下了山和大家摆摆龙门阵就睡觉了，我很欢喜。我60岁还能爬山，我要一直干下去，干到干不动的时候再回老家去抱孙子。"

唐德安已经有28年的打工史，家里的4亩承包地，早已送给别人种了。他算过一笔账，种地一天只能挣5元钱，还要有副业，否则就得赔钱。在塔里木干山地，他和媳妇每人每月能挣3500元钱，比种地强到天上去了。

打工多年，唐德安的汗水洒遍了福建的工厂、重庆的建筑工地和塔里木的山地。辛勤的汗水化为丰厚的回报，他和妻子在老家盖起了200多平方米的二层小楼，又贷款20多万元在重庆买了一套60多平方米的房子，给他们在重庆打工的女儿住。

塔里木的山地勘探帮许多民工圆了致富梦，使他们成了有技术的农民，还让有情人终成眷属。

爱情是人类最圣洁的情感之花，可以开在硝烟弥漫的战火里，可以开在繁华的都市里，也可以开在偏远的山村里。在荒凉的沙漠里和冷峻的断崖上，爱情之花也会美丽绽放。

一位山地队长自豪地说，别看我们干活的地方环境凶险，工作危险，但山地也是催生浪漫爱情的热土，断崖也能为年轻人搭起鹊桥。

2013 年，云南彝族姑娘罗瑞燕和爸爸来到塔里木，父女俩成为东方物探 219 队的放线工。工区在天山最高峰托木尔峰脚下的台兰河畔，在这里，罗瑞燕认识了来自河南许昌的小伙儿张二超。

张二超长得帅，又能干，是放线班的一个带班组长，罗瑞燕和父亲是张二超的兵。

在台兰河畔，在艰苦而紧张的施工中，两个年轻人相恋了，两颗年轻的心走到了一起。

半年后，他俩要谈婚论嫁了，罗瑞燕的父亲欣然同意。

2013 年底，219 队的山地项目结束后，罗瑞燕跟着张二超来到了河南许昌。2014 年春节，这一对在塔里木山地相识相恋的年轻人，在许昌结婚了。

一年后，罗瑞燕生下一个可爱的小宝宝，这是他和罗瑞燕在塔里木山地浪漫结合的结晶。

219 队的员工们相信，山地里点燃的爱情之火，能烧到地老天荒。断崖上盛开的爱情之花，经得起风吹雨打。磨难中唱响的爱情之歌，会传遍五湖四海。

库玛拉克河上的裸男们

滚滚奔流的库玛拉克河忘不了，忘不了那一群感天动地的裸男们。

2010 年 11 月下旬的一天，天山脚下的库玛拉克河边忽然出现了近百名精壮汉子，他们是中石油东方物探公司 247 队的山地勘探队员们。

横在他们面前的库玛拉克河寒光闪闪，像一把从天而降的长剑，拦腰切断了神木园山地二维 299#测线。

这库玛拉克河是塔里木河的源头之一，名气不大，来头却不小，它发源于赫赫有名的天山最高峰托木尔峰，从新疆温宿县境内的神木园脚下滚滚流过，奔向塔里木河。库玛拉克的主河面只有 100 多米，虽然并不宽阔，但山高水急，落差很大，水深 4 米多，每秒的流量 2200 多立方米。河滩上，不知什么年代被洪水从山上带下来的无数巨石，瞪着惊恐的眼睛看浪花飞溅。

盛夏时节的天山雪水尚且冰得刺骨，初冬的雪水更加寒彻肌肤。湍急的河水裹挟着直径足有半米左右的大石头，呼啸着滚滚而下。强大的气流，疯魔一般扑向 247 队的勘探队员，似乎要把他们吸进河底。

队长董刚和他的队员们，要把 70 多公斤的地震电缆架设到河对岸，还要让排列线横穿过河，才能确保 299#测线地震资料的完整精确，塔里木油田公司要求这条测线成为“样板线”。

247 队是中石油的“金牌队”，也是一支世界一流的山地地震勘探队，1965 年在河南开封建队。40 多年来南征北战，在东西南北中的千山万水间找油找气，硬仗恶仗打过无数。移师塔里木 20 多年来，从罗布泊到塔北塔中，从大沙漠到大山地，无数次攻克想得到和想不到的难关，被誉为山地勘探“特种兵”。每次遇到难题险境，都靠全队的勇气和智慧闯了过来。

今天，虎狼之师与这道天堑在天山脚下不期而遇，注定要发生点摄人心魄的故事。

要过河，得有桥。距测线十公里外倒是有一座桥，但他们借不上光。山路可以弯弯曲曲，测线却必须笔直笔直，董刚的队伍别无选择，只能从河上跨过去。

库玛拉克河并不理会247队人的烦恼，示威般在咆哮中自顾自向塔里木河奔腾而去。

站在河边的队员们，七嘴八舌地开起了“诸葛亮会”，争先恐后献计献策。议来议去，大家想出3个办法：“用推土机或奔驰牌尤尼莫克越野车架线。”此计一出，立即有人反对：4米多深的洪流，水流得像箭一样快，推土机和汽车下去很可能就是车毁人亡。“用冲锋舟带电缆线过河。”此言一出，马上有人提醒：水流这么急，水浪这么高，冲锋舟在河里根本没法控制方向。“用鱼枪或者海杆把绳子甩过河。”话音刚落，就有人笑着摇着头说，鱼线比鸡毛还轻，河面上强大的气流很快就把鱼线冲到姥姥家去了。

“诸葛亮”们想不出良策妙计，都把期盼的目光投向队长董刚。

董刚是这个“金牌队”的第15任队长，这位山东汉子在塔里木已经摸爬滚打了17年，在天山深处，在沙漠腹地，在沼泽地里，在塔里木河两岸，他和队友们多次遇险，又奇迹般多次脱险，已经历练得临危不乱，处变不慌。闲暇时，董刚爱抱起一本金庸的武侠小说细细读，最喜欢“残山剩水夺命枪”式的故事。谈起自己在塔里木颇具传奇色彩的勘探史，他最爱讲的是险中取胜绝处逢生的“桥段”，说起来就眉飞色舞，两眼放光，浑身的豪情英气直往外冒。在他看来，平平淡淡虽是真，但这辈子若从来没在英雄故事中扮演过角色，日子就味同嚼蜡。

今天的他知道，他和他的队员们，将要在天山深处演绎一段大漠石油版的“残山剩水夺命枪”式的人生折子戏。闯过了这道关，247队的光荣册上，会再添一页华章。

此刻，他的两道浓眉拧成了一条绳，心里头正翻江倒海：我堂堂247队，难道今天要兵败库玛拉克河？40多年来，247队什么硬仗恶仗没打过，啥时候掉过链子认过㞞？绝不能栽到这小小的库玛拉克河边！

过河之计在哪里？大家热议时，董刚也在紧急想招。

迎着队员们焦急的目光，董刚把手一挥，斩钉截铁地对大家说：

“成立过河突击队，用人强过！”

水性好的队员争先恐后报名，50 人组成的过河突击队闪电般成立了。

董刚把突击队员分成两组，35 人准备从南岸渡河，另外 15 人乘车从十多公里外的一座桥上绕回北岸。

他命令：各自到位后，南岸的主攻，北岸的接应。

南疆的冬天虽然来得晚，11 月底的神木园也已寒气逼人，库玛拉克河里滚滚奔来的天山雪水，更是冰得刺人肌骨。

突击队员们脱光了衣服，只穿一件内裤和鞋子，套上救生衣，人人腰里系上了保险绳。

下水前的突击队员在河滩上蹦蹦跳跳，做起了热身运动。

南岸的 35 名队员进入主河道前，先要经过 20 多米宽的支流。他们的胳膊挎在一起，把保险绳紧紧地串联起来，绳头紧紧缠绕在临时栽在岸边的一根大木桩上。

站在岸上的突击队员，小心翼翼地一点一点放绳子，生怕河里的队友被冲走。

35 名突击队员组成一道人墙，蹚着齐胸的雪水，缓缓地摸索着前进。十几分钟后，终于来到了主河道边上的一个小岛。

他们在小岛上用木头搭起了三脚架，把主绳索缠在三脚架上，6 个人紧紧抓住主绳索。

主河道上雪浪翻滚，狂涛声震耳欲聋。

突击队队长张安建第一个下水。这位四川小伙在水边长大，水性好，董刚“火线封官”，让他当了突击队长。新官上任，自然是一马当先冲在前。

张安建把一根加长的保险绳系在腰里，想利用自己熟练的水性游过河去。但他刚刚离开岸边 2 米多，就被一个大浪卷进了滚滚激流，保险绳立即被拉得溜直。

岸上的队友们惊呼一声，赶紧把他往回拉。

回到岸上的张安建，脸色苍白，浑身发抖，身上已有多处被水里的石头划破，殷红的鲜血汩汩流淌。

凛冽的寒风中，队员们个个冻得嘴唇发紫，上下牙不由自主地疯狂打架。

幸亏小岛上有一些被洪水冲下来的朽木，队员们用随身带的尼龙袋子点燃了木头，好歹可以烤火暖身子。

看来，游水过河不行了。贾想平一拍脑袋说，咱们用绳子拴上石头，往河对面扔，让对面的同志尽量往河中间靠，用木杆挑接绳子和石头。

大家都说这办法好。

可是，没有细绳子。

有人把保险绳解开，抽出细细的一股，用来绑石头。其他人见这是个好办法，纷纷如法炮制。

突击队员们开始往河对岸扔带线的石头。但是，河面的气流太大了，石头扔出去没多远，就被吸进了水中。

河滩上的石头长得一块一个样，个个都不规则，用绳子怎么也绑不紧，有的石头刚刚被扔出去十几米，就和绳子分家了。

强渡不成，巧渡受阻，篝火前的突击队员们面面相觑。

有人建议，把石头装进袜子里，把绳子系在袜子上，就可以把石头绑紧，再往河那边扔。

这显然是一个天才的笨办法！

人们开始脱袜子。

大家把石头装进袜子里，绑在绳子上，轮流往河对面扔。

这样确实可以扔得远一点，可扔到河中间时，袜子和石头还是被强大的气流卷进了激流，只剩下空荡荡的绳子。

突击队员们反复扔，但无情的河水，反复把石头和袜子冲走了。

没多久，35 个人的 70 只袜子已经全部用光了，也没有把一块石头扔到河对面。

北岸的队员们一次次集体叹息，一次次集体失望，却只能干着急。

南岸的突击队员们满脸茫然地你瞅着我，我瞅着你，一时间都没了主意。

这时候，有人悄悄地站起来，默默地脱下了身上仅有的裤衩，用它包上石头，拿绳子绑紧，奋力向河对面扔去。

这办法好啊！大家立即兴奋起来了。

突击队员们纷纷站起来，脱下身上仅有的那条内裤。

没有一个人感到害羞，这些大男人此时也顾不上害羞了。为了尽快让电缆和排列线跨过面前这条大河，都不把自己当自己了。

现在，五颜六色的内裤，成了他们最后的武器。

一群赤条条的男子汉，每个人都变成了一个又长又大的惊叹号。

库玛拉克河看明白了，这一群石油人要和它玩儿命了。

他们从地上捡起石头，用自己的裤衩包上，绑在保险绳上，轮流往河对面扔去。

“哥们儿，好样的!”北岸的队员们发出一片欢呼般的赞叹，盖过了库玛拉克河的涛声。

北岸的水浅一些，但队员们离开河岸刚刚十几米，水已经漫过了胸膛。后面的突击队员抱着前面人的腰，组成一道水中人墙，缓慢地往河中间靠。

冰冷的河水，夹着滚石往下流，突击队员们的脚被砸得生疼。但他们依然挺立在滚滚激流中，没有一个人退缩。

南岸的突击队员们扔石头时，北岸这边站在最前面的队员手拿着一根长竹竿，奋力去挑。挑住了裤衩，就能把电缆线带过河面。

一次次满怀希望，一次次遭遇失败。

第一个累了，第二个顶上来。第二个累了，第三个顶上来……

突然，南岸的人发现，35 个人中，穿着内裤的人只剩下张涛一个了，其他人都成了“光腚男”。

人们的心情，不由自主地紧张起来了。

万一…… 谁也不敢多想。

张涛的这条内裤，现在变成了全体突击队员最后的武器，也成了 247 队今天最后的希望，就像战士杀敌的最后一颗子弹。

站在远处的董刚，也紧张起来了。

刺骨的寒风，像鞭子一样抽打着南岸几十个光屁股的突击队员。有人蜷缩着身子，无奈地退到火堆旁烤火取暖了。

望着张涛身上那条内裤，几乎所有人的心头都布满了绝望的阴影。

这条内裤，也成了绝望的人们最后的希望。

20 多岁的张涛是一位民工，来自四川。现在的他知道，队友们看着他，队长看着他，全队的希望就寄托在自己的这条内裤上了。

张涛不言不语，在众人期盼的目光里默默地脱下内裤，用它包上一块石头，仔细地用绳子把内裤绑得紧紧的。绑好后，他又仔仔细细检查了一遍。

张涛抓起绑着石头的内裤，使出了全身的力气，一边狂跑一边吼着喊道：“我跟你拼了！”

一条红裤衩，裹着一块小石头，带着一根白线绳，也带着全队的希望，像一枚去炸碉堡的炮弹，欢快地向库玛拉克河北岸飞去。

这是最后的希望。

北岸那边，站在最前面的队员，全神贯注地盯着这条红艳艳的内裤，使出了全身的力量，用竹竿去挑张涛扔过来的内裤和绳子。

就在这绝望与热望都让人们紧张得要窒息的最后时刻，上帝被感动了。

那竹竿把张涛的内裤和绳子一起挂住了！

所有的人都惊呆了，所有的嘴巴都张大了。蹲着烤火的站起来了，

站着烤火的伸长了脖子。

人们沉默了，沉默之后是爆发式欢呼，所有的勘探队员都蹦着跳着欢呼起来。

惊涛声，欢呼声，汇成巨大的声浪，响彻库玛拉克河两岸。

几十个光屁股的大男人喊着、跳着、笑着、拥抱着，人人眼中泪光闪闪。

北岸那边，涛声中的15个队员也高兴得撒着欢狂呼猛跳。

“好——！”平日里说起话来口若悬河的董刚，此刻只在对讲机里发出长长的一声啸叫，啸声压过了涛声。

董刚自豪地笑了：这才是我247队的风采，敢打硬仗，善于胜利。

董刚的眼睛湿了，这些光屁股队员们的智慧和勇敢超出了他的想象，他们创造了今天的奇迹，他们就是最美的中国汉子啊！

一个多小时后，299#测线上传来响彻云霄的地震排列炮声，那是247队欢庆胜利的笑声。

库玛拉克河的涛声依旧，只是更加欢快，特别热烈，那是向这一群智勇双全的壮士们致敬的歌声。

情满断崖

那一根最后的香肠，曾俊一辈子也忘不了。

那年7月，川庆公司山地4队测量组长曾俊带着4个民工，在依奇克里克山上测点。干到第三天中午，该吃饭的时候，大家突然共同发现，带来的干粮已经吃光了，水也喝没了。

昨天晚上收工后，他们每人只喝了一点稀饭。今天早上，也只吃了一小罐八宝粥。

忍饥挨饿吃不上饭，在山地队倒也不算稀奇事，员工们经常一天只

吃两顿饭。

早饭后，曾俊和几个民工商量，5 公里测点的任务，就差 1 公里多了，今天努力一下，把剩下的活儿干完了再回去，大家都赞成。

在陡崖区负重干活，体力消耗出奇地快。此刻，曾俊他们实在饿得不行了，两条腿像灌了铅，走几步，就得歇一下。

这依奇克里克不长草，不长树，满山都是龇牙咧嘴的巨石，空手往上爬都得走三步，喘两喘，何况曾俊他们背着几十斤重的仪器，已经在山上干了两天多，个个又累又乏，现在肚子不停地闹“革命”，更有些支持不住，一个小伙子饿得快哭了。

断粮断水，是山地队员最怕遭遇的事情。

他们已远离主营地，让队领导派人上山送吃的喝的，一个单程就得近 4 个小时，根本不现实。

曾俊很想为大家搞一点可吃的东西，他把自己的背包翻了好几遍，希望能出现奇迹，可惜，他的背包里没有奇迹。

饥肠辘辘的曾俊，急得满头是汗。

忽然，曾俊在背包里没有找到的奇迹在他眼前出现了。

一位民工慢慢地把手伸进上衣口袋，掏出一根香肠，递给曾俊，说：“组长，把这个香肠分给大家吃吧。”

这是一位重庆市梁平区来的民工，前几天，他从仪器组来支援测量组，平时总是在默默地干活，很少和大家说话，大家和他并不熟悉。

曾俊看看那根香肠，又瞅瞅那位民工，惊讶得瞪大了眼睛，感动得眼泪快流出来了。

没有人知道他口袋里装着一根香肠，更没有人要求他把这属于他的最后一根香肠贡献出来，他也可以找个背静处，悄悄地吃下这根香肠。

可是，这位几乎素昧平生的民工，在大家的危难时刻，自觉自愿地把他身上唯一的香肠贡献出来了。

山地队的人出工时，吃的喝的实行“计划经济”，每个人带的食品

都一样多，这根香肠显然是他从自己的配额里省出来的。

那其实是一根原本很普通的香肠，此刻在7月的骄阳下闪着油亮油亮的红光。饥肠辘辘的山地队员们，看一眼就口水往出流。

在曾俊他们看来，它就是全世界最美最香的香肠，是最贵重的一根香肠，谁给一根金条也不换。

曾俊推了推梁平民工递过来的香肠说："你吃吧。"

那位民工微笑着，诚心诚意地说："你们吃，我还能坚持，挺得住。"

不是客气，不是礼让，没有一点虚情假意。

曾俊见他无比真诚，便不再劝阻。

梁平来的民工找来一把小刀，把这根20多厘米长的香肠给每人切了一截，送到了大家的手中。

看到曾俊和几个人开始吃了，他才慢慢地把最后一截香肠放到自己的嘴里。

掌握着分配权的他，把最短的一截香肠留给了自己。

曾俊和另外几个民工，就着泪水，默默地吃下了这无比金贵的香肠。

7月的骄阳，含笑看着依奇克里克山上这感人的一幕。

20多年来，曾俊在天山和昆仑山里施工时吃过无数根香肠，在他的记忆中，这是最短的一根香肠，却是最香最美的一根香肠。那香味，至今还留在口中。

曾俊最后悔的是，他怎么也想不起那位重庆梁平民工的名字了。

这就是纯朴得看似木讷的山地队员，他们不擅于用语言表达自己的情感，但他们的心灵深处有大爱。关键时刻，他们用行动在断崖陡山上慷慨地播撒人间大爱。

那一年8月，在西秋里塔格山上，曾俊和几位民工正在施工，大风突然刮起来了。那一天的风沙特别大，小营地的锅碗瓢盆全都让风沙吹

跑了。

遇到这种风沙天，只能撤回主营地休息。

谁留在这断崖林立的荒山上孤身守营地呢？

留下，就得独自与危险相伴；离开，就可以得到安全。

这时，一位民工站出来了，他说：“我留在这儿守营地，你们赶快走，赶快去躲风沙！”

说罢，他不容大家争辩，把曾俊和其他人挨个儿全推走了。

东方公司247队队长董刚说，一支优秀的队伍，不仅要能征善战，还必须有自己的文化，爱心是最重要的一种文化元素，爱每一个队友，爱这个集体，爱这个集体的荣誉，它们会产生凝聚力，那是一种看不见的力量。这种崇高的爱，在野外队产生的凝聚力无法估量。

2012年，曾经在东方公司247队工作过的李嘉国需要做心脏搭桥手术，但他爱人去世，母亲也患了心脏病，家里穷得已经揭不开锅了。高昂的手术费，把一家人愁得快哭了。

队长董刚听说后，在全队的一次会议上通报了情况，发出了倡议。几天后，职工们自觉捐献的52380元被送到了队部。

捧着职工们的这些捐款，董刚感慨地说：“这钱不算多，但这是一种力量啊！”

董刚带着247队的几名同志来到河北徐水，把满含着全队同志一片真情的5万多元钱送到李嘉国家里时，他的老母亲拉着董刚和儿子昔日队友的手，感动得泣不成声。

其实，李嘉国并不是247队的职工，他只是曾经“串队”在247队工作过短短2年时间。

247队的职工有一个QQ群，职工和家属们经常在上面畅聊，谁家有点急事难事，大家知道后，纷纷主动相助，有钱的出钱，有力的出力。

老职工包国印不幸患了脑癌，有人在QQ群上发了一个信息，人们

立即自发捐款，很快就凑了 2 万多元。

包国印十几年前就买断工龄离开 247 队了，一些年轻职工和队领导并不认识他，但是，当他遭遇困境时，熟悉和不熟悉的队友们毫不犹豫地向他伸出了温暖的援手。

这是一些大情大爱的碎片，山地队员播洒在断崖上的这些大爱的碎片，发光也发热，照亮了冷酷的山地，温暖了狰狞的断崖。

发生在身边的这些爱心故事暖心暖肺，山地队员们觉得，山地勘探的工作虽然很辛苦，但生活在这么温暖的集体里，心里很甜蜜。怪不得 247 队副队长齐建民“回家不久，又想这队伍，想这队伍里的人，喜欢和大家一起共渡难关”。

第三章　大漠女儿香

塔里木的荒漠上，凡有胡杨处，必有红柳生。

胡杨是大漠里的英雄树，红柳是大漠里的美人花。

胡杨和红柳，一高一矮，一刚一柔，各美其美。

胡杨苍然以形，雄强以神。红柳娇弱于外，刚强于内。

红柳是大漠里的女人树，红柳花是大漠里的女儿花。

生在城里的柳树虽然秀美却娇弱，长在大漠的红柳看似粗犷实娇美。

红柳簇拥着胡杨，胡杨呵护着红柳，就像星星伴月亮。

胡杨与红柳相依相伴，荒凉的塔里木便有了别样的美。

春日里，粉红色的红柳花开在浑黄苍茫的大漠，灿若云霞，如梦如幻，美得让人看不够。

塔里木的石油大军中，有男也有女。如果说男人是雄强的胡杨，女人就是那娇美的红柳，她们染绿了广袤的沙海，调剂了大漠的蛮荒。

她们看似弱女子，实为女强人。

狂暴的风沙，灼人的烈日，难耐的寂寞，轮番向她们袭来，她们承

受着都市女人想想都恐惧的折磨，但她们笑傲蛮荒。

大漠里，都市外，风沙中，年年又岁岁，她们对人生的酸甜苦辣，有独特的体味。

塔里木盆地上的每个钻井队、地震队和作业区里，甚至那些狰狞可怖的断崖陡山上，都可见她们跃动的身影。

她们是流动的红柳，是大漠上不落的彩虹。

大漠有她们，荒凉也芬芳。

让我们认识几位献身塔里木的女子，她们的故事里有坚强，也有温柔；有执着，也有彷徨；有欢笑，也有泪水；有欣慰，也有无奈。藏在这些故事里的一根鲜亮的红线，是她们对塔里木油气勘探开发事业深深的爱。

好一朵“石油花”

她紧紧地咬着这道难题，这难题也牢牢地缠着她，“交战”双方谁也不肯放过谁。

张丽娟和塔里木石油勘探这道世界级难题就这样对峙着，较量着，已经 20 多年了，她有胜也有负，有喜也有忧。她和这些世界级难题还会较量多少年，谁也不知道。

全国劳模张丽娟，现在是塔里木油田公司勘探开发研究院碳酸盐岩中心副主任兼科研项目的项目长。

这位貌似娇弱的女子，有着惊人的能量，超凡的耐力，她是破解塔里木石油勘探这道世界级难题的一员骁将，立下了赫赫战功。

塔里木的巨大难题锤炼了她，她也在攻坚克难中茁壮成长，已经成为科研人员的杰出代表。

她曾经承担过克拉 2 气田白云岩攻关、迪那 2 气田低孔低渗储层攻

关，为大北气田裂缝型砂岩建立了精确的储层预测模型，提高了储层预测精度，为克拉-大北万亿立方米大气田评价打下了基础，为“西气东输”工程做出了重要贡献。

她曾经高水平地组织了碳酸盐岩岩溶研究，创新性地提出了塔里木盆地碳酸盐岩岩溶分类，首次指出礁滩体岩溶、潜山岩溶、层间岩溶三大类储层的分布规律及勘探思路，指导了塔中鹰山组大油气田的勘探发现。

她曾经承担了塔里木盆地奥陶系礁滩体攻关，创造性地提出礁滩体沿坡折带规模分布的认识，落实了塔中、轮南-英买力、古城-轮古东等坡折带，为塔中礁滩体大油气田的发现做出重要贡献。

她曾经成功地把层序地层学方法用于碳酸盐岩，探索出了塔里木盆地碳酸盐岩岩性地层油气藏的研究思路，指导了风险井位论证。

近几年，她形成了复杂缝洞型碳酸盐岩油藏的勘探开发思路和方法，发现了哈拉哈塘亿吨级特大型整装油田，建成了年产百万吨的原油产能。她实施上产增储一体化研究，实现了英买 2 碳酸盐岩油田的快速探明及高效开发。

她的这些艰难而骄人的“曾经”，为她在油田、新疆和全国带来了诸多荣誉：油田“杰出项目长”“勘探突出贡献奖”，新疆维吾尔自治区“劳动模范”“五一巾帼奖”，全国“五一劳动奖章”等。

可是，20 多年前初到塔里木时，像许多没有领教过大漠严酷的内地人一样，这个黑土地上长大的东北小姑娘，带着对家乡和亲人的思念，面对塔里木的茫茫戈壁、滚滚黄沙和炎炎烈日，曾经一个人无数次躲在沙丘里默默地哭泣。

如今的张丽娟，已然是一个成熟的女地质学家，虽然大大小小的难题还是接踵而至，但她已经淡定多于慌乱，沉稳多于急躁。

“塔里木盆地的勘探开发本来就是公认的世界级难题，而碳酸盐岩又是一个超深、非均质油气藏，缝洞储集体识别预测难度大，油水分布

极其复杂，属国内外罕见的油气藏类型，针对该类油气田的勘探开发没有成熟的经验与技术可以借鉴。”面对这个巨大的难题，她还是感到了如山的压力。她知道，碳酸盐岩在塔里木更是难题中的难题。

如何降伏这个埋藏在地下几千米、难以捉摸、不易预测、没有规律、脾性古怪的“油龙”，张丽娟既只争朝夕，又脚踏实地。

塔里木油田的油气产量要上大台阶，原油产量最大的潜力在碳酸盐岩，最大的困惑也来自碳酸盐岩。

人们期待与信任的目光，一次次投向身材娇小的张丽娟。

从前线到后方，从生产到科研，人们都在焦急地等待着她和她的研究团队提供高质量的井位，等待着新的油气发现。

这位弱女子，背负着太多的期望。她的压力之大，可想而知。

碳酸盐岩，一个让中国地质学家忧喜两重天的含油气储层。

全球50%的石油储藏在碳酸盐岩中，产自碳酸盐岩的石油占全球总量的60%以上。中东地区的石油产量占世界的三分之二，其中80%的含油层在碳酸盐岩。北美和俄罗斯的大型、特大型油气田的含油层中，碳酸盐岩占了半壁江山。

2012年，美国奥斯丁得克萨斯大学教授查尔斯·克伦斯在一次国际会议上介绍说：“世界945个大油田中，有300多个在碳酸盐岩地层中，储量占47%。未来20年中，碳酸盐岩将在全球石油生产中占中心地位。”

在中国，碳酸盐岩勘探带给地质学家的困惑多于喜悦。

我国的碳酸盐岩，隐伏于四川、鄂尔多斯等28个盆地不同深度的340万平方公里的地下，油气资源总量385亿吨当量。53万平方公里的塔里木盆地，碳酸盐岩占了近30万平方公里，油气资源为全盆地总量的40%以上，但塔里木的碳酸盐岩却是个既难认识又难开发的另类。

中东阿拉伯国家的碳酸盐岩油层埋深浅，只有1000米左右，而且是均质储层，只要钻开，就可以持续高产。四川、鄂尔多斯等盆地碳酸

盐岩是较均质的滩相白云岩和裂缝型储层，是受构造控制的油气藏。

而塔里木盆地大规模的碳酸盐岩形成于四五亿年前的奥陶系，储层是隐藏在地下6000到7500多米处的洞穴、孔洞和裂缝形成的缝洞体，多期构造运动、多期断裂叠加改造、多期成藏。

张丽娟的研究对象就这样复杂，复杂得令大地质学家也有些束手无策。国外见多识广的碳酸盐岩知名专家H. Moore到塔里木看了资料后，摇摇头说："太复杂了，没见过。"

塔里木碳酸盐岩油气藏是忽隐忽现，忽有忽无，诡异难测，常常如神龙见首不见尾。

"见油不见田，高产不稳产"，是塔里木碳酸盐岩的特性，也是几代地质学家的魔咒。

碳酸盐岩难题，是中国地质学家的宿命！

碳酸盐岩油藏，让中国地质学家大喜大忧几十年！

20世纪80年代末，石油人在塔里木的轮南1井和轮南8井都曾打出高产原油。人们奔走相告，以为发现了新油田，会战指挥部喜滋滋地在这两口井周围布了一批井，结果竟全军覆没。

最让人不可思议的是塔中1井。1989年10月19日，位于塔克拉玛干沙漠中心的塔中1井出油了，强大的油气流从3582米的奥陶系碳酸盐岩地层深处呼啸而出，日产轻质原油576立方米、天然气34.07万立方米。当油气化为火龙，照亮无数沙山，映红天际时，无数人激动得在沙海里忘情地欢呼跳跃，喜泪奔流。

亘古无人的"死亡之海"喷出高产油气流，这价值和意义怎么评价都不过分。"沙漠里的第一声春雷"越过万水千山传到中南海后，党的总书记和国务院总理欣喜地表示热烈祝贺。

那时，塔里木石油会战的帷幕刚刚拉开不久，塔中1井让会战将士尝到了开门红的大喜悦。人们都以为，在这个自然界硕果累累的金秋，一个特大油田已经在"死亡之海"诞生了。当年在大庆，松基3井出

油后，大庆油田就被发现了。后来“三钻定乾坤”，大庆油田就诞生了。

可惜，大庆的历史没有在塔里木重演。会战指挥部迅速在塔中1井周围布了几口井，但这些井都落空了。那个曾经高产的塔中1井，也很快就莫名其妙地没油了。

这个“天谜”，当时让太多的人陷入巨大的困惑之中。

塔中1井出油时，张丽娟正在遥远的东北黑土地上，还是大庆石油学院青涩的莘莘学子中的一员。1992年，她伴着石油院校“好男好女上新疆”的滚滚热流，满怀憧憬、远离亲人来到了塔里木。

从牙牙学语到大学毕业，她都是黑土地的女儿，对远在新疆的塔里木盆地几乎一无所知。来到新疆，她才知道了中国有多大，也知道了在塔里木找油找气有多难。

初出茅庐的小女生张丽娟雄心勃勃，“今日长缨在手，何时缚住苍龙？”

“通过多年的研究与实践，现在可以解释以前的疑惑了，这类油气藏的基本规律我们也清楚了。”张丽娟说，“塔里木这类储层岩性为灰岩，只有受后期溶蚀改造才能形成有效储层，储集空间为规模差异极大的洞穴、孔洞、裂缝形成的不规则集合体，缝洞连通性预测难；没有统一的油水界面，流体赋存在一个个缝洞体中，油水界面高高低低没有规律；与均质砂岩油气藏的生产特征不同，递减大、稳产难、能量普遍不足。以前应用二维地震资料品质差，缝洞体无法识别，不能满足勘探开发需求；而且以前认为是构造控油，因此按构造思路进行布井，现在研究认为是岩溶缝洞储层控制了油气的大规模分布，构造高低控制了油气的富集程度，只有找到缝洞体才可能找到油气；随着技术的探索与创新，现在我们能够通过高精度三维地震资料识别缝洞体、通过缝洞雕刻技术量化描述缝洞体空间展布，在我们提出的层间岩溶储层、准层状油气藏理论认识的指导下，已经实现这类碳酸盐岩油气藏的规模勘探和效

益开发了。”

2013年11月6日，一个简朴的投产仪式，在位于塔里木盆地北部的哈拉哈塘联合站隆重举行。

塔里木油田的第一个年产百万吨的碳酸盐岩黑油油田诞生了。

塔里木在中国石油勘探开发史上创造了许多个第一，这又是一个新的标志性工程。

雄伟壮观的哈6联合站，矗立在苍茫的大漠上，斜阳下，每一套装置、每一根管线都熠熠生辉。

前来参加投产仪式的都是这个产能工程的有功之臣，人人心里充满了自豪和骄傲。

哈拉哈塘油田发现于2009年，张丽娟担任这个区块的科研项目长之初，这里一口出油井都没有。短短几年时间，200多口井成功投产，其中的艰辛和付出，只有她心里最清楚。

每一口井从井位部署论证到随钻研究，从完井试油方案到动态分析调整，张丽娟全程参加，全程把关，一丝一毫也不曾懈怠。

每一口井的资料，她都要仔细分析；每一点新情况，她都得认真研究，她对工作的要求研究苛刻到追求完美的境界了。

面对这个以哈6联合站为标志的哈拉哈塘油田，张丽娟心中的滋味也有些与众不同。

她已经40多岁了，还没有孩子。一个女人，当然想有一个自己的孩子，可她忙得实在没有时间解决这件人生大事。

在她眼里，这个哈拉哈塘油田就是她的孩子。

望着壮观的哈6联合站，张丽娟浑身的每一个细胞都充盈着甜美的感觉，就像一个母亲瞅着自己刚刚出生的孩子，心里充满了甜蜜和幸福。

张丽娟对这个油田倾注了太多的心血。她说：“哈拉哈塘是我看着长大的 。”

一口井就是一个“麻雀”，她要一个一个地解剖这些“麻雀”，摸准碳酸盐岩古怪的脾气，探寻油气在地下运移变化的规律。

“8小时工作”不够用，她只能向8小时之外要时间。她说，没办法，一年四季，我晚上、周末和节假日大部分时间都是在办公室度过的，加班加点是常事，也习惯了。长年累月地趴电脑、看数据、审图纸，她原本正常的视力急剧下降，经常莫名其妙地头疼，颈椎病也屡屡折磨她。

终于，她病倒了。那天，她顺利地完成一次汇报任务后，实在撑不住了，悄悄地住进了医院。

她怕影响其他同事的工作，也不想让单位和大家担心，只是谎称家里有事，请假15天，可“假期”未到，病未痊愈，她就硬撑着上班了。

她说：“休不了，你也不可能休。任务这么重，时间这么紧，让你休息，你也没空。再说了，大家都在和时间赛跑，大部分人都没休假，你是负责人，就得带着大家干啊！”

她淡淡一笑：“说实话，昨天，我只睡了一个多小时。不是不想多睡，是没办法睡。前线上百口井需要跟踪，近期又有些井出现复杂情况，要分析什么原因，尽快拿出解决方案。在这种碳酸盐岩油田，每口井都是探井，随时都可能有新情况、新问题发生。井不等人，生产不等人啊！”

张丽娟这样的工作狂，惹得一些年轻人不愿意和她一起到北京出差。出差途中，机场里，飞机上，还在整理材料、做多媒体。遇到紧急的大型汇报，还要熬通宵。

张丽娟称这是一种“有丰厚回报的忙”。她陀螺似的忙了6年多，发现了哈拉哈塘这个大油田，这是塔里木近十年来石油勘探的最大发现，自2009年发现井哈7突破以来，该地区三维地震部署一块接着一块成功，已保持了8个区块的持续突破，控制含油面积3000平方千米，

落实可动用石油地质储量 2.67 亿吨，其中已探明石油地质储量 1.99 亿吨。

她说："我们这些人只是少睡了点觉，多吃了些苦，国家有这么大的收获，这太值得了。"

塔里木油田现在"气源茂盛"，独缺原油，发现和落实石油资源，是油田上下热切的期盼，哈拉哈塘油田的诞生，可算是雪中送炭。

看着一个新油田在自己手中渐渐长大，张丽娟自然感到无限欣慰。但作为地质学家的张丽娟清醒地知道，破译碳酸盐岩密码，是永恒的研究课题。

"对非均质碳酸盐岩的储层研究，任何一种单一的手段和方法都是行不通的，我们近些年通过不断探索完善，已形成了钻录井的放空、漏失、成像测井、岩心及薄片、生产试井、地震静态刻画为一体的储层综合描述技术，可谓是十八般武艺都用上了。"她在电脑上将碳酸盐岩缝洞储层立体雕刻模型展示给大家看。

地质学家对缝洞储层的立体雕刻与预测，如同医生对人体的解剖，是在遵循地下地质规律的前提下，尽可能地还原地层深处的真实面貌。

电脑屏幕上的模块五彩斑斓，晶莹剔透，活脱脱一个个精美绝伦的工艺品。

"什么东西这么漂亮？"一些油田同行看到这些成果后，极其兴奋也极其诧异。

"这就是碳酸盐岩缝洞雕刻的地质模型。"张丽娟笑着回答，"碳酸盐岩这家伙太诡异。我们通过各种信息综合分析、精雕细刻建起的这个模型，就像一个原子结构图，能够把孔、洞、缝三者之间的关系刻画出来，这个搞准了，才能在布井时提高命中靶点的概率。"

深藏在地下六七千米的一个个缝洞体，纷纷从地层深处跑到张丽娟面前，一一亮相，争着抢着向这位女地质学家坦白自己那隐藏了几亿年的秘密。

原来，地层深处的能储集油气的碳酸盐岩，基本是以缝洞集合体状态存在的，多呈缝洞交叉状。有的缝洞里全是水，有的缝洞里有油也有水，有的缝洞里全是油，有些洞穴是孤立的，它们与周围的洞穴不连通，“老死不相往来”。缝洞体里的有效含油体积有大有小，有多有少，极不规则。

张丽娟自豪地说：“现在我们的缝洞雕刻技术，在国内外都是最领先的。我们主导完成了新的储量计算方法‘缝洞雕刻容积法’，已经解决了这类储层原来用传统方法储量计算精度低的难题，储量动用程度也大大提高了，这些成果得到了行业专家的高度评价。”

有了这些来自地层深处的“秘密情报”，张丽娟部署井位，再也不是在黑暗中摸索，甚至有些像打着灯笼走夜路了，已经把地质界对碳酸盐岩油藏的认识引向了一个新高度。

在她和研究团队的共同努力下，这个油田一天天、一年年飞快地长大。哈拉哈塘2009年年产原油4.7万吨，2010年14.1万吨，2014年年产原油已达到115万吨，一个年产原油超百万吨的大油田名副其实地诞生了！

这一切，张丽娟功不可没，这源于她对塔里木油气事业炽烈的爱。这种爱，占据了她的全身心，她的生活也因此少了一个现代女人常有的浪漫色彩。

外面的世界很精彩，她当然没有生活在真空里，她也知道，“现在许多人都热情万丈地投身健康、保健和锻炼，大家都讲究享受生活，都想活得很精致，可是我做不到。”偶尔在小区院内或孔雀河边散散步，是她唯一的娱乐活动，也成了有些奢侈的享受。

也许，她就是一个为油而生、为气而活的女人，她对油气勘探的热爱，压倒了一切，胜过了一切。听她讲自己的生活观，苦乐观，一个醉心于石油、痴迷于科研的女子自画像，跃然纸上。

张丽娟已经人到中年，作为一个事业有成的女人，她的生活也不无

遗憾。因为一直忙于工作，她至今还没有孩子。她当然很想有一个自己的孩子，可是工作身不由己，她实在顾不上这些。

张丽娟最牵挂的是她远在黑龙江的父母，这些年她在事业上硕果累累，特别想让父亲分享自己的快乐。当年，她从家里去新疆时，爸爸拉着她的手，殷殷嘱咐："到了新疆别为我们分心，好好干工作。"

这么多年，她一直牢记着爸爸的嘱咐，千难万险不气馁。

2006 年，张丽娟的父亲患了重病，她闻讯急如星火地赶回家。病床上的父亲，已经羸弱得无法言语。

张丽娟在父亲床前仅仅守护了 5 天，又不得不返回塔里木。临别时，昏迷中的父亲突然睁开双眼，无力而果决地冲着心爱的女儿挥了挥手。

张丽娟泪流满面，一步一回头地缓缓离开了父亲，返回新疆的路上，她屡屡以泪洗面。

张丽娟万万没想到，她与父亲的这一别，竟然成了永诀。

父亲的去世，成了张丽娟永远的痛。

"取得了这些成绩，特别想与爸爸一起聊一聊，让他知道女儿没有辜负他的期望。可是……"张丽娟泣不成声。

痛失父亲的张丽娟更加勤奋了。也许，只有搞出更多的科研成果，才是对父亲养育之恩最大的回报。

张丽娟常说："让自己充实起来很重要。"她"让自己充实起来"的办法就是拼命工作。

在与塔里木碳酸盐岩的较量中，虽然有了一些成果，但张丽娟和她的同事们很清醒，她们与塔里木世界级难题的较量，还在相持阶段，还没有分出胜负，她们依然在"必然王国"里苦苦求索，还不能在"自由王国"中悠然徜徉，未来的路，还有很长很长，等待她们的，也许是更多更大的难题。

张丽娟"没有时间想烦心的事"，她把自己的时间和智慧，甚至情

感，几乎都献给了攻克塔里木勘探开发这道一辈子的难题。

在塔里木这种极其艰苦的环境里工作和生活，很多人来了，很多人又走了，张丽娟依然坚守在这里。没有顽强毅力和坚持不懈的精神，她不会走到今天。没有奉献精神的人，也很难在这条充满艰辛的崎岖路上跋涉至今。

张丽娟来塔里木时，还是个小姑娘，如今已经人到中年，20 多年的漫漫攻关路上，成功的欢笑，失败的泪水，她都曾饱尝。孤独和痛苦的滋味，她也曾一一品尝。但无论成功与失败，希望与失望，她既不沾沾自喜，也不垂头丧气。失败了，找一找原因，从头再来；成功了，抖一抖精神，再创佳绩。

20 多年了，张丽娟百战不厌，越战越勇。

她相信，总有一天，她和她的同事们，会让塔里木的世界级难题成为历史。

2015 年 4 月 28 日，张丽娟第一次走进共和国的最高殿堂——人民大会堂。这个从新疆塔里木大漠的风沙中走来的女子，现在的身份是全国劳动模范。

坐在庄严的大会堂里，看到党和国家领导人亲切的面容，听着习近平总书记代表党中央和全国人民对全国劳模的赞扬，张丽娟感受到有生以来从未有过的神圣感和光荣感。

全国劳模是劳动者的最高荣誉，得到了这个她曾经仰慕的荣誉，她当然感到自豪，但也有几分不安，同时她还感受到一种压力。张丽娟说："这是劳动者的荣誉，我总觉得自己的贡献还不够大，还应该做出更多更大的成绩，为这份称号再添光彩，才无愧于这份荣誉。"

张丽娟没有陶醉在这最高荣誉里，从北京回库尔勒的飞机上，她的脑子里装的全是塔里木勘探开发中的那些事。

又是一个周末，晚饭后的张丽娟，又走进了油田勘探开发研究院的大楼。

几分钟后，她那间挂满图纸的办公室的灯光，又一次照亮了孔雀河水。与往日不同的是，那灯光比过去亮得更晚了。

情痴塔克拉玛干

“塔克拉玛干让女人走开！”常青25年前听到这话时淡淡一笑，迈开大步就往“死亡之海”里走去。那时候的城里女人们，提起这个远在昆仑山下且神秘而恐怖的超大沙漠，就像小娃娃听见了大灰狼。

常青却如痴如醉地爱上了塔克拉玛干。家在乌鲁木齐的她，后来索性在千里之外的沙海里安营扎寨了，也把事业之根、理想之根扎在了沙漠腹地那个叫塔中的地方。

这一扎，就从风华正茂到了年过半百，当年的满头青丝里，已然屡有白发生，可她无怨无悔情更痴。

这痴情的女子奇迹般在沙海里成就了一项前无古人的壮举：为没有绿色的塔克拉玛干沙漠创造绿色，让荒漠地区的城乡建起无数个一年四季都有鸟语花香的“逆境园林”。

这是一个宏大的目标，也是一个美妙的梦想。宏大得让人目眩，美妙得像个痴念。

常青的大梦能成真吗？

她初进塔克拉玛干沙漠时，这里寸绿难觅，遍野死寂。沙漠的绿化，还是一张白纸。而今，400多公里的沙漠公路绿化带上，塔里木油田塔中作业区的绿洲里，野兔在林间跑，鸟儿在枝头叫，穿红衣服的石油人在花丛中笑。

沙漠植物园一旁的“逆境园林”里，常青精心培育出来的乔、灌、草类沙漠植物各在其位，正茁壮成长。那是常青在塔克拉玛干倾心打造的精品力作，别看现在只有区区10亩地，不久的将来极可能会成为引

发我国荒漠地区绿化美化大革命的“引擎”。

这里的每一片绿叶，每一朵花瓣，都浸染着她的心血。

轻轻的漠风中，万千花枝悄然摇曳，仿佛在讲述它们与常青动人的故事。

缘起沙漠行

常青与塔克拉玛干的情缘，起于25年前的一次艰难而漫长的沙漠行。

1992年，大会战中的塔里木石油勘探开发指挥部为了勘探开发沙漠腹地的油气资源，决定修筑一条横穿塔克拉玛干的沙漠公路，让沙海变通途。

自从盘古开天地，塔克拉玛干沙漠就不曾有路，一寸都没有！在大西北这片33万多平方公里浩茫如海的沙漠上，只可见高高低低的沙山连沙山，望也望不到边，鸟儿飞不过，“沙漠之舟”骆驼也无法穿越。丝绸之路上的中外商旅，只能在沙漠南北两边风沙弥漫的土路上艰难跋涉。

1895年春，瑞典探险家斯文·赫定率一支驼队和几个雇员，想到塔克拉玛干沙漠深处去寻古人遗宝。他以为这里是冒险家的乐园，于是兴冲冲闯进了这片大沙海。塔克拉玛干狠狠地教训了这个冒失鬼，他的足迹只在沙漠里擦了个边，就因为饥饿、干渴和迷失方向，啥事也没干成，就屁滚尿流地逃出来了，还差点把卿卿小命丢在沙海。“死亡之海”这个塔克拉玛干沙漠的外号，就是斯文·赫定回国后给起的，可见这个沙漠在时年30岁的探险家眼中有多恐怖。

1989年春，举世闻名的塔里木石油大会战打响，塔克拉玛干沙漠腹地是主战场之一。那时进出沙漠的会战员工和物资，哪怕是一杯水，都得靠飞机和进口的沙漠车往里面送，成本高得吓人，也不是长远之计。

塔克拉玛干是流动性沙漠，在这里修筑一条长达 400 多公里的公路，难度超出人们的想象，防风固沙这道必答题，更是难题中的难题，在中国前无古人，全世界也没有先例，中国人面对的是一道世界级难题。

石油大军里搞油气勘探开发的人才多不胜数，但在沙漠里修公路，尤其是在塔克拉玛干这样的沙漠里修筑公路，却是无才可用。

指挥部决定请外援，让中科院的专家为沙漠公路选线并设计这条公路的防风固沙方案。沙漠所的常青正在新疆农业大学园林专业读在职研究生，她有幸被选入专家团队。

从此以后，常青就爱上了塔克拉玛干，一爱就是半辈子，情深意浓到如今。

许多女人眼中的沙海是地狱，避之唯恐不及。常青却把这里当天堂，一年四季都“泡”在塔克拉玛干。

维吾尔人说塔克拉玛干沙漠是“进去出不来”的地方，这个大沙漠也成了常青“进去出不来”的地方。别人以为苦不堪言，她却乐在其中，常常乐而忘家。

1992 年时常青 30 岁刚出头，正是一个女知识分子风华正茂的好年华。她庆幸自己有了用武之地，畅想着怎样在这个 33 万多平方公里的大舞台上唱大戏。

那一年，常青的女儿菁菁刚过满月不久。

一个女人，刚刚完成了生孩子的使命，就能参加人类历史上第一条沙漠公路的设计这一大工程，真是三生有幸。常青兴奋极了，兴奋得梦里常常会笑醒。

那是一段激情燃烧的日子，常青很累很辛苦，但她累得兴奋，苦得快乐。

在“万径人踪灭”的大沙漠里踏勘选线，是苦上加苦的苦差事，再高的沙山，再深的沙沟，都要靠两条腿一脚一步地走着踏勘。常青是

科研人员里唯一的女性，大家都怜惜这位小女子，但谁也没法给她太多的特殊照顾。她也“入乡随俗”，穿着一双黑布鞋，每天和男专家们一样风风火火爬沙山、过沙沟。

指挥部给科研人员配了沙地靴，常青嫌那东西穿着麻烦，塔克拉玛干的沙子细得像面粉，穿上沙地靴，走不了几步，超细的沙子就会灌满靴子，走路时两腿就像灌了铅。在沙漠里穿布鞋的好处是鞋子里有了沙子，随时可以脱下来倒掉，平时走路还可以防止崴脚，酷夏时节在摄氏70多度的沙地上又能防止烫伤脚掌。

从此以后，她再也没穿过高跟鞋，黑布鞋则成了她的“标志性建筑”，不仅在沙漠里穿，出了沙漠后穿，在乌鲁木齐逛市场时穿，向中央领导汇报时她穿的还是一双黑布鞋。

在乌鲁木齐参加同学聚会时，常青也是穿着布鞋就去了。有同学笑常青穿得太土气，她却笑着对老同学们说：“别看我这布鞋土得掉渣，在沙漠里穿上它可是身轻如燕啊！”

那年秋天，常青抽空从沙漠里回了一次乌鲁木齐。她到沙漠之前，已经给小菁菁断了奶，可现在的菁菁看见她就哭，还莫名其妙地感冒发烧。女儿虽然还不会说话，但常青的第六感觉告诉她，女儿这一切表现的意思就是不让妈妈走。

常青在家里给女儿喂了一段时间的奶，还是在菁菁那让她撕心裂肺的哭声中，流着眼泪忍痛离开了襁褓中的女儿。

常青舍不下襁褓中的女儿，也放不下沙漠里的工作，何况现在她干的是创造历史的大事业！

她在大爱与小爱之间苦苦徘徊些日子，终于舍了儿女情长，奔向皇皇大业。

回到库尔勒，常青和几个男专家住在一个两室一厅的居民楼里，夜以继日地绘图搞设计。他们为沙漠公路设计了“芦苇栅栏加芦苇草方格”的防风固沙模式，这是中国人独创的世界先进技术，也是对多风

极旱地区防风固沙的一大贡献。

在设计防风固沙方案和现场指导工人们干活的日子里，忽而前线，忽而后方，常青经常连续几天不能睡觉。她那时虽然年轻，还是难以承受这样高强度的脑力和体力劳动，经常累得坐在车里就睡着了。男同志们看她累得可怜，到饭馆里点菜时不忍心叫醒她，直等到菜上齐后才喊她来吃饭。

1995 年 9 月 30 日，全长 522 公里的沙漠公路通车了，这是全世界最长的沙漠公路，也是中国人征服“死亡之海”的一大杰作，新疆人称它是南疆人民的幸福路，后来被列入世界吉尼斯纪录。

无数个芦苇栅栏和草方格组成的防风固沙带，像两条连天接地的金丝网，如蜿蜒逶迤的巨龙，护卫着黑油油的沙漠公路。

沙漠公路通车那天，时任国务院副总理的邹家华专程从北京赶来，代表党中央国务院为这个人间奇迹剪彩。

带泥巴的西红柿炒鸡蛋

沙漠公路是人类筑路史上的一个巨大的新生事物，它的成长道路也不可能一帆风顺。

在这个世界第二大流动沙漠，每年的平均沙尘日数有 240 天，沙尘暴日数为 30 天左右。石油人开玩笑说：“这里是一年一场风，从春刮到冬。”

流动的沙子成了沙漠公路的天敌。每一次沙尘天，流沙都会扑向公路，肆意咬噬路面和路基。遇到沙尘暴，流沙一夜间在公路上堆起的沙垄和路堑就有 2 米多高，沙漠公路被千阻万隔，无法正常通行。

而此时，新发现的塔中 4 油田的建设和塔中区块的勘探正如火如荼，大量的石油勘探开发物资，亟须通过沙漠公路运往塔克拉玛干沙漠腹地。为了保障沙漠公路的畅通，油田只好不断地派人派车清沙，每年为此要花去 3000 多万元。

2003年7月，总投资2.2亿元的沙漠公路绿化工程启动了。为了这一天，常青和中科院的专家们准备了近十年。

2000年，常青和中科院的专家们在沙漠边上的肖塘和塔中油田，做了30多公里的沙漠公路绿化试验。作为专家的他们知道，在这个风沙肆虐的沙漠里，靠芦苇栅栏加草方格的模式防风固沙，难以持久，沙漠公路“长治久安”的上上之策，就是绿化。

几年来天天与塔克拉玛干打交道，常青和专家们已经摸透了这个巨大的沙漠古怪的脾性。没有风沙的时候，千千万万个沙山沙丘静若处子，一旦起了风沙，沙山沙丘们便疯狂得像魔鬼，一夜之间就能让沙漠公路瘫痪了。

他们曾经让推土机在一座沙山下挖了一个四五米深的大坑，一场沙尘暴过后，神奇的风沙一夜之间便将那个大坑填平了，沙漠又恢复了原来的样貌，好像在世界上什么事情都没发生过一样。这次试验，让常青和专家们认识了风沙在塔克拉玛干搬动沙山的不可思议的力量。

10年中，在肖塘和塔中油田的防沙先导绿化试验里，常青和中科院的专家们从西北地区耐旱耐盐碱的173种植物中，筛选出红柳、梭梭、沙拐枣等三种沙生植物中的佼佼者，用沙漠里的地下苦咸水通过水管滴灌。这一套经过实践检验的技术，被用到了沙漠公路的绿化工程中。

沙漠公路绿化是人类历史上最浩大的一个绿化工程，在436公里长的纯沙漠公路两边，栽种苗木总量1800万株，林带总面积3000多公顷，全线采用咸水滴灌造林技术。

常青是这个绿化工程的主要设计者，她签过字的设计书摞起来足有一尺多厚。

她还是穿着一双黑布鞋，在南北疆的两个育苗基地来回跑，为沙漠公路的绿化把守苗子关。在436公里的沙漠公路上，常青的身影经常出现在施工现场。她穿一身石油人的红色工装，在工地上跑前跑后地吆

喝，不像个专家，更像个工头。

风风火火地在沙漠里干了几个月后，有一天，常青突然想起该回家看看她的宝贝女儿了。她是一个科研工作者，也是一个母亲。

菁菁已经是四年级的学生了。像许多父母事业有成的人家的孩子一样，菁菁年纪虽小，却已历练出惊人的自立能力。一年前，10 岁的她放学回家后，发现家里被盗了，立即站在门口用手机报警，为了保护被盗现场，菁菁就在门外站着等警察。闻讯赶来的警察叔叔夸奖之余，对这个小姑娘如此年幼却如此冷静理智大为惊讶。

见到日夜思念的妈妈，菁菁自然高兴极了，像个小大人似的说：“妈妈，我会做饭了，我给你炒个菜吧！做一个西红柿炒鸡蛋。”

常青有些纳闷：女儿才 11 岁，我也没给她教过西红柿炒鸡蛋这道菜啊！

热腾腾的西红柿炒鸡蛋端上来了，常青一看，红艳艳的西红柿上，还带着黑乎乎的土泥巴。

常青的脸上挂着笑，泪水却在眼眶里转。

上次她回来时，家里放着菁菁的一堆脏衣服。菁菁把留给她的一轮衣服穿脏之后，又从上一轮脏衣服里挑出几件相对不太脏的衣服继续穿，结果是件件衣服都脏得一塌糊涂。她的小脸洗得竟是中间白，两边黑，总也洗不干净的小手也黑乎乎的，咋看都不像个姑娘的手。

菁菁的爸爸在哈萨克斯坦做外贸生意，常青在塔克拉玛干沙漠里搞绿化，女儿一个人在家太可怜了，常青便起了辞职的念头。可她妈妈曾经谆谆教导她，“这辈子丢什么也不能丢工作”。何况，沙漠里如火如荼的绿化工程，也不容她长时间在儿女情长中打转转。

要回沙漠了，常青不好向菁菁开口，就带女儿去逛超市，给她买东西。这已经不是第一次了，常青每次要回沙漠之前，都会带女儿逛超市，近乎疯狂地给女儿买东西。后来，菁菁也识破了妈妈回沙漠前辞行的套路，妈妈一带她逛超市，菁菁就不高兴。常青也知道女儿心里难

过，但她实在不知道怎样才能补偿对女儿的亏欠。

菁菁上初中一年级后，曾经很好的学习成绩突然急剧下滑，每次考试的成绩都变得很差。常青担心女儿的未来，便和丈夫商量决定，为了女儿的长远发展，两口子必须“牺牲”一个。她爱人撇下在哈萨克斯坦做得很好的生意，回到乌鲁木齐的家里照顾菁菁。

回到沙漠里，走进火热的绿化工地，常青似乎不再是一个母亲，又成了那个事事认真又一丝不苟的植物专家。

2005 年 8 月，沙漠公路绿化工程竣工了。436 公里的沙漠公路，披上了 73~78 米宽的绿色飘带，也为这条全世界最长的沙漠公路系上了安全带。

从此以后，再凶残的风魔沙害，在这绿色长城般的绿化带面前也只能望而却步。

2008 年，塔克拉玛干沙漠公路绿化荣获国家科技进步二等奖，常青是中科院新疆生地所获奖者中唯一的女专家。

2010 年，要去广东上大学的菁菁对送行的常青说：“妈妈，我很庆幸，我是你的女儿。”

家在塔中

常青渴望在沙漠里有个家，一个能为油田也为国家研究培育沙漠植物的家。

2002 年，占地 300 亩的中科院塔克拉玛干沙漠研究站、塔中沙漠植物园，在塔里木油田塔中作业区挂牌成立了，它们是中科院仅有的一对“双胞胎”。塔里木油田公司无偿为中科院提供了这一片沙地。

一栋红顶白墙的平房，坐落在塔中作业区旁的沙山下，这就是常青在沙海里的家了。

塔中这名字听起来浪漫而富有诗意，其实却在 33 万多平方公里的塔克拉玛干沙漠的中心区里，距沙漠边缘的轮南油田还有近 300 公里的

纯沙路，石油人进驻此地之前，这一带渺无人迹。

中国地图上本无塔中这个地名，石油人 1989 年要在沙漠中心打一口井，地质师们定了井位后，俯瞰沙漠全图，见其位置正在塔克拉玛干沙漠中心，便以塔中名之。

这是中科院最年轻的一个沙漠研究站，也是我国唯一建在沙漠腹地的植物园。

塔克拉玛干沙漠存在了几亿年，终于迎来了在沙漠腹地研究沙漠植物的科学家。

每年春节后到 12 月初，常青就“泡”在这个位于沙漠中心的家里。

常青像伺候自己的孩子一样小心翼翼地侍弄这些沙漠植物，生怕这些宝贵的小生命有个闪失。她要让这些肩负特殊使命的沙生植物既有野性：风吹沙打不夭折，极旱极寒能茂生；又有灵性：该开花时就怒放，该休眠时根犹壮。

她贪婪地为研究站和植物园聚敛财富，恨不得把全世界所有沙漠里耐旱耐盐碱的植物都引种到塔克拉玛干的植物园里，细细观察研究，嫁接培育，让它们成为塔克拉玛干沙漠的“草民”。

2006 年 9 月，正是南疆荒漠里的沙生植物结籽的时候，常青和一位老专家从塔中出发，开始了一次长达数千公里的环塔里木盆地野外采种活动。

在和田的一片戈壁滩上的沙拐枣和沙棘林里，长途奔波的常青下车时，已经累得站也站不住了，坐在林子里的地上，她感到还像坐在汽车里一样忽左忽右地晃悠。

常青坐在地上定了定神，就踩在车上，晃晃悠悠地开始采种子。

在阿图什境内的昆仑山区，她们采种子走到了边境，却不知道那就是边境，见一群人在排队，便糊里糊涂地跟着排队，排到跟前一打听，才知道人家排队是要办理前往吉尔吉斯斯坦的过境手续。常青和那位老

专家开玩笑说：“我们采种都快采成傻子了。”

在喀什市，常青住在一个小旅社的6人间里，早晨睁眼一看，进来了一个小偷。常青问那小偷：“你干啥?”小偷把常青打量一番，见放在她床头的只是一些编织袋之类的行李，知道是没有什么油水穷出差的，懒得回她的话，索然走了。

常青这次环塔野外采种行，虽然每天土里刨，树上摘，吃了很多苦，但瞅着带回来的沙拐枣、铁线莲、婆罗门参和沙棘、红沙等南疆荒漠植物种子，心里甜得像吃了蜜。

从此以后，常青就对搞种子上了瘾。无论是出差还是出国，她从来不逛风景名胜地，也不去市场购物，只对那里的荒漠植物和种子感兴趣。女儿菁菁去加拿大留学，临行前她给菁菁提出的要求之一就是到了那边帮她找种子，气得女儿朝妈妈瞪眼珠子。

那一年，塔里木沙漠运输公司请她去中亚某国为一个合作项目设计绿化工程。在当地考察时，常青意外地发现那里沙漠生长的沙槐是乔木，而塔克拉玛干沙漠植物园现有的银沙槐是灌木。她像寻宝者发现了梦中巨宝，惊喜得两眼发直，围着那些高大的沙槐，痴痴地从下往上又从上往下仔细看，久久不肯离去。

常青说：“我们中国也有沙槐，可惜是灌木。如果能把这里的银沙槐引种到塔中植物园，我们的塔克拉玛干沙漠里就多了一种乔木。塔克拉玛干沙漠里也有乔木，但只有胡杨一种，太单调了，如果让那个国家的沙槐在塔克拉玛干安了家，我们的沙漠里就多一种乔木，那简直太好了。”

又一年，常青随一个考察团去非洲撒哈拉沙漠区内某国考察，别人在考察之余，忙着拍照留影逛市场，她什么也不买，什么也不照，只忙乎采种一件事。走到哪里，采到哪里，不管认识的还是不认识的植物，只要塔克拉玛干没有，她都要设法把种子采到手。回到宾馆休息时，她不串门聊天，也不看电视，就在房间里埋头剥种子壳。

在一个办公室的窗台上，看见一种很新奇很漂亮的植物，她便剪下两根枝条，小心翼翼地带回宾馆。该国环保部一位陪同的官员开玩笑说：“常女士，你这样到处采种子，我们要收费呢！”

回国时，常青所有的衣服口袋和背包里装的全是种子，全身鼓鼓囊囊的，整个身子都变形了。同来的人们都笑她傻，她也不在乎。她说：“我也顾不了那么多了，管他呢，只要能把这些千辛万苦搞来的宝贝种子带回去就行啊！”那两根从办公室里采来的枝条没法塞进背包，常青索性将它们装在了一个矿泉水瓶子里，安然带回塔克拉玛干。

2014 年春天，常青去宁夏出差，3 天时间里，从银川市到沙坡头，她只干一件事，就是马不停蹄地到处采种子。到了机场，才发现超重了。她那 30 公斤的行李中，除了种子，别无他物。

有一天，常青在中科院新疆分院的院子里散步，一低头，突然在草地上发现了一片婆婆纳。婆婆纳们开着黄豆大的花瓣，虽然小，那模样却煞是可爱。这婆婆纳是一种只有十几厘米高的草本地被植物，在地表 30 公分以下，持水率可以保持不变，花期却长达一个多月，正是她追寻已久的在沙漠中能替代草坪的地被植物。

常青兴奋不已。如果能把这种婆婆纳引种到塔克拉玛干沙漠里，油田的作业区就可以低成本绿化美化环境了。常青上网查，但网上的婆婆纳全不是她看到的样子。她向同事打听这种婆婆纳从哪里来，可没有一个人能说清楚，这让她十分遗憾，也成了她至今念念不忘的牵挂。

常青如此万般辛苦地在国内国外的荒漠寻宝，先后为塔中植物园引进了 300 多种荒漠野生植物，其中的长白忍冬、达达忍冬、半日花、补血草、醉榆木、沙打旺、沙冬青、沙地白、香叶蒿等 200 种植物，已经由“移民”变成“居民”了。在常青眼里，它们个个都是可爱无比的“沙漠勇士”。

这 300 亩沙地里的植物中，有 200 种植物来自世界各地。它们来到这个全球最干旱的沙漠里，在最缺水的沙地里生，在最狂暴的风沙里

长，严寒中挨过冻，烈日下受过烤，已经在塔克拉玛干沙漠极端严酷的环境里“修成正果”。虽然如今在沙漠植物园里只有窄窄的一畦两畦，但它们像星星之火，一旦走出这片植物园，每一粒种子，每一棵苗子，都会变成绿化塔克拉玛干和我国西部沙漠这个伟大事业的“功勋母亲”。我国有 130 多万平方公里沙漠，有了它们，绿化沙漠就不再是妄想！

点沙成金

30 多年前，“两弹一星”元勋钱学森突然改变研究方向，在多种场合殷殷呼唤在我国发展沙产业，他认为这将是“第六次产业革命”。我国有 173 万多平方公里沙漠，占国土面积的近五分之一，近 4 亿人的生活受到沙漠影响，钱老盼望沙漠千年之害成为财富之源。1994 年，钱老把香港著名企业家何梁利和霍英东奖励给他的 200 万港元，全部捐给了创立不久的“沙产业基金”，钱老也被尊为我国的“沙产业之父”。

2005 年，中科院新疆生态与地理研究所在塔里木油田的支持下，在塔中作业区东北部建起了一个面积 3000 多亩的大芸基地，占全新疆大芸种植面积的十分之一，沙产业在塔克拉玛干沙漠里迈出了重要的一步。

我们的“沙产业之父”的在天之灵如果鸟瞰塔克拉玛干沙漠，一定会含笑嘉赏。

常青是这个重大项目的主导者，她要在塔克拉玛干创造一个“点沙成金”的当代奇迹。

大芸又名肉苁蓉，俗称“沙漠人参”，味甘性温，可以补肾壮阳，填精补髓，养血润燥，悦色延年，还可药食两用。李时珍在《本草纲目》中称，“此物补而不峻”。

早年，中科院新疆生土所的前辈专家刘明廷曾经在和田的沙漠边缘指导当地农民种过大芸，但刘明廷种的是管花大芸，据说可以防治脑萎

缩，但是味道太苦。常青要种的是梭梭大芸，又称甜大芸。所谓梭梭大芸，就是按照一定的技术规范，把大芸种在梭梭根部，让梭梭滋养大芸成长。

这梭梭大芸在沙漠腹地怎么种，挖多深的坑，下多少量的种子，怎样管护，常青也不知道，她就和同事们在植物园里试种。两三年后，常青掌握了在塔中这个特殊环境里的大芸种植和管护技术，摸索出一套成熟的大芸种植模式，便在沙漠腹地建了一个3000多亩的大芸种植基地。

这是一项“在沙漠里种金子”也让沙漠“长金子”的工程，既为沙漠增添了绿色，又能让沙漠出效益。但是，却有人拿它当儿戏。有一天，常青到基地巡查，发现一些民工在梭梭树下挖坑下种时瞎糊弄，在旁边玩手机的包工头根本不管。

在梭梭树下种大芸，有一套技术规范，违规操作，几年后可能毫无收获，这将毁了她精心筹划的这个大工程。

平日里轻言慢语的常青，像看到有人虐待她的孩子一样心痛。我们的女专家愤怒了，她几乎是咆哮着喊道：“你们怎么能这么干！？”

但她没有现场监督权，那包工头根本不买她的账。盛怒中的常青立即操起手机，向乌鲁木齐的研究所领导打电话告状了。这位明智的领导也不含糊，立即授权她全面监管大芸基地的种植，那个包工头也立马变乖了。

第三年春季的一天，欢声笑语在大芸基地里此起彼伏，大芸收获了。

常青笑了，她笑得很灿烂，像一个面对丰收美景的老农。

每一根淡褐色的“沙漠人参”，都是常青的塔克拉玛干爱的结晶。

这是第一批在塔克拉玛干沙漠里科学种植出来的大芸，也是沙产业在塔克拉玛干沙漠跨出的第一步。

从此以后，每年从这一片沙地里收获的大芸，成了八方客商的抢手货，最高年产值超过了200万元。

千百年来只会祸害人的大沙漠，在常青的手里开始流金淌银，造福于民了。

如果没有常青的这个创意，这 3000 亩沙地至今依然是“死亡之海”里寸草不生的一大片沙地。

“你为女同志争了光”

20 多年前到沙漠公路搞防风固沙的专家陆陆续续都撤了，只有常青这个专家团里唯一的女性留下来了，从当年一直到如今，她也成了在塔克拉玛干沙漠工作时间最长的女性。塔中油田的女职工干几年都调走了，她却成了把根扎在塔中的“常委”，油田里无论官大官小、年少年长，都恭恭敬敬地称她常老师。

她姓常名青，也许绿化沙漠就是她的使命，也是她的宿命。

在塔克拉玛干沙漠，石油人的产品是黑色的原油，白色的天然气，常青为沙漠里的石油人创造千金难买的绿树、绿草和鲜花。有人说，如果没有绿色陪伴，成千上万的石油人将不知道该怎么打发满眼黄沙里万分寂寥的日子。

她为塔中作业区的东西两山设计了面积 75 公顷的绿化工程，她指导了塔中油田生活区的绿化工程，她创建的沙漠植物园为“死亡之海”的中心带来了鸟语花香……

如果说塔中作业区是塔里木油田的一张名片，沙漠植物园就是塔中作业区的名片，也是整个塔中的骄傲。每一个塔中的来客，都会被领到沙漠植物园参观，看一看园里那几百种沙漠植物，闻一闻沙漠里的花香，听一听沙海里的鸟叫……这里成了“死亡之海”中令人流连忘返的世外桃源景象。

2011 年 7 月 10 日，时任全国人大常委会副委员长的陈至立来到塔中作业区参观，看到茫茫沙海中的这片生意盎然的绿洲，副委员长感慨道：“塔里木石油人在这样一个特殊的地域和环境中，在环境保护特别

是沙漠绿化方面创造了奇迹，为国家做出了了不起的贡献。”

陈至立在沙漠植物园参观的那一天，植物园里百花齐放，蜂飞蝶舞，一幅令人心旷神怡的世外桃源图。

常青用植物园里特有的花卉扎了一个花束，特意献给了副委员长。

捧着这珍贵的礼物，陈至立高兴得紧紧地握着常青的手说：“你给我们女同志争了光啊！”

再造一个“金娃娃”

2014 年 10 月末的一天，萧瑟的秋风中，一身红装的常青提着一把铁锹，领着几个在植物园实习的大学生，又在塔中作业区北侧的一片沙地里忙上了。

塔里木油田给沙漠植物园划了 10 亩沙地，常青要利用她在沙漠植物园里培育的几百种林草资源，在这里建一个乔、灌、草结合的“逆境园林”示范区，这是中科院生地所与塔里木油田合作的又一个大项目。

在塔克拉玛干创建了沙漠植物园，培育了几百种沙漠植物，开天辟地头一个，常青算得上功德圆满了，但她不肯躺在这个功劳簿上睡大觉，还要缔造一个价值更高的“金娃娃”。

在常青的心目中，在塔克拉玛干这样的特大沙漠里搞科研，得搞出“既好看，又好吃”的大名堂，让这些年沙漠绿化的经验开更多更艳的花，结更大更美的果，才对得起自己这些年在沙漠里吃的苦，否则就辜负了塔克拉玛干几十年的养育之恩。

常青也有朴素的“报恩思维”：“这些年塔里木油田对我的事业支持很大，这个工程也算是我对油田的一个回报吧。”

这将是一个堪称伟大的科学实验，又一次前无古人。所谓“逆境园林”，与“反季节蔬菜”异曲同工，就是利用在沙漠植物园里驯化并考验的沙漠和荒漠野生植物，在本土植物极为单调的荒漠地区建成乔、

灌、草结合的园林景观。有了这样的园林，低成本绿化美化荒漠里的油田再也不是梦，绿化美化北方荒漠城乡地区也就变得简单易行而且轻而易举了。

我国北方有广大的荒漠区域，居住在荒漠地区的无数北方人，对一年四季满眼青绿的南方羡慕嫉妒恨，他们渴望绿色，渴望鸟语花香。渴望优美的生活环境。然而，一代代北方人渴望之后是失望。

近些年，富裕起来的人们为了让居住的环境美起来，花大价钱引来高档的南方花木，供在家里像伺候娇贵的公主一样精心伺候着。这种高大上的花木像宠物，普通人家享受不起。

常青的“逆境园林”成本低，颜值高。她要让荒漠地区的人们也能享受到低成本的绿色园林，让他们闲暇时能在园林中惬意地徜徉，尽情享受诗意的环境美。

再往后，常青在塔克拉玛干沙漠腹地创造的“逆境园林”，会出现在塔里木油田的一个又一个荒漠作业区，为石油人创造一个又一个满眼青绿鸟语花香的优美环境。

现在的“逆境园林”，还在常青的心里，几年后，常青设计的沙漠“逆境园林”，就会从电脑里的蓝图，变成鲜灵灵的现实。

常青还有更大的野心，她要把“逆境园林”这种绿化和美化模式，在我国更广大的荒漠地区无限复制。

她在塔中搞的这个“逆境园林”，就是一个试验田，试验成功后，就可以在广大的荒漠地区无限复制了。到了那时候，常青会送这些“儿女”去远行，把她在塔中沙漠植物园多年来精心培育的几百种沙漠植物，从塔克拉玛干沙漠送往广大的荒漠地区，让它们在广阔天地里生根发芽，开花结果，繁衍后代，为荒漠生美景，为万民添乐趣，帮当地百姓圆园林梦。

这是常青 20 多年在沙海里孕育的新生儿，一个价值无量的“金娃娃”。

常青有足够的理由相信，这种低成本的“逆境园林”，将会取代目前在北方城镇流行的那些成本昂贵、维护很难又很贵的“高大上”城市园林和绿化工程。她说：“这将是我国北方荒漠地区城乡绿化美化的一次新革命。”

女“炊哥”的嬗变

托木尔峰下的一面山坡上，刘长芬从高大的奔驰沙漠车上跳下来那一瞬间，在场的男人们个个眼前一亮。

高跟鞋，连裤袜，短裙子，精心描画的眉眼，时尚靓丽的头饰，让这个女人显得干练而妩媚，也成了天山里的一道风景。

刚刚立定脚跟，汽车还没熄火，她就指挥围上来的七八个男人卸东西。她刚从山下的集市上为机场采购回来一批生活用品。山地队所谓的机场，其实就是一个机组的帐篷营地。

2007 年，刘长芬从四川来到川庆山地公司的塔里木工区时，是山地队一个机场的炊事员，机场里只有她一个女人，民工们每天要把几百公斤的钻机抬到高高低低的山地，在测线上打井。

四川农民把炊事员统称“炊哥”，初到山地队的刘长芬，就做了这个机场的女“炊哥”，机长是她的老公陈和述。

这两口子算得上是中国夫妻中的一对另类绝配。刘长芬是典型的四川辣妹子，性格泼辣，快人快语，干活利索，乐观开朗，曾经在老家夹江县当过村里的妇女主任，属于那种文化不高，能力很强的女人。陈和述心灵手巧，却是个闷葫芦，平日里惜言如金，干活之外，难得对人说一句话。刘长芬说陈和述：这个人“没语言”。

“没语言”的陈和述“讷于言”却“敏于行”。1985 年，陈和述就从家乡跑出来到青海和新疆的油田打工，属于最早出川打工的农民，也

历练成了山地勘探队司钻中的好把式。山地队在测线上打井放炮取资料，打井能不能多快好省，关键看司钻。陈和述技术精，干活认真负责，从来不弄虚作假，是个“放心牌”司钻，山地队领导就让他当了机长。

刘长芬是那种进入一个集体后，能够迅速找到自己的位置并把自己的优势发挥到极致的人。她来到机场没多久，做饭之余，就开始“参政”。丈夫陈和述这个机长虽然干活是一把好手，但不善言辞，说话不会拐弯，有时“一句话就把人得罪了”。

刘长芬觉得有责任帮丈夫一把，毕竟两口子是一个利益共同体，一荣俱荣，一损俱损。她知道，外行不能领导内行。小时候因为家里穷，没念过多少书，但她缺文化却不缺心眼。为了让自己由外行变内行，这个很有心计的女人就利用晚上休息的时间，在帐篷里拜陈和述为师，学习山地队的钻井技术知识。白天，她便利用到工地送饭的机会，向实战经验丰富的民工们请教。

刘长芬先当学生，后当先生，她掌握了钻井技术和工作流程，在管理中就有了话语权。每天早晨出工前，机长陈和述给大家布置任务时，刘长芬就站在旁边听，发现不足之处，她就给丈夫补台。

山地队的领导到机场检查工作时，发现自从刘长芬来了后，这个机场的效率和效益都大有提高，一了解，知道是刘长芬在机组的管理中起了积极作用。于是，队领导决定让她协理机长陈和述。

从此以后，每天早晨民工们列队出工时，机场上就出现一道独特的风景：队列前站着一男一女两个领导。陈和述布置了当天的任务后，身穿红色工服的刘长芬，就给大家讲注意事项，讲施工安全，讲团结协作，俨然一个“女政委”。

机场里的男人无论年长年少，对刘长芬的管理都服服帖帖。大家打心底里服她，因为她对这些远离家乡和亲人，对这些每天在海拔 3000 多米的高山上干力气活的男人们，像母亲和大姐一样关心得无微不至。

每天早晨6点多，刘长芬就起床了。这个时间，相当于内地的4点多钟，昆仑山里的天还黢黑黢黑，她就开始给大家做饭，早餐都是三菜一汤。男人们吃饭时，她会站在旁边向他们仔细叮嘱，干活时要注意这样，注意那样，像个事无大小都要叮咛个遍的家长。

刘长芬不仅会做事，还会做人。管理这些乡里乡亲的民工，她几乎不惩罚谁，但她会奖励人。谁的表现好，她就会奖他一条烟，民工在工作和生活中自然都听她的。2014年，刘长芬从四川带来了28个民工，没有一个人中途“逃跑”。

热心肠的刘长芬在家乡时就是个兼职“媒婆”，她们村主任的媳妇就是她给介绍的，她已经成功地把娘家村的5个姑娘介绍给婆家村了。到了塔里木，刘长芬依然乐于给年轻的山地队民工介绍对象。2013年春，刘长芬把丹棱县的姑娘小红介绍给山地队28岁的权江，3个月后，这一对年轻人就结婚了。

陈和述的钻井技术好，他的机场是山地队的骨干机场，干的都是“恼火”的地方，有些地方山羊都爬不上去。男人们修上山的路时，刘长芬也提一把铁锹，跟着男人们一起干，提醒山路的拐弯处要修得宽一点，防止抬机器设备上山时把哪个摔伤。

山上的风沙天多，被褥容易脏，男人们出工后，刘长芬会利用做饭前的时间，为他们洗被褥，让他们晚上睡得舒服一些。

有一天，陈和述和几个民工早上出工后，直到晚上12点多还不见回来。手机在山里没有信号，他们有没有危险，谁也无法知道。

刘长芬在帐篷里等得心焦不已，就带了两个人，打着手电筒满山里找他们。

昆仑山里昼夜温差大，虽然是夏季，白天的凉风已然变成了冷风，寒气袭人。此时夜黑如漆，她们沿着陈和述等人出工的山路，深一脚浅一脚地走，一遍遍呼喊陈和述的名字，脸上和眼里写满了焦急。

一个多小时后，看见陈和述和几名民工扛着工具从一个陡坡喘着气

牛一样缓缓爬上来了，刘长芬的心里已转忧为喜，嘴上却骂骂咧咧：“你个死脑壳，咋个搞到这么晚，也不说一声！”

满身满脸都是沙土的陈和述也不解释，只是疲惫地望着刘长芬喘着气憨笑，算是回答。

2010年的一天，钻机的动力头坏了。这个核心部件一坏，机组就得停工。手机在山上没信号，电台也坏了，只能派人步行到山下去换。陈和述打算派两个年轻人换领动力头，刘长芬却坚持要自己下山去办。

陈和述哪里劝得住刘长芬，只好由她去了。其实，刘长芬要亲自下山，是想让机组的民工趁这机会好好休息一天。刘长芬和一个年轻人徒步近10公里山路，办完事，天也黑了，她们就在普萨村的一位老乡家住下了。

这回轮到陈和述着急了。第二天早上，陈和述在帐篷里左等右等，就是不见刘长芬回来。他从帐篷里跑出来，站在营地前的高坡上，焦急万分地朝山下望，只盼刘长芬的身影早点出现。

过了很久，刘长芬搭油田电视台上山采访的车回来了。寡言少语的陈和述看到刘长芬，没有抱怨，只说了一句“急死人了”，就转身进了帐篷。

每个女人都爱美，环境再恶劣也会千方百计让自己美起来。刘长芬今年才40岁出头，正是一个女人特别珍惜容颜美的年龄。昆仑山不比家乡四川，空气既干又燥，她每天早上都要往脸上拍一些水，让皮肤湿润一些，就算是化妆了。

刘长芬从四川来塔里木时，特意带了十几件喜欢的时尚衣裙。到了山地队，每天与锅碗瓢盆和钻机打交道，出工时穿的是工作服，做饭时扎的是长围裙，看打扮就是个山地队的做饭婆。机场远离县城集镇，身边又是清一色的男人世界，她实在没机会展示这些美衣美裙。

男人们出工后，刘长芬独自在营地时，她就把这些心爱之物拿出来，一件件挂在绳子上，铺在床上，慢慢欣赏，美滋滋地想象自己穿上

它们后的漂亮样子。看够了，想够了，这个在男人们面前总是乐呵呵的女人，也会无奈地摇着头轻轻一叹，心里头难免有些酸楚。

在昆仑山里施工时，每天面对的都是大山和雪山，陈和述也觉得妻子总是穿一样的衣服太单调了，就让刘长芬穿得漂亮点。有一天，她就穿了一套陈和述最喜欢的白底绿花连衣裙，挑着担子去送饭。

机组的民工们见到打扮得花枝招展的刘长芬，就像看见花木兰脱下戎装还了女儿相，全都愣住了。过去他们眼中的刘长芬，要么是一身红色工装，要么是扎着围裙，朴素大方又干练，今天她突然变成这个样子，大家一时还真是难以适应。

吃饭时，一个小伙子说："刘姐，你今天穿得像个妖精，我们都认不出来了。"

小伙子说的原本是玩笑话，刘长芬却当了真，以为大家不喜欢她这样打扮。回到营地，她就换下连衣裙，穿起了那套红色工装。

某日，塔里木石油电视台专题部主任蒋敏带记者到山上采访刘长芬，她向蒋敏谈起了这次"丢人"的经历。蒋敏也是四川人，他支持刘长芬业余时间穿得漂亮点。蒋敏开导刘长芬："你们机组都是四川人，除你之外都是男的，在这样的环境里，你在工作之外的时间穿得漂亮一点，大家看到家乡女人的样子，会感到很亲切，这也是一种贡献嘛!"

从此以后，在机场，每逢闲暇时间，刘长芬就换着样儿穿那些漂亮衣服，给机组的民工们看，给陈和述看，给自己看，也给大山看。外出办事时，刘长芬不仅穿得更漂亮，还要化妆。她说："在外面，我代表的是石油工人的形象。"

近几年，民工成了山地队施工的主力，但也越来越牛气了，"招而不来，来而难留"的状况，让山地队的领导们很头疼。刘长芬却有办法从家乡四川把人招来。2012 年，她带来 40 多人，2013 年，她带来 50 多人。她带来的人既能招得来，又能留得住，这对山地勘探是一大贡

献，川庆物探山地队的领导为了感谢刘长芬，每年都奖励她。

刘长芬带来的民工，分散在山地队的几个机场，他们有什么愁肠事，都愿意给刘长芬打电话，喜欢向她说说心里话。

刘长芬在昆仑山和天山里已经干了8年。这些年，她和陈和述像吉卜赛人，带着家乡的一批又一批民工，追随着山地队的测线，在各种各样的大山里挥汗打井，为塔里木的山地勘探默默付出，也悄悄成长。

塔里木的石油开发勘探事业，让刘长芬从四川的大山走进新疆的大山，这个农村妇女见了世面，长了才干，也把她身上的潜能激发出来了。

8年前，她从四川来新疆时，只想给陈和述的机组当个好“炊哥”，没想到会成了山地钻探的行家里手，还成了这个“男人国”的领导，也圆了自己的致富梦。在老家，她和陈和述当年结婚时住的土桩房，如今已经变成了小别墅。听说村里要修路，她们主动捐了钱。

每年3月，刘长芬与陈和述都会像候鸟一样，带着她们的乡亲，从四川来到新疆，加入塔里木山地勘探的队伍。在她们身边，一批又一批农民工受到现代工业文明的熏陶，成长为掌握了石油勘探技术的新型农民。

塔里木的石油勘探开发事业在风风火火地进行，精明干练的刘长芬，在这个伟大事业的进程中嬗变，也风风火火地成长。这个曾经只知农事而不懂石油勘探的农村妇女，已经嬗变为一个山地石油勘探的行家里手。

念子常在梦魂中

郑贤最怕听《鲁冰花》这支歌，“天上的星星不说话，地上的娃娃想妈妈……”歌里的每一个字都让她感到锥心的痛。

她也怕看关于儿子和妈妈的电视剧，里面的故事啊情节啊，惹得她看一次，哭一次，常哭得稀里哗啦，丈夫在旁边越劝她哭得越厉害。

郑贤说："我是个母亲，可没看见儿子在床上爬，儿子学走路啊跑啊我都没看见，也没看见他学说话，想起这些，心里有说不出的难受。"

儿子王维炜读高中时才回到郑贤身边，她对儿子说起这些时，炜炜安慰她道："没关系的妈妈，等我结婚了，生了娃儿，就交给你带，让你把这些损失都补回来。"

一个尚未涉世的高中生，虽然天天在读书，但哪里读得懂妈妈的心！

小炜炜出生7个月后，郑贤就把他送回四川射洪的爷爷奶奶家了。这一去，就是15年。这应该是妈妈和儿子最亲密的15年，她们母子却万水千山地分离了15年。

1995年8月，郑贤和王仲平的儿子炜炜在新疆库尔勒降生了。

望着怀里的心肝宝贝，夫妻俩犯了难。

郑贤两口子都在塔里木的轮南油田当采油工，轮南离油田的基地库尔勒还有近200公里路。老家四川，远得就像在天那边。

他俩1992年从成都输气技校毕业时，正是国家实施石油工业"稳定东部，发展西部"战略的时候，两个年轻人怀着"到西部去，报效祖国"的热情，从"天府之国"西出阳关，来到塔里木参加石油大会战。

轮南油田是塔里木的第一个整装油田，也是全国第一个陆上深层沙漠油田，采油工作紧张得天天像在打仗。郑贤和王仲平在新疆无亲无故，小两口商量来商量去，只能把心爱的儿子送回老家四川去。

小炜炜出生才4个月，郑贤就决定给儿子断奶。7个月时，郑贤在炜炜的小姑陪伴下，把炜炜送到了四川射洪的公公婆婆家。

儿是娘的心头肉，望着来到人世刚刚7个月的小炜炜，郑贤千般不舍，万般不忍，但还是毅然抱着儿子踏上了回川的路。

郑贤挚爱儿子，也深爱采油工的岗位。在她的心目中，工作是神圣的，亲情是无价的，送子回川，是唯一的两全之法。

在轮南，郑贤一人管着 2 个计量间、十几口井，负责油井的计量、外输、注水、注气和巡检维护。每天上班时，听着地下的原油在采油树里哗啦啦流淌的声音，她的心情好极了。

轮南油田坐落在塔里木盆地北缘的荒漠上，紧挨着令人生畏的塔克拉玛干沙漠，风魔沙害是这里的常客。20 世纪 90 年代的轮南油田，还没有绿化起来，作业区只有几排简陋的土砖房。作业区外，是望不到边的大荒漠。大风一起，轮南油田就淹没在塔克拉玛干弥天的滚滚沙尘里了。

提起沙尘暴，塔里木的石油人无人不恨，无人不烦。这塔克拉玛干沙漠的沙子不像其他沙漠的沙子，它们颗粒极小，小得细如粉末，却是货真价实的沙子，随风飞舞时，就会化为尘土，飘飘荡荡。外面的空气里含着迷眼的沙子，宿舍里弥漫着呛人的沙土味，晚上戴着口罩睡觉，半夜里还能把人呛醒。

呼吸着呛人的空气，住在 4 人一间的集体宿舍里。晚上的郑贤，特别想家乡的青山绿水，更想她年幼的儿子。

她抱着儿子的照片一张张一遍遍地看，越看越想她的小宝宝。

思念的泪水，一次又一次打湿了郑贤的枕头。

看不到儿子的模样，她想听儿子的声音，就给儿子打电话。那时候的轮南，有近千人在会战，大家的亲人几乎都在内地，下班之后，都想和远方的家人通电话，打长途电话就得排大队。排了很长时间的队，在电话里也只能问问儿子的情况，儿子还不会说话呢。打一次电话，最多也只能说 10 分钟的话。放下电话，郑贤的心情很久都好不了。

1997 年 7 月，郑贤两口子回四川射洪探亲。

这时候，郑贤的计量间已经被油田评为“计量标准站”“共青团先锋岗”“党员示范岗”。

从库尔勒到射洪，在火车上颠簸了三天三夜多，到家时已是夜里12点多了。

小炜炜正在酣睡，奶奶叫醒了炜炜，告诉他：“你爸爸妈妈回来了，这是你爸爸妈妈，快叫爸爸妈妈！”

郑贤趴在儿子身边，急切地等着儿子叫她一声“妈妈”，可已经会说话也会走路的炜炜，用陌生的目光把郑贤和王仲平瞅了又瞅，就是不肯叫一声“妈妈”。

急不可耐的郑贤伸手要抱儿子，炜炜却以强烈的哭声拒绝她，转身扑到了奶奶的怀里。

第二天，爷爷奶奶让炜炜管郑贤两口子叫爸爸妈妈，小炜炜望着这两个突然出现在家里的陌生人，固执地把妈妈叫阿姨，把爸爸叫伯伯。

这一年的年底，郑贤花了5000元钱，给公公家装了一部电话。公公是一位退休教师，单位的家属院里只有一部电话，她每次给公公婆婆打电话，都要通过别人传呼才能说上话，很不方便。

她说：“那时候，我一个月的收入只有1500多元钱。说实话，花这么多钱装这个电话，只为了和儿子通电话。”

炜炜会说话了，会走路了，渐渐地懂点事了，郑贤的麻烦也来了。有一天，炜炜问小姑：“姑姑，我可不可以叫你妈妈呀？”

在射洪，炜炜常见的亲人就是爷爷奶奶和小姑。小姑一听孩子这么说，赶紧给郑贤打电话：“嫂子，你可要多关心炜炜啊！”

接到电话，郑贤在轮南掩面而泣，她哭得很伤心，也很无奈。身在新疆大漠里的她，除了给儿子打电话，买衣服和鞋子之类的生活用品寄回射洪，还能怎么关心儿子呢？

炜炜在射洪上学后，有一天在电话里问郑贤：“妈妈，你喜不喜欢我？”

郑贤有些莫名其妙：“那是当然啊，炜炜是妈妈最喜欢的好孩子。”

“那别的同学都有爸爸妈妈接他们放学，我每次放学都是爷爷奶奶

接，你们怎么不来呢？”

炜炜的这一问，把郑贤噎住了，她没法向正在上小学的儿子说清楚这是为什么。

郑贤长长地叹了一口气，满心里都是酸楚。她自我安慰道，等儿子再长大些，就会理解爸爸妈妈了。可眼下，她实在没法给儿子一个满意的说法。

郑贤觉得每年最幸福的时候就是回四川射洪探亲。在射洪，她就可以不再忙工作，可以和儿子每天朝夕相处，享受天伦之乐。但一年 30 天的探亲假，去掉来回路上的 8 天时间，她和儿子在一起的时间只有 20 多天。刚刚培养出亲密无间的母子情，她又要回到轮南的大漠里了。

1998 年初秋，郑贤夫妇从射洪回塔里木时，爷爷奶奶带着炜炜在车站送别，3 岁的炜炜在车下哭成了小泪人，郑贤在车上也哭得鼻涕一把泪一把。她知道，母子这一别，再见就得等明年了。

1999 年，郑贤被评为塔里木油田首届“十大杰出青年”。2005 年，郑贤成为新疆维吾尔自治区劳动模范。

郑贤明白，这些“军功章”，一半是自己的努力，一半来自儿子的奉献。

油田组织劳模巡回演讲，来到哈得作业区，站在讲台上，郑贤未曾开言先哭了，哭得好几分钟说不出一句话。

台下，响起了热烈的掌声。

后来她说：“那天也不知怎么了，往那里一站，突然就想起了儿子炜炜，想起了 10 年来和儿子聚少离多的日子。我是一个合格的采油工，却不是一个合格的母亲啊！”

油田的许多员工知道，这些年，郑贤为了轮南油田的开发事业，牺牲了许多亲情，她是大家敬重的楷模。

台下的每一片掌声，都满含着人们对这位身材娇小却心胸博大的女子深深的敬意。

2009 年 4 月，塔里木油田庆祝会战 20 周年，郑贤被评为劳模，这是油田 20 年来很重的一份荣誉。油田请劳模们带家属去上海和苏杭等地参观休养，也是对 20 年来在功臣们背后默默支持塔里木石油勘探开发事业的家属们的奖励。

这次江南行，是郑贤和儿子、丈夫多年来难得的一次开心之旅。丈夫王仲平半开玩笑地说："没有老人和我们爷儿俩的支持，你能得这么多荣誉吗?"儿子炜炜说："妈妈，我们沾你的光了!"郑贤对儿子说："妈妈也托你和爸爸的福了!"一家人就这么"互相吹捧"着，享尽了江南美景。

2011 年仲夏，王维炜要读高中了，郑贤夫妇决定把儿子从四川射洪接到新疆库尔勒，炜炜就要结束与父母分离 15 年的漫长时光，回到父母身边了。

在乌鲁木齐机场，郑贤看到，15 年前那个襁褓中的小炜炜，已经长成一个 1.76 米高的帅男孩了。

郑贤屈指细算，这 15 年，她只和儿子在一起过了两个春节。每逢过春节，她都把回家与亲人团聚的机会让给家在内地还没有成家的年轻人，自己守在轮南的风沙里默默思念巴山蜀水里的儿子。她是过来人，知道过年时儿子想妈妈和妈妈想儿子的苦滋味。

这 15 年，儿子每次过生日，郑贤都让爷爷奶奶给炜炜拍一张生日照，寄到轮南。

15 年来，郑贤在大漠里看着照片里的儿子一年年长大，在梦魂里盼着儿子一天天成长。

儿子回到郑贤身边后，母子俩又开始了新一轮的分离，依然是聚少离多。

郑贤两口子还在轮南油田上班，轮南与库尔勒相距近 200 公里。她在轮南每隔 20 天，才能回到库尔勒和炜炜团聚不到 10 天时间。郑贤在前线的 20 天，炜炜还是独自在家，一日三餐吃食堂。

有同事问郑贤，你不担心儿子将来不认你了？

有人掰着手指头给郑贤算账，这十几年，她和儿子在一起的时间，加起来不到两年。

郑贤常常对炜炜说："妈妈亏欠你太多了。"

炜炜总是笑着摇摇头："没事的，以后补回来就可以了。"

郑贤特别珍惜和儿子在一起的时间，炜炜也特别珍惜和妈妈在一起的日子。

在学校，同学们一看王维炜的表情，就知道他妈妈回来了。郑贤每次从轮南回到库尔勒，学校一放学，炜炜就像电打了一样往家蹦。在家里的郑贤，早就做好了儿子爱吃的饭菜，等着他回来。

郑贤知道，等儿子考上大学后，她们母子又要分离了。

在塔里木，郑贤创造了几个让人们感慨万端又十分敬佩的纪录：她是在油田生产一线工作时间最长的采油女工，是计量外输原油最多的采油女工，也是和儿子分离时间最长的母亲。

为了工作，郑贤和儿子分离这么多年，后悔不后悔？

郑贤在《我爱塔里木》中写道："谁愿意自己的骨肉离开父母的怀抱？可是没有人牺牲自己的亲情，哪来祖国的富强？做任何事情都有得有失，自己的这点小牺牲又算得了什么？"

郑贤的这番话，是塔里木许多女员工的心声。在塔里木的甲乙方队伍中，做出这种"小牺牲"的"大漠妈妈"有多少，我们无法统计。为了塔里木的油气勘探开发事业，她们做出了多少"小牺牲"，我们也难以尽述。

虽是绿叶自灿烂

她们从五湖四海来到塔里木，闯进"死亡之海"，加入了浩浩荡荡

的油气勘探开发大军。

她们在前线的后方做贡献，甘当配角自快乐。

在“死亡之海”里，她们温润了男人们干渴的心田，调剂了大漠的人文生态。

她们是塔里木油田这棵参天大树上卑微的绿叶，不争艳，自灿烂。

王小玲来自四川自贡，毕业于成都大学，她的老公是四川油建公司塔里木克深项目部的一名焊工。

大学毕业后，王小玲本来可以在成都或家乡自贡找个工作，在山美水美的四川安逸地过日子，可她不忍心让丈夫一个人在塔里木吃苦受罪，决定跟着丈夫闯大漠。2011 年 9 月，王小玲成为项目部的一名综合员。

项目部的主营地在克拉气田旁边的一个小院里，小院坐落在一片雅丹山地中。方圆几十公里内没有村庄，距库车县城还有 60 多公里路程。这雅丹地貌上的山不像山，沟不像沟，山山沟沟不长草，初看人人感到新奇，久看谁都觉得厌恶，比起山清水秀的“天府之国”，这里的自然环境简直像地狱。

项目部是野外施工单位，生活后勤方面一切从简。小院的房子都是平房，房是土房，墙是砖墙，还有几间板房。院子的地上，铺的都是半个拳头大小的砾石，唯一的一小片水泥地上立着一个简易篮球架，也算是个篮球场，员工们休息时可以在场子上玩玩篮球解解闷。

项目部的工地在远处的雅丹山地里，工人们要在 50 多公里长的山地里，把 508 毫米的大口径双金复合管焊接起来，埋入地下，从克深区块引到克拉气田的中央处理厂。这是塔里木油田输气工程的重要部分。这种工艺难度极大，在我国是首次采用。

8 月的雅丹山地，赤日炎炎似火烧，气温最高时达到了 43 摄氏度，出了门热得人浑身发烫脸皮疼。

有一天，王小玲跟着炊事班的人坐车去工地给工人们送饭。她看

见，穿着一身红色工装的师傅们吃饭时，坐在干黄干黄的山地上，端着五颜六色的碗，只顾狼吞虎咽地往嘴里扒饭。额头和脸上浑浊的汗水，吧嗒吧嗒直往碗里掉。

看着看着，王小玲的眼泪就流下来了。

回营地的路上，王小玲一直在哭，烈日下师傅们坐在干山上大汗淋漓吃饭的场景一直在她脑子里晃悠，她的泪水怎么也止不住。她心酸地说："男人们挣钱太不容易了。"

知道了男人们在野外施工的苦，王小玲对丈夫更体贴了，对师傅们的服务更周到了。

娇弱的苏柏文怀着对丈夫的满腹狐疑，从四川跑到塔里木来探亲。她的丈夫王经纬是四川油建塔里木克深项目部的副经理，个子不高，长得帅呆了。

苏柏文毕业于原四川师范学院，在遂宁市一所小学当英语老师。她和王经纬2011年8月结婚，小两口每年有大半年时间不在一起。两人的交流沟通，基本靠手机。小苏老师每次给丈夫打电话时，王经纬总是说他忙忙忙，要么就常说他正在开会。

身在四川的小苏，越听越想越不信：怎么会有那么多的会要开？怎么能有那么忙？这家伙在新疆是不是搞了什么见不得我的名堂？

小两口为这事，电话里没少吵架，一个是怎么说都说不清，一个是怎么听都不相信。

2013年的暑假到了，苏柏文决定亲自到塔里木，来一个实地考证。她给丈夫打电话通知时，王经纬说我们的任务紧，最近太忙，来了我也陪不好你，最好别来。

苏柏文听了更生气。她更加坚定地认为，工作忙和开会多，肯定是个挡箭牌。丈夫到底是怎么啦？必须到新疆看个明白。

王经纬见阻拦不住，赶紧向经理唐雁林报告。唐经理是个很有人情味的领导，立即表示欢迎。

唐雁林是四川油建的“老塔里木”，对油建人的辛苦体会很深。他知道，自己的队伍常年在荒无人烟的野外施工，干的又是苦活，环境干燥，工作枯燥，心情烦躁，心理很需要调整。每年学校放暑假时，只要有员工的家属愿意来探亲，他都热烈欢迎。唐经理说：“我们的营地，几乎就是个‘和尚营’。家属们来了，我们的员工就可以看见穿裙子的了，营地的人文环境就能有改善。再说了，女人们到这里，看看周围这些没毛的山，看看男人们怎样挣钱，可以增加女人对男人的理解，也可以促进和谐家庭的建设嘛！”

7 月 26 日，昼夜兼程的苏柏文，来到了四川油建的主营地。

苏柏文进营地时，已是夜里 11 点多，周围的环境是啥样，根本看不清。第二天早上起来一看，她的心凉了半截。

她满眼都是长得稀奇古怪的小土山，所有的山都像被鬼剃了头，光秃秃黄乎乎的连根毛都不长，看久了刺得人眼睛疼。她环顾四周，一个村庄也没有。

回头看看王经纬他们的营地，简直就是一个几十年前那种破破烂烂的车马店。

“不好耍，不好耍。”原来他们就住在这鬼地方，这哪里是人待的地方嘛！苏柏文对丈夫的怀疑已经消了一大半。

在营地里，苏柏文亲眼见证了丈夫的忙。王经纬分管项目部的生产和对外协调，几百人每天生产中的大小事宜，里里外外的各样事情，都来找他解决。他每天早晚在营地吃两顿饭，饭桌上都在谈工作。白天，他总在工地上跑来跑去忙个没完。晚上，几个领导经常开会，会议开到十一二点是常事，还熬过两个通宵。王经纬的手机，更是随时随地会响起来。苏柏文大概数了一下，每天会有六七十个电话，都在找他。好几次，凌晨两点多钟时，还有人给他打电话。

苏柏文从来没有这样直观地看到自己的丈夫这样辛苦。

她对丈夫的怀疑和怨气，一天天减弱，直至消失。过去，苏柏文常

常抱怨王经纬在她过生日和生病时忘了打电话，现在，她觉得自己的这些要求真荒唐。

她心疼丈夫，但又无力帮他，只能干着急。

在营地住了些日子，在青山绿水中长大的苏柏文发现，丈夫工作的环境是想象之外的荒凉，工作是想象之外的辛苦。

苏柏文和王经纬结婚没几天，他就到了新疆塔里木。苏柏文经常向王经纬讨债："你欠我一个蜜月，什么时候还啊？"王经纬每次都态度极好地承诺："一定还，一定还，好好还"，可就是不兑现。为这事，苏柏文在电话里不知骂过丈夫多少次。

苏柏文这次到新疆后，听说天山里的巴音布鲁克草原美得像仙境，是个好去处。她还听说那里有个天鹅湖，蓝蓝的白云天上飘，美丽的天鹅湖上飞，简直美极了。她没见过天鹅，更没见过天鹅在草原上飞舞，做梦都想到那里看一看。苏柏文希望王经纬带她去那个梦幻般的草原上去开开眼界，丈夫也答应了，可就是忙得抽不出时间，总也去不成。

在塔里木的日子里，《我为祖国献石油》这首歌，在小学教师苏柏文的眼里和心中，不再是豪迈的歌词和激越的旋律，而是真真切切的人物和故事，那里有自己的丈夫和他的同事。耳边每次响起这首歌，她总觉得丈夫的身影就在豪迈激越的旋律中跳动。这让她感动，让她感慨，也常常百感交集。

她说："我的学生中，有些家长就在这边，回去后，我会给他们讲，你们的父母在新疆塔里木很辛苦，你们要好好学习，不要辜负了父母。我回去教学生，也会有新故事，新感慨。"

开学的日子快到了，苏柏文就要回四川了。临别前，她对项目部经理唐雁林说，如果你们长期在塔里木干工程，我就辞了工作，到这儿陪着王经纬一起干。

唐雁林笑着说，听说你对我们的小王经理不放心，现在感觉怎么样啊？

苏柏文嘿嘿一笑，不好意思地说：“那是我过去不了解情况。你们辛苦的程度，超出了我的想象力。”

回到遂宁不久，苏柏文给王经纬打电话说：“我怀孕了。”

绿化和美化，是荒漠的呼唤，也是前线员工的期盼。

1999年春天，塔里木油田最大的前线基地轮南走来了一位年轻女子。她叫彭慧清，刚刚30出头，曾经在黑龙江的一所中等专科学校学过园林。

那时的她没想到，她会成了这个基地的“常委”。

彭慧清的使命，只能用“光荣而艰巨”来形容，她必须让这个荒漠上的油田绿起来，美起来。

前线职工每年有大半年时间在作业区里工作生活，这里就是他们在荒漠上的家。为职工在前线创造一个绿而美的家园，是彭慧清的职责，也是她的使命。

轮南油田是塔里木的第一个大油田，1989年开始的塔里木石油大会战就从这里发端，许多中央领导都曾到这里视察，这里已经成了塔里木油田展示形象的第一窗口。但是，这个功勋油田至今还是个既不绿，又不美的地方，像一个没毛的凤凰。

这轮南的地是盐碱地，水是苦咸水，降雨量又极少。油田还没有被发现之前，这片荒漠上了无人烟，放羊的人都很少到这里来。在这样的地方种树种草，让这里的环境绿而美，前无古人，是一个巨大的难题。

彭慧清和同事们辟出一片地，精心栽下一批胡杨树苗，天天盼望她们茁壮成长。不料一场沙尘暴过后，这些“沙漠勇士”竟全都牺牲了。

她们围着这些小胡杨，七嘴八舌找原因，最后发现是移栽时忘了给胡杨苗带土球。胡杨虽然是“沙漠勇士”，但没带母土的胡杨苗，到了新的沙荒地，照样活不成。

这次失败，让彭慧清摸到了荒漠植树的一点小门道。

荒漠植树的关键是选对树种，又要丰富多样。为了找到适宜轮南、

塔中这些荒漠作业区生长的树种，彭慧清她们跑遍了青海、甘肃、宁夏和内蒙古，还有新疆和田的荒漠区，在那里的幸存植被中寻找最耐旱耐盐碱的乔木和灌木。现在，新疆的胡杨、红柳和梭梭、青杨、白榆、沙枣、沙拐枣，青海的白刺，甘肃的紫穗槐，宁夏的枸杞和沙打旺等 20 多种乔木和灌木，先后落户塔里木的轮南、桑吉、塔中、哈得、东河塘油田作业区，目前，前线作业区绿地总面积已达 80 多万平方米，一些绿化区正在美化亮化。

曾经满眼浑黄的轮南作业区和工业园区，如今有了 23 万平方米的绿化树和草坪。一个总长 3.2 公里、每排 4 行的胡杨、青杨和白榆林带，像一条巨大的绿色项链，紧紧环抱着这两个小区。员工们出门后满眼是青绿，倍感惬意。轮南地区的大气候虽然没有变，小气候却在悄悄变，这片过去每年基本不下雨的荒漠，近几年常有喜雨从天落。塔中油田已经变成了真正的沙漠绿洲。

在前线搞绿化的头些年，彭慧清经常哭鼻子。每次哭，都是因为树。有树旱死了，她心疼地哭。有树病死了，她悔恨地哭。哭完了，再领着人补栽。

从刚过 30 岁到 40 多岁，彭慧清一直在前线搞绿化，把一个女人最美好的年华献给了荒漠上的绿化事业。

每逢风沙起，别人都往宿舍里跑，她却往风沙中跑。树林在风沙中摇晃，彭慧清在树林中奔跑。她要在滚滚沙尘中观察风沙对各种树的影响，琢磨对策。

回到宿舍，在镜子里看到自己满头满脸满身是沙土、不男不女的狼狈样，她也会悄悄掉眼泪，她更担心的是沙尘暴别把刚刚栽下的树苗刮死了。

从轮南到克拉和塔中，她管着 5 个作业区和一个工业园区的绿化美化和养护，战线长达 800 多公里。每个月，她至少要从轮南出去巡查一次。每个月在库尔勒的家里只能住几天时间。回到家，她最牵挂的还是

前线的树和草。

“树痴”彭慧清对树的感情之深，几乎到了让许多人感到不可理解的程度。只要听说哪棵树哪片草枯死了或者有了病虫，她都要亲自去处理，哪怕是300多公里外的塔中，她也要风尘仆仆赶过去。她常说：“交给别人，我不放心。”

彭慧清十几年前领着人在轮南栽下的胡杨和青杨，直径已经从两三厘米长到了20多厘米。看着这些在荒漠上越长越大，越来越茂盛的树，想起当年怎样一棵棵为它们浇水养护，她的心里五味杂陈。

她常常觉得，这些在风沙中不屈不挠一点点长起来的树，就像自己和许多塔里木石油人一样，无论遇到多少艰难困苦，都会生存下去，发展起来。

彭慧清夫妇都是湖南人，2012年，她们的女儿大学毕业后在湖南老家就业了。孩子不在身边，彭慧清把全部心思都用在了前线的绿化上，每天从睁眼到闭眼，脑子里想的都是绿化美化的事。

彭慧清的爱人也在轮南基地工作，现在成了她的“高参”，每天下班后，他就陪着彭慧清在轮南的大院里转，一会儿对她说这棵树该浇水了，一会儿又说那片草地该施肥了。

饭后散步时，两口子说得最多的话题，还是树和草。这些树和草，仿佛就是他们的家人和朋友。

塔克拉玛干沙漠应该是女人的禁区。春天，这里的风沙太狂暴；夏天，这里的太阳太酷热；冬天，这里的气温刺骨寒。长期生活在这种与世隔绝的环境，女人的生理心理很受伤。可是，有些女人偏要往这“死亡之海”里钻。

塔克拉玛干沙漠的女人们，战斗在沙漠前线的另一条战线上，她们忙碌在厨房里，客房里，忙碌在一些似乎不重要的岗位上，但塔里木一刻也离不开她们。

2002年，刘训花为了和丈夫团圆，也为了谋个生计，从四川乐山

来到了沙漠运输公司的前线基地，当了一名厨工，她的丈夫也是这里的厨工。

沙运司的前线基地在塔克拉玛干沙漠中心，人称塔中。塔中塔中，就是33万多平方公里的塔克拉玛干沙漠的中心。刘训花清楚地记得，那时的沙运司塔中基地，只有几排木板房和几间小砖房，站在远处的沙山上往下看，就像几片树叶落在大海上，让人心里很恓惶。沙尘暴来袭时，外面黄沙滚滚，房子里沙尘弥漫，呛得人直咳嗽。

塔中没有家乡的青山绿水，鸟语花香，但能和丈夫在一起，刘训花还是很惬意。让她遗憾的是，这里是前线，不能把儿子带上来，只能利用休假的时间和儿子在一起。

沙海茫茫，关山万里，在沙漠里想儿子时，痛苦的滋味没法说。她一年回四川休假的时间只有两个月，还得选沙运司施工的淡季。他们收入低，回家只好坐火车。从塔中到乐山，来回的路上就得半个月。每次回家的前几天，她就睡不好觉。

2005年前的塔中，手机基本没信号，对外联络只能靠写信。一封信，一个来回最快也得20多天。写信、寄信盼回信，成了她在沙漠里最重要的情感生活。到了2005年，塔中才有了磁卡电话，终于可以与远在四川的家人通电话了，刘训花几乎每天都要给儿子打个电话。去年，在辽宁当兵的儿子复员回家乡了，她很想见儿子一面，看看当兵后的儿子有啥新变化。可是休假的时间不到，她没法回去，只好忍着。

谁过佳节不思亲？10年了，刘训花的春节都是在沙漠里过的，这对一个女人实在太残酷，情感受到的折磨之苦，没法言说。

前线过节不休假，每逢春节，领导都会给前线员工放半天假，除夕晚上大家要聚餐。作为服务员的刘训花，这一天最忙最累，她们几个厨工和服务员，要做几百人的饭菜。除夕夜，前线员工们吃完了年夜饭，筋疲力尽的她躺在床上后，才能抱着手机给远方的亲人打电话。几声问候，几句闲聊之后，百感交集，常常哽咽，泪水就从脸上扑簌簌往

下流。

虽然苦，虽然累，刘训花还是愿意在塔中继续干。在塔克拉玛干沙漠待了 11 年，她看到这里的一切都在发生变化。沙运司的基地，先是由土巴巴的板房变成了砖房，后来又变成了钢架玻璃顶的“生态园”，里面花鸟鱼虫样样有，像个世外桃源。在这里，她的收入这些年不断增加，福利也有改善，回家探亲时沙运司还给发工资。

刘训花说，我打算在这里一直干下去。

刘训花的工友郭拉子是个女厨师，2007 年，郭拉子从甘肃平凉来到塔中。她的丈夫是沙运司的一名沙漠车司机，常年开着沙漠车，在有路和没路的“死亡之海”里奔波。

郭拉子的丈夫 1997 年就到了塔中，那时她在平凉老家，与丈夫相隔几千公里。沙漠里打不出电话，两口子平时就靠书信联络感情。通一次信，一个来回最少也得 20 多天。郭拉子读一次信，流一泡眼泪。她的心灵受不了这种折磨，决定离开家乡，到沙漠里打工。

从满眼是沟壑梁峁的黄土高原来到到处是沙山沙沟的塔克拉玛干，头些日子，郭拉子很新奇，加之和丈夫团圆了，她的心里盛满了快乐。

这种新鲜劲过去后，郭拉子很快就开始想家，想一双儿女，越想越着急。下班后，她常常疯了一样去附近爬沙山，爬了这座爬那座。爬到沙山顶上，放开嗓子，站着吼，坐着喊，把对儿女和亲人的思念化为一声声长啸。

郭拉子现在的家在新疆焉耆县，离塔中有 600 多公里，来回一趟要奔波近 3 天时间。她说，焉耆和塔中，两种环境，两个世界，反差太大了，我现在是上来了就不想下去，下去了就不想上来。

郭拉子一家四口，现在相距上千公里。他们夫妇在塔中，女儿和儿子在喀什，家的“大本营”在焉耆县，一年里最难是相聚。她说，这样有苦也有乐。往小了说，是为了养家糊口。往大了说，也是“我为祖国献石油”。

刘训花和郭拉子在沙漠里的生活，有寂寞，也有欢闹，因为她们生活在一个工作紧张而气氛温馨的集体里。

东方物探219队的荆霞是一个北京女子，自称有“严重的新疆情结”。

这个性格开朗的北京女人，更喜欢物探队在塔里木的野外生活，就像鱼儿喜欢水。她很享受这里的环境和工作，休假时只要在北京的家里待一两个月，她就热烈地想念新疆，想念塔里木。

物探队的工作和生活环境之艰苦，非一般人所能想象和承受，但荆霞不在乎这些，她喜欢这个集体里单纯而温暖的人际关系。她说，我不喜欢太功利的环境，我们队里同事间的关系很单纯，大家的亲密程度仅次于部队里的战友。队长知道我爱吃新疆的凉皮子，出去后就给我带回来了，不像在北京，朋友们出去吃个饭，还要实行AA制。

荆霞已经在塔里木的物探队干了十几年，她跟随2222队、219队这几个沙漠队和山地队，差不多跑遍了塔里木盆地，她喜欢去过的每一个地方。

北京的朋友感到不可思议，笑说她就是为了多挣钱。她摇摇头说，不是塔里木的工作需要我，是我需要塔里木的工作，在这里工作虽然艰苦，那种艰苦你们在北京想象不到，但它能给我带来快乐，那种快乐你们想象不到，也不可能拥有，那是能够净化灵魂的艰苦，苦过之后是怀念，是享受，也是人生的一笔财富。

在219队，荆霞负责车辆监控，兼当广播员，主营地的大喇叭里，经常响起她调度车辆的声音。悦耳的京腔京韵，在空旷的戈壁上飘飘荡荡。

荆霞喜欢塔里木，也像爱护自己的家园一样维护这里的环境卫生，容不得任何污染塔里木环境的行为。无论是在沙漠里还是戈壁滩上的营地里，只要看见有人往地上扔烟头、矿泉水瓶之类的垃圾，她就会找到队长提建议：“不能让他们乱扔东西，要爱护环境。”

荆霞热爱塔里木，也是个孝女，2012 年 4 月，荆霞身患癌症的母亲病情越来越重，接到哥哥的电话，她犯了难。那时，全队正在收工，准备搬到另一个工区，正是最忙最紧张的时候，荆霞一时很纠结。队长知道情况后，坚决让她放下队里的事情，回北京去伺候母亲。

3 个月后，荆霞又回到了塔里木。每天，无论多忙，她都要给妈妈打一个电话。不久，她的妈妈去世了。

荆霞强忍着巨大的悲痛，每天依旧正常工作。

时隔一年多后，在托木尔峰下的 219 队主营地谈起去世的妈妈，这个看起来乐观坚强的北京女子泪水盈眶，几度哽咽，她说："不能提我妈，一提我妈就想哭。"

荆霞对塔里木的喜爱，超过了北京。她爱人在北京的一家公司做媒体广告，还没有来过塔里木。荆霞每次到一个新工区后，都会拍一些照片传给老公，在附言中赞道："北京哪有这么好看的天，哪有这么空旷的地方啊！"

热爱塔里木的荆霞，又是一个富有浪漫情怀的女人。在塔里木，她用她的心，在高山和大漠中寻寻觅觅，发现这里独有的美。

有一天，太阳很亮，荆霞闲来无事，独自站在塔克拉玛干沙漠的一座沙丘上向下俯视，突然发现好像有一团黑色的丝绸在飘动，又像谁撒了一地的黑珍珠，再细看，原来是一群乌鸦在沙丘上欢快地嬉戏。

荆霞蹑手蹑脚地一点点靠近它们，只见它们在沙地上快活地跳跃着，正在用油亮而灵巧的小嘴筛捡可以入口的东西。它们的叫声虽然略带沙哑，但一个个走得从容，跳得优雅，叫得欢畅。

望着这群上帝送来的礼物，荆霞感到从未有过的震撼。她在一篇散文里写道："那黑才真叫黑呢。如墨，如碳，如漆。那犹如牛角质地的黑色羽毛，在沙漠的阳光下随着它们躯体的跳动闪闪发光，格外耀眼，我的魂快要被勾去了。"

回到营地，荆霞向同事们讲述她在沙丘里看到的场景，有人告诉

她，乌鸦是此地唯一的鸟类。

小时候，她常听人说乌鸦不是吉祥鸟，会给人带来坏运气。一位北京朋友查了资料后对她说，乌鸦是一种很有灵性的鸟。在日本文化中，乌鸦是勇敢和智慧的象征。

荆霞如醍醐灌顶，突然开悟。她急忙打开电脑，写下一篇散文：《给我一双翅膀，我愿变只乌鸦》。她说："上苍啊，给我一双翅膀吧！我愿变成一只乌鸦，那样我也可以像它们那样扎根在这茫茫戈壁和沙漠，翱翔在塔里木的蓝天白云上，把我的勇敢和智慧献给塔里木。"

第四章　在永不消失的海市蜃楼里

有一个说法在塔里木油田流传甚广：搞地质勘探的是和大地谈恋爱，搞油气开发的是和油田过日子。还有人说，搞勘探的是打江山，搞开发是守江山。更有人开玩笑说，搞勘探的是喜新厌旧，搞开发的是一生相守。

油田研究院勘探所所长李勇对一位搞油气开发的朋友说："我们这些搞勘探的在荒漠上到处找对象，千辛万苦'谈恋爱'，刚刚谈好就走了，实际的好处都让你们搞开发的这些家伙们享受了。"

一位山地队员从营地来到英买作业区办事，走进综合公寓的大楼里一看，羡慕得口水快要流下来了：乖乖，太漂亮，太气派了！

作业区的公寓里，办公、住宿和健身器材等等一应俱全，生活区里绿树成荫，鸟语花香不绝于耳。在荒荒大漠上，这里俨然是一个个现代版的世外桃源。

塔里木油田有一段顺口溜，其中"远看像天堂"那一句，说的就是作业区的公寓。比起山地队在天山深处和大漠上的帐篷营地，作业区的公寓大楼确实像天堂一样美。

夜幕下，中央处理厂的无数管线和设备，在雪白的灯光下玲珑剔透，高高的黄色“天灯”忽明忽灭，与附近公寓大楼的一排排夜灯遥相映照，如真如幻。看四下夜黑如漆，望天穹繁星闪烁，只有作业区酷似琼楼玉宇从天落，这景象美轮美奂，美得令人窒息。

这不是人们幻觉中的海市蜃楼，它是永不消失的海市蜃楼，是无人区里的人造仙境。

如今环境优美的作业区，原本都是“兔子不拉屎，苍蝇不落脚”的荒寂之地，因为在此地发现了一个油气田，石油人便在这“万径人踪灭”的荒野上掘沙筑楼，建起一幢幢现代化大楼，创造出一片片绿洲。

看到这些漂亮的建筑，徜徉在这些人造的绿洲中，谁都会感到震撼，震撼于石油人改造世界的巨大能力，也感慨石油人的伟大。在塔里木的一个个生命禁区里，他们无中生有，在一张张白纸上画出了既新又美的图画，创造了一个又一个亘古未有的人间奇迹。

家住“海市蜃楼”

荒漠上孤岛般的作业区，就是塔里木油田搞油气开发的员工们的家外家。

一年 365 天，员工们三分之二的时间吃住、工作在远离人烟的前线作业区里，就这样在与世隔绝的环境里一年又一年地打发日子。

“作业区就是员工的家，要让员工感受到家一样的温暖。”20 多年来在 4 个作业区当过领导的张明亮，这种愿望越来越强烈了。

在塔中作业区当经理时，他每天都会到沙漠里去巡井，曾经创造过一个月驱车巡井上万公里的纪录。有一年国庆节的 7 天假期里，他有 6 天时间在巡井，最长的一天行程 500 多公里。

在风沙里奔忙了一天，拖着疲惫不堪的身躯回到作业区明亮的大楼里，顿感通体舒畅。张明亮才发现，这里有亲爱的战友，有温馨的氛围，有舒适的环境，这里就是我的家。

作业区远离城镇乡村，员工们远离亲人，一年中有大半年时间工作、生活在作业区里，不能与家人团聚，不能过正常的家庭生活。只有让这里像家一样温馨，员工才有归属感，单位才有凝聚力，领导才有号召力。

人是漂泊的船，家是温暖的岸啊！

张明亮调任哈得作业区经理后，发起了“情系哈得之中秋晚会·胡杨节”等系列活动，让员工在乐融融的气氛中享受如家的温馨。

哈得作业区的部分维吾尔族员工家在喀什地区泽普县，距作业区有上千公里远。作业区领导只要知道他们的家里有什么突发的急事难事，都会主动伸出关爱的手。艾斯克尔·吐尔逊家里有急事，作业区领导派车把他送到上百公里外的轮南镇，让他回泽普县老家处理。提起这些，他动情地说：“哈得就是我的家。”

2013 年 8 月，张明亮从哈得调到克拉作业区当经理后，又把哈得作业区的“家文化”带到了克拉。“我的克拉我的家”“我的安全我的站”等系列活动，在克拉作业区又百花齐放了。

本来，作业区的员工宿舍分男女，对夫妻双双在前线的员工，领导们打破惯例，为他们安排了“夫妻房”，让他们在前线也有个温馨的家。熊竹顺的爱人唐淑芳到塔中作业区工作后，领导们单为小两口开了“夫妻房”。他爱人唐淑芳在塔中怀孕后，作业区领导又帮她在油田基地联系了工作。

刘国华从克拉作业区调到正在筹建的英买作业区时，还没有完全走出失恋的痛苦。克拉作业区经理张强和书记王永杰亲自驱车 200 多公里，把小刘送到了英买。小刘是张强和王永杰看着成长起来的技术尖子，也是一个搞管理的好苗子，他们舍不得他走，但为了支持新区，又

不得不放。

那一天，英买作业区的风沙特别大。临别时，两位领导拉着小刘的手，叮嘱他在英买要好好干，别给咱克拉丢脸。克拉还是你的家，我们都是你的大哥，有啥想不开的事，随时给我们打电话。

站在英买的风沙里，小刘感动得泪流满面。望着两位兄长般的领导远去的身影，刘国华对自己说：从今以后，我就要在这里奋斗了，我一定要在这里干出个样儿来。

现在的刘国华，已经进了英买作业区的领导班子，成为一名安全监督。

克拉作业区有一个民工叫周理格，他从湖北农村来这里打工，但他没有自外于作业区，很快就融入了这个温暖的新家。他说：“这里的环境很荒凉，但这种家文化的氛围，我太喜欢了。”

虽然起初每月的工资只有 950 元钱，但在作业区，无论是上班还是下班，周理格几乎是见啥干啥，能干啥就干啥，他总想为这个打心眼里热爱的家多做点什么。领导们见这位爱厂如家的民工这样不计报酬，这么没日没夜地干，心里过意不去，几次三番跑到上级给周理格争工资争待遇，但由于他的身份和体制机制等原因，他的工资只增加了为数不多的一点钱。

周理格并不计较这些，他谦恭又诚恳地对领导们笑一笑，说一声“没关系，谢谢领导关心。”还是一如往常地争着抢着干活。后来，作业区的领导让他当了带班工人，给新来的大学生当导师。再后来，作业区领导们通过油田，把周理格推到了新疆维吾尔自治区“十大优秀民工”的领奖台。

作业区经理张强等领导珍爱人才，觉得在克拉屈了周理格的才，于是在塔里木四处推荐这个民工中的佼佼者，周理格终于走上了新疆华油公司在英买作业区英潜区的高级管理岗位。

在英潜作业区，谈起克拉作业区和那里的领导，周理格像说自己的

娘家人一样亲切，神情和语气中流淌着满满的爱意。

虚中有实、实中有虚的家文化，兄弟般的情义，同志间的关爱，像大漠里的春风细雨，点点滴滴洒在员工们的心头，让沙海孤岛上的员工们找到了远离家人、胜似在家的温馨感。也使作业区的员工“聚是一团火，散是满天星”。

一位作业区的领导说，我们开展的这些活动，看起来好像和生产没有关系，实际上桩桩件件都连着作业区的生产和发展。员工们心情舒畅了，团队有了聚集力，领导有了号召力，大家都把作业区的公事当成自己的家事干，再重的任务，再大的困难，都不在话下了。

塔中作业区生产办主任陈新伟说：“我不喜欢这里的环境，但我喜欢这里的人。这里是人际关系的一方净土。这里没有钩心斗角，没有尔虞我诈，只有互相关心，互相鼓励，人与人的关系在这里很单纯，谁要是在这里玩心眼，就混不下去。”

塔中联合站站长候春生是家文化的宣传者，也是实践者。他经常对甲乙方员工说：“我们要把站放在心上，把心放在站上。”塔中作业区是中石油的“百面红旗单位”之一，他经常对员工也对自己说：“我们这个百面红旗不能倒，要让百面红旗更鲜艳。”2012 年，他以联合站党支部的名义在网上买了一套理发工具，利用业余时间给同事们义务理发。他还带着员工在沙漠里种了 400 平方米的西瓜，把这里的西瓜分给大家吃。

2013 年五四青年节这一天，塔中作业区书记罗晓哲与青年们座谈时说：“塔中是荒凉地，也是个大熔炉。这里是荒凉的沙漠，也是创业的热土；这里远离都市，却是思想的净土；这里是生命禁区，也是成长的沃土。你们要珍惜机遇，积极进取，有所收获，为自己的职业生涯打下好基础。塔中是年轻人锻炼成才的好地方，来这儿的都是大学生，你们来的时候只是一块生铁，几年后，我们要让你们变成一块好钢。”

塔中作业区为每个新来的大学生配备一个导师，要求导师要有

“四好”：“业务上的好老师，生活中的好朋友，工作中的好伙伴，职业生涯的好向导。”

作业区还建立了“学、练、考、赛”机制，一位领导说，这是为了逼他学习，逼他上进，也让他们没有时间琢磨那个什么“三燥”。

孔伟任作业区副经理时，给年轻人讲的是“自由课”，他对年轻人说：“前30分钟你们必须听，30分钟后可以选择离开。”其实，孔伟的“自由课”讲的是怎样做人做事，怎样成才成功，年轻人总是从头听到尾。他说，我要告诉年轻人怎样对付挫折和人生中的不如意，让年轻人在成长路上心里没有坎。

卡拉OK大赛、篝火晚会、广播体操比赛、篮球联赛、春晚……作业区经常举行的这些健康有趣的文娱活动；技术培训、技术比武、业务考试，这些激励年轻人比、学、赶、超、赛的练兵活动，把年轻人积极向上的劲头都鼓起来了。一位作业区领导说，这是为了用良好的人文环境战胜恶劣的自然环境，也为了增强员工的团队意识。

这样育人筑魂，一批优秀员工也脱颖而出。在塔中作业区，站队长这一级的管理人员中，已经有了一批80后的年轻人。2010年毕业的王平，已经是作业区的工程技术室主任。皮肤白皙的他，脸上还是一副娃娃相，谈起工程技术室的业务和管理，却已经头头是道。

那个三年前在修井队实习时还怯生生、烦燥燥的小姑娘王琼，2011年11月到塔中作业区后，就被逼上了作业区“春晚”的舞台，成了晚会的主持人。一直以为自己没有才艺的她，后来又代表开发事业部到库尔勒参加油田的演讲比赛，还得了二等奖。如今的她，自立、自强，也更自信，已经出落成作业区综合办的一个颇有经验的管理人员。她感慨道：“大沙漠改变了我的性格，点燃了我的人生”。

荒荒大漠筑绿岛

荒漠中的石油人渴望绿色，没有绿色，石油人在大漠里日子太难打发，然而这里寸绿难觅，满眼都是令人绝望的浑黄。

塔里木人来自五湖四海，北方人爱绿，青山绿水里长大的南方人更是一天看不到绿色就浑身难受，绿色能让大漠里的石油人心灵归于安宁。

绿色是大漠里的希望，没有绿色的沙漠让人绝望。没有树和草的作业区，楼房建得再漂亮，也像没有羽毛的鸟。

1995 年，张强在库尔勒刚刚过罢春节就去了塔中作业区，50 多天后出沙漠，越野车走到轮南，看到路边长满了绿油油的小草，眼泪唰地一下就出来了。他知道，在那个不长一棵树，不长一棵草的塔克拉玛干沙漠里待得太久了，再坚强的人突然见到绿色，都会这样亲切，这样感动。

“哪里有石油，哪里就是我的家。”歌里这么唱，石油人也这样干。作业区的员工们以大漠为家，他们绝不让自己的家满目荒凉。他们要让荒凉的大漠绿起来，美起来，这是他们的追求，也是他们的使命。

有绿色的地方就是家，没有绿色，作业区的员工们自己动手创造绿色。塔中作业区的班长马旭说：“我们要学‘铁人’王进喜，没有条件，创造条件也要让这里的沙漠绿起来。”

在轮南，在克拉，在英买，在迪那，在大北，在沙海和大漠上的一个又一个作业区里，塔里木石油人白手起家，创造了一片又一片绿洲，他们将和这些绿洲一生一世长相守。

塔中作业区有个 40 井区，孤悬于 110 公里外的沙海中，这里住着 20 多个人，管着 30 多口井，员工们住在板房营地里。这片沙漠原本没

有一棵树，不长一棵草，是一片标准的“死亡之海”。

40井区的班长马旭到这里上任时，眼前除了沙山，就是沙丘，一点儿绿色没有。几个甘肃来的民工见这里比他们的家乡还荒凉，干了没几天，就怀着绝望的心情辞职了，他们说，这里不是人待的地方。

马旭年轻的时候当过兵，在解放军这所大熔炉里，练就了一种不怕吃苦的精神和雷厉风行的作风。这位50多岁的转业军人决意自己动手，把这里打造成绿色家园。

2009年春，在这片千古不见一线绿的沙海里，马旭和二十几名员工唱响了播种绿色和希望的创业之歌。

马旭对大家说：“没有人，咱自己上；没有时间，咱自己挤；没有材料，咱自己想办法！”

风沙里，马旭带领员工，利用工余时间在沙漠里种树。种了梭梭，又种沙拐枣，种了沙拐枣，再种沙枣树。

沙漠里的凌晨六七点钟，别人还漫游在甜美的梦乡里，马旭和几名员工却在沙漠里给他们心爱的树儿花儿浇水施肥。

风沙毁了树苗，他们等风沙过后再补种。

烈日下，马旭常常跑到附近的钻井队，舍下老脸为他的“绿岛”“讨要”废钢管。他赔着笑脸，说着好话。一趟不行，再跑一趟，软磨硬泡，直到把井队的人心磨软了。

马旭和几个员工大汗淋漓地把求来的管子人抬肩扛弄到公路边上，又站在路边等着“截车”把管子拉回井区。

一个司机听了马旭四处“讨要管子”的故事后，很不理解地问：“你都这把岁数了，为公家的事这样又舍老脸又受累，有啥好处啊？”马旭答道：“为自己的‘家’办点事，讲啥价钱啊！”

还有人问马旭：“你都快退休了，这里又不是你的家，你辛辛苦苦把这里整这么漂亮干啥？”马旭说：“哪里有油，哪里就是石油人的‘家’。随着塔中的发展，以后这里还会来更多的人，咱们把‘家’整

漂亮点，大家住着心情舒畅点，多干活，多采油，多有意义啊！”

两年后，塔中40井区建成了30000平方米的“沙海绿岛”。郁郁葱葱的“绿岛”上有了鸟语花香，有了西瓜葡萄，有了向日葵，有了小鸡小狗，有了台球室和乒乓球室，还有用废旧材料建起的“大漠风情苑”和“鸣沙山观景亭”，成了沙海上生机勃勃的绿色天堂。

这里的西瓜，真正的沙里生，沙里长，沙里开花，沙里结果，因为特别香甜，已经成了塔中地区的名牌产品。

马旭在沙漠里种下的是珍贵的绿色，种下了石油人对大漠的爱，也种下了他们对石油事业的忠诚。

塔里木石油人“只有荒凉的沙漠，没有荒凉的人生”这句豪言，在马旭他们的汗水里化成了沙漠里碧盈盈活生生的绿洲。

马旭请人在“绿岛”的彩门上写下一句话：“创建美好家园敢叫荒漠成绿洲，征战死亡之海誓将沙海变油田。”

这是马旭他们的宣言，也是他们的实践，每个字里都散发着马旭他们心中的豪气，也浸透了他们创建这片绿洲的汗水。

2011年，塔里木油田将这里确定为“艰苦奋斗教育基地”和“员工入职培训基地”，这里也成了年轻人成长的“熔炉”。

此后，凡是到塔克拉玛干沙漠腹地采访的作家记者，也会满怀敬意来到这个沙海绿岛上，赏马旭他们创造的一个绿色奇迹，听石油人艰难曲折而撼人心魄的创业史。人们在这里看到了一种忘我奉献的宝贵精神，感受到一种积极进取的人生态度，感动于石油人在没有绿色的沙漠深处创造绿色的伟大精神。

苍然以形，雄强以神的胡杨，是塔里木盆地的骄傲，是新疆的英雄树，也是作业区石油人的最爱。他们爱胡杨倔强的阳刚美，爱胡杨蓬勃的正能量，爱胡杨哪里艰苦哪安家的无所畏惧。胡杨“生而一千年不死，死而一千年不倒，倒而一千年不朽”的精神，胡杨“死亡之海”竞风流的雄姿，令作业区里的大漠石油人敬仰，也满足了他们的英雄

情结。

作业区的许多石油人把胡杨视为自己的化身，他们觉得自己就是大漠上流动的胡杨。

英雄惜英雄，胡杨真有幸。自从石油人来到塔里木，胡杨便格外受宠，大漠里的每一棵胡杨都得到精心保护。作业区人把胡杨作为绿化的首选树种，胡杨也成了他们最牵挂的朋友。轮南油田第一次移种胡杨时，由于没有经验，也因为过度宠爱，给它们浇水太多，一些小胡杨浇死了，负责绿化的彭慧清心疼懊悔得哭了很久。

在每一个作业区的生活区里，胡杨都是绿化树中的“常委”。人们既爱活着的胡杨，也爱死了的胡杨。有人说，活着的胡杨代表了顽强的精神，死去的胡杨代表了不屈的魂灵。

在风沙最多、蚊子最大的英买作业区，员工们从大漠深处移来一棵几抱粗但已经枯死了不知多少年的胡杨，栽在公寓的大院内。那胡杨无枝无叶，树皮已完全脱落，只剩下赤裸而倔强的躯干，却依旧昂然挺立，似乎在仰天长啸。它那不屈不挠与自然抗争的雄姿，昂扬向上的精气神，让人看一眼就豪气满胸怀，许多员工将它引为树中知己，争相与它合影。

在牙哈作业区，石油人在公寓通往联合站的路边精心栽种了上万棵胡杨，他们要与胡杨日日相见，四季常伴。牙哈作业区员工小憩的“绿吧”里，竖着一根枯而粗壮的胡杨，与温馨优雅的环境反差很大却别有韵味。作业区管生活的女经理冯秀丽在一个部队的仓库里发现了这根胡杨后，软缠硬磨找领导把它讨了回来，给它装上枝叶，披上彩灯，让这棵枯干已久的胡杨复活了。她要为员工休闲的地方添一种大漠里特有的苍凉雄强美。

哈得油田作业区的“门神”，是几棵高大的老胡杨，员工们用水泥精心给几棵老胡杨箍上了“脚套”。生活区外的那片天然胡杨林，是员工们最喜欢光顾的公园，也成为他们向兄弟作业区炫耀的资本。

在沙漠腹地的塔中作业区，员工们找来两棵枯干的胡杨，特意给它们刷上桐油，披上枝叶，让它们做了公寓的“门神”。一年四季，这两棵胡杨每天迎送进进出出的石油人。

石油人像对待家人一样精心呵护着这里的每一棵胡杨，还利用工余时间在作业区栽植了许多苹果、香梨和杏树等，为胡杨引来新朋友，胡杨为常年驻守在这里的石油人奉献四季美色。

寂寞是大漠作业区人最难排解的困惑，工作之余，寂寞难耐时，作业区的许多年轻人就来到胡杨林中，向苍老的胡杨倾诉心曲，胡杨轻轻摇动枝叶，用自己的千年故事抚慰石油人寂寥的心灵。

塔里木石油人钟爱胡杨，善待胡杨，因为他们与胡杨日日为伴，精神相通。春夏时节，碧绿的胡杨是他们的慰藉；深秋时节，金色的胡杨是他们的最爱；每一个塔里木石油人都曾经与金胡杨合影，那是他们的骄傲。

他们用胡杨精神激励自己的意志，看到胡杨，就有了挑战艰难困苦的勇气，他们已经把胡杨当成了亲密的战友。

苦乐“天堂”

作业区的大院虽然环境美，设施好，但几乎每个作业区都建在远离城镇乡村的地方，成了瀚海上的一叶孤舟，也像远离父母的游子。

站在作业区的大院向外看，四顾茫茫无人烟，犹如身在大海里的孤岛上。作业区的员工们开玩笑说：“我们住的地方，远看像天堂，进去是牢房。”

每年春秋时节，北京等大城市一有沙尘天，各大媒体便吵翻了天，有些网民甚至嚷嚷着要迁都。身在塔克拉玛干沙漠腹地里的石油人，在电视网络里看到听到这些话就乐了：大地方的人也太金贵了，来一点小

风小沙就受不了啦！我们这儿的风沙天一年至少200多天，雪一下完，地面一干，风沙就来了。风沙最大的时候大白天伸手不见五指，我们在这里一年吃那么多沙子，照样该干啥干啥，啥也没耽搁嘛！

石油人进入大沙漠之前，塔中这地方是沙的世界，风的乐园。石油人进了沙漠后，切切实实领教了塔克拉玛干沙漠风沙的厉害。每年的春夏秋三季，风卷黄沙漫天飞是常态，大风扬沙时，大白天伸手不见五指。野外作业时吃饭得戴口罩：掀开口罩把饭菜喂进嘴里，再用口罩捂着嘴嚼咽。风沙小时，空气中从早到晚弥漫着细如粉末的沙尘，从鼻腔钻到牙缝里，在口腔里不分昼夜地折磨人。

在靠近塔克拉玛干沙漠的哈得作业区，地上的沙中含土，土中带沙，一遇沙尘暴，这里的沙土便无孔不入。为了防风沙，每间房子装的玻璃不是两层，而是三层，但遇到强沙尘暴，粉状的沙尘还能钻进作业区的大楼和宿舍里。大家开玩笑说，我们哈得是没有不进沙的门，没有不钻沙的窗。

塔里木石油人都感念老部长王涛的好。王涛曾任石油部部长，会战之初，时任中国石油天然气总公司总经理的王涛对会战指挥部的邱中建、王炳诚和李大华等领导说，塔里木的自然环境太恶劣了，我们在改革开放年代搞会战，要把沙漠前线职工们的生活和工作环境搞得好一些，再不能像当年大庆会战那样，让大家住地窝子、“干打垒”了。

塔里木油田有11个作业区，每个作业区管理着1个油田或油气田。如同“龙生九子，各有不同”，这些作业区散布在盆地的西 、北 、南部和塔克拉玛干沙漠腹地，有油田，有气田，也有油气田。作业区的综合公寓修建得并不豪华，但工作和生活的设施一样都不少。

塔中作业区既在塔里木盆地的中心，又在塔克拉玛干沙漠的中心，称其为塔中真可谓名副其实。石油人到来之前，人类的足迹从来没有踏上这片大沙海。

1992年，沙漠腹地的塔中4井喷出高产油流，向世人宣告了中国

第一个沙漠油田的发现，后来探明，这是一个储量近亿吨的“金娃娃”。1994年，塔中作业区开工典礼时，前国务院副总理吴邦国曾专程前来出席，可见其地位之特殊与重要。1996年，塔中作业区建成。这个作业区距库尔勒500多公里，也是离油田基地库尔勒最远的一个作业区。如今的塔中作业区，已经是沙海里一个美丽的绿岛，建有4座大楼，中科院新疆生态与地理研究所在这里建起了沙漠植物园，1130万平方米的绿化面积，改变了作业区这一片区的小气候，这里的降雨量也明显增加了。

克拉作业区位于雅丹地貌上，亿万年的风蚀地坚硬如铁，大型推土机也啃不动，当年建作业区时，每一块地都是用炸药硬生生炸出来的。那是一段激情燃烧的岁月，上万人曾经在这里艰苦鏖战，每天昼夜轮班倒着干，工地上热火朝天的景象持续了近两年时间。如今，这里不再喧闹，归于宁静，只有作业区的员工们在按部就班地工作，他们是这个大气田的“守护神”。

克拉气田是中国最大的气田，也是西气东输的主力气源地。每天，2600多万立方米天然气穿过4000多公里的地下管道，呼啦啦从这里奔往上海、北京等中国最发达的城市乡镇，为4亿多人做饭、洗浴和冬季取暖提供清洁能源。

参加过创建克拉和塔中作业区的老员工，如今多已是油田各单位的骨干人物，但每个人的脑海里至今还珍藏着几段虽苦犹乐的往事。

杨春林1996年大学一毕业就来到了塔中，那时的塔中4联合站还在建设中，为了早日出油，正在建一个临时集油站，杨春林和新来的大学生也成了这个集油站的建设者。

7月的塔克拉玛干沙漠腹地，热得像个大火盆，铁皮房里的空调已经开到了最大，照样热得人睡不着觉。江南水乡里长大的杨春林，从来没遇到过这么热、这么干、这么燥的地方。刚进来的一些日子里，他天天晚上流鼻血。

上班后看看作业区的领导和老员工们，个个都在汗流浃背如狼似虎地干，一句牢骚怪话也没有。杨春林和新来的大学生们被这种氛围感染了，他们在工地上搞起了劳动竞赛。年轻人心气高，一根近 100 公斤的 6.858 油管，开始时 4 个人抬，后来 3 个人抬，再后来索性 2 个人抬。

油管在地面温度 70 多摄氏度的高温中放久了，烫得没法抓，杨春林他们就戴着棉手套抓。抬起来跑步前进，以减少痛苦。几天后，每个人的肩膀都又红又肿，从早到晚火辣辣地痛。后来，他们又几人一组，展开了接管线比赛。杨春林说，虽然苦，虽然累，大家的心里都美滋滋的，真正是那种虽苦犹荣的感觉。人人都有一种强烈的自豪感：我们在这里建设的是中国第一个沙漠油田！

这一年，塔中油田投产了，这是我国在塔克拉玛干沙漠里建成的第一个油田，塔中油田当年的原油产量达到了 46 万吨。这是一件亘古未有之事。第二年，塔中油田的原油产量突破百万吨大关。这个油田的最高年产量，曾经达到 202 万吨。

2006 年，杨春林已经成长为塔中联合站站长。这年 12 月，塔中的一个新联合站投产前，杨春林头一天晚上看了一整夜的材料，睡了两个多小时，上午 10 点多钟又主持召开投产总方案审查会，会议开了 13 个小时，直开到凌晨一点半。作为联合站站长，他一个人讲了 10 个小时的话。

会议结束时，杨春林觉得自己的嗓子又干又疼，大脑显然因为缺氧而昏昏沉沉，但他的心情格外畅快：终于把投产前的所有问题都梳理清楚了，近 20 个员工对投产时遇到问题怎样处理，都已经心中有数了。

几个月后，这个联合站十分顺利地投产了。石油行业有句老话：投产之日，就是整改之时。一个联合站整改五六年后，各种装置才进入平稳运行状态的情况屡见不鲜。但塔中的这个联合站，投产后没有整改。

杨春林和他的同事们，在塔克拉玛干沙漠创造了一个破天荒的纪录。

克拉2气田的总工程师赵小东，至今忘不了克拉作业区2004年那个冬天的日日夜夜。那是一个多雪的冬天，地上的积雪常常有30多厘米厚。零下30摄氏度的严寒中，赵小东他们要给克拉2~8井的输气管道做保暖。若在平时，这类事一般由乙方队伍承担，但建设克拉2气田是一场会战，为了早日向北京、上海等大城市供气，干活时赵小东他们这些甲方也常常赤膊上阵了。

井场上没有暖气，工期又紧，加班到凌晨两三点钟是平常事，赵小东他们冻得常常流鼻涕。这些大学生出身的石油工人也顾不得斯文了，纷纷用手套擦鼻涕，一双双手套都被擦得铮亮铮亮。

赵小东说："虽然辛苦成这样，谁也不甘落后，大家干活时都憋着一股劲，没有一个人发牢骚说怪话。为什么？克拉2是我国第一个大气田，大家都想到这里建功立业。凡是到克拉来的人，没有一个是调来的，都是自己主动要求来的。大家认为，能参加克拉2气田的建设，就是荣誉，就是有面子的事，谁不争着抢着好好干，哪里还会发牢骚？"

杨春林和赵小东等一批在创建作业区时"打江山"的老员工，为作业区创造了一种基因：能力可靠、技术可靠、团结聚力、勇挑重担、不畏艰难。他们把这种基因传给了一茬又一茬的后来者，成了各作业区员工"守江山"的思想和行为准则。

其实，在作业区的人看来，创业时再苦再难，都好对付，而守业之苦，长长久久，往往是难以承受之重。

张强是克拉2作业区的元老级人物，从筹建处负责人之一到作业区经理，他在这里"打江山、守江山"，前前后后十几年，是这个作业区从无到有的见证人和管理者。

张强和副书记卢廷胜说，我们每天都是提心吊胆过日子。克拉气田承担的责任太大了，不仅有经济责任，还有政治责任，社会责任。别看我们这里好像是个与世隔绝的地方，其实连着北京城和全中国呢！克拉是西气东输的主力气田，每天的产量变化，都要向北京汇报。这里一旦

出问题，没法向党中央国务院交代，也没法向首都人民和上海、南京等长三角地区的4亿多老百姓交代。

克拉气田是老天爷赐给中国的一份厚礼，也是塔里木会战的一个巨大成果。这个储量2800多亿立方米的气田，发现于1998年，是我国最大的气田。从克拉采出的天然气几乎没有杂质，纯度很高，被称为“干气”。有人形象地说，克拉2气田就是一个金豆豆，是塔里木的“印钞机”。

没有克拉气田，就没有西气东输工程。克拉气田改变了我国的能源消费结构，北京、上海和南京等中国地区的4亿多居民，因为有了西气东输，纷纷由烧煤改为烧气，告别了在烟熏火燎中做饭取暖的日子。

克拉2气田每天要向北京、上海输送2600万立方米天然气，一分钟都不能停。

张强上任时，有位领导对他说：34户人家停气做饭，是社会问题；100户人家停气做饭，就是政治问题。所以，塔里木油田在克拉2气田的责任排序时，一直是政治第一，社会第二，再其次才是经济。谁都知道，在中国，政治责任大于天。

每年10月底到来年4月中旬的供暖季节，克拉2作业区最重要的任务是“保供”：保证向北京、上海等大中城市和“西气东输”沿线地区居民保证供气保暖。来自西伯利亚的寒流一进入中国东部，克拉2气田就得无条件增加供气量，确保沿线几亿群众不受冻。这小半年的时间里，克拉2气田每天的最高供气量达到3000多万立方米。

张强的责任是必须确保万无一失，如果出了问题，那就是负不起的责任。那是张强每年最紧张的时期，每天都感到压力如山大。压力这东西无形无色，却实实在在，它如影相随，无时无处都跟着他，张强躲不开，绕不过，只有一个办法，那就是把压力变动力，千方百计“保供”。

失眠，成了张强的老朋友。虽然已经布防严密，制度和措施都已经

堪称百密无疏，三级“操作卡”修订了又修订，对员工也叮咛了又叮咛，交代了又交代，但晚上躺在床上，他还是像患了强迫症一样在管理环节找漏洞，生怕有想不到的疏漏。

经常失眠的张强笑着说：“老这样也不行啊。后来，晚上就不敢想这些了，一想脑子就刹不住车了，只好强迫自己不去想这些事，再想人就崩溃了。”

2013 年底，张强从克拉 2 作业区调到了油田基地工作，他对一位领导说，现在总算可以睡个安稳觉了。

2012 年后，油田公司要求“老区要稳产，新区要增产”。

老区的产量稳不住，新区的产量上不来，油田就很难保持发展的势头。

但是，若要实现这一稳一增，却比登天难。

每个油田或气田，也是一个生命体，像人一样有青年期，有壮年期，也会进入老年期。随着时间的推移，产量的自然衰减，是不可抗拒的铁律。华北油田最辉煌时，年产量高达 1700 多万吨，现在只有 400 多万吨了。我国开发水平最高的大庆油田，年产量也从巅峰的 5000 万吨，跌到了 3000 多万吨。油田科技人员绞尽脑汁，用尽千方百计，就是为了延长油田的青春期和壮年期，尽最大努力使其不要过早地进入老年期。1980 年代初，石油部提出“稳定东部，发展西部”，就是因为东部油田经过多年开采，原油产量正在从高峰向低谷滑落，而我国市场对石油的需求量，却是越来越大。

塔里木的 11 个油气田，虽然还没有像大庆、辽河、华北等东部油田那样进入老年期，开发最早的轮南油田也有 20 多年了，已经青春不再。以塔里木的地质地层情况之复杂，稍有不慎，油气田的产量就会跌下去，而油气层一旦被水淹或被污染，产量掉下来，再想恢复，就几乎没有可能了。

克拉气田 2004 年 12 月投产以来，已经满负荷运行了十几年，累计

采气量已达800多亿立方米，虽然尚在青春期，但也不是百病全无。作业区的员工就像克拉气田的全天候保健医生，千方百计确保这个大气田的安全运行，唯恐它有一点闪失。

中央控制室是作业区的核心区，堪比军队的作战室，在这里值班的员工，全神贯注地盯着各种仪表和电脑上的每一个数据和曲线，不敢有丝毫懈怠，稍有异常，就得立即向上报告或设法处理。

每天早晨，克拉作业区的员工们做完早操后，站队长以上干部就会围在一起，交流气田的运行情况，经理和书记安排当天的工作。这样的场景，十多年来雷打不动地出现在克拉作业区公寓楼前的大院里。

仔细听，这种“朝会”上谈论的事情，似乎也平淡无奇，甚至显得有些婆婆妈妈，无非是这里要注意什么，那里要防止什么之类作业区的“家常话”。而正是这些看似琐碎细小的工作，保证了这个中国最大的气田的安全运行和长期稳产。

副经理王光辉和总地质师刘峰说：“我们在这里是为油田‘守江山’，这里越平静，说明油田的‘江山’越稳当。”他们每天都像医生和护士监控生命仪一样，密切关注着克拉地下气层气藏的变化，随时准备采取措施，让气层保持平稳正常。

为油田“守江山”，为国家“守江山”，每个作业区员工心中都有一种神圣感。他们也知道自己的使命有多么神圣，说起来都感到很自豪：我们克拉在为全国几亿人供气，他们做饭取暖都离不开我们的天然气！

在克拉和塔里木的作业区，许多员工并不知道他们脚下的油气田的经济价值，有些人甚至不知道天然气一立方米的市场价，也不知道1吨油的市场价，他们只知道要千方百计保住油气田的产量，不能让油气田出任何问题，不能让产量出现非正常下降。

2013年10月起，克拉作业区每天还要处理从大北和克深气田来的1000多万立方米天然气，工作量加大了，但作业区的人员一个也没有

增加。

迪那是个有油有气，以气为主的油气田，已探明天然气储量1700多亿立方米，年产50多亿立方米天然气，产油近50万吨，油气当量在塔里木的11个油气田中位居老二。

迪那油气田发现于2001年，时逢建党70周年前夕。那年6月，迪那2井突然发生强烈井喷，为了给建党70周年献礼，大庆油田参加塔里木会战的队伍组织了敢死队，经过惊心动魄的拼死抢险，才制服了井喷，中央电视台曾经现场直播迪那抢险的感人场景。

2009年，迪那油气田投入开发。为什么从发现到开发隔了近8年，原因就是这个油气田开发的难度太大了。

迪那油气田的设备和工艺技术在国内属于先进水平，但投产当年，就出现了7次刺漏，近几年又出现阀门腐蚀和站内腐蚀穿孔，如何解决这些问题，是一个世界级难题。

作业区经理任永苍把作业区当成了自己的家，按照规定，他每年在前线工作220天就可以了，但他270多天都在迪那，书记王开国则260多天在作业区。

在一些前线职工看来，库尔勒是个繁华之地，但任永苍回到库尔勒的家里，总感到心里“不稳当”，只有回到作业区这个“家”，他才觉得踏实。稳产是硬要求，他不敢有一丝懈怠。作业区哪怕有一点点风吹草动，都会让他寝食不安。

按照油田近期的规划，迪那作业区的产能要从50多亿立方米扩大到70亿立方米。这让任永苍很兴奋，天天盼着新开钻的几口井能早日打成，盼着那里的油气早日进到迪那作业区。

塔中作业区管理的塔中油田，投产至今已经近20年，累计产油2000多万吨、产气近50亿立方米，年产量最高时曾经达到202万吨。但是，这个曾经创造过辉煌业绩的沙漠油田，如今已经有些力不从心了，仿佛一个曾经“力拔山兮气盖世”的壮士步入老年期，有些井的

含水量已高达86%，2012年，塔中油田的产量只有30多万吨了。

2005年8月，塔中1号坡折带上的塔中82井喜获工业油流，一个储量超亿吨的新油田即将在塔中诞生。第二年1月，“塔中82重大发现”被美国石油地质学家协会评为“2005年全球重大油气勘探新发现”。

塔中82井的突破，表明塔中1号坡折带成为我国第一个奥陶系礁滩相亿吨级油气田，这是塔中勘探的一个重大突破，也是塔里木沙漠勘探的又一个里程碑。

2009年5月，塔中作业区奉命接管塔中1号联合站。

塔中1号坡折带是一个高含硫化氢的油气田，塔中1号联合站也是塔里木的第一个高含硫联合站。硫化氢是一种剧毒化学气体，联合站要对油气中的硫化氢进行脱硫处理，工艺很复杂，危险性很高。

时任作业区副经理的孔伟自告奋勇，带领28个精兵强将，组成了项目筹备组。

在项目组的第一次全体大会上，平时很随和的孔伟神色肃然地宣布：在这里工作的人，连续干三周，才可以休息一周，如果谁觉得受不了，现在就可以走人。

孔伟的眼睛盯着底下的28个年轻人看了很久，结果没有一个人表示要逃走。

接下来的日子里，孔伟对这些年轻人进行了“魔鬼式培训”“魔鬼式考核”，他也成了“魔鬼导师”。

28个来自各大学的高才生重回课堂，再当学生。

孔伟说，培训很残酷。每周都考试，学多少，考多少。每次考试，都会从早饭后考到下午一点半钟。

考试成绩排在后3位的人，被孔伟送到了乙方的清沙队劳动3天。孔伟特意给清沙队的领导交代，这几个人每天必须早上8点钟出工，晚上10点才能回来，每顿饭只能吃一个菜。

其实，孔伟不是要整人，他想利用这个机会，让年轻人尝尝不好好学习的苦头。在他看来，这虽然狠了点，但对他们的成长和发展有大益。

已经调到机关工作的曹栓平，当初曾因考试成绩不佳被孔伟罚去清沙队劳动。他回忆说，那3天的经历终生难忘，也受益终生。我们每天很早就得爬起来，到几乎全是民工的清沙队去报到，然后和民工一样每人扛一把铁锨，背一个布袋，布袋里装着咸菜干粮和矿泉水，和民工们一起到公路上去清沙。民工干啥，我们干啥，民工干多少，我们也得干多少，中午不许休息。干活要吃很多苦，更重要的是觉得丢人。但是，这确实激发了我们“知耻后勇”的意志。

孔伟说，这是对他们的惩罚，也是鞭策。没有这种历练，这些年轻人将来没有多少发展空间。

6月时，孔伟又带着这些年轻人，到重庆大竹县里的四川油田一个单位去学习。四川油田应对硫化氢的工艺技术全国领先，孔伟他们来这里拜师学艺。

在大竹，孔伟他们每天早半小时上班，晚半小时下班，工作15个小时，只为了多学一些知识。

6月的重庆热得像火炉，坐着不动都汗如雨下，他们一天换一身衣服，依然挥汗苦学。

孔伟他们来重庆时，背着一箱塔中1号联合站的图纸，对图纸时，一旦发现问题，立即给四川油田设计院的专家提出来，请他们改进设计。

2010年10月6日，塔中1号联合站投产了，过程很顺利。设备由手动变自动，是个高难度的技术关口，孔伟和他的团队只花了12个小时，就顺利过关了。四川油田设计院的专家说，很多单位完成这个过程，要持续一个星期的时间，没想到你们只用了这么短的时间，干得真漂亮。

望着崭新的联合站，孔伟的胸中涌起强烈的自豪之情。他来塔里木十几年了，在3个作业区干过，从来没见过一个联合站从无到有。如今，一个崭新的联合站在自己手中诞生了，他也圆了一个梦，心里的自豪感如潮涌动。

2011年，孔伟被塔里木油田评为“塔里木榜样”。2012年，他又成为新疆维吾尔自治区青年五四奖章获得者。这年9月，孔伟成为塔中作业区经理。

让孔伟惋惜的是，2012年，塔中1号联合站被油田划给了新组建的塔中项目经理。不过，他很快就释然了，无论这个联合站归谁管，都是塔里木的财富。

有一年的8月，在离塔中作业区最远的采油二队，3个毕业不久的大学生实在忍不住寂寞和烦躁，索性脱得一丝不挂，跑到沙山里滚沙子玩，玩够了，耍累了，才悄悄溜回铁皮房里。队长追问他们赤裸裸跑到沙漠里去干什么了，这3个年轻人又不好意思承认了。

空气干燥，工作枯燥，心情烦躁，是塔里木石油人独有的一种烦恼，人称沙漠综合征。作业区员工的“三燥”，比钻井队、地震队的员工有过之而无不及。钻井队和地震队在大漠里是“打一枪换一个地方”，员工们工作和生活的环境可以一年几换，至少也可以一年一换，总可以在新环境找到新乐趣。作业区是沙海上“不动的航母”，员工们唯一的选择是坚守，苦也罢，燥也罢，烦也罢，都得忍着。在塔中和轮南，有些员工中年时来这里工作，直干到从这里退休，后半辈子都献给了这与世隔绝的瀚海孤岛。

“三燥”这东西无色、无形、无味，却是一种说不出的苦，也是一种难以排解的苦，对人的身心是一种说不出的煎熬和折磨。工作之外，最难排解的就是这个以“三燥”为内容的沙漠综合征。

塔中作业区的王琼2011年大学毕业到塔里木后，被送到一个修井队实习，全队只有她一个女生。这个在新疆最繁华的城市乌鲁木齐长

大，在重庆读大学的小姑娘，从来没有单独和一群大男人在一起，而且是在杳无人烟的地方。

两个月的时间里，她随修井队搬了 3 次家，换了 4 口井，不是大沙漠，就是戈壁滩。每天的工作除了上井，就是睡觉。每天夜里，一个人孤零零待在宿舍里，听着钻机的轰鸣声，王琼强烈地想家，想远在乌鲁木齐的爸爸和妈妈，越想心里越烦躁。老职工告诉她："你患上沙漠综合征了。"

在塔中等四周无人烟的作业区，为了排解"三燥"，有的年轻人寂寞无聊时，会蹲在沙地上数蚂蚁，有的人值夜班时，以老鼠来相伴为乐事，有的人下班后，跑到沙山上放开嗓子大声吼叫。

不是作业区的员工太脆弱，是这里的环境太荒凉。荒凉得用荒凉这个词汇来形容这里的荒凉，都显得太苍白了，因为我们的老祖宗创造荒凉这个词汇时，就没见过这么荒凉的地方。

作业区的员工们每月要在这里连续工作 18 天，才能回家休息 12 天，实在是太寂寞了。那是生活在繁华的都市和安逸的村镇里的人们无法理解的一种寂寞和孤独感。

"三燥"既主观，又客观，既有形，也无形，说到底是人们心理上的一道坎，有人却能以乐观之心面对这个"三燥"。老调度王东风是个乐天派，他已经在塔中干了十几年，饱受沙漠综合征的煎熬，却每天都乐呵呵的。年过五旬的王东风对年轻人说，谁要说在沙漠里待着不烦躁，没有一点沙漠综合征，那肯定是假话，但我们要善于发现沙漠里的美，哪怕在上班路上发现多了一朵小花，看到身边窜过一只野兔，也要好好欣赏，让心情快乐起来，哪怕是一秒钟。

在作业区里，乐观开朗的王东风和许多年轻人是朋友，他喜欢"把这种快乐的生活方式像细菌一样传染给年轻人。"他经常对年轻人说："60 岁时我会流着泪走，80 岁时我会拄着拐来看你们。"

王东风二十几年前从大庆油田调到塔里木，一直在前线工作，他文

化不高，但很喜欢看到有知识的年轻人茁壮成长。他最爱给年轻人说这样一段话："别看这里是大沙漠，这是个成才的好地方，因为在这里很少受到花花世界的干扰。你们要好好充电，有朝一日才可以一飞冲天，一览众山小。"

更多的时间里，员工们化"三燥"为力量。

张涛是四川油田西南油气分公司塔中项目部经理，1998 年以来，他带领一支 70 多人的队伍，从山清水秀的四川来到满眼黄沙的塔克拉玛干沙漠，一直在塔中作业区配合甲方工作。他们和作业区的员工一样，饱受"三燥"之苦。

这种苦，在当过兵的张涛那里激发的是豪情，也触发了他的创作灵感，曾经在部队文艺队干过的张涛，把塔中当成了他的创作基地，每年作业区筹办春晚时，他都会贡献新作品。

有一年筹备作业区春晚时，张涛作词作曲，写了一首《大漠豪情》：

换掉潇洒的时装，离开舒适的生活。
背负着祖国的嘱托，我们走进茫茫的大漠。
告别慈祥的母亲，带上妻儿的祝愿，
大漠深处的男子汉，将青春默默奉献。

漫天的黄沙，掩埋不了我们的热情，
刺骨的寒风，吹不冷我们火热的心。
苍劲挺拔的胡杨树，是我们的誓言，
高高飘扬的旗帜，指引我们奔向前。

谱曲时，张涛特意选择了铿锵激昂的进行曲式。他说，这才是我们石油人的人生基调和工作节奏。

这首进行曲式的歌曲充满豪气，自从在作业区 2006 年春晚上唱响后，就成了塔中作业区的名歌。每次唱起这支歌，甲乙方的每个人心中

都豪气满胸怀。张涛自豪地说："这可能是我给塔中留下的最好的一样东西。"

谈起塔中作业区的春晚，张涛说，大城市里的春晚讲究的高端大气上档次，我们追求的是低端内敛高品位。

克拉作业区第二处理厂厂长谭建华每天上班时都保持着积极向上的状态，他说："这不是代表我自己，我的状态代表一级组织。"业余时间里，谭建华和员工们打成一片，一起打篮球，一起散步。他鼓励大家写工作日志，亲自为新来的年轻员工建成长档案。

谭建华毕业于天津大学化学系，在这位具有研究生学历的石油人看来，我们有"三燥"的困扰，但各行各业都有自己的辛酸，不阳光不行啊！他说：在国企，给职工发多少钱，我决定不了，但我要做正能量的天使，让职工每天都过得开心快乐。

在化解员工的"三燥"困扰，向员工传递正能量的实践中，谭建华总结了一套理论：水平沟通要有肺（讲肺腑之言），向上沟通要有胆（具备职业化专业化素养），向下沟通要有心（用心交流）。

斗转星移间，谭建华感到，"三燥"问题虽然还存在，但队伍的士气越来越高了。

2005年，孔伟从东河作业区调到塔中担任副经理，上任前，领导告诉他，塔里木的未来是天然气。听罢此言，孔伟强烈地意识到，自己遇到了"能力危机"，也有了"本领恐慌症"。

孔伟过去熟悉的是采油，对天然气采集和处理的工艺技术知之不多。他不断地问自己：你现在是管生产的副经理，不懂天然气，你怎么发号施令？

每天下班后，孔伟就抱着关于天然气采集处理的书，如饥似渴地一本接一本读，读不懂时，就求教于熟悉天然气的同志。

那段时间里，读书占去了孔伟上班和吃饭睡觉之外的所有时间，"三燥"的困扰，被他抛到九霄云外去了。

半年后，孔伟成了天然气通。

塔中作业区的员工都是年轻人，平均年龄不到30岁。孔伟常常对他们说，人这一辈子，有效生命就那么几十年，8小时之外闲着不学习，是对时间和生命的极大浪费。你们来到塔中，就是一张白纸，要想成长得又快又好，首先要好好学习。

孔伟和塔中作业区的一任又一任经理、书记，上班时都是工作狂，下班后又是学习狂，年轻人被他们感染，8小时外也以读书学习为乐事，他们把作业区变成了知识更新的加油站。

无事便读书，成了塔中作业区的一道独特的现象。新来的女大学生丁凡琼经常读书到深夜，为了不影响同屋的室友，她把卫生间当成了“第二书房”，经常钻进去悄悄地埋头读书。

在“死亡之海”的深处静夜苦读，是另一种拼搏，这样的拼搏静悄悄。没有人命令他们这样，这全是他们的自觉行动。

读书成风的塔中作业区，也成了塔里木的人才基地。塔中作业区成立以来的20多年里，先后有500多人在这里工作，200多名骨干从塔中走向其他作业区和油田公司的重要岗位，有些被调往北京，成为中石油总部的部门领导和处室长。油田公司党群处的几任领导，都出自塔中作业区。有人说，塔中作业区已经成了塔里木“干部的摇篮”。

成福田1993年从重庆石油学校一毕业，就来到了沙漠。在一个狂风卷起的沙尘呛人鼻息的日子里，成福田和一位老师傅被困在一间破旧的铁皮房子里。

忽然，他们看见一个不知何时飞来的苍蝇，在玻璃窗的夹层里急得跑来跑去。老师傅指着那个胡冲乱撞的苍蝇对成福田说：“看到没有，你到了这里，就像它，前途是光明的，道路是曲折的，希望是没有的。”

听了这番话，初出茅庐的成福田心凉透了。

1994年9月，成福田来到塔中，正赶上作业区搞地面建设。干燥

的沙漠，火热的场景，感染了风华正茂的成福田，老师傅那句让他悲观消极的话，反而成了激励他在火热的建设中奋发向上的强劲动力。他在塔中工作 18 年，一直坚持在干中学，在学中干。离开塔中作业区时，成福田收获了 3 个国家专利和多个油田公司创新创效成果奖，担任了作业区副经理。2012 年，成福田成为塔北项目经理部油气运行部主任。

每个作业区都是塔里木油田的窗口，也是塔里木石油人心灵的窗口，透过这些窗口看过去，可以看见塔里木石油人的精神风貌，也可以看到他们的内心世界。这里没有“一切向钱看”，每个人都认为油气比天大。这里没有心浮气躁，只有默默坚守。这里没有物欲横流，只有爱岗敬业。这里没有钩心斗角，只有互相关爱。这里没有花天酒地，只有艰苦奋斗。这里没有卿卿我我，只有顽强拼搏。这里没有萎靡不振，只有意气风发。这里没有自由散漫，只有纪律严明。这里的青春不迷茫，这里的人生很精彩。

近些年来，一批又一批作家记者从全国各地来到塔里木，塔中、克拉等几个大作业区是必访之地。在特殊的环境里，他们遇到了一群又一群职业很特殊，情怀更独特的人。他们听到了一个又一个动人的故事，每个故事里都涌动着“我为祖国献石油”的痴情，沁满了“只有荒凉的沙漠，没有荒凉的人生”的自豪。他们在采访本上记下了密密麻麻的故事，心里也有说不尽的感慨。他们怀着向往来，带着感动走。

许多作家记者陷入深深的思考：在如此艰苦的环境里，在如此枯燥的岗位上，这些石油人为什么这样快乐，这样执着？

一位北京来的老记者走访了塔中和克拉作业区，临别时感慨道，我很荣幸，我在这里看到了民族的脊梁，认识了一群大写的人。

第五章　“死亡之海”上的“三国演义”

来到塔克拉玛干这个石油勘探开发的大争之地，凡有血性，皆有争心。

2012 年，一支骂骂咧咧走进塔克拉玛干沙漠的“川军”，在塔中年进尺突破 2 万米，创造了塔克拉玛干沙漠钻井史上的最高纪录。

一个井队一年在沙漠里打井进尺 2 万多米，既为油田节约了时间，加快了勘探进程，又节约了大量资金，塔中项目部给这个钻井队奖了 300 多万元。

这消息像一声惊雷，在塔中几十个钻井队上千人的心中掀起一阵巨澜，也震动了三家钻井公司的领导。

引发这场“三国大战”的二勘公司 70545 队，来自四川。2010 年 5 月到沙漠后，在塔中的几十个钻井队里曾经是出了名的落后队，井场脏乱差，钻井进度慢，多次遭到甲方的斥责，差点被撵回老家，谁也没想到，这么个丑小鸭，居然变成了金凤凰，放了这么大的一颗卫星。

在这个面子和票子都重要，甚至票子比面子还重要的年代，二勘

70545 队创造的这个指标，把其他井队震得坐不住了。都在这一片沙漠里打井，用的都是 7000 米钻机，地质条件都差不多，大家同台竞争，一样的千辛万苦，一样的千方百计，为什么干不过那个曾经的落后队？

最受刺激的是三勘的队伍。三勘的队伍来自中原油田，1999 年前与中石油是一家。当年塔里木大会战时，新疆、四川和大庆、胜利等 6 个油田的钻井勘探公司参战，会战指挥部按照参战队伍来塔里木的先后确定钻井勘探公司的名号，中原油田的钻井勘探公司被列为三勘。后来石油系统重组改制，把中原油田划给了中石化，三勘的队伍和建制依然留在塔里木。

原来给“本家”打井，现在给“亲戚”打井，三勘的队伍兢兢业业，格外卖力，生怕丢了“面子”和“里子”。在塔中的 20 多个钻井队中，甲方上下一致认为，三勘的 6 个钻井队综合素质最好。有一年，70811 队也铆足了劲要创造年进尺 2 万米的纪录，可惜只打到 19000 多米，没有冲上 2 万米大关。2013 年初，中原钻探公司派出了他们的标杆队 70619 队，参加这场夺标之战。

二勘（川庆）、三勘（中原）、四勘（渤海）3 家勘探公司的 3 个钻井队，为了创造一个钻井纪录，也为了他们的光荣与梦想，上上下下都争红了眼。他们追求看得见摸得着的效益，更渴望获得象征集体和个人价值的荣誉。

这是强者与强者的较量，拼的是实力，争的是荣誉，求的是实效，他们为国家争油气，为自己添光彩。

在这场大漠争雄战中，3 个钻井队的争雄之心和争强之能碰撞出的火花，这一群好男儿在“死亡之海”上追逐钻井纪录时的铮铮铁骨和绵绵柔情，他们抛洒在沙海里的汗水与泪水，闪耀着塔里木石油人油气报国的精神之光，让人感奋，也令人唏嘘。

“咆哮哥”困境中“吼”出奇迹

“突破两万米，献礼十八大”的红色横幅，在二勘70545队的井场上格外鲜艳，成为金色沙海里一道靓丽的风景。

再过几十天，一个破天荒的钻井纪录，就要在中古541H井诞生了，全队上下人人脸上都带着笑。时令虽然已经是初冬，井场上的气氛却热烈得有些发烫。

热烈欢快的气氛中，平台经理车勇笑得最灿烂。

回想两年多前初到塔克拉玛干时他和这个队的表现，车勇在心里暗暗骂自己。

2010年春末，接到上新疆塔克拉玛干沙漠腹地里打井的通知，70545队上上下下人人都憋了一肚子怨气。

5月的“天府之国”美如天堂，花儿争着开，树叶抢着绿，谁看了都养眼养心。

在这个空气中弥漫着花草香味的季节里，70545队的员工们满腹怨气离开了美丽的家乡成都，奔向新疆南部那个叫“死亡之海”的塔克拉玛干大沙漠。

这个叫塔中的地方，在“死亡之海”塔克拉玛干沙漠的中心，沙山沙丘起起伏伏，无涯无际，眼前一丝绿色都没有，但这里的天很蓝，云很白，白亮白亮的太阳从早到晚都挂在高高的天上。

青山绿水里长大的人，哪里见过这奇特的光景啊！

“大沙漠没有想象的那么可怕嘛！”这些四川人变得高兴起来了，工作之余，嘻嘻哈哈地爬沙山，拍照片，快乐得像一群大男孩。

十几天后，一场沙尘暴光顾了塔中，这些四川人才领教了塔克拉玛干风沙的厉害。大风一起，前几天还温柔敦厚的沙丘突然间似乎全疯

了，粉尘状的沙粒在大风中疯狂地飞舞，空气里飘着沙子，饭菜里沾着沙子，钻进床单上被子里的沙子扫不净也抖不净，晚上睡觉时沙尘的味道能把人呛醒了。

餐厅和宿舍里，骂娘声此伏彼起：格老子，这是啥子鬼地方嘛！

思乡怀亲的情绪，瘟疫般在员工们的心头流窜。

许多人热切地怀念起在四川打井的幸福时光，“那是在花园里打井啊！”

有人说，在这里，我们是干在沙子里，吃在沙子里，睡在沙子里，血管里流的都是沙子。

有人算起了收入账和情感账，在沙漠里打井，去掉“沙贴”，挣的钱和四川差不多。离家那么远，也没法陪老婆娃儿耍。

不止一个人说：“不干了，回四川去！回到四川，撒尿都不朝这个方向尿！”

有关系的员工，悄悄地调回四川了。

吃不了沙漠打井苦的民工，跑到沙漠外面的井队干去了。

平台经理车勇生在青山绿水里，长在山清水秀中，从来没在这么艰苦的环境里打过井，他也有一肚子怨气，甚至也打过退堂鼓，还不止一次地动了回四川的念头。看见脏乱差的井场，他懒得管；知道钻井进尺打得慢，他没心抓；员工们牢骚怪话满天飞，他也很少批评，放任不管。

车勇当然明白，他从四川带来的这支队伍总是在思乡和抱怨中徘徊，是万万不行的。四川纵有千般好，只能在梦里思念。塔克拉玛干的环境虽然恶劣，既然来了，就该在这里好好干，但不知什么原因，他总也打不起精神鼓不起劲，他甚至有些天真地想，就这样慢慢干，甲方如果不满意，我们就卷起铺盖回四川，回到家乡打井去。

车勇曾经向塔中项目经理部的领导流露了想回四川的意思，结果碰了个软钉子：“你想回就回去吧。这地方，你们不想打井，有的是人愿

意来。”

2010 年过去后，车勇一算账，先自吓了一大跳，井队来塔里木大半年，打了 7000 多米井，给公司亏了 2000 多万元。

2011 年初，川庆钻探公司总经理助理兼二勘经理陆登云找车勇谈话了：“把你这个队打散了，重新组建吧！”

陆登云是川庆勘探公司在新疆片区的前线总负责人，他曾几次到 70545 队检查，知道车勇是个闯将，也知道这个队到新疆后进度慢，效益差，有许多客观原因，但二勘在塔里木有 33 个井队，在塔克拉玛干沙漠里有 16 个井队，不能允许一个队这样长时间消极怠工没效益。

车勇一听马上就急了，如果这样搞，我就成了 70545 队的罪人，也对不起我从四川带来的这些弟兄啊！

车勇的血性一下子被激活了，他噌地站起来说：“陆总，给我一年时间，如果还搞不上去，不用你说，我就把自己炒鱿鱼，自动卷铺盖走人，滚回老家去。”

在一切危机中，生存危机是最大的危机。陆登云走后，车勇召集大班以上的骨干开会。他对大家说：“去年我们没干好，效率低，效益差，有许多客观原因，例如观念没转变，生活不习惯，地层不熟，井下复杂，对塔里木的管理体制不适应，但关键是我们没有好好干，心思没有全部用在打井上。来到这大沙漠，你们想家，我也想家，想家的思想害了我们。现在，我们面前摆着三条路，一条是回去，一条是回去不到，一条是把活路干好。前两条路，大家就不要想了。回到四川，就丢人了，丢大人了！四川出过阿斗，我们这些人不能当现代阿斗，让甲方和兄弟井队的人瞧不起，给父母和老婆孩子也没法交代。我们只能在这里背沙一战，必须在沙漠里站住脚，而且要站稳当了。我们这个队不能让公司给打散了，也不能让人家给轰回去，那样我车勇就对不起大家。想走的，我们留不住，那就像毛主席说的，‘天要下雨，娘要嫁人’，由他去吧。留下的，都给我雄起！”

车勇带头“雄起”了。这一年，车勇一心一意抓打井，聚精会神带队伍。他和副经理兼工程师代斌在井队值班的日子里，每天都在井上盯着，晚上睡觉都没脱过衣服。打井中，车勇和队上的骨干们研究地层，寻找原因，总结经验。

这一年结束后，70545 队不仅没亏损，还给二勘公司盈利 200 多万元。

打了一个翻身仗，车勇的心气也变高了。

2012 年春节后，车勇的队正在打中古 512C 这口侧井，陆登云又来了。陆总这次到塔中，要给大家打气鼓劲。前不久，二勘的一个队伍在塔里木出了安全事故，二勘在塔里木的形象受到严重影响，几十个井队的上千名员工士气低落，陆总怕车勇的队伍受影响。

陆总说明来意后，车勇觉得机会来了。

车勇站起来对陆总说：“今年我们队要上两万米！”

陆登云眼睛一亮，这完全出乎他的意料。20 多年来，在塔克拉玛干沙漠里打井的队伍有近百个，从来没有哪个钻井队一年能打两万米进尺，上万米都不容易。如果车勇的队伍一年能打两万米，那就给二勘的队伍打了一针强心剂。

“不过，我有个条件，一不要试油，二不等井位。”车勇接着说。

陆登云答应道：“好！我和甲方协调一下，你等我回话。”

几天后，陆登云告诉车勇，塔中项目经理部的领导很高兴，表示一定大力支持并配合 70545 队创造年进尺两万米的行动。

“两万米目标”的消息，像风一样在 70545 队的员工中传开了。员工中说啥的都有，许多人认为不可能。在四川，一个队一年也就能打七八千米，没听说过哪个井队一年能打一万米。在塔克拉玛干沙漠，也从来没听说哪个钻井队一年能打两万米。

“车经理的牛皮吹得有点大噢！”有人半是担心半是调侃地说。

“打个锤子两万米噢！”有的员工气鼓鼓地说。

车勇说："我给陆总表态要上两万米时，其实心里也没有好大的底气。但是，我是一个共产党员，又是'油二代'，组织培养我这么多年，刚来塔里木那半年没有好好干，已经对不起公司，对不起组织这么多年的培养。现在公司有困难，我这个平台经理要有责任感，要有担当，再不能对不起组织了。"

他对员工们说，如果我们队今年上了两万米，大家的效益自然就上去了。再拿几个荣誉牌子，挂在队部里，那是多么光彩的事啊！当然，目标是目标，能不能搞得到，我也不知道，但我们必须像两万五千里长征，一步一个脚印朝这个目标跑。只要你尽心了，努力了，又不出安全事故，就问心无愧了。

他对骨干们说，大班们必须确保各尽所能，泥浆工程师要多配几套泥浆体系。各班组是执行者，要不折不扣地严格执行工作指令，各工序要衔接好，谁也不许偷奸耍滑。

骨干们的思想通了，但一些员工还是不理解，甚至有对立情绪。

车勇要上两万米的那股劲，这阵儿谁也拦不住了。在钻井队工作多年的经验告诉他，特殊时期，必须用铁手腕治理队伍，关键是管好安全管住人。

员工们发现，平时很随和的车经理，经常在井场上咆哮。

车勇说话的声音本来就大，井场上的噪音也大，他就经常把声音提高八度，在井场上吼着说话，听着就像在咆哮。

车勇说，我就吼两件事，吼安全，吼进度。安全是一票否决，绝对不能出一点差错。进度上不去，两万米就达不到。

车勇一吼起来，说话就不那么好听了。

一名年轻人干活时没有按照甲方的安全规范操作，有安全风险。车勇恨恨地骂道："你不要命啦？要死就死远点，别死在我的队上，别死在这个地方！"

一名年轻人在钻井平台上不系安全绳，车勇咆哮着训斥道："你出

了伤亡事故，对不起任何人，你一不小心走了，害了几家人啊！”

一名年轻人嫌太苦太累，车勇咆哮着教导他：“苦啥子苦？你当了泥鳅，就必须沾一身泥巴！”

有位年轻人觉得在沙漠里干得这么苦，人生不如意。车勇吼着告诉他：“人生肯定有很多不如意，要想都如意，你去当皇帝。当了皇帝，三宫六院你也没法都陪着睡瞌睡，还是不如意。你不能改变现实，就去适应环境，这是我们的生存之道。”

一位50多岁的老工人违反了操作规程，车勇照样毫不留情地咆哮着严厉批评他。

有位员工对车勇说：“你要讲和谐！”

车勇吼着回答他：“和谐不是好吃懒做。我批评你两句，就不和谐了？你先把自己分内的事干好，再来跟我讲和谐。该你干的活，你没干好，我就得批评你。我把该你干的活干了，要你做啥子？”

井队搬家安装时，车勇在井场上吼得最凶，咆哮得最厉害。在井场上，他在哪里发现问题，就在哪里咆哮。他说：“每逢搬家安装，我吼得最凶，天天都在咆，天天都在吼。”

搬家安装是车勇和员工们最头痛的事。过去在四川打井，井队一年最多搬两次家。到了塔克拉玛干沙漠，要想上两万米，一年至少要搬4次家。2012年，他们就搬了5次家。打完一口井，就得搬一次家。在四川，搬一次家，用半个月时间属正常。在这里，一星期之内必须完成搬家安装。一些员工对争两万米有畏难情绪，就是嫌搬家安装的次数太多。冬天，沙漠里泼水成冰；夏天，沙漠里的沙子能烤熟鸡蛋。但搬家安装时必须快节奏高效率工作，员工们啥罪都得受，啥苦都得吃。这时候，人最辛苦，也最容易出问题。

车勇说：“为啥子不咆哮嘛！一台7000米钻机，上万个零部件，要把它安安全全拆下来，吊装、焊接、运输，是一个很复杂的系统工程，而且都是高危作业。我不咆哮，万一谁从几十米高的地方摔下来，造成

人身伤害，他就会终身记恨我。现在我咆哮两下，他当时记恨我，过后想想就不恨我了，所以我就咆哮。”

看见有些新来的员工不会干，车勇就赤膊上阵，干给员工看。他说，老话讲，“干部干部，先干一步”，现在改革开放了，这话也没有过时嘛。作为一个领导，单靠吼还不行，你只有身先士卒带头干，才能带动一大片。

面对这个经常咆哮经常吼的平台经理，俏皮的员工们在背地里给他起了个外号：咆哮哥，咆哮经理。这外号是调侃，也透着几分亲切。塔中项目经理部的总工程师李怀忠和二勘的塔中经理部经理杜升平经常见车勇在井场上咆哮着训员工，也给他起了个外号：车咆哮。大家给车勇起这个外号是打趣调侃，也有几分赞赏。

车勇听到大家给他的这些封号后，也不恼，他笑着说：“我又不是疯子，也没有神经病，可是不咆哮不行嘛！”

一位常到70545队的甲方监督很欣赏车勇这个“咆哮经理”，他对员工们说：“你们车经理是个有一副狼性的领导，你们跟着‘狼队长’有肉吃，有骨头啃。跟着一个狗队长，你们就得去吃屎，就吃不上肉和骨头了。”

说来也怪，车勇的咆哮激发出的是满满的正能量。在车勇的咆哮声中，70545队员工们的心慢慢静下来了，人心里顺了，士气也越来越旺了。不仅一个安全事故都没出，钻井进尺还噌噌地往上蹿。7月份打40-1井时，从搬家安装到打完井，只用了40多天，就打了4000多米。再往后就越打越快，越战越勇。当初嫌车勇管得太严离开的员工又后悔了，纷纷要求再回70545队。

夏天时，队里的员工听说三勘和四勘的队伍在悄悄地和他们队摽着干，纷纷去打听那几个队的进尺，回来争先恐后地向车勇报告“敌情”。车勇听了心里很高兴，看来，队伍的人心凝聚起来了，大家都一心向上了。

车勇经常咆哮，但他并非以“吼”治队。他在井场上吼得暴风骤雨萧萧下，私下里却是春风细雨润无声。

70545 队的员工都知道，他们的车经理是阎王脸孔菩萨心。严肃的批评之后，又会和颜悦色地给人讲道理。

车勇说，其实我就是个农民工头，但只用一种方法带队伍，光靠骂和吼是建立不起威信的，不知道变化工作方法，那就失败了，就要被淘汰了。

他找到那位被他吼过的老师傅，诚恳地说：“今天我的脾气有点大，把你咆哮了一下，也是出于不得已，现在给你赔个不是。你是老师傅，违反了操作规则，我不批评你一下，年轻人就会学你的样儿，出了问题就是大事情，造成了损失就没法弥补，你也得往出掏票子喽，大家还会用白眼看你啊！”说得那位老师傅满脸愧色地直给他做检讨。

他找到那个嫌苦嫌累的小伙子，大哥哥一样推心置腹地对他说：“一个男子汉，你必须经历很多艰难，才能成长、成熟。小时候，父母给你遮风挡雨，将来你要给父母遮风挡雨哟！年轻时吃过好多苦，你才有藐视各种困难的底气，以后再苦再累，就不在话下了。”

对那些出工不出力的员工，他在休息时找他们谈心：“公司给了我们 70545 队一个舞台，唱戏的就是我们这些人，我们要共同唱好这台戏。队上给每个员工一个岗位，就是给你一个舞台，你要在这个舞台上把该你唱的戏唱好。你的戏唱不唱得好，要看你自己。你们想要实惠，就要好好干。你们干好了，井打得快，打得好，我去上面去给大家争荣誉，争实惠，才有底气嘛！虽然说‘爱哭的孩子有奶吃’，我总得有个理由嘛！”

车勇这些入情入理的话，员工听得心服口服，第二天就风风火火地干起来了。

一次搬家安装时，一个 20 多岁的小伙子给家里打电话：“妈妈呀，这里好苦噢！一天到晚在刮风沙，夏天好热好懊火，我喝了那么多水，

还是口干啊!”

车勇听到小伙子的这番话，心里酸酸的。他知道搬家安装时他的员工有多苦多累。夏天，一个班要连续干十几个小时，一个班一个人要喝掉一箱水，七八公斤矿泉水喝下去，小伙子们都不会撒一次尿。

他下令，夏天搬家安装时，西瓜随便吃，藿香正气水备足了，防止中暑。在沙漠里的地面温度能烤熟鸡蛋的时候，他让员工们避开最热的中午 1 点钟到下午 5 点钟这段时间，安排大家 1 点钟吃饭，休息到 5 点钟再干活。冬天搬家安装时，他让人在井场外架起篝火，让大家把冻僵的手脚烤暖和了再干活。

为了两万米，员工们干得特别累。大班王应江和许多工友最累时第二天不想起床；上夜班时队上送到井场的加餐来不及吃。刮风沙时，下班后大家都变成了熊猫，原来是干活时脸上捂着防沙镜，只剩下两个眼眶是干净的。彭超海说：“原来我挺白净的，现在变成黑娃了。”

为了两万米，全队最累的是车勇。7 月时，车勇顾不上理发，脸色发黑，一副很憔悴的样子，就匆匆回到四川休假了。媳妇一见他，非常惊讶又很心疼，忙问车勇：“你又黑又瘦，是不是在新疆生病了?”

车勇淡淡地笑笑：“我没啥子的。”

“那你怎么老了好几岁?”

车勇说：“没有啊! 明天把头发一理，就精神了，又是帅小伙了嘛。”

媳妇叹了一口气：“你出老了，老了一大头噢!”

车勇在镜子里仔细瞅了瞅自己，心里轻轻一叹，真的是老了好几岁!

他能不快速变老吗? 在井上，他虽然每天都在咆哮，吼了这个吼那个，看起来像钢铁一样坚强，但其实他的压力比谁都大，每天都在提心吊胆中度过，神经总是紧紧地绷着，只要井上出一点情况，哪怕是半夜三更正在梦乡，他都会爬起来跑过去亲自处理。

有一回，井下出现异常，他和工程师在井上连轴转了将近40个小时，直到一切正常了，他们才回到营房车里休息。

10月19日，在541H井，距两万米还差3000米了。全队奋战了一年，眼看着当初认为不可能实现的目标就要实现了。

那几天，70545队的士气高昂到了极点，醉人的喜气天天在井场上荡漾，人人脸上洋溢着无法形容的喜气。

车勇感到，员工们看他的眼神都和过去不一样了。他听到有些员工悄悄地议论说："车经理是能干噢!"车勇后来得意地说："那几天，我随便批评他们吼他们，兄弟们都高兴。"

员工们高兴，领导们也高兴，车勇当然更是乐得浑身上下的每一个细胞都在笑。

二勘的经理陆登云从库尔勒驱车500多公里，专程到70545队检查慰问大家。陆总一扫年初到井队时的凝重和沉闷，笑眯眯地望着满脸喜气的车勇说："年初的时候，你说要上两万米，我还以为你小子是逗我高兴呢!"

车勇笑着说："军中无戏言，这么大的事，我哪里敢乱讲嘛! 我是经过测算的，通过实现一个一个小目标，来实现两万米这个大目标的哟!"

陆登云拍了拍车勇的肩膀说："好样的。我这次上来，一是给员工们打气，一是给你小子敲警钟。你们的果子已经成熟了，两万米已经是唾手可得了。按照塔克拉玛干沙漠打井的经验，你们再有十几天时间，就可以冲上两万米大关了，这已经是没有悬念的了。在这关键时候，不能出任何差错，你要确保安全达到两万米，不要在爬最后一节梯子的时候摔下来。"

11月19日，当钻井进尺突破了两万米大关时，井场上沸腾了，欢呼声在沙山间久久回荡。

车勇说，那种激动喜悦的心情，谁也没法用语言形容。

人类在塔克拉玛干沙漠的石油钻探史，最早可以追溯到1989年的塔中1井。自此以来，先后有近百支钻井队在这个被称为“死亡之海”的大沙漠里打过井，没有一个钻井队在一年时间里的钻井进尺达到两万米。现在，来自四川的70545队，把年进尺20000米这个破天荒的钻井纪录，写在了这个大沙漠的钻井史上了。

这是一个里程碑式的纪录。

在喜洋洋的人群中，泥浆工程师李月明显得格外高兴。他已经年满花甲，今年就要退休了。实现了两万米，他的钻井人生就可以画上圆满的句号了。他有高血压病，前些日子，孙子给他打电话，说“爷爷，我想你了，记得吃药。”他想请假回家，车勇劝他，我们正在向两万米冲刺，机会难得，你再坚持坚持，等完成两万米之后再回四川看孙子吧。他庆幸自己听了车经理的劝告，在最困难的时候坚持过来了，见证了这个历史纪录的诞生。退休回家后，他可以自豪地给孙儿讲自己在塔克拉玛干沙漠里创造两万米纪录的故事了。

看到自己当初确定的目标变成了现实，回想这一年来全队上下付出的千辛万苦，车勇感慨万千。

当日晚上，车勇特意让生活组给大家加了两个菜，以示庆祝。

塔中项目经理部驻前线的领导来了，二勘的领导也来了，全队在新疆的员工们都来了，餐厅里的气氛热烈得像过年。

英雄们庆功该煮酒，但塔里木油田在生产一线禁止饮酒已经有多年。热烈的掌声中，车勇举起一杯果汁，无限感慨地说：“兄弟们，项目部的领导们，翻过这道坎，风景无限好，我很欣慰。我感谢大家，谢谢大家这一路磕磕绊绊不离不弃地陪着我，和我车勇一道完成了这个目标。当初，我没有和大家商量，就定了两万米的目标，大家都支持我，理解我，我们把这个好多人认为‘不可能’的目标实现了，我们在大沙漠里扛起了‘提速提效，快速打井’的旗子，这荣誉是我的荣誉，更是大家的荣誉！我车勇没啥子，功劳是我们全队52名员工的功劳！”

窗外的沙山沙丘静悄悄，它们在静悄悄地倾听，倾听这些创造了一段辉煌历史的中国汉子讲述心中的辛酸与喜悦。

“油队长”抱病体勇夺冠军

李敏有个雅号叫“油队长”。在塔里木，各钻井队“一把手”的官名为平台经理，但中东部油田钻井队的员工还是习惯于把他们的领导叫队长。

杜鲁印刚从别的队调到70592队后，很想认识他的新队长。他跑到井场上去打听，有人指着正在干活的李敏告诉他，“那就是咱们的李队长。”

杜鲁印看到，李敏红色工装上的油污和身边的几个员工几无差别，杜鲁印以为搞错了：“这是队长吗？衣服穿得这么脏，哪个队长也没穿过这么脏的衣服嘛！”他见过的队长，几乎都是穿得干干净净，站在员工旁边发号施令的人。

杜鲁印后来发现，他的队长李敏不仅经常和员工们吃在一起，也和大家干在一起，员工们身上的油泥有多少，他的身上也有多少，杜鲁印感叹道：“咱们的队长就是个油队长！”“油队长”这个雅号，后来在70592队就不胫而走了。

二勘的70545队创造了年进尺两万米的纪录后，四勘的井队不服气，最不服气的是70592队的“油队长”李敏。

四勘在沙漠里有8个钻井队，来自华北和大港油田，当初往塔里木派队伍时，选的都是精兵强将，有几个队已经在沙漠里干了几年，实力并不差，士气也不低，怎么就干不过川军呢？

2013年初，李敏的70592队代表三勘，走进了在沙漠里竞争年进尺两万米的大“战场”。

上了“战场”，李敏才知道“杀敌容易立功难”，对车勇这个对手和榜样也充满了敬意。

年终将至时，李敏那张绷了快一年的小脸上，终于有了开心的笑容。

12月22日，70592队的钻井进尺已经达到19739米，再打261米，冲刺两万米大关的目标就实现了，他的心里那个美呀！

李敏掰着手指头数了数，离2013年的最后一天还有9天时间，他已经做好了部署，只要在井上搞测试的队伍一撤，他们马上就向那最后的261米冲刺。

塔中地区20多个井队的钻井进度，李敏每天都能从甲方的通报中看到，二勘、三勘与他竞争的井队，还没有一个队的成绩超过他们。

胜利在望的时候，李敏感慨道：“今年是我到塔里木后最难的一年。”

2013年春节刚过，公司领导在电话里通知李敏，我们四勘今年要有一个队突破两万米，这任务就交给你们了。

李敏算来算去，不行啊！去年全队很努力，总共才打了12000多米。今年已经过去了将近两个月，才打了284米，只剩下10个多月时间了，还要完成19000多米进尺，希望太小了。我们队完不成任务事小，影响了全公司的声誉，我负不起这个责任！

李敏赶紧给公司领导打电话，想把这个任务推掉。领导在电话里说，这事没商量，既然定了让你们上，你就不要讲价钱了。

其实，李敏很渴望荣誉。他刚参加工作时，在大港油田也创造过一些小纪录，井场上敲锣打鼓庆祝，上级又送猪又送羊，让年轻的他尝到了荣誉带来的精神荣耀和物质成果。

带着队伍从天津到了塔克拉玛干沙漠后，他也曾想创造个新指标，可这里的井太难打，不是探井，就是评价井，不是侧钻井，就是水平井，不像打直井和生产井那么痛快。井下情况还很复杂，不是往下漏，

就是往上涌，要么就是既涌又漏，不可控的因素太多。一年要上两万米，太难了。现在，领导把冲刺两万米的机会给了我们70592队，虽然压力很大，但也是个机会，他不能因为胆怯，浪费了这个机会。

李敏想，带队伍就像打仗一样，只能进，不能退；只能上，不能等。

晚上，李敏在全队的骨干会上宣布了公司领导的决定，请大家表态。骨干们七嘴八舌地议论开了，有人赞成，有人怀疑，有人觉得干不成。让他欣喜的是，多数人是赞成派。

开会前，李敏和书记何三军已经达成了共识，决意接受这个挑战。现在，他见大家说得差不多了，便总结道："这是个好事啊！刚接到领导的电话时，我也想不通，为啥要把这么重的任务交给我们呢？这个压力太大了。后来我仔细想了半天，越想越觉得这是个好事情。我们队到新疆，在塔克拉玛干沙漠里干了两年多，没少吃苦，没少受累，还没有创过好指标，对不起自己啊！二勘车勇那个队原来是个落后队，他们都能创指标，咱们为啥不行？不争馒头争口气。咱们前年打了7300多米，去年打了12000多米，一年跨上一个大台阶，说明我们这个队有潜力。只要我们努力，肯定能行。再说了，公司领导选我们创两万米指标，是看得起咱们，信任咱们，我们不能给脸不要脸哪！如果今年我们冲过两万米大关，甲方给咱们奖上几百万元，再弄个大奖牌往咱们这办公室一挂，咱就名利双收了，那是多气派多荣耀的事啊！"

李敏这一番话有骨头有肉，说得骨干们热血澎湃，大家异口同声吼道：干！

这次会议决定：一切为了两万米！为了确保实现两万米，干部由以往的干60天休30天，改为干60天休20天。搬家安装时，全队员工停止休假，一律回到队上干活。

李敏没想到，消息一传开，员工的家属们反应最强烈。头几天，经常有家属从天津和大港油田打电话给他，质问的，抱怨的，不理解的，

说难听话的，一齐向他涌来了。

有一位家属在电话里气呼呼地问李敏：人家有创这个的，创那个的，没听说像你们创这样的，创上能咋的？我们要的是正常的家庭生活！

李敏不急不躁，他知道，这些石油人的媳妇都不容易，男人们常年在外面打拼，而且是在新疆的沙漠里，女人们既要正常上班，回到家里还要啥活都干，啥事都管，够难为她们的。现在为了争上两万米，就得打破常规，员工们要比过去多付出，家属们又得多受苦累，多忍寂寞，多点牢骚怪话可以理解。

李敏一会儿一声“大嫂”，一会儿一声“弟妹”，笑呵呵地在手机里挨个儿给这些“后勤部长”们做解释，“实在对不住啊……”临了都有一句关键话：“请你支持，谢谢支持。队上有啥好事，我一定想着您哪。”

李敏更没想到，自己的“后院”也起火了。他爱人帅霞在大港油田搞财务，一个人在家带6岁的女儿，还要伺候婆婆和自己的父母。原先，李敏基本可以按时回家倒休，虽然时间不长，总能给她减轻些负担。现在，李敏要带队伍提速提效创指标，看来啥事都指望不上了，帅霞的心里就有气。

每天，李敏都会给帅霞打个电话，这是他们俩多年来雷打不动的规矩。他们谈恋爱时，李敏在青海打井，帅霞在重庆读书，相隔几千里，两人谈恋爱，就靠天天打电话。李敏到新疆后，两人还是一天一个电话。

电话里，帅霞对自己的男人说话没遮没拦，满腹的苦水，满腔的怨气，一股脑儿从天津飞向沙漠里的李敏。李敏知道欠了人家的情感债、家务债，在媳妇这里就说不起硬话，只有一听二劝三哄着。

最让他无奈的是，帅霞常常会新账老账一起算，“都是些陈谷子烂糠，说起来就没完没了，都能写成一本书了。她经常是边哭边说，边说

边哭，你听着烦，不听还不行。”

帅霞的唠叨让李敏心里烦，但他也明白，帅霞虽然每天絮絮叨叨，说话不中听，其实骨子里是心疼他，怕他为了两万米，把身体搞垮了。

李敏的身体还真不争气。7月初，他经常觉得浑身没劲，眼睛看不清东西。他纳闷，甚至有些害怕，这是怎么回事，他才三十几岁啊。

帅霞在大港向一位医生朋友描述李敏的症状，医生朋友严肃地说，这是特殊的家族遗传病，他在沙漠里长期熬夜，这样下去很危险，必须尽快做胃转流手术，进行胃肠改造，否则后果不堪设想。

李敏只好乖乖地回到天津做手术。

这是一个大手术，从早上到中午，手术进行了将近5个小时。

手术后的李敏，胸部缠着一大片束带，已经虚弱不堪，躺在床上，心里还惦记着他的沙漠他的井。每天，他至少要给队里的同事打一个电话，问钻井进尺，问井上情况，问员工思想状况……

7月24日，书记何三军在电话里对李敏说，井下出现溢流，正在停钻压井，甲方的许多领导都在现场。

李敏在家里躺不住了，他决定立即赶回塔克拉玛干。

此时，他从手术台上下来才半个月。

帅霞坐在床头，拉着哭腔劝：“你不要命啦！你的刀口有十几厘米长，现在还没长好，这个样子，怎么能到沙漠里去？”

井上的事比天大。这时的李敏，像一头被斗牛士手中的大红布召唤的犍牛，帅霞哪里拦得住！

帅霞苦劝不灵，把电话打给了钻井公司党委办公室领导，党办的领导也劝李敏先好好养病，李敏还是执意要去新疆。

帅霞见李敏软硬不吃，便使出了绝招，索性把他的身份证藏起来了。

李敏好说歹说，帅霞就是不给他身份证。

帅霞以为，扣下李敏的身份证，他就走不成了。

帅霞能扣下李敏的身份证，却扣不住李敏飞新疆的心。李敏“水路不通走旱路”，急忙找同事帮他订了第二天北京—乌鲁木齐—库尔勒的联票。到了北京机场，他补办了一张临时身份证，登上了西去的飞机。

到库尔勒后，李敏出了机场，钻进一辆越野车，径直向500多公里外的沙漠里狂奔而去。

手术后的刀口，还没有愈合。车子颠簸时，伤口就锥心的疼，李敏咬着牙，悄悄地忍着。

他不怕疼，心里只有一个愿望，车子快点跑，早一点到塔中，早早压住井下的溢流。他对司机说：“只要不违章，能跑多快就跑多快。”

早一点到塔中，早一刻压住溢流，就能正常钻进了，离两万米的目标就近一点了。为了这些，他什么都愿意忍。

赶到沙漠里的井场时，已是凌晨3点多钟了。

这一天，李敏天上地下，一日行程逾万里。

在天津大港到新疆沙漠的万里行程中，汽车里和飞机上的李敏，就像一个不穿军装的伤兵。

他不是走下战场的伤兵，他带着伤痛，昂然走上没有硝烟的“战场”。

到了井场，李敏匆匆吃了点饭，就捂着胸口猫着腰，龇牙咧嘴爬上井台，组织员工压井。

大漠的夜幕下，绰绰灯影里，李敏身上的白色束带，在红色工服里一闪一闪，他疲倦的脸庞，显得更加疲倦了。

9月的一天，李敏来到二勘的70545队，向车勇拜师学艺。虽然同在塔中地区打井，两个人还是第一次会面。

车勇知道李敏的队今年正在冲刺两万米，但他一样把李敏这个对手当朋友接待。车勇没掖没藏，这位老冠军把去年70545队提速创指标的秘籍，向李敏和盘托出。

回井队的路上，李敏感叹：“过去只看见贼吃肉，没看见贼挨打。成功不是偶然的，要想成绩好，只有多付出，没有别的办法。”

在李敏身后，各班组正在开展劳动竞赛。这场旷日持久的大竞赛，激活了员工们的荣誉心，他们已经不再是那种只为钱干活的人了。

贺小林和杨潭伟回忆当初的情景，依然激情澎湃：“大家每天都在算账，看哪个班打得快。白班和夜班交接时，先观察上一班技术员的脸色，一看人家技术员是笑脸，就想着坏了，人家肯定打得好，因为接单根等等活儿，每个班组都有自己的小秘方。知道了人家那个班干得好，我们就找原因，想办法超过他们的进尺纪录。白班干得快，我们晚班就请教他们的技术员。”

各班组就这样追着干，赛着打，谁也不服谁，都想争上游，拔头筹。

员工们争两万米的自觉性和积极性上来了，李敏和队领导也给员工来点小奖赏，小激励。每周和每月的生产会上，都会公布各班的进尺。哪个班组本周打得好，请他们在营房里吃一顿小火锅、麻辣烫。哪个班组本月打得好，就送他们到沙漠外面的轮南镇吃一顿豪华抓饭。

这种小奖赏，激发起的是员工更大的热情。10 月后，贺小林等人一接班，就问技术员，离两万米“还有多少米?”许多人打电话向其他队的朋友取经：怎样提高起下钻的速度，泥浆泵钢套怎么配才好，怎么节能，柴油和发电机怎么才能省油，怎样才能打得快用油少?副经理薛世虎则跑到四勘的一个井队，住在那里取经。

2013 年，李敏和他的钻井队，一年干了两年的活。

这一年，李敏只回了 3 次家，在家里休息了 80 天。按照塔里木的休假制度，他应该在家休息 120 天。3 次回家，一次是带队参加单位组织的技能比赛，两次是住院治病。从春节后到 7 月下旬，他 5 个多月没回家。若不是因为要回天津住院做手术，他还不想离开沙漠。

这一年，70592 队搬了 4 次家。每次搬家安装，都是一场“突击

战”，全队的员工不分当班还是在内地休假，都来到井场干活。搬家安装1次的时间，由7天缩短到4天半。每天的工作时间，长达15个小时之多。有人说，这违反了《劳动法》。李敏说，顾不了那么多啦！

夏天的塔克拉玛干沙漠，赤日炎炎似火烧，这里就是一个巨型火炉。塔中62-H17井的地表温度达74摄氏度，空气温度45~47摄氏度，站在沙地上啥活也不干，汗水都会簌簌地往外冒。在这大热天里搬家安装，连续几天在沙地上工作十几个小时，铁打的人也受不了。李敏和他的员工要把巨大的井架拆卸、运走、重装，井场上的一物一件，也要拆卸了再装上。为了防止中暑，人人都带着几瓶藿香正气水。每人每天要喝掉一箱水，还不撒尿。副经理薛世虎在电话里给媳妇说起这事，他媳妇一听吓坏了，也不相信：“你一天能喝七八公斤水？这么喝不怕水中毒？”薛世虎哈哈一笑：“中什么毒啊，全变成汗流掉了！”

台湾有位大学教授说，改革开放后，大陆人一辈子吃了两辈子的苦，大陆才有今天的繁荣。

2013年的70592队员工们，这一年也干了两年的活儿。

9月，塔中62-H17井溢流，压井最紧张的5天4夜里，李敏和塔中项目部的刘会良、段永贤、丁志敏、何思龙等，除了吃饭睡觉，一直在井上盯着。

员工们记忆中的李敏，经常一天只睡几个小时，还经常不脱衣服睡在井场的干部值班房里。员工们听见，他的嗓子嘶哑了；员工们看见，他的眼睛发红了……

有一次，李敏带了几个工人去修泵，脚被砸伤了，他还在井场上一蹦一蹦地指挥大家干活，脚实在肿得蹦不动了，才回到宿舍里休息。

他给副经理薛世虎打电话安排工作，薛世虎听见手机里的环境很安静，觉得很奇怪。往常，李敏给他打电话时，都能听见钻机的轰鸣声，今天怎么这么安静？一追问，才知道他把脚砸伤了，不得不躺在床上休息。

李敏上厕所时，蹲下就起不来了，幸好被一位大个子工人发现，便把他从厕所里面抱到了宿舍，放在床上。

李敏用自己的行动，向员工们传播拼搏奉献的正能量，员工们舍小家、顾大家回报李敏。

副经理薛世虎从沙漠里回到天津休假没几天，队上有急事，他又要走，媳妇坚决反对，他就给媳妇耍心眼。他偷偷地订好了飞新疆的机票，却不给媳妇说，到了动身的前一天才“突然袭击”式地通知媳妇。他媳妇满腹怨气，却也无奈。

薛世虎知道队上好多人在家里都遇到过这样的麻烦，就把自己的这个“先进经验”介绍给其他同事。

实习工程师刘清松新婚不久，就从天津到了塔克拉玛干。他在天津郊区农村的爷爷盼着早日四世同堂，经常在电话里催他回去休假。小刘见全队员工忙成那样，没好意思向李敏开口请假。一连干了 4 个多月，家里催得实在太多太急了，才向李敏提出回一趟天津。

司钻朱小强的媳妇要生孩子，他在沙漠里忙得没法回，只好天天在电话里向媳妇说好话。等他回到甘肃老家时，孩子已经两个月了。

2013 年 5 月。工程师杜洪彪的妻子在天津遭遇车祸，盆骨粉碎性骨折，做了两次大手术。

一头是遭难的妻子，一头是心爱的井队，两边都要顾，杜洪彪的心快被撕碎了。

每次回天津，杜洪彪都来去匆匆。9 月，又要打交通事故的官司，他不想去，又不能不去。从法院出来的第二天，他就坐飞机，天上地下，一路狂奔赶回沙漠里的井队。

李敏要求大班以上的骨干和干部少休息，多干活，他自己先带头。每天早晨 8 点钟，他起床就上井，干到凌晨 2 点多钟才回宿舍睡觉，吃住几乎都在井上。在他的记忆里，两三天不洗脸不刷牙，是常有的事。

李敏有一次回天津休假，帅霞见了心疼地说：“你在沙漠里怎么搞

的，才三十几岁的人，看着都像四十五六岁了！”

李敏没心思琢磨这些，他笑笑说：“我当队长7年了，这种机会是第一次，哪怕脱皮掉肉，也得干出个样儿，除非我动弹不了啦！”

12月中旬的一天，李敏正在钻台上忙碌，忽然接到帅霞打来的电话。李敏以为媳妇又要向她诉苦了，本不想接，可手机响个不停，他只好接听。没想到帅霞在电话里问：“今天打多少米了？”李敏说：“离两万米就差几百米了。”帅霞有些兴奋地说：“打得挺快的嘛！”

媳妇也关心我们创指标这事儿了，在家里给我们加油鼓劲啦！

李敏高兴地逢人就说这大新闻，也是给他的队伍鼓舞士气。

2013年结束的时候，70592队的钻井总进尺达到19739米，距20000米的目标只差261米。李敏他们完全可以轻松地冲过两万米大关，但塔中项目部组织的测试，用去了近10天时间。钻井服从地质，是塔里木勘探的最高原则。对于钻井队，这属于“不可控因素”。

2014年元旦后的统计表明，在塔中的27个钻井队中，70592队创造了2013年的钻井进尺最高纪录。

塔中勘探开发项目经理部决定，以“提速最快队”的名义，奖励70592队100多万元。

回首冲刺两万米的2013年，李敏和他的员工有些惋惜，更多的是欣慰。虽然没有突破两万米进尺，但这一年，他们在塔克拉玛干沙漠里实实在在地搏了一把，证明了自己的实力，展示了自己的风采，赢得了塔中项目经理部和对手们的尊重。

李敏更黑了，也更瘦了。这是他进沙漠以来干得最累的一年，也是他活得最充实的一年。他自豪地说：“以前觉得干不成的事，现在干成了。最让我高兴的是，我们这个队伍敢打硬仗了，也能打硬仗了，这比给我发多少奖金都重要。”

“拼命郎”率勇士强中争强

8月的塔克拉玛干，天上的太阳火辣辣，地上的空气滚滚烫。

中原勘探公司安全监督孔德林拿出一个50摄氏度的温度计，想试试气温有多高。十几秒钟后，他惊讶地看到，红色水银柱已经蹿到了顶，快要爆表了。

井场上，平台经理李涛正和员工们一起忙着拆卸井架，他的嘴上、脸上被热浪烫得起了一堆泡，汗水流得像雨水。

70619队刚刚打完中古503井，要搬往一口新井。搬家安装是一个井队最紧张最辛苦的时段，又赶上这个沙漠里最热的季节，真是紧上加紧，忙上加忙，苦上加苦，累上加累。

李涛下令让大家休息后，好几个员工往沙地上一坐就睡着了。

一个年轻的民工吃不了这种苦，受不了这份罪，只干了4天半，连工钱都不要，就跑了。这位民工临走时撂下一句话：“我不能年轻时拿命挣钱，将来老了用钱养命。”

8天后，70619队的钻机在一口新井上又轰轰隆隆开钻了。

在沙漠里，8天时间完成一部7000米钻机的搬家安装，这速度几乎已达极限。

2013年初，李涛听说公司要选一个井队代表中石化中原勘探公司与中石油的二勘和四勘公司的两个队竞争两万米进尺。李涛与书记王树君商量后，立即找到公司副经理陈宗琦，主动请求参战。

中原公司在沙漠里有6支钻井队，实力都很强，陈副经理一时不知选哪个队上阵参战更好，现在李涛主动前来请战，陈经理当即表示同意。

回到井队，李涛对战场形势做了一番调研后发现，他的对手均非等

闲之辈，那两个队都是身经百战声名赫赫的虎狼之师。去年，二勘的70545队在塔中的20多个井队中奇迹般杀将出来，创造了两万米进尺的纪录，把沙漠钻井进尺的水平提升到了珠穆朗玛峰的高度，平台经理车勇也一战成名。四勘70592队的平台经理李敏虽然身材瘦弱，却敢打敢拼，而且工于心计，更难对付。

李涛率领的70619队是中原钻井公司的标杆队，2005年在塔里木建队后，曾经连续两年在哈拉哈塘区块创造了数一数二的钻井纪录，还屡获塔里木油田和塔中项目经理部的“安全文化奖”，堪称一支士气高、打得精、抠得细的钢铁劲旅。

估量了对手，掂量了自己，李涛感到压力巨大，又信心十足。他天天琢磨着怎样在强中争强，强中取胜？思来想去，李涛决意既当学生，又争上游，把中原钻井队伍精细化作业的优势发挥到极致。

4月底，李涛的70619队打中古503井时，相距5公里的502井就是车勇的70545队。甲方的塔中项目经理部安排车勇和李涛的队伍并肩打井，显然是让两个强队在这里来一场“沙海龙虎斗”，李涛和车勇自然心领神会。

李涛抓住这个就近向王牌队学习的好机会，天天派人到70545队去取经，看人家用什么钻头，是什么参数，有什么高招。

那段日子，这一片沙漠的气氛看似热烈，却有些诡异。中石油和中石化的这两家钻井队是对手，又是朋友，干部和员工们你来我往，互相取经，交流频繁。他们表面上客客气气，暗地里又悄悄较劲。

孔德林说，那真是摽着干上了。你打多少，我也打多少，都想争先，唯恐落后，谁也不服谁，谁也不让谁。都想创指标，都要当“状元”，这事儿既关名，又关利，谁让谁啊！

井队刚搬到中古503井没几天，李涛的岳父去世了。接到爱人报丧的电话，这个大男人在情感和理智的夹缝间久久挣扎。论情感，他明白自己该回去；讲理智，他知道自己不能走。井队刚刚搬到这里，环境是

新的，地层是新的，看不见摸不着的井下情况又不清楚，一切都要从零起步，现在是全队争上两万米的重要时期，如果因为自己不在井队出了个什么闪失，造成的损失便无法弥补。如果回到河南去奔丧，来回至少得10天左右，耽误的时间，更无法追回。

李涛仰天一叹，硬着心肠给爱人打电话，表示了深深的歉意，请爱人原谅自己的不孝。

夜深人静时，李涛拎一罐饮料，悄悄走出营房，面向万里之外的东方，在沙地上凄然跪下，向岳父的在天之灵重重叩首，乞求原谅。

中古503是一口生产井，甲方设计的钻井时间是113天，70619队只用83天就完钻了，为甲方节约了宝贵的30天时间，还节约了几百万勘探费用。

在中古503创造了一个小纪录，全队的士气自然是高上加高。李涛自豪地说，从那时起，我们的队伍就像早上八九点钟的太阳，每天都蒸蒸日上。

精细化打井是70619队的长项，员工们的士气打上来了，李涛趁势而上，组织大家从细节入手，打好进尺，多打进尺。

竞争中的钻井队，往往比的是钻进中起下钻时间的长短和搬家安装的速度快慢，这是钻井队在提速提效中可以自主控制的两个主要环节。

70619队在搬家安装的竞赛中胜了一筹，“贪心”的李涛还要在起下钻时再争胜券。

过去，70619队在起下钻中接一根9.4米钻杆的时间是四分半钟，这几乎已经快到极限了，李涛不满足，他认为还有潜力，要求大家秒秒必争，再挖潜力再提速。

起下钻时，李涛就在钻台上现场指导，也掰着手指头算账。终于，起下一根钻杆的时间从4分30秒、4分20秒，加快到4分钟。李涛算了一下，一根钻杆节约30秒时间，全井起下700多根钻杆，可以节约3个小时，这节约出来的3小时，就可以多打井。

提速提效秒秒必争，70619 队的员工把钻井中的这一道工序做到了极致。

李涛给“有功之臣”奖励了 400 多元钱，让他们买饮料喝。

有个班组一个小时甩钻具超过了 120 根，安全又高效。李涛奖励他们 300 元，也让他们去买饮料喝。

用这些奖金买来的饮料，员工们喝得很快意。他们在乎的不是这点钱，自豪的是自己为全队争上两万米做出了贡献，受到了奖励。

李涛变着法子调动员工的积极性，他和队干部们选择坚守井场，与在岗的员工们同甘共苦。

2013 年，李涛在沙漠里干了近 300 天，在河南濮阳的家里只休息了两个多月，按照公司的休假制度，他本可以在家里休息 120 天。他说：“身在井队，看到员工们生龙活虎地干，我就高兴。在沙漠里打井确实是个苦差事，夏天热得受不了，冬天冷得受不了。风沙季节，井队的房子从早到晚都在晃，人的脸色都和沙子变成一个颜色了，虽然苦，虽然累，但总觉得很充实。只是苦了媳妇，亏了孩子，可要争两万米，咱这当干部的就得多付出，这是没办法的事。”

书记王树君胆囊肿，医生让他做手术，他请医生给他保守治疗。他说：“为了两万米，大家热火朝天地干，我这个书记不能缺席。”

2013 年，钻井工程师刘瑞在沙漠里干了 312 天，有一段连续 7 个月没回家。丈母娘急着要抱外孙子，可他长期不回家，丈母娘的愿望就成了空想。老太太看见别人抱着孙子玩，急得经常哭，已经有些抑郁症的状态了。

刘瑞结婚已有好几年，也想早点有个“接班人”，可他知道自己肩上的担子有多重，为了全队争两万米这个大局，他只能牺牲自己的小利益，服从全队的大目标。

刘瑞负责全队钻井中的工程技术，要超前思维，设计预案，碰到又漏又涌的井段，他更得昼夜处理，没时间上网看电视。他说：“在沙漠

里干活节奏快，操心多，干久了，回家后有时候就像傻子一样。”

8 月 8 日，中古 16-2H 井开钻后，李涛算了一笔账，打完这口井，再开一口井，就可以稳稳地冲上两万米了。

没想到，他们遇到了塔中区块最难打的一口井。这口井的上部地层不好打，下部地层更难打。

9 月初，钻进时井下出现了硫化氢，浓度达到了 100PPM。

硫化氢这东西是个凶险玩意儿，它无色无味，但对人的神经系统杀伤力极强，浓度如果达到一定的数值，人吸一口就会当场毙命，打高含硫井是钻井队最不愿意干的事，很麻烦还很危险。70619 队在冲刺两万米的时候碰到这样的井，实在是“喝稀饭硌牙的事”。

时逢塔克拉玛干沙漠的多风季节，井场上的硫化氢有时便会随风向营房里飘去。

井场上的员工可以戴着防毒面具打井，营房里的几十人却难以采取防护措施，营房里的人一旦中了硫化氢的毒，后果将不堪设想。

那些日子，李涛组织员工打了一场“硫化氢游击战”。他派人专门测试硫化氢的浓度，严密观察风向，监控硫化氢的流向，硫化氢飘向营房区时，赶紧让大家往安全区撤，风向变了，再让大家回来。

如此反复折腾，自然影响钻井进程，李涛着急上火，也只能面对现实。

后来，这口井试油时获得了日产 140 立方米原油、30 多万立方米天然气的佳绩，塔中项目经理部和 70619 队的员工个个兴高采烈。

钻井的目的是找油找气，找到油气，欢天喜地。钻井界有句流传甚广且久的名言：只要打出了油，怎么说都有理。站着说有理，坐着说有理，躺着说还有理，说得鱼儿蹦蹦跳，说得稻草变金条。

70619 队拼搏了 1 年，虽然没有争到两万米进尺，不免有些遗憾，但打出了高产油气，为塔里木找到了石油天然气，李涛和员工们付出了艰辛，得到了锻炼，他们无愧于心。

沙海茫茫，人心荡荡。

2013 年度的沙漠“三国演义”虽然落下了帷幕，“三国”争雄的硝烟并未散尽，几十个钻井队在沙漠里的竞争没有结束，员工们的大争之心依然炽热，“战火”其实一直在沙漠里燃烧。

这三个钻井队的职工和民工们都是凡人，自然都有功利心，在“死亡之海”里这样玩命干，他们在争什么，他们想得到什么？

为钱而战吗？

这几个钻井队每年都要打三四口井，一口井的日产量原油可达上百吨、天然气几十万立方米，一天的价值有大几百万元，而创造了年进尺两万米纪录的 70545 队全体队员一年的奖金，只有区区 300 多万元，离一口井一天产量的价值还差之甚远，何况一口井可以开采几十年。即便是打了没有出油出气的探井，也给地质学家提供了价值无量的地质资料。而奖给他们的钱与他们的劳动给油田和国家创造的价值比，几乎可以忽略不计。

为了支持沙漠里的亲人多打井，打快井，创纪录，钻井队的家属们比往年忍受了更多的孤独，牺牲了更多的情感，承担了更多的家务，她们确曾发过几句牢骚，说过一点怪话，甚至给丈夫摔过电话，但也就是发泄一下，说说而已，从来不曾真的“拽后腿”，更多的是理解和支持。井队冲上两万米了，功劳簿上没有她们的名字。丈夫确实可以给家里多拿回些奖金，但那点奖金，绝不可能使她们突然过上富豪的日子。

还有代表甲方的塔中项目经理部工程技术人员，他们那样千方百计地帮助钻井队排忧解难，那样竭尽心力地为井队提供服务，缺技术给技术，缺设备给设备，甚至把进口钻头无偿给钻井队用，让井队尽快提速提效。井队钻进中遇到难题，项目部的工程技术人员就住在井上，不分昼夜现场指导解决。井队创了指标，破了纪录，得了奖金，他们不仅得不到一分钱，连荣誉也没有，最多也就是沾点喜气，但他们心甘情愿，

无怨无悔。他们只有一个心愿：把埋藏在塔克拉玛干沙漠底下的油气尽快打出来，运出去，让它们造福民众，为正在复兴之路上迅跑的中华民族加油。

在井队员工奔两万米的历程中，他们拼命为员工们加油鼓劲，井队成功了，他们默默地站在员工们的背后鼓掌祝贺。井队的愿望落空了，他们陪着平台经理和员工们一起惋惜。2013 年，70592 队在距两万米的最后几百米痛失金牌，塔中项目经理部常对这个队的监督刘志伟说："我感到好像做了什么错事，总觉得对不起这个队"。

他们为何而战？

为争夺集体荣誉而战，为实现个人价值而战。在决意创造两万米纪录的 70545 队和准备争上两万米的另外两个队，平台经理们固然想到了一年打两万米进尺可以"让兄弟们多挣些钱"，但更多的是想抱一个奖牌回来挂在队里的办公室，他们知道，奖牌虽小，但它是一支队伍实力的标志，是一支队伍永远的荣耀。为了得到这份荣誉，无论吃多少苦，流多少汗，受多少累，他们都觉得值。

70545 队创造了年进尺两万米的纪录后，员工们的自豪感油然而生，也经常享受兄弟井队员工羡慕的目光。回首"累得一塌糊涂"的 2013 年，许多员工只说了两个字："值了！"一位员工美滋滋地向车勇汇报说："回到家里对老婆说话的声音都比过去大一些了！"

那些起初为了多得奖金使劲干的员工，在冲刺阶段自己跑到兄弟队"刺探情报"时，已经不是为钱而动，而是强烈的荣誉心驱使下的自觉行动。他们不愿看到自己井队的业绩被超越，他们只想为自己的井队超越对方出一把力，献一条计。那时候，他们的脑子里全然没有"金钱味"。

其实，争名也罢，争利也罢，最终是争着给国家做贡献。中国的石油人，从王进喜到李新民，一代接着一代拼死拼活干，流血流泪又流汗，创造的价值都是国家的，他们都有一颗"我为祖国献石油"的心。

塔克拉玛干沙漠依然静悄悄卧在塔里木盆地中央，那里的油气勘探开发尚未有穷期，三家钻井公司的队伍还在沙海里征战，那些男子汉的热血还在胸腔里沸腾，他们的争强之心夺冠之志并未消弭，他们不会停下创造新业绩的脚步。

第六章　“锦绣中华”的炮声

南天山内外持续了64天的8万多响炮声已经逝去很久，掩藏在炮声背后的那种精神、那股气，却没有随着散去的硝烟化为历史。参与其事的将士们至今在一起围炉话当年，依然个个眉飞色舞，人人的脸上都洋溢着豪气，就像关云长追忆过五关斩六将。

那是厚厚的塔里木地震勘探史上光彩夺目的一页，是东方物探247队员工们职业生涯中干得最漂亮的一件大事，也是矗立在他们心中的一座丰碑。

好一个“锦绣中华”

2012年6月26日上午，正在温宿县神木园工区里的董刚接过一个电话后，立即变成了拉满的弓，上弦的箭。

董刚叫来了解释组组长董树鑫和指挥车司机徐福祥，对他们说：“准备一顶小帐篷，一辆越野车，多带些馕饼和矿泉水，明天去博孜，

咱们超前冲锋。”

东方物探公司塔里木物探处处长乐彬在电话里告诉247队队长董刚，塔里木油田公司正在酝酿一个特大项目，如果油田下决心干，这个项目就交给你。

乐彬这电话其实是个“吹风电”，向董刚吹这股风，他经过了深思熟虑。247队是中石油的“金牌队”，董刚是他麾下一名年富力强的金牌队长，把东方公司这个即将实施的“一号项目”交给董刚，乐彬心里踏实。

247队1965年在河南开封建队，1990年进疆后，在塔里木盆地东西南北中的沙漠里和山地上干过无数个一大二难的项目，攻艰啃硬能力极强，个个项目干得很漂亮。2009年4月10日，塔里木油田庆祝会战20周年时，表彰了10名标兵，其中一位便是董刚的前任队长吉承。

董刚接了处长的一个电话就决定“超前冲锋”，绝不是自作多情。他相信247队的实力和信誉，处长虽然在电话里说了“如果”，但这个特大项目落到他头上肯定是板上钉钉的事。

第二天一早，董刚一行从神木园的帐篷营地直奔博孜。一上车，董刚就兴冲冲地对董树鑫和徐福祥说：“咱们要干一个特别大的大家伙，这项目投资3.48个亿啊！麻烦的是时间很紧，难度很大，要求很高，所以我们必须超前冲锋，先去踏勘。”

董刚说罢，递给他们一张博孜三维地震项目的高清卫星图。

博孜构造位于著名的库车凹陷中西部，这里东连克深大北，西接吐孜阿瓦特。1997年以来，塔里木油田在博孜东部的克深大北和迪那油气勘探中屡有突破，惊喜不断，这个片区已经成为西气东输的主力气源地，在西部的吐孜阿瓦特构造上也多有斩获。

2004年，地质学家就看好博孜构造丰厚的油气资源，但这里的地形太复杂，详查精查的难度太大。8年后的2012年6月17日，油田在重新钻探的博孜1井收获了日产凝析油29立方米、天然气24万立方米

的高产，于是决定对博孜进行三维地震勘探。博孜构造一旦落实，库车凹陷将进一步解放，含油含气领域也将进一步拓展。

董刚眼前，博孜工区的景象一日数变：在托木尔峰上的皑皑白雪映衬下，忽而是人口稠密的村庄，忽而是水网密布的农田，忽而是雪水奔腾的河流，忽而是宽窄不一的冲沟，忽而是神秘莫测的沼泽，忽而是砾石遍地的戈壁，忽而是断崖林立的山地…… 面对如此壮丽多姿的大好河山，董刚情不自禁地对徐福祥和董树鑫赞叹道：“真是一个锦绣中华啊！咱们能在这里大干一场，也不枉此生了。”

就在董刚前往博孜踏勘期间，塔里木油田和东方物探公司的高层正在库尔勒频频商讨。在一个三维地震项目上投资 3.48 亿元，塔里木有史以来从未有过。双方商定，将博孜三维地震列为塔里木油田和东方物探的“一号项目”，油田总经理主要领导和东方公司总经理王铁军、书记苟亮联合挂帅，组成这个项目的管理和支持小组，甲乙方要联手打造一个样板工程。

在北京，中国石油天然气集团股份公司董事长周吉平的目光，也屡屡投向远在大西北的塔里木，总公司有关部门对这个项目反复论证，设计方案几易其稿。

这个远在新疆塔里木的项目引起北京总部的重视，不仅因为这个三维地震勘探项目事关库车凹陷油气资源的进一步落实，还因为在这里的复杂山地要首次实施高密度宽方位的三维地震采集技术，首次应用可控震源驱动宽频扫描的高效采集技术，首次应用多信息智能化地震采集作业管理技术，首次进行井震联合作业，其中井震联合作业在全球尚属首次，首次应用可控震源宽频扫描的高分辨采集技术，首次应用“数字化地震队”多信息智能化地震采集作业管理技术，首次进行井震联合高效施工。这 7 个“首次”，都是世界最先进的技术。

8 月 17 日，董刚接到了承担博孜三维地震勘探项目的正式通知。

博孜三维地震勘探项目的偏前满覆盖面积 804 平方公里，施工面积

2500多平方公里。董刚算了一下，工区里的大小河流一共64条，山地面积占了三分之一。那些断崖式山地上光秃秃一棵草也不长，最大高差有200~800多米，锯齿狼牙状的刀片山、牛背峰触目皆是，有些断崖居然呈倒倾角状，人在这种山峰上没有立足之地，施工时只能爬着过，骑着过。

董刚在塔里木盆地已经干了近20年，从东部的罗布泊到塔克拉玛干沙漠再到昆仑山和秋里塔格山，大小项目干过无数个，也算“经过风雨，见过世面”了，但一个工区的地形地貌和施工环境如此复杂多险，还真是头一回遇到。

江山多娇，风景如画，董刚他们再次踏勘的历程却艰辛得令人唏嘘。山路崎岖坎坷难行，“捂车”成了寻常事，下车搬石头垫轮胎就成了他们每天的“必修课”。馕饼吃得胃发酸，还得忍着胃酸继续吃。带来的矿泉水喝光了，就碰到小河喝河水，遇到小渠喝渠水。山里昼夜温差大，小帐篷晚上不抗冻，他们就到牧民的帐篷里去借宿。有几户柯尔克孜族牧民见这几个穿红衣服的石油人狼狈得像野人，还把心爱的羊拉过来杀了给他们吃。

这样的踏勘，董刚带人扎扎实实搞了一个月，在“锦绣中华”里六进六出。他们经常被山里的暴雨浇成落汤鸡。山上发洪水的时候，就跑到牧民家里躲起来。

董刚说：“一般项目也就踏勘一次，花两三天就可以了。我们的踏勘既要求精又要求细，工区里有多少冲沟，多少山头，多少河流，多少个村庄，多少块农田，多少种农作物，等等，我把它都画在图上，记在本上，搞得清清楚楚，边边角角都不能放过，全都整明白了。踏勘了一个月之后，这个工区在我脑子里已经有了一副立体地图，每一座山梁，每一道冲沟，每一条河流，每一个村庄，每一片农田，我都了如指掌。随便告诉我哪个桩号，我就知道那里是什么地形，山有多大多高，沟有多宽多深，应该怎么干。对工区不熟悉到这程度，根本操控不了这个巨

大的项目。”

这时候的董刚，还在运作着神木园的二维地震项目，两个地方相距近200公里，他跋山涉水两头来回跑，就像一个厨师同时炒两盘菜，既不能炒煳了，也不能串味了。他把神木园项目交给指导员谢利伟和几个副队长，自己把主要精力放在了博孜项目。他说：“塔里木油田和东方公司把这么重要的项目交给我们，投资这么大，如果干不好，就是犯罪啊！”

预定的开工时间是10月中旬，董刚抽调人马，提前在博孜工区的河面上搭起了65座桥，做过了震源激发试验，定好了21个施工难点的详细预案，他甚至排好了“倒计时运行表”。

南天山里的董刚不是孤军奋战。东方公司发挥央企集中力量干大事的优势，统一调配国内外两种资源。在河北涿州的东方公司首脑机关，各部门协调联动，36辆沙漠摩托经过特批，提前交付，20台TBMA电台和3台中继站分别从中东和北非地区调回博孜。在新疆乌鲁木齐的东方公司前指，13台震源车分别由准噶尔、吐哈、河北运往博孜，160台套运输设备迅速集结。

10月5日，247队结束了神木园二维项目，全队迅速向博孜工区的5个营地搬迁。

车辚辚，机隆隆，人飒爽。浩浩荡荡的车队，在温宿神木园至博孜近200公里的大路上滚滚向前。车队经过山区的沙土路时，卷起的烟尘像一条黄色巨龙，直上云霄。上千名身穿国旗色工装的队员，犹如一条红色巨龙，在“锦绣中华”的公路上缓缓游弋。沿途村镇的各族群众很多年都没见过这么威武的队伍从身边过，纷纷跑出家门，站在路边瞪着惊奇的眼睛，看这支队伍气昂昂迤逦而去。

此时的247队，本该是一支疲惫之师。这年刚刚过罢春节，他们就从河北、河南、四川、云南和陕西、甘肃等地来到了新疆塔里木，已经在大漠上干了3个项目，持续奋战了8个月。按照董刚的经验，一支队

伍一个人，在塔里木这样的艰苦环境里，在野外连续工作的时间不宜超过 3 个月，连续工作 5 个月是极限，超过了这个极限，人们的心气就不高了，干活就麻木了。

但是，此刻的 247 队员工们个个精神抖擞，人人眼里闪烁着兴奋之光，就像战士要去打一场大仗的精神头。他们都明白，即将开工的是一个多年不遇的特大项目，一辈子能参加这么大的项目，是求都求不来的事，再苦再累也值得。何况大家也知道，干这个项目肯定能多挣钱。

若在平时，这么大的一支队伍搬迁安家，至少要 40 天才能把一切安置就绪。247 队这次只用了短短的 13 天就全部安妥了。主营地和小营地都是清一色的蓝顶帐篷，帐篷里都装着暖气，即使气温降到零下 20 多度，人在里面穿着秋衣秋裤也可以活动自如。

董刚说："从生产到生活的管理和安排，我们把准备工作做到了极致。全队 1500 多人配合得像一个人一样，所有的人只有一条心、一股劲，干活的效率能不高吗！"

他知道，在接下来的施工中，员工们的工作量将比平常的四五倍还多，必须保证大家吃好喝好。他把炊事班的师傅们找来开会，对他们说："你们要准备一天开 8 顿饭，一定要确保员工们每天每顿都能吃上热饭热菜，而且要让大家吃好。做红烧肉的时候，需要用 40 公斤肉，你们就按 50 公斤给我做，宁肯让大家撑着，也不能让谁欠着。员工们在野外干活累了，回来可能脾气大，谁要是把汤菜泼到你脸上，绝对不许跟他干仗，交给我处理。记住，这是纪律！"

董刚这些话，放在别处说也许显得粗野霸道，在野外地震队这样讲，却没有人以为有何不妥。地震队里民工和职工杂居一处，员工素质参差不齐，炊事员和员工因为吃饭闹矛盾的事并不鲜见，弄不好就会引发群体事件。董刚要在开工前防止出现这些矛盾，他先把预防针给大家打上。

10 月 18 日这一天，博孜三维地震项目在誓师大会中开工了。隆重

其事地为一个地震勘探项目开誓师大会，在东方公司已经多年没有了。今天在前线开这个誓师大会，可见甲乙方上上下下对这个项目重视到何种程度。

247 队的员工们永远也忘不了这个让人热血沸腾的誓师大会。这一天的天格外蓝，云特别白，是一个秋高气爽的日子。

在一片背靠雪山的戈壁滩上，247 队的主营地红旗招展，分列两排的奔驰和东风沙漠车上彩旗飘飘，上千名员工穿着崭新的红色工服，戴着红色铝盔，横一米竖一米各站一个，威武整齐如同阅兵方阵。沙漠车前面，两条红底白字的横幅格外耀眼：登天山战库车齐心协力攻克世界级难题，攀高峰穿沟壑携手并肩寻找塔里木油气。这是参战将士们的口号，他们马上就要把这个口号变为行动。

塔里木油田和东方公司来了 20 多位领导，他们来给 247 队的将士们壮行，也是给他们助威，希望他们早日交出一份漂亮的答卷。

董刚带着上千名员工庄严宣誓："打造精品工程，勇当东方先锋，为油田发展再立新功！"

上千个勇士肺腑里发出的誓词，震得山也抖来地也颤，真应了"铁人"王进喜当年那句豪言："石油工人吼一吼，地球也要抖三抖！"

宣誓后，董刚在对讲机里命令远山上的队员，"开炮！"

霎时间，会场上的扩音器里，传来了山地上雷鸣般的隆隆炮声。

望着主营地意气风发的上千名员工，听着远山里传来的炮声，董刚忽然生出一种从未有过的自豪，他油然感慨：好一个"锦绣中华"，真是遍地精兵，满山良将啊！

困境出灵感

第二天一早，前来参加誓师大会的甲乙方领导醒来后，收到的报告

上写着，昨天放炮总数达到 700 多炮，全是山地井炮。

这已经是一个高产纪录了，却不是董刚的目标，他的目标是平均日炮数要上千。博孜三维地震项目设计的总炮数是 83440 炮，只有每天实现上千炮的目标，才能按期或提前完工。

石油勘探的地震勘探，就是通过放炮产生的地震波获取地下地质资料，放炮的数量是衡量工作量的一个重要指标。多放一炮，就离目标近一步，每天放的炮数越多，离完成任务就越接近。一般的山地三维地震，每天能放 800 炮就算高产了，董刚却把日炮数的目标定在了千炮以上，他行吗？

在施工环境如此复杂的“锦绣中华”里做三维地震，使用最复杂的施工方法，是世界级难题，但董刚早已成竹在胸，他把战前准备已经做到了极致。

那片断崖林立的山地，是 247 队遇到的第一道难关。这里的高差约 200~800 米，鸟儿难飞越，山羊上不去。断崖上到处是陡直的刀片山、牛背峰，人上去难寻立足之地，有些地方只能一脚西坡一脚东坡地骑着往过“走”，要么就得爬着过。但偏前满覆盖的主要区域恰在此地，必须把排列线铺上断崖区。

董刚派出了他的飞虎队。飞虎队员是山地勘探的特种兵，也是董刚在山地攻坚克难的秘密武器。这支 150 多人组成的飞虎队，主要由四川和陕南山区长大的民工组成，他们攀登断崖比山羊还利索，在断崖上活动比猴子还灵活，又有 5 年以上的山地勘探经验，个个都是攻克这个难关的好手。

9 月 5 日，飞虎队带着 400 多名辅助人员，奔向那片山地。他们靠人拉肩扛，凭着不畏难不服输的心劲，征服了一个又一个断崖。

王旭带着飞虎队的 15 名精英，专攻断崖区最难干的地方。他说，虽然我们选的都是最有经验的民工，但每天都是在提心吊胆中度过的。那些断崖几乎是直上直下的断坎，有些在底下看着并不陡，爬上去一

看，却极其危险。我们既要把活干好，还要百分之百保证安全，真是难上加难。

40天后，飞虎队把30000多条排列线，铺满了300多平方公里的断崖区，32条排列线，每条线之间的距离360米。原先预计，在这里铺线可能会空出4000多道，他们只空了200多道。塔里木油田勘探开发处领导梁向豪赞道："这么漂亮的活，只有东方公司的247队能干出来。"

塔里木油田驻队项目负责人江民上山检查后说："这么大的项目，这么大的排列，这么难干的山地，你们把指标控制得这么好，干得这么漂亮，我只能说两个字：'感动'！"

董刚至今说来还无比感动，他说："我们的这些员工，在这么难干的山地里干，危险时刻在身边，他们也不是什么超人，那是拿着命往上顶啊！"

山地钻机上山没有路，董刚派20台推土机在山上推出一条路。时逢山区的雨季，洪水冲毁了刚刚推好的路，推土机再推，挖掘机铲车一齐上山干。队员们就这样和暴雨洪水打起了"拉锯战"，硬是在山里推出了一条"高速公路"。

有了这样的"高速公路"，钻井组就减少了人拉肩扛之苦，20台机械化钻机在山地里便如入无人之境，效率自然大大提高。

从断崖山地上干下来后，已是11月，季节已经入了冬。山下，等待董刚和队员们的是3万多亩已经熟了的玉米。

新疆玉米的个头特别高，一般都有3米多高。当地农民和内地农民的不同是玉米熟了后，他们并不急着收割，说是收了玉米没地方放，他们要让玉米在地里自然干，待到来年春天，等玉米在地里干透了，他们才慢慢收割。

董刚和247队的工期不能等，半天都不能等，更不可能等到明年春天。可是，人和车钻进玉米地里干，又不可能。测量组把小旗插在高高

的玉米地里，谁也看不见。检波器插进玉米地，风一吹，草一动，全是干扰波。震源车在玉米地里也如“困斗之兽”，一到晚上分不清东南西北，在玉米地里一落管，能量全被缓冲了，接收的都是无效信息，指标全不合格，忙活一天等于白干。

工期不等人，难题绕不过，怎么办？

董刚灵机一动，雇了6台联合收割机，成立6个组，在地里义务给农民收玉米。凡是测线经过的地方，都由247队雇的人免费给收割玉米。收完之后，再派人把玉米免费给农民送回家。

收割机收过的玉米地，还有一米多高的玉米茬子，员工们依然没法进去正常施工，检波器插进去还是有干扰波，震源车进去后还是压不实，而且人进到玉米茬子一米多高的地里干活很危险，伤着人就是安全事故。

董刚又雇来几台铲车，每个收割机后面跟着一台铲车，专门铲玉米茬子。前面收割了，后面就铲平了，测线经过的地方被铲得平展展。

农民们不高兴了，说是影响了他们的玉米吹干。董刚和农民们谈判，按照每公斤一毛钱的标准，给他们发“吹干费”。

农民们个个都乐了，纷纷自觉配合。

董刚和247队收获的是施工效率和质量。各班组到了玉米地，一看割掉的玉米地，测线一目了然，标记都不用做，直接进去干就是了。

收割玉米的24小时施工，干测线的也24小时施工，员工们晚上睡觉连衣服都不脱。

如此一来，起初让人人发愁的玉米地，那些大家认为最难干的玉米地，反倒成了最好干的区段。

把最难干的地方变成最好干的地方，把最难办的事情变成最简单的事，需要智慧，得有勇气，董刚一样不缺，所以他把最难干的地方变成了最好干的地方。

跨过了玉米地，又遇到了冬灌。收割了玉米，新疆农民要冬灌，这

是千百年来的老例。

冬灌后的庄稼地，就变成了水田，到处都水汪汪，所有的机械设备进去后都寸步难行，一炮也放不了，就像老牛掉进了水井里，啥也干不成。董刚开玩笑说：“别说一天放一千炮，一炮也放不了啦！”

董刚打听了，冬灌的老例不是不能改，但要做工作，做通了工作就能改。

董刚和农民们谈判：今年不冬灌了，明年春天春灌行不行？

“那影响我们的收入。”农民说。

董刚说：“我给你们发补贴。”

谈判成功后，董刚立即组织了10个巡视组，24小时严防死守，一块地都不许进水。发现哪里有水，立即报告，及时堵住。董刚又组织了10个巡水队，24小时巡检。2台挖掘机随时待命，一旦发现有人偷着放水，先把渠掘了，把水放到其他地方，立即把口子堵上，就是不准一块地进水，一滴水都不许进农田。董刚天天带着人亲自巡查，就是不让水进到农田来。他知道，如果让水进了农田，这个冬天就啥事都干不成了，工程就彻底泡汤了。

闯过了农田冬灌的难关，农民们又给他们出题目了：我们的生活要用水，牲口要饮水。

董刚派人用铲车给每个村挖水坑，用罐车给他们拉水，往村里甚至家里送水，待这一段测线干完了，再让当地农民恢复正常用水。董刚的原则是保证不影响农民的正常用水，也绝不能影响队里施工。“我的工区里绝对不准进水。谁都不能影响这个工程，影响了就是犯罪。”董刚斩钉截铁地说。

水不影响施工了，老天爷下雪了。工区里白茫茫一片，原来做的标识都被白雪盖住了，啥也看不见了。路上不是冰，就是雪，车也跑不了。

这情况，早在董刚的预料之中，他也早有对策。

队上烧锅炉的煤渣早就存在那里，他让人把煤渣洒在路上，先解决车辆正常通行。

董刚让人买来一批蛇皮袋，往袋子里装上土，外面用红颜色的油漆喷上桩号和标识，这些喷了红漆的蛇皮袋在雪地里显得格外耀眼，员工们一眼就看得清楚。

上级领导来检查时对董刚说："好啊，这成了一道风景线了！"

董刚给领导汇报说：其实我用的这些蛇皮袋，每个的成本只有 3 毛钱，比一个桩号旗还便宜。

按照一般的项目运行计划，这项目得干到第二年 3 月中下旬才能收工，现在见董刚这一路过关斩将都比预计的速度快，便笑眯眯地跟他商量："明年元月底收工怎么样啊！"

董刚神秘地对领导一笑，答道："没问题，我争取再提前点。"

"提前"多少，董刚没有给领导说，但他计划的收工日是今年年底前，这个小秘密，现在不能给领导说。

员工给董刚报告说："雪太厚，震源车的落管放下去影响信号质量，怎么办？"

董刚一笑："你等着，马上解决。"

他立即派人送去早已备好的空麻袋和铁丝，让员工用麻袋把落管包起来，再用铁丝捆住。

员工如法炮制，效果十分好。

董刚不无得意地说："南疆的山区冬天雪下得厚，这样的问题，我在踏勘时就已经想好办法了，东西也早就备好了。"

12 月 18 日，工区里降下了 2012 年的第三场大雪。董刚下令，务必在两天之内，放完最后一批炮。

12 月 20 日，员工们冒着大雪，放完了博孜三维项目的最后一炮。

接到前方的报告，董刚立即觉得压在背上的一块石头没有了，他长长地出了一口气。

收工的时间比最初的预想提前了 3 个多月，比领导后来的要求提前了 1 个多月。

董刚算了一下，短短的 64 天来，全队平均日炮数 1303 炮，最高日炮数 1850 炮。对一个地震队，这是天大的日效。

“成功了！”他在心里喊了一声。

6 月 26 日接过乐彬处长的电话后，这块石头就一直在他的背上压着，压得他常常有一种透不过气的感觉。

董刚缓缓走出帐篷营地的队部，赏天，赏地，赏山，赏雪，到处一片白茫茫。

天地无语，冰雪无言，他的心里却翻江倒海。

回想博孜三维项目开工以来的 64 个日日夜夜，回想 64 天来闯过的一道道难关，董刚突然想起了武侠小说中的剑客，突然有一种武林高手打通了任督二脉的感觉，突然有了一览众山小的快意。

十几年前，在塔克拉玛干沙漠里干地震勘探时，遇到沙尘暴，一连几天出不了工，他就躲在营地里抱着武打小说看，把金庸、古龙、梁羽生的武打小说几乎全看遍了。他最喜欢小说里的剑客，剑客中真正的高手，心中无招，往往以无招胜有招，他们见招拆招，所有的招都在无形之中。

这些天来，在博孜项目中，他遇到了想得到和没想到的无数难题。这些难题给他带来了巨大的压力，也频频激发他的灵感。在管理和施工方法中有了许多创新，是这些巨大的难题一次次激发了他的灵感，他感谢这些来自方方面面各种各样的难题，它们让他变得成熟起来了。

经过这个项目的洗礼，董刚悟出了一个道理：只要有一颗好胜的心，难题越大，激发出来的灵感就越多。压力有多大，动力就有多强。

他发现，当自己被这些难题压得透不过气来的时候，往往就是成功的开始。

他说：“当我绝望的时候，往往就是成功就要到来的时候。”

他还说："山穷水尽走投无路的时候，就是峰回路转柳暗花明的时候。"

没有假如，只有必须

那是1500多人激情燃烧的64天。

这个中石油的金牌队，在这64天里，人人都像鼓满了风的帆，像上足了劲的发条，也像长征路上的红军战士。全队上下，无一人不努力，无一事不认真。

董刚说："无论什么事，都不用交代第二遍。再难再险的事，没有人畏缩不前。"

信心不足者，畏难怯战者，也不是没有。这项目开工时，时令已近立冬。开工头几天，有人说，如果在六七月开工就好了。这么大的项目，这么短的时间，马上就下雪了，年底前能干完吗？

董刚知道，历史没有如果。上千人的劲可鼓不可泄，全队必须有很强的凝聚力，一条心一股劲往前冲。

责任心是一种无形的力量。董刚以为，塔里木油田和东方公司把这么重要的项目交给247队，我们必须干好。这个项目既关乎塔里木油田的发展，又关乎247队和东方公司的脸面，非荣即辱，我们只能成功，不能失败。

在每天晚上的"作战会"上，董刚对班组长以上的骨干们说："这工程开工的时间是有点晚，有人担心，我也担心。其实不光是我们担心，乐彬处长也担心。但我们必须尽快把它拿下，必须要胜，绝对能胜。再大的困难，再难干的事情，必须把它解决了。我们这些人，谁也不许在员工跟前说丧气的话。所有事情，没有假如，只有必须。必须保质保量地干好。"

董刚就咬住一条，不管有多大困难，无论用什么办法，每天必须放出一千多炮，给大家以必胜的信心，让大家看到胜利的希望。

不到一周后，悲观情绪烟消云散，全队所有人都有信心了：“我们行!”

每天晚上的“作战会”，往往一开就是两个小时，帐篷里的气氛紧张而热烈。各班组第二天要完成的任务和后 5 天要完成的任务，董刚在会上给大家都讲得明明白白。

董刚说：“施工中可能遇到的困难，解决困难的办法，全都议论得清清楚楚，今天才算过去了，有一个问题解决不了，今天绝对不能睡觉。”出现有争议的问题，董刚的办法是在会上不争论，他在会后自己想对策，第二天到现场告诉大家怎么干。

在会上，董刚从来不说“假如出现什么什么情况，我们怎么怎么样”之类的话。他常说的是“没有假如，没有退路，也不许打退堂鼓。我们要把所有不确定的因素全部清除掉。既然来了，你不想干都不行，你就是不想干了，也得把活干完了再说不行。这个项目确实很难干，但我们必须成功。就像被逼着跳悬崖，不跳是不行的，没有退路。跳下去死掉的可能是百分之八十，我们就是要把那个活的百分之二十最大化，把那百分之八十的可能压缩掉，消除掉。”

那些日子里，董刚的脑子里全是项目，全是今天怎么干，明天干什么，怎么干。白天跑工区，晚上“作战会”，会后还要想全队第二天怎么干，一天最多只能睡三四个小时。他说：“每天最幸福的时候，就是躺在床上睡觉。”

他最大的奢望是美美地睡一觉，可是他从来没有安安生生睡过觉。

他也没法正常睡觉。压力太大了，难题太多了，1500 多人 24 小时施工，随时随地会有各种各样的问题涌到他面前。

他知道，任何一个环节出了问题，任何一件事情处理不当，哪怕是一个小坎过不去，都有可能导致这个项目的失败，绝对不能有一丝一毫

的疏忽。

一天抽掉3包烟，喝掉3大罐浓茶，他说："全靠这些东西提着神。"

"别看我在'作战会'上说得硬，其实我的心里最痛苦，那种痛苦没法用语言形容。"他说。

董刚经常忙得头皮发麻，脑袋发木。有时候，他摸一摸自己的脑袋，发觉脑袋是木的，他每每无奈地摸着脑袋暗自发笑。

上厕所的路上，他还在琢磨事儿。他说："走在上厕所的路上，已经不是正常的行走，是机械地在往前走。"

董刚累得血压高上去了，心脏也不舒服，但他上工地也罢，去谈判也罢，一身红色工服从来都穿得板板整整，走路时都风风火火，说话时都铿锵有力。

他说："作为一队之长和项目经理，我就是要把成功的正能量传递给大家，让他们感到我们必须要胜，绝对能胜。自己心里的焦虑，绝对不能让人看出来，也不能让别人感觉到。自己承受再大的压力，绝对不往下传递，不能让他们看到没有信心的那一面。那些头疼事，晚上回到宿舍后自己再偷偷地慢慢消化。"

董刚明白，必须把全队1500多人的好胜心和自尊心彻底激发出来，只有让这支1500多人的队伍像一台高速运转的机器，这个项目才能大获全胜。

莫说这个时代的人只会向钱看，没有钱就啥也干不成。董刚在全队开展了劳动竞赛后，职工和民工们的积极性像山上的洪水一样爆发了。

有一天，董刚走到工地，一个搞震源的民工正急得在炮点附近来回跑，见到他，这位民工跑过来急呼呼地说："队长，求求你，你催催他们，让他们快点，快点来帮我修修震源车吧！"

董刚问："怎么回事？"

那位民工说："人家别的组都吃了3天牛肉了，我一块牛肉都没吃

上。你让他们快点来修，今天我也要吃牛肉！”

董刚赞赏地笑了。

原来，全队24小时施工，每个班组三班倒作业，董刚在各班组开展劳动竞赛后，每天要评比，哪个班效率高，就给每个人奖励一块4两多的卤牛肉。

董刚听说，民工们收工后，经常为多一炮少一炮争得面红耳赤，谁也不让谁。

董刚知道，这些民工争的不是一块卤牛肉，也不是那一炮两炮，争的是这些东西背后的那一份荣誉，他们把这份荣誉看得很重，那比奖给他多少钱都高兴。

11月下旬，工区的气温降到了零下20多度，天冷得几乎要呵气成冰了，震源车的操作手们却穿着毛衣在车上干活。

董刚奇怪地问他们：“为什么不穿大衣，为什么不开暖风？”操作手们回答说：“穿大衣开空调容易犯困，这样子冷是冷点，人就不困了。”

开工后，董刚给震源车的操作员已经配了咖啡和茶，防止他们晚上施工打瞌睡。操作员们说：“24小时作业，光靠那个不管用了，太困了，我们穿少点干活，可以保持清醒。”

往常，机械设备出了问题，都要找人来修，往往一耽搁就是小半天。现在，施工间隙中，员工们都自己检修设备，谁都不愿意耽误施工时间。

在营地里，后勤辅助人员对每天完成的工作量也格外关心。员工到食堂来吃饭，大师傅见人就问：“今天放多少炮啦？”

听说又放了一千多炮，大师傅高兴地说：“多吃点，早睡点，多放点炮。”

打扫厕所的老师傅见了队上的人，便上去问：“今天放了多少炮啊？”

有一天晚上，董刚去上厕所，听见几个蹲厕所的员工正在议论今天

放了多少炮。

董刚默默地笑了，他感慨地说："连炊事员和扫厕所的师傅都关心一天放多少炮，这项目能干不好吗！"

12月20日，放完了最后一炮，收线收尾时，大雪把大小线埋得严严实实，工区里的木扎提河面足有100多米宽，许多线还在山上。员工们二话不说，跑进冰河里，用铁镐在河面上刨。在山上收线的员工下来时，脸上的皮肉已经快要冻僵了，话也不会说了，身上的棉衣棉裤全冻得硬邦邦，走路时个个都像穿着航天服的宇航员。见了董刚，只会僵硬而缓慢地点一点头。

董刚感动地说："这就是我们247队的员工，苦不言苦，遇难无畏，迎难而上，战之能胜。他们来自河南、河北、云南、四川和西北地区，大部分是民工，这是一群多么可爱的中国男人啊！我为他们感到骄傲！"

这份答卷真漂亮

12月21日，董刚收到了东方公司从河北总部发来的贺电。贺电历数247队在博孜三维地震项目中的一系列佳绩，盛赞他们"创造了塔里木盆地复杂山地、山前带三维井震联合地震采集日均千炮以上的高效生产纪录"。

塔里木油田总地质师王招明看了247队的地震资料，笑眯眯地赞道："资料非常好，项目非常成功！"

中国石油天然气集团总公司总经理周吉平，两次在北京的大会上表扬247队在博孜三维地震中取得的好成绩。坐在台下的东方公司总经理，心里的快意全写在了脸上。

统领全国上百万石油大军的大领导，在全系统的大会上反复表扬一个基层队，这在近些年来极为罕见。

回想刚刚走过的这一段岁月，董刚觉得就像做了一场梦。那是一场慷慨与困顿、感动与感慨、痛苦与快乐、汗水与泪水、绝望与希望交织在一起的梦，他的心里五味杂陈。

董刚最欣慰的是，经过这个项目的洗礼，247 队这支队伍成熟了，队干部成熟了，许多员工也成熟了。

2013 年元月 3 日，董刚从博孜的风雪山地里回到库尔勒，还没来得及抖净天山深处的霜雪，塔里木物探处领导就通知他在明天召开的一个大会上介绍博孜项目的经验。

2013 年元旦后，247 队的 1500 多名员工陆续返回他们遥远的家乡。

这一年，247 队的 1500 多名职工和民工，在塔里木连续奋战了 11 个月，创造了他们与亲人分离时间最长的纪录。

博孜三维项目是塔里木乃至东方物探的经典战例，董刚也一战成名。

几个月后，董刚成为东方公司的一名特级队经理。

2013 年春节前后，247 队有 16 名职工买了车。

在 247 队干过的民工，在东方公司成了香饽饽，各队都抢着要。

2013 年元月 4 日晚，在库尔勒的塔里木物探处招待所里，董刚关掉了手机，决定大睡一觉。

自从 6 月 26 日那天接过乐彬处长的那个电话到今天，他就没有睡过一个长觉。不是不想睡，是没法睡，不能睡。

几个月来，他几乎一直处在全天候工作状态。

现在，他终于可以放下一切，美美地大睡一觉了。

董刚这一睡，睡了整整一天又一夜。

第七章　塔西南的苦恋

时光已经逝去了漫漫38年，这一群人依然痴痴地眷恋着昆仑山下的这片大荒漠。

塔里木盆地西南部的这一片大漠，让这些人吃了说不尽的苦，他们对这片大漠的痴情，却像少女对“白马王子”的初恋，一辈子也没变过。

从轰轰烈烈的万人大会战到融入塔里木油田，塔西南人近40年来悲喜交加。

轰轰烈烈的会战

1977年5月17日，塔西南轰轰烈烈地闯进了共和国石油工业的历史。

这一天，新疆石油局4076队正在距叶城县城以南50公里处的柯克亚1井处理卡钻问题时，井下突然发生强烈的井喷。

在石油勘探史上，井喷往往意味着发现了一个新油田。

来自地下3700多米处的石油天然气轰轰隆隆喷出来了，喷得出人意料，喷得酣畅淋漓，喷得撼天动地，喷得人们兴奋万状又手足无措。

沉睡了亿万年的石油天然气撒着欢从井下往出喷，似乎要争先恐后从地下跑出来看一看这美妙的人间万象。

从地下喷出的油气柱高达130多米，在地上化为一根高高的黑白色油气柱，在空中变成了一团巨大的蘑菇云，黑褐色的原油如密集的雨点，天女散花般洒落在井场四周。有人在现场测算，油气喷放的速度是每秒30多米。

原油汇成一条条小溪，在戈壁滩上四处乱流，方圆几公里戈壁滩上的石头都闪着亮晶晶的油光。维吾尔族老乡们从来没见过这么大的场面，他们纷纷从四面八方赶着毛驴车，用大大小小的桶装了油，欢天喜地拉回家烧火做饭去了。

巨大的呼啸声让昆仑山颤抖，抢险者们在井场上面对面说话时只见口型，不闻其声。

共和国历史上至今最严峻最艰难的抢险压井开始了。石油部调集全国的油田抢险专家前来组织抢险压井。

好几个工人抢险时耳膜被震坏了，他们的听力后半生再也没有恢复。

有人测算，这口井初期日喷原油1300立方米、天然气260万立方米。这个数量，至今还是共和国历史上单井产量的最高纪录。

给这口能量巨大的井起个什么名字呢？这口井原名西参1井，现在喷出了高产油流，是个功臣井，该给它起个好名字。时任中共中央政治局候补委员、新疆维吾尔自治区党委第一书记的赛福鼎·艾则孜同志从乌鲁木齐专程来到井场，望着像一把巨型利剑的油气柱说："就叫柯克亚吧！"在维吾尔语中，柯克亚是刺破蓝天的意思。

柯克亚1井的喷油，被称为"塔里木的第二声春雷"。1958年9

月，塔西南人在盆地北部发现了依奇克里克油田，虽然是个小油田，但它是塔里木的第一个油田。

塔里木的这一声春雷，很快就传到了北京城。

那时候，粉碎“四人帮”之后的党中央雄心勃勃，号召全国人民“大干快上”，党和国家领导向石油工业提出“为建设十来个大庆而奋斗”的目标。

那时的大庆油田，一年生产5000万吨原油，一个年产5000万吨的油田即为一个大庆。石油部的领导们掰着指头算，估计在53万平方公里的塔里木盆地能找到2个大庆。

北京城里的石油部领导们预计，这个柯克亚是个像大庆油田那样的“大家伙”。那时候，国家正在从大乱变大治，他们为这个未来的柯克亚油田起了个名字叫大治油田。

粉碎了“四人帮”，全国要大治，新疆的这个油田就叫大治油田吧，东有大庆，西有大治嘛!

柯克亚的喷油，给粉碎“四人帮”后的全国人民带来极大的希望。那一段时间，新疆柯克亚这个人们原来闻所未闻的名字，突然成了全国媒体和口头舆论场上的一个热词，全国人民争说塔里木。

1978年初，柯克亚的井喷还在继续，从全国各地赶来的专家正在为压井忙得焦头烂额。石油部一声令下，石油物探局、四川、华北油田和克拉玛依的队伍立即出动，从东南西北奔赴塔里木盆地西南部，开展勘探大会战，史称“五上塔里木”。

14800多人的勘探队伍浩浩荡荡，32台钻机随队西征，其中6000米的深井钻机有10多台，各种设备近2000台套。一段时间里，塔西南城乡的大小道路上，车辚辚，机萧萧，往来的车流人流络绎不绝。

会战队伍分布在1000多公里长的勘探区域内，从盆地北缘的库车、阿克苏、巴楚，到西南边的喀什、英吉沙、叶城、皮山、和田，到处都有石油人，勘探区域形似马蹄，时称“马蹄形”会战。

这次会战，挂帅的是石油部副部长李敬。李敬副部长是著名的石油师老战士，敢打敢拼，作风朴实，从玉门到大庆，走到哪里都乐意和工人打成一片。早在柯克亚1井喷油后，李敬就急如星火地从北京来到塔里木，坐镇指挥抢险。

一个北京来的副部长，那时就住在井场旁边的一顶单帐篷里，全天候组织指挥抢险压井。

李部长喜欢与普通工人同甘苦，有时他到井队去蹲点，回来晚了，食堂已经开过饭了，他到食堂问大师傅："馍馍有没有？"

大师傅知道李敬是陕西人，爱吃面食，就说："部长，我给你下碗面条吧。"

李敬说："不行。你们已经下班了，不能为了我让你们加班。馍馍有没有？油泼辣子有没有？"

大师傅说："有。"

李敬说："好！你给我拿两个馍馍，来点油泼辣子，再来一碗白开水就行了。"

大师傅给李敬拿来两个馍馍和一点油泼辣子，倒了一碗开水。

这位部长把冷馍馍掰开，夹一点油泼辣子，吃完了，喝碗水，就走了。

老部长的这段故事，至今还是塔西南职工津津乐道的一段佳话，人们对那个年代的干部艰苦朴素的作风敬佩不已。

参战的将士们满怀豪情，壮志凌云，各井队在简陋的木板房和帐篷上用红色的仿宋体写着："大干石油有理，大干石油有功，大干了还要大干！"每个井队的队部门口都有一副抒豪情寄壮志的对联，看了让人热血沸腾。

但是，会战的进程却令人焦虑。柯9井打喷了，柯10井又打喷了。柯10井的井架被喷出的天然气烧成了麻花，灰溜溜趴在井场上。

时值隆冬，井下喷出的黑色原油伴着天然气，边喷边结冰，在井架

上堆成了一座黑色高塔。

柯 9 井压井时，李敬调来了几台高压水车，让水车同时喷水，形成一个巨大的水罩，减少天然气的浓度，加大安全系数。

在含有天然气的井场切割井架，是个险上加险的活儿，随时都有被烧死的可能。

4 名电焊工组成的“敢死队”上井台时，李敬提了一瓶酒，把焊工们请进帐篷，恭恭敬敬给每个人敬了一碗酒，为他们壮行。

焊工们喝完了壮行酒，李敬副部长出帐篷，走在最前面，4 名焊工跟在他的身后，像战士赴疆场，气昂昂向井场走去。

看到这壮烈的场面，当时在场的地质工程师罗春熙感动得差点落泪。

几十年后，讲起这件事，已经年近八旬的他依然很激动：“那是随时都有可能死人的事啊！李敬同志是石油部的副部长，李部长这是要和工人同生死啊！这才是我们共产党的干部，这才是真正的共产党人！”

紧张的几个小时后，井架切割成功了，也为下一步成功压井打了基础。

连打了两口事故井，作为指挥这场会战的石油部领导，副部长李敬承受的压力之大，会战队伍里的其他人难以想象。

柯 11 井开钻时，李敬副部长双手抱拳，对井队的工人和技术人员说：“如果再把这口井打喷了，我就从这井架上跳下来！”

在场的干部职工都了解李部长的脾气秉性，没有人认为部长说这话是在吓唬人。听了老部长的这句话，无人不动容。

这口井果然没有打喷。

然而，会战的形势却让人没法乐观。两年多过去了，李敬和会战大军期盼的大油田还是没有出现。除了柯克亚油区有两口探井出油外，其他探区的探井一个接一个地落空了。许多探井事故不断，井斜、井喷、卡钻、断钻具等事故层出不穷。

这期间，石油部长宋振明带着几位副部长和勘探专家，从北京来到塔里木探区，沿着盆地从北到南转了大半圈。离开塔里木盆地前，宋振明部长感慨地说：“不是塔里木没有油气，是我们的装备技术太原始，太落后了！”

时值国家要压缩建设规模，石油部决定暂停塔西南的勘探，把大部分会战队伍调往北疆克拉玛依，留一部分队伍在塔西南继续勘探。

一场轰轰烈烈上马的大会战，轰轰烈烈地下马了。

撤退的队伍恋恋不舍别南疆，每个人都心有不甘。当初，他们满怀热望从全国各地来这里，都想从地下抱出个“金娃娃”，也想在这里建功立业，现在形势变了，他们不得不打道回府，心里头却是万般不舍。

华北油田的钻井队队长王兆霖接到撤回河北的命令时，不想走又不能不走。临别时，他满腔悲愤地操起焊枪，爬上井架，焊下了几个大字：塔里木，我们还会回来！

十年后，塔里木大会战的锣鼓又一次打响，王兆霖在河北闻讯后第一批报名，再次西行，又来到这个让他魂牵梦绕的大漠。

一张白纸上的坚守

望着陆续撤出塔西南的队伍，留下来的人们心里五味杂陈，说不出是喜还是忧。

他们基本是“老南疆”，1952 年以来，这是他们在塔里木第五次经历上马又下马的会战冲击，经常过着游击生活。

既然要扎根留守，就要有个生活基地，让大家把根扎下。会战大军开初在叶城县城外的戈壁滩上搭起一片帐篷，老老少少都住在大大小小的帐篷里，人们戏称“帐篷城”。

李敬副部长原想把基地建在叶城县，没想到该县的书记坚决不同

意，理由是叶城是个穷县，缺粮又缺水，一下子来这么多的石油人，要吃粮要吃菜又要用水，还有可能把物价搞上去，叶城县根本养不起。

正在李敬等领导为几千人的落脚点一筹莫展时，热情的解放军某师师长慷慨地说："你们到泽普去吧。我们在泽普县奎依巴格乡的东岸大渠那边搞了一块地，有好几平方公里大，离叶尔羌河也不远，本来这是准备给我们师做副食基地用的，就送给你们的人安家吧！"

李敬派人和泽普县的领导商量，泽普县委和政府的领导表示了热烈欢迎和大力支持的态度。

于是，留在塔西南的老老少少6000多人，浩浩荡荡把他们由上千顶帐篷组成的"帐篷城"，从叶城县城外搬到了距泽普县城城外18公里的一片荒漠上。

搬家的日子里，从叶城到泽普的公路上，每天烟尘滚滚。车里的老老少少满怀希望，也涌起几分惆怅。

这里是叶尔羌河的一条古河床，地上全是青色鹅卵石，不长一棵草，什么都没有。

天高地旷，这地方就是空无一物的一张白纸，石油人来到这里安家落户，一切都得从头来，他们要在这张白纸上画一幅新美的图画。

石油人做事历来大气，塔西南人给这里起了个很气派还有几分神秘的名字叫泽普基地。

来到泽普基地的几千人中，许多是1952年以来"四上塔里木"的老石油，有些人俄语、维吾尔语都很好。1952年到"文革"期间，石油部曾经组织队伍在塔里木搞过4次勘探会战，史称"四上四下塔里木"。每次会战都有一定规模，每次会战都没有大收获，人却一茬一茬留在了塔西南，其中不乏精英人才。

到了泽普基地的头几年，塔西南人还是住在帐篷里，那时已是20世纪80年代初了，这里却连一座砖房都没有，满眼里全是帐篷。

南疆大漠风沙多，沙暴来时天地暗。塔里木油田史志办的李明坤

1980年从北疆到泽普基地工作后，赶上了一场黑风暴，北疆长大的他头一次领教了南疆沙尘暴的威猛。

那是9月的一天，下午2点多钟，大家刚吃过午饭，黑风暴便凶神恶煞般突然扑过来了。石头沙子们疯了一样漫天飞舞，搅得上不见天，下不见地，李明坤赶紧拉灭了帐篷里的电灯。

让他恐惧的是，明明是大白天，帐篷里竟然伸手不见五指。

技校一位副校长住的帐篷一角被刮得在风沙中乱飞，他跑出去想把帐篷的那一角拉回来，不料刚一出去，就身不由己地被狂风刮跑了。管后勤的教师赶紧去追副校长，也被大风卷跑了。

两个多小时后，风停了，沙静了，副校长和管后勤的教师爬起来一看，很奇怪彼此怎么离得这么近，更奇怪刚才怎么没发现对方就在自己身边，他们先是惊讶，接着都笑了。原来刚才黑风暴呼啦啦刮得天昏地暗时，他们俩就趴在同一条小渠沟里，两个人屁股对着屁股，却互相不知道，谁也不知道黑风暴何时把对方刮到了自己身边。

时任塔西南勘探公司地质所副所长的罗春熙记得，那时无论官大官小，都住在泽普基地的帐篷城里，差别只是家里人口多的住两顶帐篷，人口少的住一顶帐篷。有些单身汉成家后，没有新帐篷，就在旧帐篷里挂一个床单，隔出一块小小的空间，就算小两口的新房了。

各家做饭烧的都是原油，每家都有一个简陋的土制油炉子。到了做饭的时候，原油燃烧时刺鼻的味道在帐篷内外飘荡弥漫，呛得大人小孩们不是咳嗽，就是流泪。

帐篷里的夏天热得像蒸笼，冬天冷得像冰窖。好在石油人在野外跑惯了，也苦惯了，在这里虽然苦得一塌糊涂，大家也无所谓。

石油人乐观浪漫的群体性特色，在帐篷城里照样表现得淋漓尽致，大人孩子们的欢声笑语，终日回荡在大大小小的帐篷之间，为这片亘古荒漠带来了勃勃生机。

渐渐地，人们在泽普的帐篷城里盖起了平房，又盖起了楼房。再后

来，树也有了，草也有了，这里越来越像个生活基地了，塔西南人总算有了一个家。

这泽普基地是个前不着村、后不着店的地方，西距南疆名城喀什260多公里，东离盛产美玉的和田370多公里，距泽普县城还有18公里，交通甚是不便。

1980年代初，和塔西南人同甘共苦好几年的副部长李敬要离开塔西南了。临别时，老部长依依不舍，会战没有达到预期目的，他心中也不免恓惶，只是这份壮志未酬的大遗憾，实在难与人言。

也许是为了掩饰对塔西南人的内疚，李敬在送他去喀什机场的路上，在汽车里兴致勃勃地大谈塔西南的美好前景。他想给留在塔西南的人们以希望，让他们对未来充满信心，至少心头里能有个热罐子。

突然，塔西南勘探公司技校一位搭便车的教师说了一句话："李部长，您搞会战把我们这些人带到这里，现在你走了，我们这些人就永远留在这地方了。"

刚才还口若悬河兴高采烈的老部长听了这句话，像被人猛然戳了一下，顿时神情黯然哑了口。此后，在泽普到喀什几百公里的公路上，这位平时爱开玩笑言谈幽默的老部长，再也没说一句话。他的心情显然很沉重，但他想了什么，谁也不知道。

石油部的老部长康世恩生前念念不忘留在塔西南的几千人，老人家去世前，委托他的秘书给塔西南的人打电话，希望在反映他的生平的画册上，上一张他1983年到塔西南考察调研时的照片。

在这位曾经担任过国务院副总理的老石油人的心中，留在塔西南的这几千人是他永远的牵挂。

1983年8月，国务委员康世恩来到塔西南。康世恩是石油部的老部长，当年大庆会战的总指挥，大半辈子都献给了我国的石油事业。他从塔西南回到北京后，给党中央国务院的主要领导和邓小平写了一个报告，希望利用塔西南的油气资源，在泽普建设一座15万吨炼油厂、一

座可以年产 11 万吨化肥的中型合成氨厂、一座年产 1 万吨的液化气厂。

康世恩说，虽然南疆建设费用比内地高，但社会效益好，生产的油品可以满足喀什、和田、阿克苏三地州和西藏阿里地区的需要，化肥产品可以基本满足当地农业需要。这些石化产品仅运费每年即可节约 1 亿元。化肥的供应可以使每年农业产值增加 2.8 亿元，扣除成本净增 1.6 亿元，当地农民每年人均收入可增加 45 元。液化气则可以解决 4 万户城镇居民的燃料问题。有了这三项工程，南疆各族人民的生产生活困难可以得到很大的改善。

在北京中南海，邓小平、胡耀邦和赵紫阳很快批准了这个报告。

3 年后的 1986 年 5 月 11 日，南疆最大的三项石化扶贫项目破土动工，塔西南人和来自全国 28 个省市自治区的建设者，一起参加了“三项工程”的建设。

工地上，塔西南人用大字标语写下了他们的心里话：“辛苦我一个，幸福南疆百万人!”

这不是挂在墙上给人看的漂亮话，是他们的肺腑之言。为了给南疆人民造福祉，塔西南的职工什么苦都肯吃。在“三项工程”建设的近 4 年里，他们用大干苦干的实际行动，诠释写在墙上的豪言壮语。

“三项工程”建成后的 1991 年，南疆 5 万户城镇居民破天荒用上了液化气。充裕的化肥供应，成了南疆农业生产大飞跃的催化剂。1990 年，和田地区棉花产量比 1989 年增长 63%，喀什地区的棉花比 1989 年增长 66.8%。靠近石化厂的泽普、莎车、麦盖提、叶城、巴楚等几县，棉花由原来的平均亩产 100 多斤提高到 200 多斤。疏附县的水稻出现吨产田，平均亩产 500 公斤。1990 年，南疆三地州农民人均收入：和田地区 389 元，克孜勒苏柯尔克孜自治州 406.67 元，喀什地区 600 元，其中毗邻石化厂的泽普县农民人均收入达到 724.74 元。在贫穷的南疆，这一切都是史无前例的成就。

塔西南的大部分职工，来自北京、四川、山东、江苏和东北等地，

1978年会战时，许多内地人满怀找大油田的豪情来到塔里木。几十年来，在塔西南吃了不计其数的苦，大漠风沙吹老了他们的容颜，但他们没有后悔，他们已经把这个他乡当故乡了。

1978年3月的殷文树，正在解放军北京某后勤部队当兵，突然有一天，上级宣布，他和十几个战友要转业到新疆当石油工人。团长给他们送行时说："你们要准备吃苦。看过电影《创业》和《昆仑山上一棵草》吗？你们到新疆要不思享受。"

殷文树闻言乐开了花，他对团长说的到新疆要吃苦这话没啥感觉，高兴的是当了8年兵，如今能到新疆去当上石油工人，就不用为将来复员回四川农村再种地发愁了。

告别了首都北京，殷文树和其他部队的战友们坐上西去的列车，兴高采烈地唱着歌往新疆跑。火车进了河西走廊，满眼里都是荒凉景，越走越荒凉。殷文树的心凉了，他和战友们的歌声也越来越少了。

火车到了新疆境内后，殷文树他们在一个兵站遇到一批回内地去的复员兵，那些人见殷文树他们也是复员兵的模样，就在闷罐车里喊道："新疆苦得很，你们不要去！"殷文树他们仔细看，这些复员兵个个脸色黝黑，估计都是边防兵。

在乌鲁木齐的新疆石油局招待所，殷文树被分到了南疆，另一些战友去了克拉玛依。

殷文树从小没吃过羊肉，也闻不得羊膻味。到了叶城县，他觉得空气里到处都飘着羊膻味。住在叶城县城外的"帐篷城"里，每天的主菜只有干菜和从西藏阿里地区拉下来的干羊肉。殷文树闻到这味就想吐，可也得强忍着恶心的感觉往下吃。

殷文树在部队时是班长，到这儿还是班长，如今他的部下有32个人。他们的任务是给会战队伍在叶城县城外的"帐篷城"建一个柴油发电站。他说，会战热火朝天，我们不分白天黑夜地干活，好在那时候年轻，也没觉得怎么苦。

殷文树至今难忘的是南疆的黑风暴。那黑风暴一来，“白天就变成了晚上”。黑风暴有时也会晚上刮，好几次晚上刮黑风暴时，他们正在帐篷里睡大觉，白天的劳动太累了，个个都睡得不省人事。早上起来后，发现牙缸牙刷和毛巾都不见了，放在小箱子里的饭票也不知去向了，落在被子上的沙土足有几厘米厚。

虽然这么苦，开朗乐观的殷文树并不觉得苦。到了叶城后，听说这次会战是要在塔里木找两个大庆，他感到能参加这个会战很幸运，也很自豪。

塔西南的队伍搬到泽普基地后，殷文树把媳妇和两个女儿也从四川遂宁的老家接过来了。

2011 年，殷文树从泽普基地退休了。这个转业兵在塔西南干了 33 年，他的爱人和两个女儿都从四川人变成了塔西南人。

有记者问他后悔不后悔?

他爽朗地笑着答道：“没啥子后悔的！石油人嘛，说小了是为生活，说大了是为国家，都挺好的。”

伍兴志是塔西南的“油二代”，他 16 岁时随父亲从重庆来到塔西南，1993 年技校毕业后，在一个叫巴什托甫的油田当采油工。巴什托甫在巴楚县和麦盖提县交界处，是塔西南的一个小油田。

这里距泽普基地有 300 多公里远，他和两个采油工“住在一个烂烂的铁皮房里，窗户上没有玻璃，就用纸壳子、木板子钉上，晚上要自己发电，上厕所要自己到外面挖坑”。他们 3 个人看一口井，每周有人给他们送一次菜，送一次水，3 个人就轮流做饭吃。在这个艰苦得令人唏嘘的地方，伍兴志干了整整 6 年，把最美好的年华献给了这个荒凉得惊人的小油田。

装车工尹恒的父亲从四川南充来新疆后，先在克拉玛依工作，柯克亚出油后，就从北疆来到了塔西南，后来，尹恒的妈妈也从四川岳池县罗渡区调过来了。

他妈妈在罗渡时是一个广播员，工作很安逸，到了泽普后，就特别怀念家乡的青山秀水。

尹恒记得，他小的时候，南疆的风沙特别多，每次一刮风沙，他妈就满腔怒火骂他爸："都是你，把我们调到了这个鬼地方！"

每逢这种时候，尹恒的爸爸总是嘿嘿一笑："这地方有啥子不好嘛，没有老家那么多阴雨天哟！"

……

1978 年南疆大会战时，四川石油局有 4200 多名职工告别美丽的巴山蜀水，来到了荒凉的塔里木。会战下马后，其中的 3200 多人留在了塔西南，不辞长做新疆人。他们的子女，也留在了新疆泽普，成了这里的"油二代"。他们共同的名字叫塔西南人。从此以后，故乡只在梦魂里。

自 1952 年中国和苏联合作勘探塔里木起，塔西南人就没有停止在这一片荒漠上追寻那个大大的"金娃娃"的步伐。无论在"五上"的轰轰烈烈中，还是"五下"的冷冷清清后，他们始终千辛万苦地坚持在昆仑山前找油找气，不离不弃。父辈退休了，儿女们接着找，但资金不充足，设备不先进，技术不领先，各种条件制约着他们，他们一直没能如愿。

塔西南人对这一片壮阔的大地爱恨交加，难舍难离。

泽普基地的 6 区是一片坟地，坟茔已有上千座，那是塔西南人最后的归宿。这些来自全国各地的塔西南人，这些曾经鲜活的生命，已经化为塔西南大地里的一抔黄土，与昆仑山前这片他们挚爱一生的大地融为一体了。

他们活着是塔西南的人，死了是塔西南的魂，生生死死都没有离开塔西南。

大漠风高夜，坟场里的青草窸窸窣窣，响成一片，那是化为鬼魂的塔西南人在热烈地探讨这片大漠的过去与未来。

塔西南勘探开发公司的诗人许廷平在一首诗中写道：“许多人抵达这里，用尽了一生一世。许多人离开这里，留下了一生一世。”

其实，每一个塔西南人都知道自己为什么痴痴地坚守，为什么苦苦地追寻。

“内部乙方”“跑外探”

1999 年 9 月 10 日上午，一支十几个人的队伍登上汽车，从塔西南公司的泽普基地出发了，他们此行的目的地是位于塔克拉玛干沙漠腹地的塔中作业区。

这是他们头一次走进“死亡之海”腹地。塔里木太大了，塔西南人长期偏居一隅，从来没人去过塔克拉玛干沙漠腹地，在他们心中，那是个遥远而陌生的地方。

他们是塔西南公司从几千人中挑选出来的精兵强将，入选者都是柯克亚油田班组长以上的优秀员工。带队的张永昌，是柯克亚油田注气站站长。

奔驰的车子里，每个人都显得神情庄重。他们是到泽普之外的区域闯市场的第一批塔西南人，也是塔西南公司的代表，人人都怀着强烈的使命感。

一个多月前，中国石油天然气总公司的领导宣布，塔西南勘探公司整体划入塔里木油田公司，8113 名职工整体划入油田主业。

按照中石油战略重组的原则，其他油田都把职工分为主业和辅业两部分，唯独将塔西南的职工整体划入主业，没有分成主业和辅业。当时，划入辅业意味着成了油田的“二等公民”。中石油和塔里木油田高层顾念塔西南职工在昆仑山的前几十年里苦得太久了，在战略重组时破例没有把塔西南的职工一分为二。

几十年来，塔西南勘探开发公司一直是新疆石油局的一个下属单位，但孤悬在昆仑山下，远离位于北疆的新疆局机关克拉玛依市，两地相距有将近3000公里之遥，就像新疆石油局一个长期流落在外的儿子。

新疆石油局在北疆勘探开发的任务很重，对塔西南鞭长莫及，也没法把足够的投入和精力放在塔西南。塔西南的几千员工，就守着一个年产十几万吨的柯克亚油田和“三项工程”过日子，工资不高，奖金很少。

听到整体划入塔里木油田的消息，塔西南人欢欣鼓舞，也有人心里五味杂陈。1952年到1989年前“五上五下”时，他们是塔里木石油勘探的主角，1989年中石油组织人马“六上”塔里木大会战后，他们就成了“观众”，只能在塔西南给新疆石油局当个无足轻重的配角，强烈的失落感难以言说。如今，孤雁总算归群了。

塔西南勘探公司与塔里木油田融为一体后，塔里木油田向塔西南公司全方位开放了内部市场，塔西南人可以到原属塔里木油田的各作业区承包各种业务了。

过去，塔西南和塔里木油田是两家人，虽然同在塔里木盆地勘探开发，但塔里木油田在盆地东、中、北部的广大区域，塔西南人只能在昆仑山前的盆地西南部活动，“井水不能犯河水”，彼此都不能越界勘探开发。塔里木油田这边勘探开发的成果大，效益好，职工收入自然也高，油田人的日子红红火火，塔西南人看得羡慕嫉妒恨，却只有无奈。

两家人合成一家人后，塔里木油田对新接收的塔西南的方针是“大融合、大团结、大发展”。整体接收塔西南后，塔里木油田领导慷慨地表示，给泽普基地新盖800套住宅，改善塔西南人的住房条件；投资2700万元，更新塔西南的几台老式钻机；还计划把塔西南化肥厂的生产规模和能力由15万吨扩建为50万吨。

但是，塔里木油田也是企业，开放了市场，塔西南人就要凭自己的本事挣钱。

塔西南人把塔里木油田这边称为“外探区”，区别于原来的柯克亚油田西河堡作业区。到塔里木油田闯市场，他们称之为“跑外探”。

在“外探”区，塔西南队伍的身份是“内部乙方”，他们每年和其他乙方队伍一样，要和塔里木油田本部的有关部门签合同。这种状况，在全国各个油田里绝无仅有，塔西南人感到很尴尬。

现在，张永昌他们就要去承包塔中油田的一个80万立方米的注气站。

塔中油田在塔克拉玛干沙漠中央，在塔中，这些工龄已经十几年的塔西南人遇到了前所未有的严峻挑战，这些年轻的“老革命”都遇到了新问题。

他们在柯克亚油田的西河堡作业区时，住的是4人间的公寓楼，喝的是优质水。到了塔中，住的是透气性很差的木板房，4人间也变成了上下铺的8人间，生活用水是既苦又咸的净化水，一刷牙就想吐。洗完澡，浑身的皮肤都发白，还痒得难受。

更让他们喘不过气的是异常严格的技术培训。塔中作业区的技术水平在当时全国领先，这套80万立方米的注气站是全进口设备，操作说明书上的文字全是英文，一个汉字都没有，作业区的老师要求他们必须学会阅读英文的操作说明书。

塔西南人发现自己真的落后了，“雄关漫道真如铁”，他们别无选择，只有拼力追赶，哪怕前头是鬼门关，拼了命也要冲过去。

如今已是大北作业区运行二部安全工程师的孙鹏回忆说，在塔中培训的那十几天里，我们每天从早到晚除了吃饭睡觉，就干两件事，一是学习，二是考试。那些天正是塔克拉玛干沙漠里最热的时候，到设备跟前轮流练习操作时，实行轮流制，有人在闷热的操作间里练习，其他人就在酷热的沙漠里晒着等着，个个晒得汗如雨下头发昏，有人热得鼻血流。

老师要求，当天学过的东西，必须当天消化，每天一小考，每周一

大考。为了考得好，每个人都像上足了劲的发条，下班后，就跑到住地外面的路灯下、餐厅或会议室里，埋头苦学，有人记单词，有人记操作界面，还有人在画流程图。

孙鹏他们在西河堡作业区工作多年，从来没有这么紧张过。他们也憋着一口气，再苦再难也要学出个好成绩，不能让别人小瞧了咱塔西南人！

张永昌和孙鹏他们这些第一批在塔中“吃螃蟹”的人，在塔里木油田的市场上为塔西南人闯出了牌子，油田陆续把克拉、轮南、哈得和桑吉等作业区的业务项目承包给塔西南的队伍了。

2002 年 3 月，哈得作业区成立时，塔里木油田要在这里试行油田和塔西南队伍的融合式管理。张永昌带着塔西南的 20 多个先锋队员千里迢迢过来了，在泽普基地，还有 100 多人正在紧张培训，准备开赴新区。

张永昌给他们这次“跑外探”定了一个目标：占领一个市场，建立一个基地，树起一座丰碑。

为此，塔西南的这支队伍成立了临时党支部，身为作业区党总支副书记的张永昌，又兼任这支队伍的临时党支部书记。

来到哈得作业区的塔西南人，都是竞聘上来的佼佼者，到了哈得后，又经受了为时 7 天的强化培训。作业区的老师当天给他们讲了课，第二天就要考昨天讲过的内容。

那 7 天里，每个赶考的塔西南人都高度紧张，他们像拉满的弓，时刻都处在战斗状态。能不能承受这种压力，有没有这种能力，每个塔西南人只能用自己的考试成绩作出回答。

他们白天到站上熟悉设施设备，掌握生产工艺流程，弄懂每一条管线、每个机泵、每套装置的运行原理，晚上复习备考，一点也不敢懈怠。联合站设备的技术资料只有一本，二十几个塔西南人晚饭后顾不上休息，就在宿舍里传抄问题和答案，经常熬到半夜时分。

当时的塔西南哈得项目组综合办负责人张征说，那7天，是我们共同度过的一个终生难忘的“魔鬼周”。我们必须向作业区的其他人证明，我们这些塔西南人不是“吃馍馍混卷子的”。

7天后，二十几个塔西南人全部考试优良，他们在哈得作业区全面接岗了。

这就是塔西南人，一旦掌握了新技术，个个都是好样的。

一年后，塔里木油田在各作业区推广了塔西南人和作业区共同创造的融合式管理的经验。

如今，“跑外探”的塔西南人，已经有2000多人了。

塔西南人十几年“跑外探”的漫漫长路，有艰辛，有悲苦，有泪水，也有欢笑。

家在泽普基地的塔西南人，要跑到塔里木油田的各个作业区里干活，他们跑得很辛苦，也很辛酸。

从泽普到沙漠里和塔里木油田各作业区，有1000公里左右。在这些地方干一个月，才能回泽普基地休一个月。回家的路，一个单程就要颠颠簸簸走两天。

2002年3月第一批到哈得作业区的那20多个人，想给1000多公里外泽普基地的家人打电话报个平安，可是那个方圆几十公里没有人烟的地方没有电话，手机信号也没有，大家急得团团转。作业区后来给他们住的板房里装了一部电话，每天下班后，大家就排队轮流给家里打一个“平安电话”。

有一年，孙鹏干了50天后才回泽普休假。他说：“刚回家那几天，累得浑身像散了架，白天不愿意说话，晚上睡不着觉，早上还像在作业区时那样，到点就醒了。醒来后，自己也觉得可笑，又改不过来。说照顾家，也就是挂在嘴上而已。孩子见我，怎么也亲不起来。刚和孩子磨合好了，自己又该走了。想起这些事，心里总是酸酸的。”

虽然有许多难言的苦，但塔西南人还是争先恐后“跑外探”。“跑

外探”是塔西南人改变命运的大转机，是这个群体一次悲喜交加的凤凰涅槃，也使塔西南公司实现了发展史上的大跨越。

塔里木油田的勘探开发水平，代表着我国的最高水平。从昆仑山前“跑外探”的塔西南人，每天和塔里木油田的各种专家一起工作，从封闭走向了开放，开阔了眼界，学到了本事，增长了才干。

塔西南有37%的职工是维吾尔族，这些在南疆土生土长的少数民族职工也想到塔里木油田来干活，有活干就有钱挣呀！但“狼多肉少”，只能通过考试，竞争上岗。哈得作业区招人时，6个报名者中，只能录取1个，比高考的录取率还低。这些少数民族职工特别珍惜这种机会，培训时，他们特别刻苦，特别认真，再辛苦也坚持学。

英雄往往是逼出来的。哈得作业区的几十名民族员工刚来时汉话都说不好，闯过了语言关和技术关后，如今有些人已经走上了作业区的管理岗。

“跑外探”给塔西南的发展带来了活力，塔西南人在“跑外探”时遇到了新问题，也发现了新机遇，实现了长本事、树形象、增效益的一次大跨越。如今，塔西南人的收入和刚刚并入塔里木油田时比，已经大大提升。

枯木逢春

2014年7月12日，是塔西南人特别高兴的一天。

从这天起，塔里木油田把拜城县城外的大北作业区交给塔西南人运行管理了。

这是迄今为止塔西南负责运行管理的最大的一个项目。

为了这一天，塔西南人苦苦奋斗了十几年。

自从归入塔里木油田，塔西南人就开始离乡背井“跑外探”，如今

终于跑出了一片新天地。

“跑外探”的塔西南人，每承揽一个项目，就要进行一次大学习，也要经受一次大考验。

塔西南人承认，前些年长期偏居塔西南，他们的知识老化了，技术落后了，必须加紧学习，学习新知识，掌握新技术，追上时代前进的步伐。

塔里木油田开采油气的设备和技术，在当今世界属于一流水平，塔西南人都明白，他们必须认真地学，刻苦地学，否则就会被这个时代淘汰。

大北作业区日产天然气 440 万立方米、原油 50 吨，是一个中大型油气田，塔西南人从来没有独立运行管理过这么大的作业区。

也许是为了考验塔西南人，塔里木油田 2007 年把已经开采了 10 年的大宛齐油田交给塔西南人运行管理。这个老油田年产量只有 10 万吨，规模虽然不大，但地质情况很复杂，开采难度并不低。

塔西南人考出了好成绩，他们把这个年产量 10 万吨油的大宛齐油田管理得井井有条。

2013 年 10 月，塔西南的队伍来到了大北。他们面对的是 3 套崭新的天然气处理装置，设计年处理天然气 30 亿立方米。过去他们熟悉的柯克亚的油气处理装置，在这几套“高大上”的装置跟前，就是个早已落伍的“小老头”。

上百人的队伍，又开始了一轮大学习。过去，他们在其他作业区里承揽项目时，常常是被逼着学，带着怨气学。这一回，他们是心甘情愿地学，积极主动地学。他们自加压力，自己逼着自己学。这些平均年龄 41 岁的塔西南人，个个心里都憋了一股劲：一定要把这些硬骨头啃下来！

每天吃完晚饭，上百个塔西南人就不约而同地来到会议室里，互教互学，常常学到晚上 11 点多钟。回到宿舍，有人躺在床上，有人坐在

地上，个个手里拿的都是各种资料和流程图，人人都在自觉地学，谁都不想成为拖集体后腿的那个人。

2014 年 7 月 14 日那天投产时，一切都很顺利，投产一次成功了。

在场的塔西南人，个个都笑成了花。

塔西南公司接手大北作业区的运行管理，是一个标志性事件。它标志着塔西南人为塔里木油田技术服务的水平和能力达到了一个新阶段。

几十年来，拥有几千名员工的塔西南勘探公司，就靠一个储量不大、产量不多的柯克亚油气田和“三项工程”过日子，由于企业效益不好，员工的收入也不高，现在，有了这个大北作业区，塔西南走出困境就有希望了。

有了大北作业区这个“根据地”，塔西南人就可以到塔里木更大的市场上“攻城略地”，获取更加丰厚的经济效益。

2015 年第一季度，塔西南公司盈利了，而且有 5 亿多元！在塔西南的历史上，这是破天荒头一回，是具有里程碑意义的一件大事。

这年春天，塔里木油田给塔西南人送来了一份厚礼：塔里木油田把大北气田和博孜、神木 2 个区块交给塔西南了。2015 年，塔西南公司的油气产量可以达到 300 万吨了。

塔西南公司要发了，几千人守着柯克亚这个既老又小的油气田苦苦过日子的时代，一去不复返了！

按照塔里木油田的部署，在未来的 5 年里，塔西南的年产量将要达到 500 万吨。这么大的产量，塔西南人过去想都不敢想！

2015 年，塔里木油田计划在塔西南部署新的地震勘探，还要打一批新井。

苦恋塔西南几十年的人们，终于看到了希望的曙光。

消息传到新疆首府乌鲁木齐，一位年逾八旬的老人格外高兴，他是塔西南勘探公司原总地质师夏公君。

20 多年前，已经退休近 10 年的夏公君，仔细研究了这里的地质资

料后，在叶尔羌河西岸设计了棋北 3 井。1996 年 12 月，这口井在严寒中开钻后，他说："我要陪着井队打这口井。"

夏公君 1951 年毕业于南京地质学校，是塔西南的第一代地质师。1957 年，他带着一个 5 人小组，从巴楚县的色里布亚穿过叶尔羌河，经塔克拉玛干沙漠到和田河踏勘，为 505 队 1958 年"九进九出"塔克拉玛干提供了宝贵的沙漠生活经验。此后几十年，这位故乡在南京的专家一直在塔西南搞勘探。

年近七旬的他，索性住在了井场上，每天亲自指导工人们打井。一年后，这口井完钻了，可惜没有打出具有工业价值的油气。

能怨他吗？老专家也是用尽了全身的才智，用上了全部的精力，他也想在塔西南为国家找到一个"金娃娃"，但塔西南的地质情况太复杂了，"天意"实在"高难问"啊！

这位用近乎一生的时间苦苦追恋塔西南的老专家，这个经历了无数挫折依然不屈不挠的老塔西南人，在百般不舍地离开塔西南时，满腹忧愤地留下一句话："不在塔西南找到大油气田，我死不瞑目！"

夏公君的这句话，喊出了老、中、青三代苦恋着塔西南这片戈壁大漠的石油人的心声。

"病树前头万木春"，塔里木油田掌握的勘探技术，具有国际先进水平，依靠这些新技术，新工艺，也许用不了几年，夏公君和塔西南人在昆仑山前找到大油气田的愿望，就会成为他期盼一生的现实。

第八章　无愧国家愧亲人

每个塔里木石油人都可以毫无愧意地说："我对得起国家，对得起我的收入。"他们也会满怀愧疚地对远方的亲人说："我亏欠你们太多了！"

无情未必真豪杰，豪杰有情真丈夫。这些狂沙不怕，断崖不怕，酷热不怕，严寒不怕，天大的困难也不怕的石油人，独有一怕，怕说亲人，怕提家事。

他们可以眉飞色舞地笑谈九死一生的险遇，可以神态自若地讲述工作中遇到的困难，还会眉飞色舞地讲述攻坚克难的历程，但是，一提起千万里之外的至亲至爱，他们的语速立即会由快变慢，表情立即会由明丽变沉郁，说话的音调也会迅速降低八度。人人都会轻轻一叹，像做了错事的孩子，声音低沉又满怀愧意地说："太亏欠家里人了，真的太亏欠她们了。"

超重的思念

每个行业都有自己的辛酸，塔里木石油人的辛酸大约称得上登峰造极了。工作苦，想家苦，他们要承受双重的苦。工作的苦，大家可以共担，想家思亲人的苦，却只能独自吞咽，默默承受。

远方的亲人，是他们每天的牵挂。在“看不见一个人，看不见一棵树”的沙漠里苦干了一天，收工后躺在床上或帐篷里，长夜漫漫，最想念的是家人，最牵挂的还是家人。

此刻，大漠悬明月，天涯各一方，亲人在很远很远的远方，在他们苦苦的思念里。

塔里木石油人对远方亲人的思念之情，比山还重，比海还深。塔中作业区的业余诗人李平在诗中写道：

我把思念
打成包裹
可每一个邮局都说——
超重。

一位家在河西走廊的甘肃民工爱唱歌，劳累了一天，想妻子，想孩子，想得心发慌时，黑夜里，他会跑到无人处，用“花儿”的曲调吼着唱道：天上的星星数不清，那是你的眼睛……

苍凉的歌声如泣如诉，唱不尽思念远方亲人的绵绵深情。歌声在夜空里随风飘荡，飞向很远的远方。

在昆仑山上，川庆山地3队一位来自云南的青年民工吃过午饭，坐在山崖上，唱起了家乡的山歌：

三月撒哟四月栽，

五月六月芦花开呀，

七八九月播种子，

十冬腊月你上街。

只想住到大山沟，

带上小妹手牵手呀，

有情有义唻，

我吃不着那个睡不着呀

……

昆仑山的风在轻轻地吹，把这位山民思念小妹的情歌送到很远很远的远方。

这原本诞生于青山绿水间的山歌，如今在寸绿不见的昆仑山上响起，让人有一种时空倒错的穿越感。

此刻，这位民工的小妹，也许正在家乡的水田里收割稻谷，她听不见阿哥充满思念的歌声，但她一定知道，阿哥虽然在遥远的昆仑山上，依然日夜想她念她。

献了青春献亲情。为了塔里木的油气勘探开发，这些家在全国各地的石油人，献了青春献亲情，有家难顾家。父母、爱人、孩子是他们的最爱，也成了他们的最痛。那是一种只能独自默默地咀嚼、痛苦地下咽的痛苦，而且如影相随，挥之不去，不招自来。

塔中作业区的王春生在前线工作了十几年，自从成家后，每次从塔中轮休回库尔勒的前一夜，他就失眠了。他从库尔勒回前线的前一夜，他爱人也会一夜无眠。这一对石油夫妻，就这样每隔 20 天左右轮着失眠一次。那时他们的孩子很小，王春生放心不下，但他必须放下小家顾大家。他说，我们这些大漠石油人，当工作需要我们放下个人感情时，再牵肠挂肚也得硬着心肠把它放下。

在东方物探和川庆物探的山地队里，在塔里木的上百个钻井队里，

在四川油建公司的员工中，几乎每个人的手机首屏上，存的都是孩子和爱人的照片。

把亲人揣在怀里，贴在心上，随时随地和亲人在一起，无论多苦多累多寂寞，心里就暖暖的，也能稍稍缓解对亲人的思念之苦。

2013 年 12 月，在塔克拉玛干沙漠中心的一个营房车里，东方物探公司 2113 队的几名职工拿出手机，屏幕上的照片无一例外都是儿子或女儿的照片，他们心爱的孩子都在河北涿州或河南开封。身在沙漠，远离家人，工作之余，他们最牵肠挂肚的是自己的孩子。

在这个“读图时代”，无论何时何地，想亲人时，他们就掏出手机，坐下来静静地欣赏亲人的音容笑貌。此刻，远在千万里外的亲人，就在眼前，静静地朝他们笑，向他们撒娇，对他们做鬼脸。虽然亲人的笑靥只在荧屏里，却也能给他们在大漠里枯燥单调的生活增添几分温馨，一些快意，也给他们力量。

每天给数千里上万里之外的家人打个电话，向亲人报个平安，问问家里的情况，成了每一个前线员工不约而同的“行为准则”。可是，塔里木盆地太大了，盆地周边巍峨的天山昆仑山太大了，就在此时此刻，在这些僻远神秘的巍巍大山里，在盆地中心的塔克拉玛干沙漠里，没有手机信号的地方依然多不胜数。赶上在没有信号的断崖区或沙漠里施工，员工们没法在电话里给亲人通音信，也只能在无奈中怅然入睡。

说起塔里木石油人“想亲亲”的苦，家在河北涿州的东方物探 247 队队长董刚说，在大沙漠里，白天除了吃饭，就是干活，每天有十几个小时都在干活。外面来的人见了觉着挺激动很新鲜的沙漠呀胡杨啊，我们早就看腻了，天天和这些东西在一起，也麻木了。晚上没事干的时候，想家人就是个事，那种滋味真像吃黄连，苦得没法说。就像熬鹰，千苦万苦地熬过小半年后，也就麻木了。最难受的是头 3 个月，忙完了工作，一有闲工夫就会想家，想老婆孩子，想家里的一切，想城市的繁华，想得人心情烦躁，脾气暴躁，看谁都不顺眼，吃啥也不香。

18年来，董刚和247队的300多名员工，还有上千名民工，每年短则半年，长则11个月在塔里木盆地内外的大沙漠、浮土区和大山里“转悠”。他说，我们的队员，有些是新婚不久就上了前线，有些是孩子出生不久就离家远行了，有些是爹娘年事已高甚至年老多病，自己又在这天荒地老的地方天天干苦活，咋能不想家？想孩子，想老婆，想父母，是所有人收工后最重要的“业余生活”。爹娘去世、爱人生产、孩子病重回不了家的人年年都有。遇到这类事，只能打打电话，寄些钱回去。我们这些人，虽然经常生活在无人区，但都是血肉之躯，都有七情六欲，也是有理智的感情动物，明知道想也白想，还是会想。

东方物探的何长意至今记得，那一年，他在塔克拉玛干沙漠连续干了11个月后，回到河南开封探亲，在家待了一个多月。每天与老婆孩子厮守在一起，小日子过得有滋有味，舒心又欢畅，他觉得这是一年中最快乐又幸福的时光。

3岁的儿子难免会调皮捣蛋，何长意生气时，也难免会打儿子几下。

春节后，他就要从开封上新疆了。他也不想走，在这美丽的古都开封，在这温馨的家里，和老婆孩子在一起的日子多美啊！这里没有大荒漠，没有沙尘暴，一切都那么惬意，那么让人留恋。但是，领导已经打来电话，出发的日子已经铁定，他就要登上西去的列车。

临行前的头一天晚上，儿子舍不得爸爸走，坐在床上呜呜地哭，爱人搂着儿子劝道：“让他走，省得他在家老打你。”

没想到，3岁的儿子突然扑到何长意的怀里，哭着哀求：“爸爸你打我吧，我不让你走……”

何长意愣住了，一时说不清自己是被吓着了还是被感动了，他呆呆地瞅着稚嫩的儿子，一句话都说不出来。

那一刻，他觉得自己的心快要碎了。

那一夜，他在后悔和自责中睡去，后悔自己在家的这些日子里几次

打儿子。

第二天，何长意依依不舍地走了。这一走，大半年后才能再回家。

回头望，妻子泪眼婆娑，儿子的小脸上挂满泪水。

他舍不得爱妻娇子在家受苦，但他不能不走，他的岗位在大漠里，他的事业在塔里木，那里有许多工作等着他和他的队友们呢。

列车隆隆奔驰，向西，再向西。何长意离家越来越远，但他觉得自己的心还在开封，还在妻儿身边。

出门时妻子和儿子的泪眼泪脸，还在何长意的眼前晃动；儿子那句“爸爸你打我吧，我不让你走”的哭喊声，还在耳边回响。他几次想放声大哭，但他不能，周围全是陌生人，谁解他这离家人心中的苦和痛？

何长意掏出一瓶白酒，大口大口往肚里灌，可是，“借酒浇愁愁更愁”。

醉意朦胧的何长意，在西去的列车里昏昏睡去了。离家前那一幕幕让他心碎的场景，又在梦境里出现了。

自从那次与妻儿痛彻心扉的告别后，何长意每次从开封探亲回新疆，出门时就再也不肯回头，他说：“我不忍心，也怕回头时看见她们娘儿俩送我时脸上和眼里的泪水。”

何长意与儿子和爱人别离的一幕，在塔里木石油人中绝非孤例。家在内地的3万多名塔里木石油人，每年都要经历与亲人这种拉锯般的亲情煎熬。团圆、离别，再离别、再团圆、再离别，一别就是“八千里路云和月”，短则小半年，长则十来个月。离家这么远，一旦家中的亲人出了急事难事，再着急也回不去，只能“电话解决”，头发都能急白了。

那年夏天，川庆物探公司山地队的杨昌林正在秋里塔格山上施工，手机突然响了。他爱人在电话里哭着说：“儿子的手被机器轧伤了。”接完电话，杨昌林木愣愣地在150米高的断崖上站了很久，像一根矗立的石柱。

这儿离他四川的家有好几千公里，他和儿子隔着万水千山。儿子手痛，他的心痛。杨昌林突然吼着骂道：“格老子，为啥子不轧我的手噢！”

秋里塔格山上的碎石，在杨昌林的吼骂声中哗啦啦往沟里滚，好像在为这位山地勘探队员的儿子哭鼻子掉眼泪。

2013 年 12 月底，在塔克拉玛干沙漠中心，说起远在河北涿州的儿子，东方物探公司 2113 队指导员唐红兵当着六七个年轻下属的面，突然泪如泉涌，泣不成声。

唐红兵已经在塔里木奋战了 20 年，过年不回家在他看来已是平常事。他的儿子小时候喜欢放炮，噼噼啪啪的炮声，闪闪烁烁的炮光，浓浓的火药味，给儿子的童年带来无尽的欢乐。过年时领着儿子放炮，也是唐红兵的一大乐事。但儿子 4 岁后，就不愿意放炮了，因为自从儿子 4 岁后，爸爸每年过年时都在塔里木搞勘探，回不了家。

没有爸爸的春节，对儿子来说，年味变得很淡很淡，放炮也就没意思了。唐红兵说，春节时没有爸爸陪着放炮的童年，是一个残缺的童年。

2012 年春节时，唐红兵正在昆仑山下施工。除夕夜，他又想起儿子放炮的事，给家里打电话时，问儿子放炮没有，儿子说：“没有。”他问：“为啥？”儿子只说了句“你不在家，放炮没意思”就把电话挂了。电话这边，唐红兵郁闷了好长时间。

2014 年，唐红兵和他的 2113 队几百名员工又要在塔克拉玛干沙漠里过年了，还是回不了家。他知道，已经 11 岁的儿子过年时还是不会放炮。

儿子勾起爸爸的伤心事还有多少，唐红兵不肯再说。这位河北大汉抹了一把眼泪，唏嘘着说：“不提这事了，换个话题吧。”

李春健已经有 5 个月没回家了。2013 年，他铁了心要带领四勘的 70551 队争当塔北区块的钻井“总冠军”。

为了快打井，多打井，钻井队的员工们付出了能付出的一切，舍弃了能舍弃的一切。

去年，70551 队钻井总进尺 24500 米，得了个第二名，李春健不甘心，他今年要把桂冠争到手。

李春健是个“80 后”。别看年龄不大，经历可是不一般的丰富。他 16 岁到新疆当兵，2001 年从部队复员后，被直接分到了华北油田在塔里木的钻井队，又回到了新疆。此后 10 年间，转战塔中、轮南和库车山前的克深三大区块，2013 年初调到塔北的轮南地区，担任 70551 队的书记。

他的家在河北任丘的华北油田，是个“油二代”，“从小在油窝子里滚大，身上的血都带着油味”，受父母一代的影响，有一股争强好胜不服输的劲头。

李春健说：“前些天，我们搬家安装开钻总共只用了 4 天时间，创造了塔北区块的最高纪录。今年我们要争总冠军，进尺至少 25000 米。大家的干劲很足，我们要干出个好成绩，也给自己争个脸。”

谈起金钱和荣誉，李春健和许多“80 后”的看法大有不同。他说：“挣钱这事儿没个头，怕的是有钱挣，没命花。钱这东西，今天是你的，明天就变成别人的了。荣誉就不一样了，你得到了就是你的，一辈子都是你的。再说了，荣誉也有含金量嘛！”

前几年，李春健的队伍在克深区块打井时，打了一口 8023 米的井，时称“中石油第一深井”。这口井打成后，油田领导从库尔勒跑到井队，亲自祝贺，又送奖金，人人有份，还上了中央电视台，名利双收，这让年轻的他感到很荣耀。

在李春健的心中，活在油田，干在井场，是人生最重要的事。去年，他本该休假 4 个月，但他在家只待了 40 多天，其他时间都在井队。妻子在河北闹着要离婚，其实原因不复杂，就是嫌他常年在新疆，不能天天在家陪她。办完离婚手续，他把年仅 7 岁的儿子交给父母，孤身一

人回到大漠，每天和井队的工人们一起干活，他要用汗水冲刷失去家庭的泪水，疗治情感的创伤。

李春键对得起塔里木，却对不起年幼的儿子。

家在新疆的塔里木石油人，离前线的距离近则200多公里，远则上千公里，在新疆说来不算太远，但他们的工作岗位在大漠，也常常是有家回不了。

迪那作业区书记王开国来到塔里木油田后的20多年里，工作岗位变来变去，忽而在机关，忽而在前线，无论是在前线还是在机关，他和爱人孩子总是聚少离多，家之于他，就是个吃饭睡觉的“客栈”。为了减轻亲人们过山车式的聚散之苦，他给家人立了一条有些残忍的“家规”：“出门时不送，进门时不接”。

这么多年来，王开国无数次回家离家，远至北京、广东，近在塔克拉玛干沙漠，说走就走，他的爱人和孩子一直默默地严格遵守着他立的这条“家规”，无人犯规。

这样不近人情的“家规”，把亲人团圆和别离的痛苦与欢乐挡在了家门外，对自己是多大的感情折磨，需要隐忍多少撕心裂肺的情感，大约只有他们一家三口自己知道。

那一年，12岁的珊珊按照老师的要求，准备写一篇题为《我的爸爸》的作文，小珊珊拿起笔，却不知道写什么。关于自己的爸爸，珊珊除了长相，再没有别的值得记叙的故事。

珊珊的爸爸孙建华是塔里木油田公司的物探野外管理人员，经常在距家上千公里外的昆仑山里，和川庆物探山地队的员工们摸爬滚打，一年只能回两三次家，回家后住不了几天，又拎起行李进山了。

珊珊给孙建华打电话，问道：“爸爸，你在干啥呀?”

孙建华正在昆仑山里和山地队的领导组织施工，接到女儿的电话，这位铁汉心酸得一时不知该对女儿说什么才好……

2005年，东方物探247队的帐篷营地里多出了一个小人儿，她穿

一身红色信号服，就像个“小石油”。这“小石油”只有4岁；她叫董润佳，小名佳佳。

小润佳的童年是在塔里木的大漠里度过的，城市孩子们常去的托儿所、幼儿园，几乎与她无缘。在小佳佳的童年世界里，满眼是黄沙、断崖、雪山、草原、红柳花和胡杨林。

佳佳是当时东方物探247队指导员董刚的女儿，董刚的爱人匡海霞也在247队工作。小佳佳出生后，董刚夫妇只能把孩子交给在河南开封的父母带。

有人问佳佳，你爸爸呢，你爸爸在哪里啊？佳佳指着挂在墙上的董刚照片，奶声奶气地说：“我爸爸在那里。”在她幼小的心灵里，爸爸就是挂在墙上的照片。

佳佳两岁时，有一天晚上，董刚从新疆给家里打电话，正在休假的匡海霞抱着佳佳在院子里玩，他问佳佳：“爸爸要回来啦，给你买点啥啊？”

佳佳在妈妈怀里指着天上的月亮说：“我要月亮，爸爸给我买个月亮玩吧！”

董刚当然没法把天上的月亮买回家给女儿玩，但他要满足女儿对月亮的喜爱。回到库尔勒，他跑了好几家商场才找到卖“月亮”的地方，一下子给女儿买了几个卡通月亮，带回了河南开封。

佳佳3岁那年，董刚两口子要去新疆罗布泊施工，他们本来想带佳佳一起去，但那地方“一年一场风，从春刮到冬”，夏天太热了，冬天太冷了，最冷时盖5床被子，人被压得喘气都费劲，但还是冻得睡不着觉，若把佳佳带过去，实在没法生活。

从河南开封出发时，匡海霞舍不得年幼的女儿，又不能不走，只好趁佳佳睡熟了后，悄悄地和董刚走了。

佳佳醒来后，一看妈妈不见了，就开始哭，哭着到处找妈妈，找不见就哭得闹得更厉害。幼儿园也不去了，一天到晚啥也不干，就是个

哭，也不好好吃饭。佳佳过去晚上睡觉都是抱着妈妈睡，现在睡觉没有妈妈陪伴了，又是个哭。把董刚的爸爸妈妈哭得慌了神，哭得家里全乱套了。

董刚两口子在罗布泊里施工时，天天想佳佳。匡海霞想给佳佳打电话，可是手机在那地方根本没信号。用队上的海事卫星打电话，只能十天半月打一次，通话质量又很差。

匡海霞在 247 队的解释组工作，白天忙得顾不上想女儿，到了晚上，年轻的母亲想年幼的孩子，经常想得哭湿了枕头。

几个月后，董刚两口子从罗布泊回到开封，匡海霞见到佳佳，女儿还没哭，她自己先哭了。才过了几个月，女儿变得又黑又瘦，瘦得不成样子了。奶奶在旁边抹着眼泪给海霞说："你们走后，孩子就天天哭，不好好吃饭，我们实在没办法……"

第二年春节后，董刚两口子又要去新疆了。这一回，匡海霞只好骗佳佳，明知这一去不知多久才能再回来，却只能给佳佳说"妈妈就去一星期，一礼拜后就回来。"佳佳很认真："就一星期啊，一星期后就回来!"匡海霞含着泪带着笑点头答应女儿："一星期后妈妈回来，给宝宝买好多好多好东西，给宝宝玩。"

董刚两口子走后，佳佳就天天算账。一星期后，还不见爸爸妈妈回来，佳佳又开始哭，哭得爷爷奶奶怎么也哄不住。

2005 年春末夏初的时候，董刚夫妇正在库车附近的牙哈做一个三维地震项目，董刚的妈妈长途跋涉几千公里，把佳佳从开封送来了。佳佳在家里哭得太厉害了，两位老人家实在带不了他们的这个心肝宝贝小孙女。

小佳佳来到爸爸妈妈身边，董刚夫妇终于可以天天见到自己的小宝贝了，虽然山地队的条件很艰苦，只能让孩子住在帐篷里，但两口子心里还是很高兴。

小佳佳的到来，给 247 队的员工们带来了无尽的欢乐。匡海霞特意

给佳佳做了一套和大人们一样的红色信号服，佳佳就穿着这身红衣服在营地里跑来跑去，大家都把佳佳叫“小红花”。无论谁到县城里办事，都会给佳佳带点吃的东西来。大人们没事的时候，都跑来逗她玩。

佳佳远离城镇，上不了幼儿园，匡海霞不敢耽误女儿的教育，她做了一些小卡片，上面有拼音字母、算数、英语、诗词，挂在墙上，她有空时，就教佳佳认字，大人有空时，也过来教教她。女儿在这种环境里这样学，董刚明知要比别人的孩子少学很多东西，可他们没有办法改变这种现状。

佳佳倒是不哭也不闹了，只要能看见爸爸妈妈，她就很满足。

那一年，董刚夫妇在库车和新和县的 3 个项目里连续干了 8 个月。爸爸妈妈干到哪里，小佳佳就跟到哪里。大人们住帐篷，她也住帐篷，大人们吃什么，她也吃什么。

英买力的夏天特别热，风沙特别大，佳佳热得浑身长痱子，董刚夫妇看着心疼，却又无奈。工区东距新和县有上百公里，西距温宿县也有上百公里，几百公里之间再无人烟，他们只好每天用痱子粉给女儿擦身子。

英买力的蝎子多，蝎子这东西无人不怕。大人们每天晚上睡觉前先要把被子褥子抖几遍，找被褥里的蝎子，第二天早上起来又要抖几遍。董刚夫妇怕蝎子蜇了女儿，每天早晚都要特别仔细地反复抖被褥，唯恐蝎子伤害了心爱的女儿。匡海霞经常一边抖被褥，一边掉眼泪。

2006 年，佳佳又随爸爸妈妈从开封来到了拜城县的一个帐篷营地。247 队的帐篷营地离拜城县城和库车县城都很远，队里没有其他小朋友，5 岁的佳佳就和队里养的几条狗成了好朋友，大人们出工了，百无聊赖的她每天就和这几个“狗朋友”在一起玩。到了吃饭的时候，董刚夫妇顾不上管佳佳，她就穿着一身红衣服，拿着饭盒，和大人们一起到食堂去吃饭。

每次队里收工的时候，佳佳最高兴，高兴得在营地里又蹦又唱。收

工后，爸爸要在库尔勒办项目收尾的事，她就可以和爸爸妈妈一起在库尔勒住几天宾馆了。在那里，可以清清楚楚看电视，痛痛快快洗个澡。在帐篷营地里，电视屏幕里经常飘雪花，洗澡几乎不可能。住几天宾馆，佳佳就可以和爸爸妈妈一起回家乡了。

就这样，沙漠里，戈壁上，大山中，247队的营地扎在哪里，佳佳就跟到哪里。这个小石油当过“沙漠之花”，当过“戈壁之花”，当过“山地之花”，反正走到哪里，她就是哪里“之花”。直到要上小学了，董刚夫妇才把他们的宝贝闺女送出塔里木的大漠，送回他们在河北涿州新安的家。

董刚是个性格豪放的人，谈起女儿这个“小石油”的这一段“大漠童年”，虽然嘴上说：“也没啥，就是在小队里混，混着玩儿，混着混着就长大了。”但心里的滋味一点也不好受。把自己花骨朵般的骨肉放在大漠里，夏天晒着，冬天冻着，沙尘暴里被风沙吹打着，这年头哪个为人父母者能忍心？可董刚夫妇只能如此，他们别无选择。

董刚说，石油人的孩子都缺少父爱，很多孩子甚至缺少母爱，这种现象在我们的沙漠队和山地队尤其普遍，想起来让人感到心痛，但这是没办法的事，你只能面对这个现实。

李国学在女儿倩倩2岁多时感到了对女儿的亏欠，那是一种让他锥心刺骨的痛。

李国学的单位是塔里木运输公司，塔运司被称为“大漠铁军”，基地在库车，主战场在塔里木，业务辐射全国各地。几十年来，在塔里木盆地内外，几千名司机围着塔里木的油气勘探开发事业转。司机们对亲人的绵绵柔情，常常被滚滚向前的车轮碾碎了。

自从倩倩会说话后，经常在外奔波的李国学，无论离家有多远，每天都要和女儿在电话里说说话。在小倩倩的印象中，爸爸的音容笑貌都在电话里，电话里的爸爸，在女儿心中更亲切，更温馨。

那年冬天，李国学回家后的第三天晚上，正和妻子在客厅里看电

视，手机突然响起来了。李国学拿起手机一看，原来是倩倩用妻子的手机从卧室里给他打来的电话。手机里响起女儿急切的声音：“爸爸，爸爸！”

李国学轻轻推开卧室的门，见女儿正趴在床上对着手机喊他。妻子拿过倩倩的手机说：“爸爸在家，打啥电话？”女儿看着李国学手中的手机，愣了一会儿才明白，电话里的爸爸和家里的爸爸原来是同一个人。

李国学也明白了，他回家后，已经有三天没有给女儿打电话了，女儿对没有电话的爸爸已经不适应了。

李国学抱起年幼的女儿，深吻着她稚嫩的小脸，泪水从脸上滚滚而下。这位大漠铁汉第一次感到了对女儿深深的亏欠。

倩倩长大些后，每次碰到疑难问题或有一点进步，都会在第一时间告诉李国学。看到女儿的进步，他总想给女儿以奖励，问她想要什么奖品，倩倩经常要求的“奖品”是“多陪她玩几天”。在女儿心中，父亲的陪伴就是最好的奖品和礼物。可是，李国学经常要到大漠里跑车，无法给女儿“颁发”这看似不用花钱的“奖品”。

2012年冬的一个早晨，在家休息的李国学早早起了床，帮女儿收拾好书包，早餐后送女儿出门去上学。他没想到，一刻钟后，倩倩又回来了，低着头说没赶上校车。

望着刚从窗外驶过的校车，李国学一时有些愣怔，但他很快就明白了，女儿是想让他送自己去上学。

李国学默默地给倩倩加了一件衣服，骑上一辆电动车，送女儿去上学。寒风中，倩倩把头紧紧地贴在爸爸的背上，父女俩一句话也没说。

圣诞节快到了，李国学回家后，只见倩倩拿出一个手工袋让他看。原来女儿做了3个大小不一的圣诞老人，贴在一张纸上，上面歪歪扭扭地写着一个标题：“快乐的一家！”

李国学在手工袋里给女儿放进一张他写的便条：“女儿，爸爸爱

你，就像你爱爸爸一样！”

李国学不知道只有9岁的女儿能不能读懂他满怀愧疚和爱意的心，他只想抓住一切机会弥补这些年来对女儿的亏欠。

在电话里听儿子叫一声“爸爸”，已经成了蒋金宝一种奢侈的享受。博士后蒋金宝是塔里木老“三勘”中原石油工程公司塔里木分公司副总工程师，一年在塔里木的时间有300多天。每次回到河南探亲，还没来得及和儿子加深感情，又要踏上返回新疆的漫漫长路。

有一次，他回家休假，一进门，年幼的儿子把他当成了陌生人，吓得直往妈妈身后躲，不但不理他，晚上睡觉时，不仅不让他上床，还把他往门外推。3天后，儿子才认了他这个爸爸。

每次离家赴疆时，为了不听到儿子揪心扯肺的哭声，不面对儿子那无限依恋的眼神，蒋金宝总是选择儿子熟睡的时候走。临行前，他给儿子留下深深的一吻，就匆匆离开。

夜深人静时，面对死寂的大漠，蒋金宝时常会想起远方年迈的父母，操劳的妻子和幼小的儿子。平时不吸烟的他，也会点起一支烟，舒缓一下心中的思念。

在电话里，他对爱人说得最多的一句话是：“对不起，最近又回不去了。”他的爱人总是说：“没关系，我支持你。”

蒋金宝知道，爱人一句“没关系”，不知需要多大的付出，这远比自己的“对不起”三个字更需要勇气和担当。一句“没关系”，包含了信任，也包含了默契。

蒋金宝知道，有一种默契，叫心照不宣；有一种感觉，叫心有灵犀；有一种思念，叫朝思暮想；有一种共鸣，叫心心相印。

大漠上，听到爱人那一句“没关系，我支持你”，蒋金宝常常会潸然泪下。

汤锌和王丽红是一对年轻的“石油夫妻”，汤锌毕业于长江大学，王丽红毕业于新疆大学，都是东方物探的野外队职工。这两个“80后”

在塔里木的哈得胡杨林中相识相恋后，原以为从此可以长相守，没想到很快就尝到了分离的苦滋味。

2012 年 5 月，汤锌随 219 队到昆仑山下的墨玉县境内施工，王丽红回到了河北正定的物探 3 处家属院，两人相距上万里。

热恋中的年轻人硬生生分开了，思念的心却难分离，你想我，我想你，彼此想得心发慌，却无法再相见，只能每天用手机打几个“万里长途”说情话。

王丽红知道汤锌爱吃花生，汤锌在远离城镇没人烟的地方干活，没处去买。有人从河北去新疆，她便给汤锌带去一包家乡的花生。

一颗花生一片情，颗颗都是恋人思念的心。大漠里，汤锌慢慢吃着丽红从万里之外带来的花生，更加思念远方的恋人。

9 月时，219 队收工了，汤锌急如星火地从新疆墨玉往河北正定赶，赶过去会他的恋人王丽红。

两个人刚刚在正定甜蜜相处了 1 个多月，王丽红 11 月又独自踏上西行路，随 2113 队到了位于塔克拉玛干沙漠公路 187 公里处的一个地震队干项目。12 月，汤锌则被调到了正在沙雅和新和县的 2100 队去施工，可叹这一对劳燕又分飞。

汤锌和王丽红感到最幸福的是，2013 年 11 月到 2014 年 4 月，他们随 2113 队在塔克拉玛干沙漠里共同度过了半年时间。“死亡之海”里虽然黄沙漫漫，工作十分单调，沙尘暴常常把人折磨得心烦意乱，但两个心爱的人能白天不见晚上见，他们都感到很幸福。

他们 2013 年春节后就领了结婚证，两人的父母也急着抱孙子，经常催他们快“办事”，他们也想早点举行个仪式，可两人这样漂泊不定，相聚不久便分开了，一分开就隔着“八千里路云和月”，见一面都难如上青天，“办事”的时间只能一拖再拖。

汤锌和王丽红在 2113 队相识相恋，这个队的指导员唐红兵很希望看着这一对年轻人早日成亲，也了却他的一桩心事。2013 年 12 月，唐

红兵在塔克拉玛干沙漠的营地里对汤锌和王丽红说："等咱们队的这个项目收工后，队上给你们办！"

2014年4月，正是库尔勒百花争艳的时候，2113队收工了，在库尔勒的一家酒店里，队长董志伟和唐红兵热热闹闹地给这一对年轻人操办了一场迟到的婚礼。

2014年12月下旬，汤锌又要"进队"了。他要到塔克拉玛干沙漠腹地的2113队干一个三维项目，王丽红独自留在库尔勒，两个人相距500多公里。

汤锌这一去，又得几个月。大漠内外，这一对"石油夫妻"又成了牛郎织女，又要开始新一轮的思念、牵挂……

这两个年轻的石油人，这一对"流动的石油夫妻"，几年来就这样在大漠内外忽聚忽散，相聚时如胶似漆，离别后日夜思念。

贾鑫和刘瑶这对不满30岁的小夫妻，相识于英买作业区，相恋于英买作业区，成家后又同在英买作业区工作，这好像是一桩看上去很美满的姻缘。但是，刘瑶的岗位在英买作业区综合办，贾鑫在英买的英潜作业区当副经理，两个工作点相距约50公里，小两口只能做牛郎织女。刘瑶仔细算了算，他们一个月最多能见4次面。2013年8月上旬的一天，贾鑫从英潜到英买参加一个会，晚上两人在一起吃了顿饭，算是难得的一次团聚，也就不到半个小时。饭后，贾鑫匆匆忙忙坐上车，又赶回英潜作业区了。刘瑶说，这次算是时间长的，有好几回，贾鑫来英买办事，完事儿就走，我们只能在一起待十分钟。

看似很近却甚远，不能团聚的日子里，这一对恩爱小夫妻只能在思念彼此中度日子。

"爸爸。我洗几个澡你就回来了？"每次在电话里听到儿子这样问，何凌的心里都酸酸的。

何凌7岁的儿子有一种独特的计数方法，他每天都洗一次澡，总希望洗一次澡后，就能在家里看见爸爸。

但何凌每隔 19 天才能回家轮休一次。他是塔中作业区综合办主任，在沙漠腹地已经工作了 15 年，他的家在乌鲁木齐。虽说在新疆，相隔也有上千公里。

综合办是作业区的“不管部”，对外联络、内部协调、迎来送往、撰写各种文件材料等大大小小的事情，都要他这个“不管部长”操办，每天动手又动嘴的事多得数不胜数。

在沙漠里说话太多了，何凌从前线回家休息时，在家里就很少说话。常年在家带儿子的媳妇，担心夫妻关系的“七年之痒”“十年之痛”，经常抱怨道：“你回来跟我就没话说啊？”何凌无奈地对媳妇解释说：“实在对不住，我的话在前线都说完了。”

何凌也觉得这样对不起媳妇，可他回家后确实已经没有多少话说了。从满眼黄沙的塔中回到繁华的都市里休假，他只想静静地享受和亲人在一起的温馨，把缺失的亲情补回来。

“前线实行轮休制，一个萝卜一个坑，接班的不来，你就走不了。我们这些在前线工作的人，都欠着家人的情感债。我算幸运的，媳妇生孩子时，从沙漠里赶回来了，亲眼看着媳妇进了产房。”何凌说。

媳妇生孩子，对年轻人来说就是最大的事了，可何凌的许多同事在爱人生孩子时回不去，没看见爱人进产房，没看见孩子出产房，有的从前线着急忙慌地赶回来时，只看见媳妇和孩子一起从产房出来。这就在媳妇手里落下一辈子的短。两口子吵架时，只要人家一提这事，立刻就蔫了，有理也变没理了。

今年只有 30 多岁的何凌，白发已经占了“半壁江山”，他妈妈每次见到他，总是心疼地说：“儿子，你这白头发又见长了，白的太多了。咋白得这么快啊，都快赶上你爸了！”

何凌心里也不无悲凉，嘴上只淡淡地说：“白就白吧。”

为娘的不想看着年纪轻轻的儿子白发如秋草，老人家给儿子买了许多核桃和黑芝麻，催着他每天多多的吃，盼望儿子的白头发能长得少

点，慢点……

何凌心里清楚，他头上的每一根白发里，藏的都是对老爹老娘和娇妻爱子无尽的思念。

泡在泪水里的亏欠

有一种泪水叫亏欠，亏欠的泪水锥心痛。亏欠着亲人的石油人流下亏欠的泪，苍老的胡杨也泪纷纷。

刚才谈工作时还神采飞扬，一提起家人家事，脸色立刻就“晴转多云”了。在塔里木采访，这已经成了“铁律”。

家人家事和亲情，成了塔里木石油人共同的情感软肋，不能触碰，碰一下就锥心刺骨地痛。

“太亏欠家里人了。”几乎每个人都会满怀抱愧之心地这样叹道。“我们常年在新疆，苦就苦点，习惯了，也无所谓，亏欠了老婆娃娃，没法弥补，挣再多的钱也补不上啊!”很多人无奈地说。

东方物探公司247队队长董刚是个“阳光铁汉”，平日里总是满脸灿烂，说起话来口若悬河，干工作更是雷厉风行。东方物探被称为中石油的“御林军”，247队是山地队中的甲级队，堪称“御林军中的御林军”。几十年来，董刚和前任队长吉承带着这支“王牌军”，在塔克拉玛干沙漠和昆仑山、天山之间纵横驰骋，战无不胜，屡创佳绩，可谓风光无限。

然而，提起在河北涿州的妻子和女儿，董刚就“刚”不起来了。作为东方物探为数寥寥的特级队长，他指挥上千人的队伍得心应手，但面对家事与国事的矛盾，却常显得智商不高。董刚在塔里木已经干了20年，每年在新疆戈壁沙漠上的时间有300多天，全队收工了，他还得在新疆忙活扫尾工程，照顾妻子女儿，基本成了空话。他无奈地说：

“我们的青春飞在荒滩上，精子撒在床单上。选择了石油这个职业，就选择了与家人分离，这是没办法的事。”

董刚是个英雄主义者，也是个乐观主义者，他编了几句顺口溜，描绘物探人和家人关系的尴尬：买了个房子住不上，娶了个老婆用不上，养了个娃娃管不上。这几句顺口溜，很快成了各物探队的流行语。

谈起孩子的教育，克拉作业区副经理王光辉一脸愧色。王光辉的家离作业区300多公里，他一个月有20多天在前线。女儿上小学四年级后，只要他在前线，就给爸爸打电话，请教怎样做题，于是，王光辉每天下班后，就在宿舍里用电话给女儿讲题。他从轮南作业区讲到克拉作业区，从女儿小学四年级讲到孩子上初中，一讲就是好几年。遇到自己也不会做的题，王光辉就发动作业区的其他同志集体做，有了正确做法和答案后，再打电话告诉女儿。总地质师刘峰的女儿小时候睡觉前爱听他讲故事，听不到爸爸讲《淘气包马小跳》的故事，她就睡不着。刘峰上前线后，每天晚上的一个重要任务，就是在电话里给女儿讲《淘气包马小跳》的故事。这套书总共有13本，刘峰从库尔勒讲到英买作业区，又讲到克拉作业区，13本书里的故事，他前前后后给女儿讲了近一年。

“我们这些人，回家就像出差。”轮南综合公寓经理聂观涛一句朴实的话，对无数塔里木石油人与家的关系的表述可谓准确无比。聂观涛管理着塔里木油田最大的员工公寓，还负责几百人的餐饮。“民以食为天”，食宿问题，关乎前线员工的健康和情绪，他不敢有一丝一毫的马虎大意，几乎每天从早到晚都在这个前线公寓里里外外地盯前盯后。他的家在200多公里外的库尔勒市，回家成了一种奢侈的享受，也成了家人的节日，只有家里出了什么爱人处理不了的事，他才会赶回去一趟，办完家事，又匆匆忙忙赶回轮南。聂观涛不善言谈，却善于总结，“回家像出差”，是他几十年在前线与家之间来回奔波的感慨，也是许多塔里木石油人与家的真实写照。

牙哈作业区生活管家冯秀丽最痛心的是，女儿上初中时得了白癜风，起初只有针头那么一点大，冯秀丽整天在前线忙，顾不上带女儿继续认真治疗，就请姐姐领孩子到当地医院去诊治。没想到碰上个庸医，用了激光照射法，孩子脸上的皮肤第二天就变黑了，后来白斑还越变越多了。女儿因此受到很大打击，在同学中屡受歧视。冯秀丽痛苦万分，觉得这辈子最对不起女儿的就是这件事。2012 年，女儿考上了重庆科技学院。冯秀丽担心女儿因为这毛病到大学后再受歧视，送孩子远行时，她满心愧疚，泪流不止，女儿抱着妈妈，哭着说："妈妈不哭。我会好的，妈妈别担心我。你是世界上最好的妈妈。"

老话说："儿行千里母担忧"，其实，儿行千里也牵挂娘啊！巡井监督杨小虎的老家在甘肃省会宁县，父亲母亲在会宁的一个山村里。会宁是个"有土没水"的穷地方，清代陕甘总督左宗棠在给慈禧太后的奏折里称这一带"苦瘠甲天下"，"苦甲天下"也成了中国这一地区的代名词。后来，这个贫困县因长征时红军的一、二、四 3 个方面军曾经在此会师声名远播，著名的"会师楼"就坐落在会宁县城。

杨小虎大学毕业后来到塔克拉玛干沙漠，在塔中 243 井实习时，突然收到一封信，打开一看，顿时急得慌了神。信里说，他妈生病住院了，小伙子恨不得立刻长出翅膀飞到娘身旁。

穷山村里长大的小虎家里穷，可以说是穷得叮当响。他上高中时，一年 600 元的学费，家里拿不出，父母就外出打工挣钱，供他念书。他读大学时，2 万元的学费，家里更拿不出，只好去贷款。如今他到油田工作了，家里的经济条件刚刚好转，母亲又生病住院了，小虎怎能不焦急？

小虎的第一反应是掏出手机给家里打电话。可是，井场上没有信号。塔克拉玛干沙漠里的沙山，像大海上的波涛，一个连一个，一个更比一个高，茫茫苍苍望不到边，手机信号在这里有，那儿就没有。小虎所在的这一片区，手机就没信号。

小虎到沙漠里工作后，就是因为手机经常没信号，几乎与世隔绝了，他的女朋友就告吹了。他的初恋是高中同学，也算得上青梅竹马了，可他毕业后到了新疆，又在沙漠里工作，经常联系不上，更无法热线联系，距离又远得吓人，后来人家就在兰州跟他“拜拜”了。

小虎急，他的几个年轻的同事朋友也跟着急。几个年轻人举着手机，在沙漠里寻找有信号的沙山。他们爬上这座沙山，把小虎抱起来，举高了，让他给会宁的妈妈打电话。但是，没有信号。

小虎急得满眼是泪。他们又爬到另一座沙山，还是由一个人将他抱起来，举高了，可惜还是没信号。心里急，人又累，几个急累交加的大小伙子在沙漠里爬了这山爬那山，试了这山试那山，被折腾得快疯了。终于，在一座几百米高的沙山上，四川籍的黄金华把杨小虎抱着举起来后，手机总算有信号了。

满头大汗的小虎，气喘吁吁又万分焦急地问家人，“我妈到底怎么了?”还好，妈妈一个月前摔了一下，把腰摔坏了，住了一段时间医院，现在已经好多了。

小虎那颗悬了很久的心，总算可以放下了。

杨小虎流着泪叹了口气说，我妈离我实在是太遥远了。塔中离库尔勒有500多公里，库尔勒离乌鲁木齐又有500多公里，乌鲁木齐离我们会宁还有2000多公里，这么遥远的距离，家里一旦有个啥着急上火的事，只能靠电话，如果电话打不通，真能把人急死啊！

塔里木运输公司的司机闫培春和他的父母已经有9年多没见面了。塔克拉玛干沙漠以外的物资运输任务都靠塔运司的上千名司机拉运，常年在外跑车，和亲人的团聚，常常只在司机们的梦境里。像闫培春这样9年没见爹和娘的司机，在塔运司并非孤例。

那一年，他和塔运司的车队到天津去拉一批钢管，想利用这次出差的机会和老爹老娘见上一面。车队到他老家甘肃省景泰县的前一天，闫培春给父母打电话，约定了第二天见面的时间和地点。

闫培春父母的家在离公路30多里的乡村，接到儿子的电话，两位老人一大早就起了床，步行了30多里路，赶到闫培春经过的公路边，痴痴地等候儿子的汽车开过来。

下午4点多，闫培春驾驶的汽车开过来了。远远地望见白发苍苍的父母亲站在公路边上，驾驶室里的闫培春热泪奔涌，几度哽咽。

汽车驶到父母身旁时，闫培春跳下车，扑向爹和娘，紧紧地抱住二老。

远行的儿子对爹娘9年的思念和亏欠，化为悲喜交加的热泪，爹娘和儿子的泪水交汇在一起，流淌在黄土高原的大地上。

20多分钟后，闫培春把从新疆带来的葡萄干和干果交给父母，又匆匆上路了，他必须追赶开往天津的大部队。

挥手相别时，父母与儿子，泪眼望着泪眼，三双泪眼里装满了万般不舍。

那一年，塔运司老司机王周平接到妻子通过同事从库车辗转给他捎来的一包饼子，包里夹着两张纸条，妻子在纸条上写道："家里一切安好，勿念。"儿子的纸条上写着："爸爸，我和妈妈想你，早点回来。"

捧着妻子亲手做的饼子，望着字字含情的两张纸条，这位新疆维吾尔自治区劳动模范流下了伤感的泪水。

王周平离开温馨的家已经几个月了，妻子儿子在家里想念他，他在外面跑车时也想念他们，但他回不了家，没法回家和亲人们团聚。

那年4月10日上午12点多，塔中作业区生产办主任陈新伟正在上班，突然接到了父亲去世的电话，他一时不敢相信这是真的。父亲患了肺气肿病，但他从库尔勒到塔中来时状态还不错，可10日上午突然胸闷难忍，没想到五六分钟之后就走了。

坐在赶回库尔勒的车子里，陈新伟的眼泪不停地流。按照他和父亲的计划，再过4天，他要带父亲回河南老家，看一看老家的亲戚，游一游河南的名胜古迹，火车票都已经买好了，他也特意攒了假。父亲这一

走，这一切都成了永远的遗憾，也成了他对父亲永远的亏欠。

接到爸爸患了癌症的电话时，东方物探247队副队长宫维平正在塔里木北部的一个山地上施工，他急忙赶回河北沧州，将父亲送往天津武警医院治疗，在医院里伺候了20多天。他刚返回塔里木没几天，妻子就打来电话说："爸爸病危。"接罢电话，他在工区哭了很久，又急匆匆昼夜兼程赶回沧州，但父亲已经永远地走了。

宫维平曾经有个计划：带爸爸妈妈坐飞机旅游一次，圆了二老坐飞机的梦。但他总是忙，总是没时间。现在，爸爸永远地离开了他，他的这个美好愿望永远也没法实现了。

2009年春，中原塔里木钻井公司的钻井液专家陈迎伟正在巴楚的一口井上处理钻井难题，突然接到母亲的电话：父亲因脑缺血再次住进郑州的一家医院，医院已经连续两次下了病危通知书！

看着紧张的施工现场，他的心里矛盾极了。公司领导得知此事，立刻为他订了飞机票，命令他马上回家。陈迎伟把下一步的施工措施给井队的技术人员详细交代后，才踏上归程，下了飞机赶到医院时，已经是凌晨1点了。

手术后刚刚清醒的老父亲，看到风尘仆仆赶回来的儿子，嘴角动了动，泪珠从眼角慢慢滑下来。陈迎伟看着身上插满管子的父亲，再也控制不住自己的感情，失声痛哭了起来。

父亲刚度过危险期，陈迎伟没顾上回油田的家里看一眼，就直接从郑州返回塔里木，来回只用了9天时间。

2012年9月，东方物探2113队队长董志伟正要出发去新疆，他的父亲腰椎、颈椎和胸椎都发了病。董志伟赶忙把父亲从河北送到了北京的一家医院，安顿好之后，就匆匆去了机场。

一年后，董志伟的父亲在北京做了手术，还在扶着学步车练走路时，他又匆匆忙忙往塔克拉玛干沙漠里的工地赶。

父亲有了重病，儿子想伺候，可是塔里木的勘探任务重，时间紧，

董志伟这个一队之长，只能含泪忍痛舍一头。

有一天，四川油建公司塔中项目部经理任意在沙漠里算了一笔情感账：他常年在塔克拉玛干沙漠里施工，一年只能回四川两次，总共不到两个月时间。他回到四川要跑两个地方看亲人，他的家在成都，父母的家在泸州，每次看父母的时间最多有5天，每年平均能和父母在一起的时间不超过10天。他的父亲已经71岁了，在老人家80岁之前，这辈子剩余的能和父亲在一起的日子还不到100天。

算完这笔账，任意既惊讶又愧疚，觉得自己太不孝了。他的父母一辈子没有出去过，他又没时间陪父母出国游，这显然是一个大缺憾。2013年春末夏初，正在新疆沙漠里的任意让爱人陪二老去泰国旅游了7天，老人家特高兴。他有几分无奈地说："我出不了人，就出点钱吧。"

任意有一个美好的计划，今后每年陪老人在国内耍一次，到国外游一次。但有没有时间实现这个计划，他也不知道。他的时间属于油田建设事业，能够与父母和妻子女儿在一起的时间太少了。

前几天，任意给13岁的女儿打电话，又老生常谈式地问女儿"学习怎么样，身体怎么样？"女儿反问他："爸爸，你就没有其他的话跟我说吗？"

女儿这么一问，平日里在员工面前口若悬河的任意竟一时语塞，不知该如何才能给女儿一个满意的回答。

每逢学校放寒暑假和女儿王玉冰清的生日前，渤海钻探公司副总工程师王学龙一接到女儿的电话，心里就有些紧张。女儿总是问："爸爸，你啥时候回来呀？"王学龙当然知道女儿的意思，他也想回去陪女儿。可他知道这种可能非常小。他只好对女儿说："我可能会回去。"每次这么回答女儿的话，他都觉得有些脸红。女儿已经十几岁了，这么多年来，他一次也没有给女儿兑现诺言。每次的"可能"，都变成了"不能"。

抱着电话，王学龙左右为难，说话也不利索了。不给女儿承诺

"回去"，显得不近情理；答应"回去"，又兑现不了，在女儿面前言而无信，这事儿还真的难住了这位在塔里木攻克了无数钻井难题的铁汉子。

王学龙1998年从华北油田职工大学毕业后，直接就来到了塔里木。2009年，渤海钻探公司在库车山前开始推行钻井总承包，还要创立山前运营机制，他成了前线协调组副组长，一直驻在前线。他的家在天津，有一年，他在前线干了330天。后来他感慨道："真不知道怎么就坚持过来了，真可以叫特别能忍耐，特别能吃苦，特别能奉献。"

2009年，王学龙的爱人从天津带着女儿到塔里木来看望他，他正在库车山前大忙特忙，她们娘俩来时他没时间接，走时他没时间送。至今想起这件事，王学龙还觉得愧得慌。

2013年，王学龙被评为中石油"十大杰出青年"，天津市"五一劳动奖章"获得者。从塔里木到北京，王学龙披红戴花，在中石油大厦的"铁人"王进喜雕像前合影留念，那一刻，他感到无比自豪。2014年，他又被评为天津市"劳动模范"。

在巨大的荣誉面前，王学龙倍感欣慰，又觉得亏欠爱人和女儿太多太多，但亲情与奉献，他实在无法两全。

"在前线是条龙，回到家就变成了一只虫"，塔里木油田许多员工对自己的这种境遇经常感到哭笑不得。艾尼瓦尔是英买作业区综合办副主任，在作业区里，综合办位居中枢，他也是个协调八方的风光人物，但回到家里后，在妻子跟前却得"夹着尾巴做人"了。

艾尼瓦尔和妻子结婚后，没多久就到了离库尔勒400多公里的英买作业区。这些年，他一直在前线忙工作。父母离库尔勒远，家里的大事小事，都是在库尔勒的妻子和丈母娘替他扛着。那年女儿被烫伤了，他在英买，是妻子和丈母娘把孩子抱到医院去急诊。儿子有急病，还是妻子和丈母娘打头阵往医院送。

他们已经儿女双全了，两口子还没照过一张结婚照。妻子"批判"

他时，经常拿这个说事，他自知欠账甚多，赶紧老老实实“低头认罪”。妻子经常向他“讨债”：“你欠我一个结婚照!”艾尼瓦尔觉得这账好还，就答应说：“我一定抓紧挤时间，尽快去照咱们的结婚照。”可是每次从前线回到库尔勒休假后，他也常闲不住，不是学习，就是培训，总也没时间去照那个结婚照。直到 2012 年，艾尼瓦尔才利用出差的机会，和妻子在乌鲁木齐照了一组结婚照。照片洗出来后，艾尼瓦尔仔细一看，心中涌起几分伤感，刚刚人到中年，他们都有白头发了。

油田公司公关科科长吕军的家在库尔勒，但他一年有 200 多天在塔里木周边各县乡跑业务。公关科的任务是协调油田与地方政府和农民的关系，让政府和农民给油田用地开绿灯。这个公关科几乎就是个专职的“求人科”，吕军形容他的工作常常是“背着钱袋子，提着酒瓶子，赔着笑脸子，回家哭鼻子。”为啥哭鼻子？委屈得心里难受啊！

他曾经当过 7 年警察，头上戴着庄严的国徽，代表国家执法，但现在他是企业的一员，代表塔里木油田协调油地关系，实际上是有求于地方政府和群众的企业干部，莫说遇到地方官，见到农民也得未曾开言先赔笑。他跑过南疆 5 地州 29 个县的近千个乡村，到处给人求情。常年往县城乡村跑，回到机关还经常要搞接待，就顾不了家。2013 年 5 月 28 日，他已经在下面连续跑了两个月，既没时间陪伴孩子，也没法辅导孩子。眼看孩子就要高考了，第二天他又得出差下乡了，他摇摇头说，高考是孩子一生中的大事，看来我这个爸爸要失职缺位了，真不知道将来怎么给孩子交代。

在家里的“经济地位”很高，“社会地位”却很低，这是塔里木石油人的普遍现象，不为别的，只因欠老婆孩子的情感债太多了。

东方物探 219 队解释组组长平贞奇在家里是“纳税大户”，也是“欠债大户”。他 1997 年从河北的石油物探学校毕业后，就来到塔里木，在这个山地队搞勘探，干了山前干山地，已经有 6 年没回家过春节了。

平贞奇何尝不想春节时候回家去，和亲人热热乎乎过个年。他不怕路途遥远，不怕万里颠簸，不怕天寒地冻，无论回家的路上要受多少罪，吃多少苦，他都不怕也不烦。但他春节回不了家，他是队里的解释组组长，全队同志千辛万苦搞来的地震资料，要他负责做出解释，上报研究部门，他必须全心全意地干，加班加点地干，他只能在塔里木和大漠高山一起过年，别无选择。

2003年3月，平贞奇的女儿在河北出生时，他在塔里木，队里的任务紧，他走不开，也没回去。这根“辫子”，成了媳妇批判他的“法宝”，动不动就揪住这“辫子”批斗他。妻子一提这事，平贞奇立刻“英雄气短”，要么使劲检讨，要么赔礼道歉。

平贞奇的爱人是老师，批判他时气极了就说：“下辈子再嫁人，我绝对不选你！”

每逢这时，平贞奇就嬉皮笑脸地对媳妇说：“可以啊可以。下辈子你选不选我的事咱慢慢商量，这辈子和我过就行了呗！”

媳妇觉得这家伙像个“二皮脸”，想想还是他对家里的贡献大，挨板子时态度又好，也就转怒为喜了。

一位家在河北涿州的塔里木“老物探”实话实说，离家3个月后，是最想家人的时候，最想的不是老婆，不是别人，是自己的孩子。

平贞奇来到塔里木后，最想念的也是他的宝贝女儿，给家里打电话时，最想多说话的也是宝贝女儿。可是，每次往家里打电话时，最让他伤感的也是女儿。女儿今年11岁，电话里的女儿，却不愿意和他多说话，常常是他刚和女儿说了几句话，女儿就不耐烦了，“你和妈妈说吧”，然后几乎立刻就把电话递给妈妈了。这种时候，平贞奇的心里总是酸酸的。

说起女儿的这些事，平贞奇无奈地说：“只能说她还小，长大了她会理解我吧。”

想女儿、想媳妇想得心里难受的时候，平贞奇晚上会爬到营地附近

的山坡上，大吼几声，散一散心中的憋闷气。

他说："吼几嗓子，心里就痛快了。"

放开嗓门大声吼，许多物探队员用这种方式想亲人，念亲人，吼得断崖上的碎石滚滚落，吼得大漠上的空气微微颤，吼得心里的闷气往外散，吼得苍天也凄然。

平贞奇觉得特别对不起家人，尤其对不起的是妻子和女儿。每年收工后，他只有一个想法：赶快回家。库尔勒市这些年越来越繁华，越变越漂亮，但他从前线回到库尔勒，根本无心欣赏这座边疆城市的美景，只想着怎样快快离开这里。这么多年无数次经过库尔勒，他只去过这座城市的两个地方，一个是东方物探在这里的基地大院，一个是市里卖农产品的市场。乌鲁木齐市是新疆维吾尔自治区的首府，他从来没有游览过，每次经过乌鲁木齐，只办一件事：换票走人。搞不上卧铺票，搞张硬座票也要走。这城市长啥样，他不知道，也不想知道。为啥？归心似箭，回家心切啊！

平贞奇的爱人很想到新疆来看看，看看丈夫的工作环境和生存状态，他就编各种各样的理由，千方百计地阻挡爱人来塔里木。他说："不是不愿意让她来，实在是不忍心，不忍心让她看见我们在这里吃苦的样子。在我们山地队的天山、昆仑山工区，各方面的条件都很差，长期生活在城市里的人看了会被吓着。这几年虽然比过去好多了，但我们如今还睡在帐篷里，地面上铺的都是戈壁滩上的石头，走几步就硌得脚底板疼。工作环境更是苦得惊人，不到现场，想象不到有多艰苦多吓人。那个场景，女人娃娃看不得。"

"我的老家在农村，对家人最好的回报，就是多挣些钱，让他们过上体面的日子，也算是对亏欠他们的补偿吧。在塔里木，我只有付出付出再付出，努力努力再努力。"

当然，不是所有的妻子都很看重钱。川庆物探山地 5 队杜文军的爱人刘丽就把钱看得很淡，她的理想生活是一家人平平淡淡长相守。她和

丈夫分离的时间太久了，牛郎织女的日子她过怕了。

2001 年，她们的女儿出生刚几个月，杜文军就从四川泸州来到了塔里木，从此一家人就聚少离多。有一年，杜文军在家只待了 37 天，其他时间都在塔里木的山地里施工。

刘丽虽然是个贤惠女人，但和杜文军吵架时，也会说些不讲理的话："你一走就是大半年，你除了打个电话，把钱拿回来，还干什么了？"

妻子每次这样数落他时，杜文军的舌头就变短了，他觉得自己是有理也不占理，有理也没法辩，只能把妻子的这些蛮不讲理的话当成气头上的过头话，同时心里觉得很惭愧。

刘丽和杜文军原来在一个单位，2000 年单位搞改革，刘丽就买断了工龄，恰好这年她怀孕了，就在家里保胎，女儿刚出生几个月，杜文军就到了塔里木。

这么多年来，刘丽一直在南充独自带着女儿过日子。她娘家的亲人都在泸州，南充离泸州还有 300 多里路，他们在南充又没个亲戚，只有母女俩相依为命，孩子小的时候，一旦生病了，妻子连吃饭都没办法。

杜文军知道，为了女儿，为了支持他在塔里木工作，妻子牺牲的太多太多。当初买断工龄时，刘丽还年轻，完全可以再找工作，可女儿太小，只能全心全意带孩子，等到女儿长大了，她也没了年龄优势，再找工作几乎已经不可能，只能在家做"全职太太"。

杜文军最感愧疚的是，那一年，新疆发生一次暴恐事件的第二天，他的老丈人从四川给他电话，问他在新疆安全不安全，正在温宿县吐孜阿瓦特大峡谷里施工的他回答说："没得问题，挺好的。"

第二天，刘丽打来电话说，她爸爸查出了肺癌。

杜文军不相信，他对刘丽说："昨天我们通电话时还好好的，只听见他咳嗽了几声，我问他怎么了，他说是感冒了，今天怎么就出这事了？"

一个多月后，刘丽告诉他，爸爸的肺癌已经到了晚期。

杜文军闻讯如雷轰顶。老丈人才 62 岁啊！他从物探的野外队退休刚刚才 2 年，怎么就得了这种病，而且是晚期？

刘丽是爸爸的独生女儿，父女俩感情极深，她对爸爸也特别依恋。刘丽的最爱，也是杜文军的最爱。

杜文军很想回四川，和刘丽一起照顾重病的老丈人，可实在回不去。他是施工组组长，全队每天在前线的生产组织活动，都由他负责，是个一天也离不了的人。

在工区，杜文军一天几个电话往四川打，问病情，问治疗，不断地给病床前日夜劳碌的妻子说宽心话。

那年的 10 月 26 日是重阳节，本该是老人们欢度自己节日的一天，杜文军的岳父却在这一天永远地走了。

接到刘丽报丧的电话，杜文军在吐孜阿瓦特大峡谷的工地上惊呆了。他原以为岳父的病拖个两三年没问题，万万没想到老人家会走得这么快。

他太想回四川泸州，送老岳父最后一程了，可他走不了。全队的工程正在收尾期，那是全队最忙最紧张的时候，每个人每一天从早到晚都在紧张的劳作中，在这节骨眼上，他觉得没法向领导开这个口。

11 月 10 日，5 队在温宿县大峡谷的工程收工了。也许是老天帮他，杜文军说，多年来，这是我们队少有的 11 月收工。交完了资料，他赶紧离开大峡谷。12 日，杜文军坐上了乌鲁木齐飞往成都的飞机。下了飞机，又赶紧搭上成都到泸州的汽车，急如星火往回跑，到泸州时，已是凌晨两点半钟了。

杜文军双膝跪在岳父的灵前，痛悔的泪水浸湿了沾满大漠风沙的衣襟。

看妻子，仅仅过了半年多，满头青丝已然变成花白，面容显得憔悴不已，人也瘦得脱了形，与他春节后离开时简直判若两人，至少苍老了

10岁。

她才34岁啊!

杜文军的爱人原本是个乐观开朗的女人，前年她从四川来新疆探亲，他正在测线上忙，连陪她玩半天的时间都挤不出来，刘丽就联系当地旅行社，一个人从库车玩到了上千公里外的喀什市，回来后吃饭时还给许多队友看她在各景点拍的照片。岳父病重住院的这几个月里，刘丽天天在医院和家里没日没夜地两头跑，身心已被煎熬到了极限。

万箭穿心的杜文军抱着妻子，万分痛心地对刘丽说:“对不起，对不起，你受苦了，都是我不好，可我实在没有好办法啊!”

每每想起这些往事，杜文军对妻子满心都是愧疚意，刘丽生气时在家里骂他的话再狠再难听，他也默默地忍了受了。有时他想，咱常年在塔里木，吃的苦虽然比妻子多，但照顾不上人家，家里的一切都是人家扛着。回家了，应该让人家由着性子把心中的怨气发泄发泄，只要这样能让她心里痛快了就行啊!

杜文军补偿妻子和女儿的办法是“一个根本态度，三项基本原则”:妻子无论怎么“批斗”，都“低头认罪，绝不反抗”，他必须有忍辱负重的大局观，这样才能维护家庭安定团结的局面。在塔里木好好干活，多多挣钱;回家后全心全意为妻子女儿服务，首先尽量多干家务活;在塔里木时每天给妻子女儿打个电话，为她们在遥远的家里增添一些温馨，减少一点寂苦，让亲人在家里过得放心舒心。

杜文军对妻子和孩子的这“一个根本态度”和“三项基本原则”，成了绝大多数在前线的塔里木人共同自觉遵守的“纪律”。为了自己在前线能踏踏实实干好工作，他们必须确保自己的“后院不起火”，这也是他们协调家庭与工作关系的一种艺术。

塔中作业区调度王东风在前线已经干了20多年，在家里自然常常受到爱人的唠叨式抱怨。王东风的嘴上功夫绝非寻常，都说东北人个个

都是演说家，他这个黑龙江人更是“演说家中的演说家”。在塔中作业区，他是最活跃的业余艺术家，每年的作业区春晚，他都是编剧兼导演。调度兼业余艺术家的双重身份，使王东风在塔中作业区受到甲乙方上上下下的高度尊重。但回到家里，每次受到爱人的批判，这个平日里伶牙俐齿的王东风就像变了个人，舌头也短了，脸皮也厚了。在老伴的声讨声中，他就尽量不说话，坐在沙发上装孙子。每逢这种时候，他就对自己说：忍着吧，谁让咱这辈子欠人家的呢。

王东风多次向爱人保证：“你等我退休吧，退休后，家里的活儿我全包了，你什么也不用干，我连脚都给你洗了。”妻子每次听到这话，都会认真地瞅着丈夫：“你说话算话?”王东风立即补上一句：“孙子才说话不算话。”妻子的怨气，常常被王东风的这个承诺化解了。

常年在塔里木前线工作，石油人夫妻间因为一方在前线，一方在城市引发矛盾的家庭故事听多了，自己又是故事中人，这种独特的生活，给喜欢文艺创作的王东风带来了灵感。

几年前，王东风和来自四川的西南油气田分公司项目部经理张涛等，为塔中作业区的“春晚”编导了一个“穿越小品”，名曰《秦想念告状》。

剧中的秦想念是一位石油工人的妻子，因为丈夫陈最美长期在新疆塔里木油田工作，回不了家，她以为丈夫变成了忘恩负义的“陈世美”，于是跑到青天大老爷包公那里哭告丈夫，控诉负心的陈最美。包公听罢很气愤，怒冲冲带着秦想念和他的秘书兼警卫马汉，来到塔克拉玛干沙漠中心的塔中作业区调查案情，却发现陈最美正在沙山里和许多石油工人挥汗苦干。见此情景，秦想念和丈夫抱头痛哭，包公和马汉也感动得泣不成声。

包公虽然被感动得不轻，还是严厉地批评了陈最美：“你长期在外，不给家里打电话，情何以堪?”陈最美满腹委屈地说：“包大人啊，我天天都想往家里打电话，可是手机在这里没有信号啊！这里除了我们

这些石油工人，再也没有人烟，我只能每天晚上坐在沙丘上看星星看月亮，想象亲人也在看星星和月亮，这种相思之苦，只有我们自己能体会啊！”

排练这个节目时，扮演秦想念的作业区女员工怎么也控制不住感情，演一次，哭一次。编剧兼导演王东风和张涛也一次次看得潸然泪下。他们不忍心反复折腾女主角的情感，只好下令，在女主角最动情时喊“过”。

这个小品正式演出时，台上的演员哭，台下的观众哭，台上台下哭成了一片。

台上台下的几百名甲乙方员工，家都在几百几千公里外，每个人都有几段与亲人“剪不断，理还乱”的伤感事，这个“穿越剧”，勾起了他们的无数伤心事，触动了他们心中最脆弱的那根情感之弦，大家怎能不涕泪交加！

这个节目的故事看似荒诞，却并非凭空杜撰。2012 年，东方物探 2170 队在塔中作业区附近的塔克拉玛干沙漠里施工时，队员们因为手机没信号，一个多月与家里没通音信，家人们个个急成了热锅上的蚂蚁，纷纷从河北涿州等地打电话到新疆库尔勒向东方物探指挥部“告状”，询问她们的丈夫、儿子是不是在沙漠里失踪了。

2011 年，塔克拉玛干沙漠里出现了一道“排队打电话”的奇景。四川来的 70533 队在塔中打中古 151 井，这里距塔中作业区 120 公里，附近的沙山特别高，手机一点信号都没有。大家开玩笑说，进了塔克拉玛干沙漠，手机只能当手表用了。全队唯一能与外界联系的通信工具，就是一部卫星电话，大家下班后就到队部排队打电话，每人只能向家人报个平安，最多说几分钟话。

如果这种现象出现在 1991 年甚至 2001 年，也许不足怪，但这是 2010 年，在这个许多人已经换了几个手机的年代，城市甚至农村里的男女老少们，随时随地都可以用手机与人说话。而在这塔克拉玛干沙漠

里，钻井工人要与家人说句话，却得排起长队慢慢等。

面对事业与亲情这道沉重的选题，塔里木石油人共同的选择是先顾事业，再顾亲情，这也使许多人留下终生的歉疚，永远的缺憾。

2013 年年初，熊竹顺当上了塔中作业区安全监督，进了作业区的领导班子，作为一个“80 后”，这标志着他在事业上成功了。

回首这些年在塔克拉玛干沙漠里的奋斗史，这位 1982 年出生的年轻人悲喜交加。为了他的成功，妻子、哥哥，还有父亲，都付出了沉重的代价，想起这些，他就想哭。

熊竹顺的妻子唐淑芳是大学里比他低一级的同学，2006 年毕业后分配到中石油第六建设集团工作，而且是正式工。中石油六建位于“山水甲天下”的广西桂林，环境之优美，气候之宜人，自不必说。

熊竹顺是大学的优秀毕业生，又是学生干部，本来可以到上海、深圳或东部地区的大城市工作，但当他知道塔里木是西气东输工程的气源地时，便坚决要求到塔里木油田。

2005 年 8 月，熊竹顺从重庆来到了位于塔克拉玛干沙漠中心的塔中作业区。

2007 年，熊竹顺做了一个出人意料的决定，让唐淑芳辞掉了在广西桂林的工作，也来到塔里木油田最偏僻最艰苦的塔中作业区。小唐调离原单位时，她的领导对她说：“你会后悔的。”

为了和心爱的人长相守，唐淑芳毅然告别了美如仙境的桂林，来到熊竹顺工作的塔中作业区。

塔中作业区是“死亡之海”中心的一个“孤岛”，寸草不生的沙山，在这里像大海上的波浪一样多。作业区领导很关心这对新人，破例给他们安排了一间温馨的“夫妻房”，这让小两口感到无比温暖。虽然这里满眼是沙山，工作很单调，但能和心上人朝夕相伴，唐淑芳觉得很幸福。

但是，小唐到了塔里木，从正式工变成了家属工，收入比正式工少

了好几倍，落差太大了。

小唐也是大学生，也有自己的事业，如今随夫来到塔里木，爱情圆满了，但事业搁浅了，她感到委屈，越来越想不通，在家里动不动就向熊竹顺发牢骚甚至发脾气，小生气时和小熊吵架，大生气时就在家里摔东西。满心愧疚的小熊左也不是，右也不是，只能好言相劝。

其时正值塔中6凝析气田工程建设最紧张的时候，小熊又是技术骨干，经常在沙漠里挑灯夜战，为了让妻子的心情好起来，他就利用回库尔勒轮休的时间，在市里张罗着买了一套130平方米的新房子。钱不够，就贷款。他还把小唐的父母从安徽老家接到库尔勒，让她们一家团圆，缓解妻子的情绪。

2010年，熊竹顺正在云南丽江出差，老家突然来电话告诉他，哥哥得了癌症，已经病危。小熊闻讯如雷轰顶，立即买了机票往老家赶。

这是熊竹顺有生以来遭受的最大打击，他说："这是我最痛苦的事。"

回家的路上，熊竹顺悲伤不已，泪水涟涟。哥哥才41岁，正当英年啊！他们兄弟姊妹4人中，他最敬重淳朴善良的哥哥。为了供他上大学，哥哥和爸爸到县城里打工挣钱，让他读完了大学。哥哥一直靠打工和种地为生，这辈子没过几天好日子，如今他刚有力量帮哥哥了，哥哥却永远离他而去。

熊竹顺后悔啊！这些年，只顾了自己在事业上打拼，忽略了哥哥的存在，没有照顾好亲爱的哥哥。

在他的记忆里，每次回家，亲人们让他看到的，都是家里美好的一面，他也陶醉于浓浓的亲情中。亲人们的良苦用心，回想起来更让他伤感。如果能和哥哥经常在一起，哥哥的病就会早发现，早治疗，也不至于有今天。

哥哥走了，永远走了。悲痛万分的熊竹顺哭着对爸爸说："我对不起大哥啊！"父亲拉着他的手说："好儿子，你也不容易啊！"

熊竹顺觉得，他欠了家里所有亲人的账，这辈子永远也还不清了。

痛失哥哥的熊竹顺，也经历了一次洗礼。他对自己说，决不能在塔里木混日子，工作中决不能掉链子，如果那样，就对不起亲人们为自己的付出。

办完了哥哥的丧事，回到塔克拉玛干沙漠，擦干了眼泪的熊竹顺，像着了魔一样拼命工作。他要化悲痛为力量，以优异的工作业绩回报亲人们对自己的爱，让天堂里的哥哥为他这个弟弟自豪和骄傲。

绝密探亲

思念的能量有多大？没人能估量。一位妻子思念丈夫的力量，穿越巴山蜀水和西北山地间的千山万水，演绎出一曲凄美而浪漫的当代绝唱。

那年的 12 月 1 日，是李湘平的 32 岁生日。

这天下午，正在宁夏红石铺大罗山顶上值守通信基站的李湘平，突然接到妻子汪英从四川打来的电话，说她已经到了宁夏中卫市的火车站，让他来接她。

李湘平不相信这是真的，以为妻子怕他寂寞，逗他玩呢，汪英从来没说过她要到西北来呀！他觉得自己在高海拔的山顶上待得太久，不是脑子缺氧了，就是耳朵出了毛病，听错话了。待确认汪英真的就在中卫火车站后，他有几分生气地问汪英：“这大冷天，你来干什么？”

“今天是你的生日，我来给你庆生啊！我还从南充给你带了生日蛋糕。”电话那头，汪英兴冲冲喜滋滋地说。

电话这头的李湘平，既兴奋，又心慌，还很生气。妻子专程从四川翻山越岭跑到宁夏来给他过生日，这待遇太高了，他当然高兴。但他更多的是慌乱，一时不知该怎么办，他尤其恼火的是妻子在这个时候来到

了队上。

山地5队是中石油的一支野战军，大本营在山清水秀的四川，却常年在大西北荒无人烟的大山里寻找石油天然气。2005年初，5队从新疆塔里木来到宁夏红石铺，突击干一个山地勘探项目。李湘平和一个队友在海拔2624米的大罗山顶上值守基站已经一个多月了，这一带山大沟深，通讯不畅，他们的任务是确保全队的电台在工区信号畅通。

年底是山地队的大忙时节，任务紧，时间紧，人手更紧，每个人都干着几样差事。妻子在这个时候来队上，无疑是给他的工作添乱。如果她事先和他商量，他无论如何也不能同意她跑过来。

此刻的李湘平别无选择。妻子已经从四川到了宁夏，而且人家千里迢迢专程赶过来，就是为了给自己过生日的，这番盛情美意，得赶紧接着。现在，当务之急是怎样先把妻子接到红石铺，可他值勤的大罗山顶离红石铺还有50多公里路呢，距中卫市更远。

李湘平不敢向队领导说他媳妇到了宁夏，如果队长问他为什么在这个时候让媳妇来队上，他浑身是嘴也说不清啊！他只能怯怯地给他的组长杨豪勇打电话，和他商量该怎么办，又求杨千万替他保密。

仪器组长杨豪勇也有些犯难，“山地勘探让女人走开”是山地队职工的共识，何况现在是全队最忙的时候，家属在这个节骨眼上来探亲，是破天荒头一回。

杨豪勇也不敢给队领导说这事。但他通情达理，立即安排一个人到山上把李湘平换下来，尽快让他们夫妻团聚。

李湘平在电话里对汪英说：“我在一个很远的山顶上值班，没法去接你，你自己想办法到红石铺吧。”

汪英是一家房产公司的销售策划师，从南充出来时，已经把沿途的站点研究明白了。她匆匆登上中卫到中宁的大巴，在中宁下车后，急忙搭了个出租车，就往红石铺奔。她的怀里，紧紧地抱着一盒大蛋糕，生怕把它颠碎了。

见到自己的男人前，汪英很期盼，甚至很有些雀跃感。他们已经有9个月没见面了，汪英日夜盼着这一见。从南充出发时，在奔驰的火车里，在大巴车和出租车里，汪英无数次想象着他们在宁夏第一次见面的欢悦场景，期盼得血脉偾张。

李湘平出现在汪英眼前时，天已擦黑。昏暗的光线中，李湘平穿了一件脏兮兮的军绿色棉袄，急匆匆向她走来。他的头发像鸡窝，胡子像杂草，脸色如土灰，乍一看就是个刚从建筑工地上出来的邋遢民工。

汪英万万没想到，眼前的李湘平和在四川家里时干干净净、开开朗朗的样子判若两人，让她熟悉而陌生，她心疼得差点哭出声来。

杨豪勇和仪器组的几个人在红石铺的一个小饭馆订了一桌饭，为汪英接风，也为李湘平庆贺生日之喜。

汪英小心翼翼地拎出一个18英寸的蛋糕，家乡的气息立即在小屋里弥漫开来。

这是她在南充最好的一家蛋糕房里专门为李湘平定制的生日蛋糕。白生生的奶油面上，“祝亲爱的生日快乐”几个大字红艳艳，喜滋滋，在灯光下熠熠生辉，映照在一桌人欢快的脸上。

汪英用四川话对杨豪勇他们说：“你们出来快一年了，闻闻家乡的味道吧！”

杨豪勇和几个四川老乡立即凑过来，深深地吮吸家乡的味道，未饮美酒心先醉。

杨豪勇有些不解地问汪英：“你从四川拎着这么大的蛋糕，又是汽车，又是火车，跑了几千里地，这一路上就没人问你是怎么回事啊？”

“问喽。”汪英说，“在火车上还真有人问我带蛋糕到宁夏做啥子，我就说是去看朋友，看一个特别好特别好的朋友，让他尝尝用家乡水做的蛋糕的味道。”

欢快的气氛中，汪英和李湘平的队友们欢快地唱起了《生日快乐歌》，共祝李湘平生日快乐。

汪英对李湘平的几位队友说："看到你们的感觉真好，我的心里很温暖，有你们这些好兄弟和湘平在一起，我就踏实了。"

李湘平到山地队工作10多年了，这是他第一次和亲人在一起过生日，幸福感溢满了浑身的每一个细胞。

杨豪勇嘱咐参加生日宴的几个队友，湘平媳妇来探亲的事，大家对外要保密，不能说出去。李湘平连声说"谢谢"。

汪英没想到，回到旅馆后，没过好久，李湘平就冲她发起了火："你怎么不给我说，就跑过来了？你这是先斩后奏，搞突然袭击。最近我们队上的人都忙得四脚朝天，你跑到宁夏来，耽误了我的工作，让别人说三道四，在队上给我造成的影响也不好撒！"

妻子千里迢迢从四川跑到宁夏来专门给他过生日，李湘平心里很感动，他也知道不该这样指责她，可汪英的突然到来，搞乱了他的工作，这些话憋着不说，他的心里也难受。

汪英没想到热脸贴到了冷屁股上，心里委屈极了。她这次秘密从南充跑到宁夏给李湘平过生日，是一次策划了很久的行动。他俩1998年谈恋爱时，汪英正在南充师范学院读书，李湘平也到了新疆。2001年元旦，他们结婚了。他俩从谈恋爱到结婚后，李湘平每年都在新疆塔里木搞山地勘探，最长的一年在塔里木干了11个月没回家，每个生日都在外面过。汪英觉得，丈夫给国家找油找气，再苦再累都应该，但这么多年一个人在外面过生日太孤单，也太可怜了，她不能让爱人有这个亲情的缺憾。

汪英是那种说做就做的行动型川妹子。今年，汪英下决心要亲自来到李湘平身边，为丈夫庆贺生日，让他过一个有亲人在身边的生日。她曾经和几位最要好的大学同学商量这事，同学们个个都反对，但她觉得这事非干不可。临行前，她把5岁的女儿托付给自己的妈妈，昼夜兼程赶过来了。

汪英这次偷偷地来宁夏，不给李湘平打招呼，本来是想给他一个意

外之喜，没想到这家伙不仅不理解她浓浓的真情爱意，还这样似乎有理却无情地责怪她。

汪英难过极了，更不理解丈夫的指责。她愤怒地反驳道："我来给你过生日，有啥子错嘛！这种事，还需要报告吗？你出来这么久，我想你了，来看看你，难道有什么不对吗？"她哭着说，"我来这里，代表了其他家属对亲人的惦记，难道也错了？"

李湘平自知理亏，可心里还是不痛快。

汪英虽然觉得丈夫说得不是毫无道理，心里也不痛快。

"意见不合"，各有道理，但谁也说服不了谁，都不理解对方，都在生对方的气，又都心疼着对方，小两口在争吵和温存中，度过了"小别胜新婚"的宁夏之夜。

第二天，李湘平就开始催汪英赶快回南充。他的理由只有一个：队上现在太忙，队长恨不得一个人当三个人用，他得和队友们一起去干活。

汪英不表态。千里迢迢到宁夏，和日思夜想的爱人团聚，才过了短短的一天时间啊！

李湘平见劝返无效，索性一不做二不休，背着汪英，托人给她买好了 12 月 3 日银川到成都的飞机票。

汪英不想走，又不能不走。

在银川机场，两口子大吵了一场。汪英后来说："我们吵得很凶。"

吵架的起因是李湘平说了一句"你过来应该给我打个招呼嘛！"

就是这句有几分抱怨的话，一下子点燃了汪英到宁夏这一天两夜后的全部委屈和不满，窝在汪英心里的气，像火山一样突然爆发了。汪英的吵声带着哭腔，含着委屈，充满怨气，还有愤怒。两个人越吵越凶。

盛怒中的汪英，哭着提起行李，独自走向安检口。

满脸是泪的汪英猛然回头，吼着对李湘平说："你对不起我！"

木然而立的李湘平，望着爱人远去的背影，眼里涌出的泪水五味

杂陈。

第二年，山地5队回到他们的主战场塔里木，在西气东输的主力气田克拉气田附近做克深三维地震勘探。克拉气田是我国最大的天然气田，塔里木油田公司要在“克拉底下找克拉”。

隆冬时节，李湘平又一个生日的时候，汪英又来给他庆生了。

这一次，汪英吸取了去年的教训，来了个“边斩边奏”。她从南充到了成都后，在成都的双流机场给李湘平打电话，说她要到新疆给他过生日。

李湘平一听就急了：“你不能来。我们忙得很，你过来我也没得时间陪你耍。”

“我已经在机场了。”

李湘平又感动又无奈地叹了口气。

山地5队现在的帐篷营地离拜城县城不算远，在公路边的一片戈壁滩上。李湘平赶紧在县城一家旅馆给妻子订了一个房间。

这一回，李湘平把汪英来探亲的事做得更隐秘了，他给组长杨豪勇也没敢说这事。5队的克深三维地震项目正在干二期，又是队上的大忙时节，他怕影响工作，也怕其他人知道了笑话他们两口子。

李湘平只能“金屋藏娇”，绝对保密。

汪英从乌鲁木齐到拜城县后，天色尚早，李湘平还在工地干活，她便独自在旅馆里“耍电脑”。

队上收工了，李湘平才从工地开着车跑了50多公里，来到县城的旅馆里见汪英，这时分，天已黑透了。

这一次，李湘平再也不敢像去年那样责怪汪英了，他再也不能像去年那样伤汪英的心了。春节时回到四川，他的父母和岳父母都批评了他在宁夏对汪英的态度和表现，他也常常骂自己，觉得当时太过分了，无论如何不该向妻子发火，更不该在银川机场和人家吵架。

汪英这次来拜城，没有带生日蛋糕，她给李湘平带了些生活用品。

四川到南疆的路途太远，她怕把蛋糕颠坏了。

为了保密，他们像“地下夫妻”一样在拜城县找了个小饭馆，两口子一起悄悄地吃了一顿生日饭。

他们身边没有别的亲人，也没有一个队友，只有他们自己。

轻轻地，他们唱起了《生日快乐歌》。

现在没有外人，这一对小夫妻像回到了更年轻的时候，共忆他们从相识到相恋、从恋爱到结婚这多年来温馨甜蜜的时光，也畅想他们未来的美好生活。

窗外寒意正浓，李湘平粗糙的手紧紧地握着汪英细腻的手，爱的暖流在两个人的身上滚滚奔涌。

汪英拨通了女儿小小的电话，让她和爸爸说几句话。

6 岁的小小甜甜地在电话里对李湘平说：“爸爸生日快乐！早点回来。”

享受着女儿的祝福和期盼，李湘平的心醉了。

第二天一大早，李湘平又开车去上班了。队友们都在工区里忙着，他也不能闲着，更不肯因为汪英来给他过生日，就耽误了工作。

李湘平上班后，汪英就一个人在拜城的县城里耍。虽然没有丈夫陪伴在身边，但她知道他就在县城那边的大山里，心里特踏实。

李湘平还是想让汪英早点回去。这一次，他换了说法，和言和语地给汪英说他们的任务有多重要，工期有多紧张，队领导和民工们有多忙，自己如果不出工影响有多不好，直说得汪英也觉得自己再待在这儿就会严重影响队上的工作和丈夫的形象了。

像上次在宁夏红石铺一样，汪英只在拜城住了两个夜晚，就决定打道回府，她也不忍心让丈夫每天像游击队员一样在工地和拜城之间奔跑。

出发那天早晨，李湘平照常开车去工地上班了。

山地 5 队的戈壁帐篷大营地在公路附近，正好是拜城县城到库车火

车站的必经之地。他们约定，李湘平照常上班，不到拜城的长途汽车站送汪英，班车经过营地时，在公路边上告别。

汪英独自登上拜城开往库车的长途汽车后，给李湘平打电话，说她已从拜城出发了。

李湘平开一辆越野车从大营地跑到公路边上，老早就站在路边痴痴地等汪英过来。

汪英隔一会儿就在电话里向丈夫“实时播报”班车经过的地方。

从拜城到营地有 50 多公里路，李湘平平时开车觉得很快就到了，今天他觉得这段路变得很长很长，时间也过得很慢很慢。

忽然，李湘平看见一只手伸出车窗向他使劲挥动，他知道，那是汪英乘坐的班车过来了。

车子再近些的时候，李湘平看见挥动的一只胳膊变成了两只胳膊。

他也扬起双臂，使劲挥舞。

李湘平和汪英的 4 只胳膊两双手，在大戈壁的公路边上挥动的节奏越来越快，两个挚爱着彼此的心也越靠越近。

奔驰的班车经过李湘平身边时，他重重地按响了车里的喇叭，深情地为妻子鸣笛送行。

“汽笛一声肠已断，从此天涯孤旅。”“更哪堪凄然相向”。李湘平忽然想起了伟人毛泽东描写夫妻相别时那锥心撼魄的诗句，一直噙着的两行热泪，突然从眼眶里奔涌而出，流向脸庞，滑入脖颈。

车窗里的汪英，泪水在凛冽的寒风中随着汽车飞，飘飘洒洒。

路边上的李湘平，两只眼里全是泪。

两双泪眼，他望着她，她望着他，难舍也难分。

汪英把半个身子伸出车窗，疯狂地向丈夫挥舞着胳膊，带着哭腔喊道：“湘平——再见——”

李湘平也拉着哭腔喊：“再见——汪英——”

大班车从他的身边呼啸而过。

巴山蜀水与新疆大漠，“相见时难别亦难”。

这一别，“相去万余里，各在天一涯。”

这一别，再见就得过春节了。

奔驰的大巴越来越小了，已经谁也望不见谁的影子了，李湘平还痴痴地站在公路边上。

很久很久之后，李湘平才擦干了眼泪，驾车向工区缓缓驶去。

路上，汪英那两只频频挥舞的胳膊，依然一回回在李湘平的脑海里闪动；那撕心裂肺的“再见”声，还一次次在他的耳边回响。

2008 年 8 月，新疆瓜果香飘沁人心的季节，汪英又来到了塔里木盆地。这一回，她来得光明正大，再也不用像前两次那样偷偷摸摸，躲着藏着了。

山地 5 队利用暑假的机会，特意组织了这次职工家属探亲活动，邀请亲属们到库车基地来和员工团聚，这是 5 队的一项“以人为本，稳定军心，温暖员工”活动。

汪英把已经 7 岁的女儿小小也带来了。青山绿水里长大的小小，第一次走进满目凄凉的塔里木，第一次走进爸爸那满眼都是奇山怪石的“办公区”。小小的幼嫩的心田里，从此就盛开着一朵永远灿烂的大漠石油花。

这是一次洋溢着温馨和快乐气氛的探亲，李湘平的心也彻底放松了，他的笑容每天都灿烂得像塔里木的太阳。

李湘平要用实际行动向妻子道歉，弥补自己前两年的过失。在妻子和女儿面前，他又恢复了乐观开朗不失幽默的本性，鞍前马后细致入微地陪着妻子和女儿，把库车附近的旅游景点玩了个遍。

在塔里木石油人勘探开发油气资源的漫漫历程中，工作与亲情演绎的动人故事，像大海上的浪花一样多。老、中、青三代塔里木石油人，人人都有一串伤感的亲情故事。

李湘平、熊竹顺、杜文军、冯秀丽和董刚等几万个塔里木石油人，

如今还奔波在大漠的滚滚沙尘里。

塔里木的油气勘探开发事业，也许没有穷期，在这荒荒大漠上，工作与亲情的矛盾，还会演绎出更多的亲情故事，让人酸楚，也让人无奈。

许多塔里木石油人还年轻，他们近期的奋斗目标是实现年产3000万吨油气当量，远期目标是4000万吨、5000万吨以至更多的油气产量。在未来的日子里，事业与亲情、工作与家庭的矛盾，还会在不知什么时间、什么地点与他们不期而遇，这将是他们这辈子最难解的一个结。

工作与亲情，他们一个都不想丢，哪个也割舍不下。塔里木的大漠在考验他们攻坚破难的能力，也在考验他们的亲情。

早日给国家交上一个特大油气田的答卷，对他们来说也许难也不难，而向亲人们交一份合格的情感答卷，实在太难太难了，这也许是他们一道无解的人生难题。

古人忠孝难两全，他们家国难兼顾。

事业与亲情，为国与为家，谁为轻，谁为重，每个塔里木石油人都在这个两难选择中挣扎。他们挣扎得很痛苦，也很无奈。

既要对得起国家，又要对得起家人，这是他们的理想，但也只能是一种理想。

他们清楚，理想很丰满，现实很骨感。他们只能工作时间全心全意干活，回家后全心全意待亲人，也许，这是他们理智的选择。

几万名塔里木石油人中，绝大部分人的家在内地的五湖四海，舍家敬业，奉献亲情的感人故事，每天都在大漠的每一个井架下和工地上发生。他们付出的辛劳可以换算成报酬，他们干出的业绩可以用数字表明，但谁能算出他们奉献的亲情的价值？

青春宝贵，亲情无价，塔里木石油人献了青春献亲情，为了给国家找油找气，乡关万里，家我两分，家与国，他们实在难以两全。大漠的

夜色里，思念亲人时，他们只能举头望明月，低头念亲人，痛苦地享受寂寞。

再苦再难，塔里木石油人也能把藏在地下六七千米的油气资源打出来，输出去，却没办法在国事与家事之间找到平衡点。也许，这一道人生难题，比塔里木的勘探开发这个世界级难题更难破解。

“自古忠孝难两全”，甘蔗没有两头甜。我们已经走进高科技时代，高科技可以让人类有千里眼，有顺风耳，但高科技的法力，大约千万年后也无法调剂人类的亲情与事业这一对天大的矛盾。事业与亲情，塔里木石油人两头都不想舍，却常常只能舍小家，顾大家。于是，无论有多忙多累，每天给亲人打一个电话，成了他们在千万里外与家人维系亲情的唯一选择。

塔里木的太阳，落了又起，日复一日，年年岁岁。塔里木石油人在大漠上追寻大油气田的步伐，无惧风沙，无惧艰险，不舍昼夜。富我小家，强我中华，众志成城。

塔里木有幸，大漠上来了石油人。石油人来到荒凉的大漠，大漠便不再荒凉。他们在大漠上创造奇迹，大漠的史册上便写满了辉煌。

塔里木石油人那一身身火红的工服里，藏着被许多当代人丢失了的可贵的人生观和价值观。在他们的精神世界里，家与国，已经相依相合，融为一体。这是他们的精神之根，是他们创造辉煌的原动力，也是我们的民族之魂。强国路上，这种精神，这样魂魄，莫失莫忘，还当更强。

还想好好看看你

（后记）

书稿已经写完，离开塔里木的日子越来越近了，理智“同志”频频告诉我：该走了！我却像当年大学毕业离校园时一样，依依之情在心空上久久盘旋，怎么也挥之不去，刚刚赶跑了，忽而又来了。

两年时间，700多个日夜的相守还不够吗？人这一辈子有多少个两年？两年的时光里，每天醒也塔里木，睡也塔里木，抬头是它，低头还是它，真不知哪天是个头。把这片大漠里的人物故事采到手，写出来，几乎成了我的生活的全部。除了上前线和在基地采访，就是坐在书桌前冥思苦想或奋笔疾书。窗外有寒暑晨昏，但对我来说却了无意义，我只是日复一日地床上地下，地下床上，似乎没完没了地想着写着。深夜里躺在床上，还琢磨着写什么、怎么写，怎样才能写得好。常常是人睡了，心却醒着。

脑壳上原本不算太多的白发，就在这段时间里乘机“密集型”大发展了。爱人彭斌多次痛惜地说：“你这两年老得太快了，刚来塔里木时哪有这么多白头发呀！现在白头发快从配角变主角了。”我倒看得

开，安慰她："要奋斗就会有牺牲嘛!"我还跟她开玩笑说："一根白发两个字，咱赚了。"

我曾对朋友感慨道："写书就是坐牢。虽说是自由身，没人绑你，也没人押你，身心却像被一根无形的绳子捆住了，那种难言的滋味，谁经历过谁知道。"

书稿基本完成后的一天下午，油田的资深作家朋友郝贵平为了让我放松一下，将我领到孔雀河边散心，他指着对岸的一座桥说，那就是葵花桥！我听后突然感到很悲凉，早就听说这座桥在当地很有名，在库尔勒待了这么久，居然没有去欣赏。库尔勒如今号称新疆第二大市，我在这里住了两年多，却不识其真面目。我既叹且笑道："写了两年书，成了'桃花源'中人啦!"

现在，这一切都结束了，该走向新生活了，我的"前线瘾"却鬼使神差般地又犯了。我还想再上前线，再看看那些"穿红衣服的人"，再看看"死亡之海"上那些利剑般刺破蓝天的钻井架，再看看荒荒大漠上远离人烟像孤岛似的作业区和联合站……我更想再听大漠里的石油人讲述他们的故事，更想和山地队的员工们在帐篷里再聊天，还想知道那些已经认识和尚不认识的石油人如今在大漠深处干什么、想什么，他们又有什么新故事。

其实，塔里木石油人在大漠里的环境我已经很熟悉，熟悉得和我曾工作过的单位差不多了。那个远在500多公里外坐落在塔克拉玛干沙漠腹地的塔中作业区，我已经去过5次了。坐落在雅丹地貌中的西气东输主力气源地克拉2气田，我都去过6次了。还有那个塔里木的功勋油田轮南，更不知去过多少次了。分布在塔克拉玛干沙漠和盆地北部的钻井队，我去过多少家，已经记不清了。可是，我还是觉得没去够，采访欲依然有增无减，因为每次去那里，我都会听到不一样的故事，受到不一样的心灵冲击，每次都让我兴奋而去，满载而归，也感慨万端。

还有那些自称"深山里的现代吉卜赛人"的山地队，队员们中有

职工，有民工；有男的，有女的；他们有的开朗，有的木讷；有的豪爽，有的拘谨；有的健谈，有的寡言，却个个都是“故事大王”。看他们工作的环境，听他们讲述自己的故事，每一个人的故事都让我感动，我常常听得鼻子发酸，泪湿两颊。书中“活在断崖上”“上帝看了也落泪”“献了青春献亲情”“无愧国家愧亲人”这些句子，就来自山地队和沙漠里的采访现场。

我很赞赏“报告文学是用脚走出来的”这句话，坚决不相信“剪刀加糨糊”或攒材料就能写出好东西，那样很可能会“吃别人嚼过的馍”。我在新华社当记者几十年，历来主张靠第一手材料写稿子。如今为写报告文学采访塔里木，我要听原汁原味的故事，我要见故事里的人，要亲眼看他们工作或生活的环境，要在现场感悟“典型环境中的典型人物”，这是我采访塔里木时恪守的基本原则。所以，无论路途有多远，环境有多苦，吃住条件有多差，我一直坚持走进大漠，走进石油人群中，走进他们的心灵里，再苦再累也要去。为了采访很有些传奇色彩的山地队女民工刘长芬夫妇，我驱车在天山深处单程跑了60多公里崎岖的沙土路和土便道，直爬到托木尔峰的雪山下，坐在半山腰上的简易帐篷里和她们倾心长谈。我常想，要写好这本书，越接地气，就越有底气。

我庆幸自己走进了这片大漠，庆幸来到了他们中间，倾听了他们自己讲自己的故事，感受到他们的喜怒哀乐，我采访的人物和故事越多，底气就越足。

我庆幸在这片神秘的大漠里听到了那么多最好的中国故事，结识了那么多可爱的石油人。这些故事这些人，让我屡感迷乱的心灵接受了一次大洗礼。

感谢塔里木石油人为这部报告文学提供了那么多想得到和想不到的好素材。我对几位朋友说，石油人在大漠里的许多故事，离奇却真实，比传奇还传奇，打死我也想不出来。在许多真实的故事面前，我们的想

象力苍白得就像一堆白纸。

那一段“绝密探亲”的故事，在征求意见时曾经让几位朋友看得热泪涟涟。他们问我：“这故事太动人太传奇了，从哪儿淘来的？”我答“是楼道里捡来的。”

那是2014年冬天的一个晚上，我从沙漠里的塔中油田到库车县城的川庆钻探山地分公司5队基地后，队领导要陪我吃饭，走到楼梯口时，碰到一位年轻人，文书张雪峰给我介绍说，这是给我们申书记开车的李湘平。那年他过生日时，他媳妇从四川老家拎着蛋糕专程来给他庆生了。我一听天下还有这等奇人奇事，而且事中人就在身边，立即兴奋起来，随后几天里就追着他讲这个故事。在一个四川民工开的极简陋的小店里，小李这个大男人说着说着哽咽得说不下去了，于是拨通了他爱人汪英的手机，打开了免提，汪英又接着给我讲她从四川到西北给爱人庆生日的故事。讲到动情处，汪英哭述，我也唏嘘。相信这个浪漫而凄美的故事，还会感动许多人。

这样一位素昧平生、偶然相遇的陌生人，就给我提供了这么精彩动人的故事，我激动得浮想联翩，更希望认识更多的人物，采到更多的故事。我不怕有些人说话啰唆，也不嫌有的人笨嘴笨舌，更喜欢有些人滔滔不绝、绘声绘色讲自己或别人的故事。我想，只要能听到他们的故事，让我再去山地队和他们一起吃咸菜、睡帐篷也绝不皱眉头。

当初，我给自己定了个目标：讲好塔里木故事，写好塔里木精神。我知道，塔里木是个“盛产”故事的地方，这里是“故事之海”，这些故事里有我们的民族精神。我要求自己，无论是在油田的基地或是前线采访，既要身入，又要心入。我知道，只有前者，没有后者，只是深入了一半。我既要聆听他们的故事，还要走进这些来自五湖四海的石油人的心灵深处，了解他们为什么而来，来了为什么这样拼命干。只有这样，我才能真正写好他们的故事，画出他们的神采，让这部作品见人见事见精神。

为了讲好这些中国故事，写好中国精神，我千辛万苦找故事，千思百想悟精神。每到一个单位，我给联络人提的第一个要求是“找有故事的人”，我给每个采访对象提的第一个问题是“说说你忘不了的故事”，我想把每个塔里木人的故事都装进自己的脑子里。我认为，在报告文学里，故事是精神之根，精神是故事之花。只要拥有了海量的动人故事，就不用为提炼塔里木精神发愁了。

塔里木油田有4万多人，他们来自北京、天津、广东、四川、河北、云南、陕西、甘肃、辽宁、吉林、黑龙江等全国各地，真正是一支来自五湖四海的浩浩大军。这些人在塔里木的故事，他们和家人的故事，肯定多得车载斗量，而且特别生动，非常感人。在前线和基地，我恨不得见人就拉住采访，听他们讲述自己在塔里木的故事。我知道，这些看似平凡的人，个个都有不平凡的经历、不寻常的故事，他们以为稀松平常的故事，说出来就可能感天动地。因为他们在一般人到不了的塔里木腹地这个特殊环境，他们在这里为国家找油找气，他们战胜的是常人难以想象的艰难困苦。我相信，这里的每个人都能讲出我需要而读者也爱听的故事。

这本书的采访和写作，常常呈犬牙交错、难分彼此的状态。采访塔里木最大的难题是找人难，找乙方的人尤其难。塔里木的队伍分为甲方乙方，乙方队伍是塔里木的主力军，他们来自全国的东南西北中，又实行轮休制，一休就是几十天，常常是发现了一个有故事的人，他却轮休回内地了，只能等他回来再采访。这样，采访与写作交叉进行，就成了本书采访写作的一个常态，工作效率自然受影响。我在油田基地时，听到有故事的人回来了，立即设法找到他并泡好茶，备好烟，请他来讲述。东方物探247队队长董刚从河北涿州到库尔勒，我便把他“抓”到房间，我俩从下午到深夜谈了7个多小时。为了写好四川、渤海和胜利三家钻探公司几个钻井队在“死亡之海”上“三国演义”的故事，我3次从库尔勒驱车到塔中，几乎每次都是专程去采访，每次的行程都

近千公里，写作时又反复打电话发短信沟通核对事实，不厌其烦地追问故事的细节。

在前线和基地，我采访过几百个人，听他们讲过无数故事，但总觉得没听够，还想听他们继续讲。有朋友劝道，差不多就行了，采访哪有个够啊！我明知道朋友说得对，但对这话还是左耳朵进了右耳朵出，依然“按既定方针办”。不管是严冬，还是酷暑，一有机会，我就往前线跑，去了就到处看，不分白天黑夜地找人谈。我要找到最鲜活、最生动、最感人的故事，不能辜负了这一片盛产故事的大海。我变得很贪婪，总想把塔里木石油人的故事都装到自己的肚子里。我知道这不可能，但无穷的贪念驱使我在前线和基地不断地找人谈。2013 年 8 月的一天，在天山博格达峰下的东方物探 219 队主营地，我吃过早饭就坐在戈壁滩上跟山地队员开谈。远处是耀眼的雪山，近处是高高的红山，我就在这样的环境里和这个谈了又和那个谈，先后和 9 个人谈到了深夜一点半钟，才头昏脑涨地爬进简陋的营房车里去睡觉。

塔里木人向我敞开了胸怀，我也把两年的心血变成了这样一本书，我真诚地希望读者诸君能喜欢这本书，不仅因为我写这本书时添了很多白头发，更因为这书里的故事真实可信，也十分感人，这些人物故事和精神是塔里木的特产，也是中国的特产。

我之所以这样有些疯狂地在塔里木的大漠里长途奔波、上蹿下跳、不辞辛苦地挖故事，是因为我知道，没有精彩的故事写不成报告文学，只有故事没有思想写不好报告文学，精彩的故事和深刻的思想完美结合，才称得上一部优秀的报告文学作品。毛主席说，我们的头脑就是一个加工厂。可是如果没有原料，拿什么加工？原料的数量不多，质量不好，又怎么能够加工出优质“产品”？故事是报告文学的基础，思想是故事的升华，掌握了好故事才能提炼出好观点，两者互为表里，谁也离不开谁。

我为什么如此看重塔里木人的故事？因为我总觉得他们是一群特殊

材料制成的人，4 万多特殊的人在这样特殊的环境里，吃着常人不能吃的苦，干着常人干不了的事，他们的故事，不仅极有特色，而且有不同寻常的冲击力。这些故事里包藏着一种精神，蕴含着一股力量，那是一种披荆斩棘的民族精神，那是一股无坚不摧的中国力量。这种精神和力量，在当今这个物欲横流的社会，在“一切为了钱”的人那里已经“多乎哉？不多”了，这就更显珍贵。他们的这些故事充满正能量，是励志的好教材，是培育民族精神的好养料，我应该做这些故事的传播者，把他们的故事和故事里的精神传遍中华大地，让他们的故事和精神激励更多的人为民族复兴大业顽强拼搏，我觉得这是我的使命，也是我的愿景。

写作期间，我也有“7 天憋出 6 个字”的郁闷和焦躁。原因是总想找到最佳的角度，最好的语言。我生怕辜负了这些可敬的人物，生怕讲不好他们的故事，生怕画不出他们的神采。我把自己的“十八般武艺”全都用上了，还是觉得叙述不够生动，描写不够准确，抒情不够到位，议论不够精彩，真是“才到用时方恨少”啊！

有导演说，电影是遗憾的艺术。其实，写书和拍电影也一样。这一本报告文学写了 20 万字，说起来够长的了，但比起 4 万多塔里木人在大漠上攻克系列世界级难题波澜壮阔的历程和精彩绝伦的故事，实在是沧海一粟。书中的主角基本都是小人物，绝大部分来自基层一线，油田中高层的人物故事基本没有，这是本书的一大缺憾，但我又很无奈。

中国石油天然气总公司总经理助理、塔里木油田公司总经理、党工委书记李鹭光和副总经理、总地质师、总工程师们，还有油田的总经理助理、副总师们以及新来的领导，尤其是那些在塔里木油田土生土长上来的领导们，他们都是这支大军里千锤百炼出来的顶尖人物，没有他们的运筹帷幄和真抓实干，塔里木很难有今天的辉煌。他们能从普通员工走到现在的岗位，一定有过人的胆识，非凡的经历，精彩的故事，我原想专立一章，浓墨重彩写他们，但他们都很谦虚，自己的故事都对我保

密。他们几乎异口同声地说，多写写甲乙方的一线普通员工吧！他们在前线最辛苦，贡献非常大。在这里，我对塔里木油田这些领导同志的高风亮节表示深深的敬意。

塔里木的勘探开发起始于1952年，至今已经走过66年的历史，经历了“六上六下”的艰难曲折。塔里木有今天的大好局面，起始于1989年春展开的大会战。本书重在讲述最近5年的塔里木人塔里木事，会战的前20年的人物故事基本没有涉及。那是塔里木人激情燃烧的20年，那是开创油田百年基业打江山的大会战，那时的条件更艰苦，参战将士的故事更感人，他们的精神更加令人钦敬，老塔里木们谈起那一段岁月，至今仍然眉飞色舞，如今塔里木油田的处级以上干部，基本都是那一代领导和专家的学生和传人。讲述那个激情燃烧的岁月的动人故事，只能留待下一本书了。

写这本书，我用情很专也很深，因为我也算半个塔里木石油人。塔里木会战1989年4月打响后，正在新华社新疆分社当记者的我就跟踪报道，我在新疆工作的后4年时间，基本都献给了塔里木石油大会战。1994年春，我已经调到新华社甘肃分社了，会战指挥部在庆祝会战5周年时，依然授予我“荣誉职工”称号，而且排名第一。据说，全国石油系统给记者授予“荣誉职工”称号，这是破天荒头一回，我真有些受宠若惊。后来，我的工作一调再调，离塔里木越来越远，一直到了东北的吉林，但我对塔里木的牵念却丝毫未减。

记得离开新疆时，我曾经发了一个愿：写一部关于塔里木的报告文学。那一年我40岁刚出头，说真的，当时也不知道这愿望能不能实现。

20年后的2013年春，时任塔里木油田公司党委副书记冯忠田和党群处处长何晓庆给我打电话，邀我为油田写一本报告文学。我二话没说，拎起行李就出发。

如今，书稿已然完成了，我也该走了，但我对塔里木的牵挂并没有因此了结，牵念之情反而变得更加浓重了，就像对一位相知相交很多年

的老朋友说再见，只觉得喉头发紧心潮涌。在别人看来这也许有些自作多情，在我却是情不自禁。

塔里木，让我再好好看看你，看看你的新变化，看看你在“一带一路”这个千年大业中还会创造多少新辉煌，听听你在奔向新目标路上铿锵豪迈的脚步声。

于 2018 年 6 月 21 日　星期六
新疆库尔勒